Kim Kestner
Anima
Schwarze Seele, weißes Herz

Kim Kestner

Anima
Schwarze Seele, weißes Herz

Arena

1. Auflage 2016
© 2016 Arena Verlag GmbH, Würzburg
Alle Rechte vorbehalten
Covergestaltung: punchdesign/Johannes Wiebel
Gesamtherstellung: Westermann Druck Zwickau GmbH
ISBN 978-3-401-60252-3

www.arena-verlag.de
www.twitter.com/arenaverlag
www.facebook.com/arenaverlagfans

ANIMA coloribus cogitationum tuarum tingitur.
Die Seele hat die Farbe deiner Gedanken.

Marc Aurel (121–180), römischer Kaiser und Philosoph

Prolog

Für mich war Liebe ein Wort, das ich nur aus Filmen kannte. Und damit meine ich natürlich nicht die Liebe zu meiner Familie, zu Gott oder zu meinem ersten Kuscheltier.

Nein, ich meine die Liebe, die zwei Menschen magisch aneinanderbindet. Die alles andere unwichtig werden lässt. Die aufregend ist und prickelnd. Die dich den Hunger vergessen lässt. Die Schuld daran ist, dass du bis spät in die Nacht immer wieder denselben Song hörst und dabei mal vor Glück, mal vor Schmerz weinst.

Eine solche Liebe hatte ich noch nicht erlebt und, um ehrlich zu sein, sie fehlte mir auch nicht.

In jenem Sommer allerdings, als ich achtzehn wurde, änderte sich alles. Es war, als hätte eine neue Zeitrechnung begonnen, als existierte nur noch ein »Bevor« und »Danach«. Damals begriff ich, was Liebe wirklich bedeutete, was sie aus mir machen konnte und was ich bereit war, für sie zu tun.

Doch ich war nicht bereit. Nicht annähernd. Mich hatte keiner der unzähligen Filme, die ich mit popcornverklebten Händen zusammen mit Mom gesehen hatte, auf eine Geschichte vorbereitet, die Hollywood bei Weitem überflügelte. Und erst recht nicht auf das Ende dieser Geschichte und eine Entscheidung, die ich zu treffen hatte. Viel zu plötzlich war es so weit:

Vor mir lagen zwei Masken. Eine schwarz, eine weiß. Im Grunde war es gleichgültig, welche ich nehmen würde. Beide bedeuteten letztendlich den Tod. Meine Wahl sollte jedoch darüber entscheiden, ob es mein eigener Tod sein würde.

Teil 1

1

Dad schaltete die Klimaanlage aus. Draußen waren es nur noch zwanzig Grad, ein klares Zeichen für die Nähe der kanadischen Grenze. Ich sah aus dem Fenster. Der Himmel war eisblau wie der Atlantische Ozean. Dazwischen konnte ich kaum den Horizont ausmachen. Das Meer und die Küstenstraße trennte üppiges Grün, aus dem pinke Blüten platzten.

Ich hoffte, Mom würde nicht wieder auf die Idee kommen, ein paar zu pflücken, um sich einen Kranz daraus zu binden. Es würde sonst noch länger dauern, bis wir den Nationalpark erreicht hätten. So waren es noch knapp drei Stunden. Bei Mom musste man immer mit so etwas rechnen. Sie hatte oft verrückte Ideen. Wie in diesem schrecklichen Sommer, als sie unbedingt Käse selber machen wollte. Wir waren wohl die einzige Familie in Boston, die vier Ziegen in ihrem Vorgarten hielt. Alles und jeder roch nach ihnen. Zum Glück hatte diese Phase nicht besonders lange angehalten.

Doch heute drängte es sogar Mom, endlich im Park anzukommen. Ich musste mir ihretwegen keine Sorgen machen. Sie verzichtete auf den Blumenkranz und genoss stattdessen den Ausblick aus dem Fenster. Nach einer Weile kurbelte sie die Scheibe unserer verbeulten Rostlaube herunter und steckte den Kopf hinaus. »Acadia!«, schrie sie gegen den Fahrtwind. »Wir kommen!«

»Ich kann's kaum erwarten«, murrte Virginia. Für mich war Acadia wie mein zweites Zuhause, für meine Schwester war es das Ende der Welt.

Mom zog den Kopf wieder herein und wandte sich dann nach hinten. Ich musste lachen, ihre Haare waren vollkommen zerzaust und ihre Augen strahlten. Die Vorfreude wirkte ansteckend.

»Engelchen, du freust dich wenigstens mit mir«, stellte sie fest.

»Wir freuen uns alle, Mom.«

»Ich nicht.« Virginia zog ihr Smartphone aus ihrem It-Bag, einer Handtaschen-Imitation irgendeines angesagten Labels, das ich nicht kannte. Es war gerade mal fünf Minuten her, dass sie es dort verstaut hatte.

Mom strich sich die Haare glatt. »Komm schon, Virginia. Sie haben die Cottages renoviert. Es wird toll!«

»Haben sie dabei auch an einen Fernseher gedacht? Oder WLAN? Falls die so was wie Internet überhaupt schon kennen.« Virginia sah von ihrem Handy auf. Ihre wasserblauen Augen waren von einem dicken schwarzen Lidstrich und grauem Lidschatten, der zur Nase hin immer heller wurde, umrahmt. Smokey Eyes nannte sie das. »Oder sind die Wände jetzt nur weiß statt grün gestrichen?«

»Sie waren nie grün«, mischte sich Dad fröhlich ein.

Virginia verzog ihre vollen, glänzend – ach ja, mit Wetgloss – geschminkten Lippen. »Ist da nicht alles grün? Grüne Blätter, grüne Bäume, grünes Gras, grüne Klamotten ... Grün, grün, grün.« Sie hielt ihr Smartphone gen Himmel. Nicht mehr lange und es würde gar keinen Empfang mehr haben und dann würden wir ihre schlechte Laune erst richtig zu spüren bekommen. Am besten, man nahm das Wort Acadia nicht mehr in den Mund.

»Herrgott! Acadia ist doch nicht das Ende der Welt«, meinte Dad jedoch.

»Nein, aber man kann es von da aus sehen«, schoss Virginia zurück.

Ich musste lächeln. Meine Mutter ließ sich seufzend in ihren Sitz zurücksinken. Virginia drückte ihre Knie dagegen. Das Radio knackte und Dad drehte an dem Knopf, bis er einen anderen Sender fand. Die Moderation war auf Französisch. Noch ein Anzeichen für die Nähe Kanadas. Dann folgte ein französischer Schlager und Dad fing an zu pfeifen. Seine Vorfahren waren Franzosen gewesen, die Duponts. Geblieben war von den früheren Generationen nur der Name. Und Dads Vorliebe für Chansons und Rotwein. Keiner von uns hatte Frankreich je gesehen oder beherrschte die Sprache.

Mom stammte aus Boston, wie ihre Eltern und deren Eltern. Nachdem sie meinen Vater kennengelernt hatte, waren die beiden nach Jamaica Plain gezogen, einem wunderschönen Stadtteil Bostons und Dads zukünftigem Pfarrort. Er war Reverend. Unser Haus lag genau gegenüber der Kirche. Meine Mutter hatte es altrosa angestrichen. Sie liebte es, Dinge selbst zu gestalten. Angefangen von Badesalz über Bienenwachskerzen, Patchworkdecken und Smoothies bis hin zu ihrer Kleidung. Die musste für uns beide am besten weich und kuschelig sein. Allerdings mochte ich es weniger bunt und vor allem unauffällig.

Mom sah über die Schulter zu uns. »Wollt ihr ein paar Kekse?« Es roch plötzlich nach Zimtsternen.

»Sind die noch von Weihnachten?«, fragte ich schnüffelnd, griff jedoch, ohne ihre Antwort abzuwarten, in die Plastikbox. Ich liebte den Geruch von Zimt.

»Für mich könnte jeden Tag Weihnachten sein. Aber nein, mein Schatz, die sind von heute Morgen. Selbst gebacken und ich habe genug für den halben Urlaub.«

Sie musste mal wieder mitten in der Nacht aufgestanden sein. Wenn ihr eine Idee kam, setzte sie diese sofort um. Ganz egal zu welcher nachtschlafenden Zeit oder unpassenden Gelegenheit das war.

»Na, dann kann ja nichts mehr schiefgehen«, meinte Virginia, wobei sie abwehrend mit der Hand wedelte und das Gesicht verzog, als Mom die Box über ihr Handy hielt.

Meine Mutter ließ lachend die Dose zuschnappen. Das ganze Leben war bunt für sie, wie ihre Kleidung. Mom war ein Blumenkind und manchmal so retro wie diese ockerfarbenen Tapeten mit den großflächigen, orange-grünen Kreismustern. Sie wurde auf dem Woodstock-Festival gezeugt. Vielleicht lag es daran. Tatsächlich hatte ich sie so gut wie noch nie schlecht gelaunt erlebt.

Ich biss in den weichen Keks und sah wieder aus dem Fenster. Mit jedem Kilometer, den wir hinter uns ließen, freute ich mich mehr auf Acadia. Irgendwann zog Portland an uns vorbei, die letzte größere Stadt, dann durchquerten wir nur noch kleinere Ortschaften, bis schließlich nichts anderes als Tankstellen und heruntergekommene Motels die Straße säumten. Die letzten Kilometer führten uns durch das dunkle Grün eines Tannenwaldes und über eine Brücke nach *Mount Desert Island*, besser bekannt als *Acadia-Nationalpark*.

Dad steuerte den Wagen auf den Schotterparkplatz und hielt vor einer kleinen Holzhütte, der Rezeption. Ich riss die Tür auf und sprang hinaus. Es roch herrlich nach Tannen, Harz und Meer und ich zog die klare Luft tief ein.

Mom lief barfuß um das Auto herum und nahm mich bei den Händen, wobei sie, aufgeregt wie ein Kind, auf und ab hüpfte. Oft hatte ich das Gefühl, die Vernünftigere von uns sein zu müssen, was sich im nächsten Moment mal wieder bestätigte. Meine Mutter riss eine große weiße Blüte von einer Staude ab und steckte sie in ihr Haar.

»Waldlilien stehen unter Naturschutz, Mom!«, rief ich und schloss die Beifahrertür. Mir hätte allerdings auch jede andere Pflanze leidgetan, die einfach so abgerissen wurde. In dieser Hinsicht kam ich mehr nach meinem Vater. Ich hielt mich an Regeln, hasste Unzuverlässigkeit, war eine miserable Lügnerin und hatte ständig den Drang, anderen Menschen zu helfen. Ob sie wollten oder nicht. Und ich mochte keine Primzahlen, kein Wasser, das höher als meine Knie reichte, und verschloss grundsätzlich alles, was andere offen ließen: Klodeckel, Zahnpastatuben, Türen, Fenster. Manchmal erwischte ich mich sogar dabei, wie ich in Shoppingmalls auf irgendwelchen Wühltischen Dosen, Schüsseln oder Töpfe schloss. Als hätte ich Angst, etwas Ungutes könnte daraus entweichen. Eine schreckliche Angewohnheit, die ich nicht verstand, aber auch nicht ablegen konnte.

Anders gesagt: Ich ging über keine rote Ampel, war pünktlich in der Schule, stotterte, wenn ich meine Schwester mal wieder bei einem ihrer Dates decken sollte, half in meiner Freizeit ehrenamtlich in der Suppenküche und tauchte höchstens in der Badewanne. Aber nur, wenn der Klodeckel geschlossen und es nicht sieben Uhr war.

Jetzt sah ich meine Mutter strafend an, doch sie winkte nur lachend ab.

Vor der Rezeption stand eine Schlange neu angekommener Gäste. Sie trugen Rucksäcke und Wanderstiefel. Aus Virginias Blick konnte man schließen, dass sie die Neuankömmlinge schon abgestempelt hatte. Für sie waren die männlichen Feriengäste allesamt Waldschrats, Wanderböcke oder Freizeitindianer. Selten passte einer in ihr Beuteschema. »Da ist ja deine Freundin«, sagte sie mit einer Kopfbewegung Richtung Hütte.

»Wer? Wo?« Ich lugte zur offen stehenden Tür.

»Hinter dem Tresen, an der Rezeption. Die kleine Indianerin. Idiota oder wie sie heißt.«

»Eyota, was *Großartig* bedeutet, und das weißt du genau«, zischte ich verärgert. Eyota konnte Virginia allerdings genauso wenig ausstehen. Meine Freundin liebte wie ich die Natur und hatte für Virginias Mode wenig übrig.

Ich streckte mich. Aber Eyota war ganz in ihre Tätigkeit vertieft und sah mich nicht. Sie arbeitete im Village wie auch einige andere aus der Kommune, die auf der anderen Seite der Insel lag. Die meisten von dort gingen keinem geregelten Job nach. Sie waren Idealisten, Weltverbesserer, Träumer. Hippies eben ... Insgesamt lebten in dem Aussteigerdorf an die fünfzig Menschen. Das Land aber gehörte Eyotas Großmutter, Catori. Sie und Eyota waren die einzigen Indianer. Vor etwa siebzig Jahren war das anders gewesen. Damals lebte dort noch ein ganzer Stamm.

Doch die Mitglieder waren nach und nach in die Städte gezogen oder hatten sich anderen Reservaten angeschlossen. Der Grund war einfach: Wenn man nicht im Village arbeitete, konnte man hier kein Geld verdienen.

Eyota jobbte nur in den Ferien im Village. Dass sie an der Rezeption eingesetzt wurde, war mir allerdings neu. In den letzten Jahren hatte sie fast immer in der Restaurantküche gearbeitet. Allerdings wusste ich, dass sie den Job an der Rezeption letzten Sommer schon gern gehabt hätte, und ich freute mich für sie. Dieses Jahr hatte es endlich geklappt.

»Da ist George«, rief Mom und riss winkend den Arm hoch. George war der Parkdirektor, für mich blieb er jedoch Mr Handson, so gern ich ihn auch mochte. Nie hätte ich mich getraut, ihn mit dem Vornamen anzureden.

Ich folgte Moms Blick zum Clubhaus, dem Herzen des Village. Im Grunde genommen war es ein Blockhaus, wie jedes Gebäude in Acadia, nur viel größer. Darin befanden sich Mr Handsons Büro, die Küche, das Restaurant mit angrenzender Terrasse, die kaum jemand aufsuchte, weil sie von Tannen überschattet und voller Grünspan war, und ein Saal für die Abendveranstaltungen und Feste.

Mr Handson stand vor dem Clubhaus und redete mit einem jungen Angestellten, der die Holzbohlen einölte. Als er uns sah, nickte er dem Handwerker zu und eilte in unsere Richtung. Dabei zupfte er an seiner rutschenden Hose, denn Mr Handson hatte stockdünne Beine, aber einen sehr großen Bauch und weigerte sich beharrlich, Hosenträger zu tragen. Dafür hatte ich ihn noch nie ohne Rangerhut gesehen und auch nicht ohne seinen walrossartigen Schnurrbart. Er wirkte fast wie eine Comic-Karikatur, aber er war eine Seele von Mensch.

Mr Handson breitete die Arme aus. »Beatrice! Rufus!«, rief er mit seinem tiefen Bass. »Wie schön! Ich habe schon die Tage gezählt, bis Acadia euch wiederhat.« Er drückte Mom an sich, hieb Dad auf die Schulter und lächelte mich an. »Abigale, ihr werdet diese Saison in dem Hochzeits-Cottage wohnen. Euer übliches Quartier wird in den nächsten Tagen renoviert und dieses Jahr hat sich kein Brautpaar angemeldet, also dachte ich ...« Er rieb sich über den Schnurrbart. »Zumindest habt ihr, also du und deine Schwester, jetzt ein eigenes Zimmer. Wo ist sie überhaupt?«

Ich sah mich um und entdeckte sie bei dem Handwerker am Clubhaus. Er war in ihrem Alter, etwa neunzehn, und hatte einen hochroten Kopf. Wie es aussah, versuchte er angestrengt, nicht in Virginias einladenden Ausschnitt zu schauen. Na, viel Glück dabei. Das hatte bisher noch keiner geschafft. Virginia warf ihre langen hellblonden Locken zurück und lachte, schön wie ein Engel mit ihren vollen Lippen und wasserblauen, großen Augen.

Mr Handson schüttelte verärgert den Kopf. »Sie wird von Jahr zu Jahr hübscher, aber sie soll unsere Angestellten nicht verrückt machen.«

»Virginia!«, rief Dad streng. Sein Gesicht hatte ebenfalls eine leicht rötliche Farbe angenommen, jedoch vor Scham. »Komm und sag George Hallo.«

Virginia ignorierte Dad. Sie legte es bewusst darauf an, unsere Eltern zu provozieren. Nicht selten behauptete sie, in die falsche Familie hineingeboren worden zu sein. Wenn man sie sah, konnte man das auch durchaus glauben.

Ich wandte mich an Mr Handson. »Wir können auch in ein kleines Cottage ziehen. Es ... es macht mir nichts aus, mit meiner Schwester, also –« Ich stockte. Wieso musste ich bei jeder Lüge stottern? Natürlich machte es mir etwas aus. Das Zimmer wieder mit Virginia teilen zu müssen, war das einzig Schlechte an Acadia.

»Sieh es als Geburtstagsgeschenk«, meinte Mr Handson lachend. »Diesen Sommer wirst du also schon achtzehn. Nun ... George, Beatrice ... scheint, als würden eure Kinder flügge. Wer weiß, wie lange sie noch nach Acadia kommen werden.«

»Ach, bestimmt bis sie alt und runzelig sind. Kann es einen schöneren Ort geben?« Mom drückte mich an sich. »Ein eigenes Zimmer, das ist toll, oder?«

Mein Vater ließ den Autoschlüssel um den Finger kreisen. Er war nervös. Dad gehörte genauso zu Acadia wie die kleine Waldkapelle im Village. Wir verbrachten, seit ich mich erinnern kann, jeden Sommer hier. Fast drei Monate im Jahr, in denen Dad die Andachten für die Feriengäste hielt und auch als Seelsorger tätig war. Während wir immer zuerst unsere Koffer auspackten, inspizierte er vor allem anderen die Kapelle, rückte die Bänke zurecht, kontrollierte die Anzahl der Gesangbücher und entstaubte den Altar. »Ist die Kapelle auch renoviert worden?«, fragte er Mr Handson.

»Nein, Rufus, alles beim Alten.«

Ich konnte Dads Erleichterung spüren. Er mochte Veränderungen nicht, was es ihm mit unserer Mutter nicht immer leicht machte. Zwar liebte er sie von Herzen, ihre kreativen Ausbrüche, die regelmäßig seine geheiligte Ordnung ins Chaos stürzten, jedoch weniger.

Mr Handson klatschte in die Hände. »Also, Freunde, kommt erst mal an. Wir sehen uns dann später. Ich muss mich noch um ein paar Dinge kümmern. Das Sommerfest am Strand droht auszufallen.«

»Nein!« Mom riss die Augen auf und schlug gleichzeitig die Hände vor den Mund. »Nicht das Sommerfest!«

Mr Handson hob die Arme, ließ sie jedoch rasch wieder fallen und griff stattdessen nach seiner Hose. »Ich hatte eine Feuer-Show geplant, aber die Gruppe ist nicht zur Vertragsunterzeichnung erschienen und unerreichbar. Sie werden wohl ein besseres Engagement gefunden haben. Wie ich Unzuverlässigkeit hasse! Ich fürchte, ich muss jetzt improvisieren.«

»Können wir helfen?«, fragte ich.

Er winkte unbekümmert ab. »Ich suche bereits nach einem Ersatz. Also zerbrich dir nicht den Kopf darüber, sondern genieß einfach deine Ferien, Abby. Das wird schon werden. Mit Gottes Hilfe«, meinte er augenzwinkernd zu meinem Vater.

»Ich werde ein gutes Wort einlegen.« Dad ließ den Autoschlüssel in seiner Hosentasche verschwinden und rieb sich die Hände. »Dann gehe ich mal zur Rezeption und hole die Schlüssel.«

»Warte, ich komme mit! Eyota ist dort.« Ich lächelte Mr Handson noch einmal zu. »Vielen Dank für das eigene Zimmer.«

»Sieht aus, als wäre es besser«, brummte er mit Blick auf Virginia, die immer noch bei dem Handwerker stand.

Mom seufzte. »Ich geh sie holen.«

Die Schlange an der Rezeption hatte sich aufgelöst. Vor uns stand nur noch ein ergrautes Ehepaar, das Händchen hielt. Für Acadia waren sie deutlich zu elegant gekleidet. Eyota hob ihre schlanken Finger und winkte mir unauffällig zu. Sie trug wie alle Angestellten ein grünes Kostüm mit dem Acadia-Wappen, einer Amerikanischen Rotfichte. Ich stellte mich hinter das Ehepaar. Eyota und ich würden uns in die Arme fallen, wenn sie fort waren.

»Für drei Wochen?«, fragte Eyota und blätterte in dem Reservierungsbuch.

Der Mann legte den Arm um seine viel kleinere Frau. »Wissen Sie, vor zweiundfünfzig Jahren haben wir uns in Acadia kennengelernt und gestern spontan entschieden, unseren fünfzigsten Hochzeitstag hier zu verbringen«, hörte ich ihn stolz sagen. »Sie haben doch ein Honeymoon-Cottage, oder?«

»Das Honeymoon-Cottage ist leider schon belegt, Sir. Wir sind genau genommen ausgebucht. Es tut mir so leid. Ich könnte auf dem Festland nachfragen.«

Obwohl ich das Gesicht des Mannes nicht sah, spürte ich seine Enttäuschung. Natürlich war er enttäuscht. Kaum noch jemand war fünfzig Jahre verheiratet. Ich zumindest kannte niemanden. Und dann kamen wir und schnappten ihm das Hochzeits-Cottage vor der Nase weg. Bestimmt war der Bungalow besonders hell und luftig und wunderschön eingerichtet mit Blick aufs Meer.

Ich sah auf die verschlungenen, runzligen Hände der beiden vor mir und warf Dad einen Blick zu. Er nickte unmerklich und ich räusperte mich. »Sie können unser Cottage haben, wenn Sie möchten. Es ist das Honeymoon-Cottage.«

»Wirklich?« Die Frau drehte sich zu mir. Ihre grauen Augen strahlten zwischen unzähligen Fältchen aus einem sorgfältig geschminkten Gesicht. »Sie sind ein Engel!«

»Aber wo werden Sie und Ihr ...« Ihr Mann sah fragend zu Dad.

»Ihr Vater«, beeilte der sich zu sagen. »Rufus Dupont. Es wird sich etwas ergeben, nicht wahr, Eyota?«

Meine Freundin nickte eifrig.

»Gott segne dich, Kindchen«, meinte die Frau und legte ihre Hand auf meine Wange.

Ich seufzte leise.

Jetzt musste ich mein Zimmer den Sommer über doch mit Virginia teilen, aber als ich Eyota endlich in die Arme schloss, war mein Kummer schon wieder vergessen. Ich verabredete mich mit ihr für den Abend vor dem Clubhaus und wir ließen uns die Schlüssel und frische Bettwäsche geben. Eyota entschuldigte sich mehrmals dafür, dass wir nun in einem der heruntergekommensten Cottages wohnen mussten. Aber das war vollkommen unwichtig. Die meiste Zeit wollte ich ohnehin draußen in der Natur verbringen.

Dad ging zu Fuß zu der Waldkapelle, die nur wenige Minuten vom Clubhaus entfernt lag. Mom und ich stiegen in den Wagen, in dem Virginia bereits wartete. Sie war bester Laune. Na toll. Das hieß, sie würde noch angriffslustiger sein als sonst. »Ich werde das größere Zimmer bekommen, damit das klar ist, und du wirst es nicht betreten.«

»Ich fürchte doch.« Ich schlug die Tür zu und griff nach dem Gurt.

Mom sah über die Schulter. »Wie meinst du das?«

Ich berichtete von dem Ehepaar, das gerade in einen ziemlich teuer wirkenden Mercedes stieg und mir durch das offene Fenster zuwinkte.

Virginias Augen verengten sich zu Schlitzen. »Das wirst du mir büßen«, zischte sie kaum hörbar.

»War mir klar«, erwiderte ich genauso leise. Na klasse, das konnte ja heiter werden. Meine Finger zitterten leicht, als ich die Scheibe hochkurbelte und zur Sicherheit noch mal nachzog.

Meine Mutter zuckte mit den Schultern und ließ den Motor an. »Hauptsache, wir sind in Acadia.«

Ich liebte sie für ihren Optimismus.

Unser Cottage lag am Ende des Village, beinahe zwei Kilometer vom Clubhaus entfernt. Ein schmaler Stichweg führte dorthin. Der Asphalt war aufgeplatzt und Löwenzahn, Grassoden und anderes Kraut hatte sich in den Spalten eingenistet. Ich stieg aus, zerrte aus dem Kofferraum meine Tasche, die zwischen Virginias beiden Koffern eingeklemmt war, und schloss die Klappe.

»Sag mal, geht's noch?«, fauchte Virginia. »Meine Sachen sind da auch noch drin.« Sie stieß mich zur Seite.

»Herrgott! Es war ja keine Absicht. Tut mir leid.«

»Nee, ist klar.« Virginia hievte ihre Koffer heraus. »Jetzt kannst du den Kofferraum zumachen.«

Ich wollte nicht, konnte aber nicht anders, als es doch zu tun.

Das Schloss der Haustür klemmte. Während Mom im Schlüsselloch herumstocherte, strich Virginia über die Holzbohlen und hielt mir ihren Finger unter die Nase. »Grün, sag ich doch.«

Sie konnte sich echt anstellen. »Das kommt von den Tannen. Ist nur Grünspan. Kann ich dir helfen, Mom?«

Das Schloss knackte und die Tür sprang auf. »Ich hab's überlistet«, rief sie freudestrahlend.

Virginia rümpfte die Nase. »Ist das widerlich! Hier stinkt's nach Schimmel.«

Meine Mutter riss die Fenster auf und ignorierte Virginias Kommentar. Ich musste ihr jedoch recht geben. Es roch so stark nach Schimmel, dass ich unwillkürlich die Luft anhielt und sogar den Drang unterdrücken konnte, das Fenster zumindest zur Hälfte wieder zu schließen. Ich sah zur Decke, deren Ecken schwarz gesprenkelt waren. Nicht mal Spinnen fühlten sich hier wohl. Es war zu feucht.

Das Cottage war so aufgeteilt, wie wir es von unseren bisherigen Unterkünften kannten. Unten ein Wohnzimmer mit offener Küche, daneben ein kleines Bad, oben ein weiteres Bad und zwei Zimmer. Eins mit Doppelbett und eins mit Stockbett. Nur waren die Wände in diesem Cottage bekritzelt und das Inventar seit den Sechzigern nicht mehr ausgetauscht worden. An den Zimmerwänden hingen verblichene Motive von Acadia und auf allem, was mit Stoff bezogen war, prangten Blumen in Orange, Grün oder Rot. Meine Mutter, das Blumenkind, fühlte sich sofort wohl und mich störte das Muster auch nicht weiter.

Oben, in unserem Zimmer, ließ ich die Tasche sinken und zog die geblümten Gardinen beiseite. Wow! Der Ausblick entschädigte mich für alles. Er war einfach grandios! Das Cottage lag nur zehn Meter von der zerklüfteten Steilküste entfernt. Vor dem Haus hatte man es nicht erkennen können, doch von hier oben sah man das Meer. Es spannte sich im perfekten Blau bis zum Horizont.

Mit wenigen Sprüngen war ich auf dem oberen Stockbett. Das Beste war ein kleines Dachfenster, durch das ich in den Himmel gucken konnte. Zwar war es ebenfalls mit Grünspan überzogen, aber man würde trotzdem die Sterne erkennen können. Sie hatten schon immer etwas Magisches für mich gehabt und oft fragte ich mich bei ihrem Anblick, woher wir kamen, wo alles Leben begonnen hatte.

Obwohl Dad Reverend war, glaubte niemand aus meiner Familie an die Geschichte von Gott, Adam, Eva, dem Lehm und der Rippe. Genauso wenig konnte ich mich aber mit dem Gedanken anfreunden, wir würden vom Affen abstammen und unsere Bestimmung wäre keine andere, als Teil eines Kreislaufs zwischen Leben und Tod zu sein. Ich hatte nicht vor, große Spuren im Leben zu hinterlassen, wollte nichts Großartiges erfinden oder entdecken. Aber es war mir wichtig, etwas dazu beitragen, dass diese Welt ein kleines Stückchen besser wird. Vielleicht kam daher mein zwanghafter Wunsch, andauernd helfen zu wollen. Was nicht bedeutete, dass ich mich selbst vergaß. Diesen Ausblick in den Himmel über meinem Bett würde ich jedenfalls nicht kampflos aufgeben.

Wie aufs Stichwort kam Virginia ins Zimmer. Sie ließ ihren Blick schweifen, stellte ihre Koffer ab und baute sich vor mir auf. »Runter von meinem Bett!«

Ich wollte mich auf keinen Streit einlassen und schüttelte nur stumm den Kopf.

»Das werden wir ja sehen.« Virginia warf ihre Haare zurück. »Mooom!«, schrie sie.

»Komme gleich!«, hörte ich meine Mutter flöten.

Meine Schwester stieß meine Tasche zur Seite und öffnete den Kleiderschrank. Ich schielte über die Kante, während ich mein Bett machte. Die Kleiderbügel waren mit grünem Samt bezogen und Virginia nahm einen nach dem anderen, um ihre Kleidung aufzuhängen. Ihre Sachen waren schon beneidenswert schön. Sie richtete sich nicht nach der neuesten Mode. Virginia erschuf ihre eigene. Sie besuchte die *School of Fashion-Design* und eine ihrer besten Eigenschaften war der Ehrgeiz. Sie gehörte zu den Erfolgreichsten ihres Jahrgangs. Nach dem College arbeitete sie bei Starbucks, am Wochenende auf Messen und in ihrer wenigen Freizeit wandelte sie das verdiente Geld in Mode um. Ihr Traum war ein eigenes Label und ich war mir sicher, sie würde es schaffen. Wenn Virginia sich etwas in den Kopf gesetzt hatte, gab sie nicht auf, bis sie ihr Ziel erreicht hatte. Unzuverlässig, störrisch und egozentrisch war sie nur zu Hause. Ich hoffte, der Tag würde bald kommen, an dem sie nicht nur ihr eigenes Label, sondern am besten gleich ihr eigenes Reich gründete.

Genau aus diesem Grund bangte ich auch um das obere Stockbett. Meine Hand griff nach dem altmodischen Kopfkissenbezug und ich fingerte an einem Knopf herum, schob ihn durch das Loch, holte ihn zurück, schob ihn wieder durch. Öffnete und schloss pausenlos den Bezug. Dabei bildete ich mir ein, wenn es mir gelänge, ihn fünfzig Mal auf- und zuzuknöpfen, bevor Virginia alle Kleiderbügel verbraucht hatte, würde sie mir das obere Bett lassen.

Beim vierzigsten Mal wurden meine Bewegungen fahrig und leichte Panik überkam mich. Rational, wie ich war, wusste ich, dass es nicht mehr um die Kleiderbügel oder den Bettbezug ging, sondern darum, etwas nicht im Griff zu haben. Ändern konnte ich es trotzdem nicht. Ich versuchte, mir meine Zwanghaftigkeit nicht anmerken zu lassen. »Lässt du mir auch noch ein paar Bügel übrig?«

Meine Schwester warf mir einen herausfordernden Blick zu. »Komm doch vom Bett runter und nimm sie dir.«

Mit fliegenden Fingern knüpfte ich den Bezug auf und zu, bis ich die fünfzig erreicht hatte. Virginia nahm feixend den letzten Kleiderbügel und hängte eine taillierte Jeansjacke darüber. Ich hatte trotzdem das Gefühl, gewonnen zu haben. Fünfzig Mal. Geschafft!

Ich presste ein Kissen an mich und sah durch das Dachfenster in den makellosen Himmel, während meine Schwester ihre Pullover zusammenlegte. Früher oder später musste ich das Bett verlassen. Ich hatte Hunger und, noch wichtiger, war bald mit Eyota verabredet. Ich warf einen Blick auf die Armbanduhr. Kurz nach vier am Nachmittag.

Um halb fünf hatte Virginia all ihre Sachen verstaut und Mom kam rein, zwei Stöckchen in der Hand. Sie löste unseren Streit, wie sie es schon immer getan hatte. Diesmal zog Virginia den Kürzeren. Erleichtert sprang ich vom Bett.

Ihr Blick hätte schon genug gesagt. Doch als Mom das Zimmer wieder verlassen hatte, zischte sie: »Das war ja so was von klar! Immer gewinnt Mommys und Daddys Engelchen. Ich hoffe, du hast Läuse im Bett!«

Ich zuckte nur mit den Achseln. Wenn ich Läuse im Bett haben sollte, hatte sie garantiert auch welche. Außerdem war ich weit weniger perfekt, als sie mich darstellte. Doch es hatte keinen Sinn, ihr zu widersprechen. Sollte sie doch glauben, was sie wollte.

Aus meiner Tasche fischte ich einen Pullover. Er war grün wie meine Augen und ließ mich nicht ganz so zierlich aussehen. Nicht nur was Mode anging, unterschieden wir uns. Meine Haare waren glatt und braun, meine Augen grün, meine Lippen schmal und ich war gute zehn Zentimeter kleiner als Virginia. Ebenso im Brustumfang. Rasch packte ich meine Sachen aus. Nach zehn Minuten lagen nur noch mein Kulturbeutel und Mr Hopp in der Tasche. Mr Hopp war mein erstes Plüschtier gewesen, ein vollkommen abgekuschelter Hase, dem der Stummelschwanz fehlte. Ich legte ihn aufs Bett, sodass er aus dem Fenster schauen konnte.

* * *

Auf dem Provinz-Flughafen gab es zum Glück kein Gateway. Ich konnte über das Rollfeld gehen und schwang mich gleich darauf über einen Maschendrahtzaun. Grenzen interessierten mich nicht. Genauso wenig wie weltliche Verbote.

Unter anderen Umständen hätte ich mich nie in ein Flugzeug gesetzt, aber ich war eine kleine Wette eingegangen und es war nicht mein Stil zu verlieren. Trotzdem. Einen halben Tag wie ein Mastschwein zwischen über hundert stinkenden Passagieren eingepfercht zu sein, trübte den Triumph, die Wette gewonnen zu haben. Nichts war so wertvoll wie die Freiheit.

Jetzt war ich frei und genoss es. Gegen einen Pfosten gelehnt gönnte ich mir einen Moment, um die menschlichen Mastschweine aus der Ferne zu betrachten. Eine Mutter stieß ihr Kind über das Rollfeld, zwei

Männer maßen sich mit lächerlichem Imponiergehabe. Sie streckten ihre Brust durch, drohten mit den Fäusten und ließen ihre Muskeln spielen. Sie langweilten mich. Ganz anders ein junges Ding, dass von einer rot gefärbten, über Fünfzigjährigen, an ihren Haaren zurück ins Flugzeug gezerrt wurde. Sie schrie und schlug um sich. Ihr ungebremster Zorn war beinahe so wunderbar wie ihre Hilflosigkeit.

Ich lächelte still. Wie leicht sie doch ihre Zusammengehörigkeit verloren – wie eine Meute Hunde, in deren Mitte man einen Knochen warf. Gerne hätte ich das Schauspiel noch länger genossen, doch ich musste an meinen Auftrag denken.

Mein Instinkt führte mich zu einer Landstraße, der ich beinahe zehn Kilometer zu Fuß folgte, über eine Brücke, an dichter werdenden Wäldern entlang, bis hin zu einem Schotterparkplatz. Ich wischte mir den Schweiß von der Stirn. Schweiß ... Eine lästige menschliche Funktion, die mich bald nichts mehr angehen würde. Ich schaute die Wege hinunter. Sie führten von dem Parkplatz zu einer Rezeption und zu einem Versammlungshaus. Ein anderer Weg verlor sich im Wald, wo ich gerade noch ein paar Blockhäuser ausmachen konnte. Das also war Acadia. Ein Feriendorf auf einer Insel. Ein ungewöhnliches Fleckchen Erde. Erstaunlich viele gute Seelen waren hier zentriert, aber nur eine interessierte mich. Die reinste unter ihnen.

Um sie auszumachen, schloss ich die Augen. Ah ... Ein wohliger Schauer überzog meinen Körper. Ich war ihr bereits ganz nah. Alles in mir drängte danach, ihr sofort zu begegnen, endlich zu wissen, in welchem Körper sie wohnte. Wahrscheinlich in einem kleinen Kind. Direkt nach der Geburt verliert die Seele an Reinheit und bei einem heranwachsenden Menschen ist sie bereits verdorben. Es konnte nur ein Kind sein. Doch ich musste mich gedulden. Gewissheit würde ich erst haben, wenn ich sie sah.

2

Den nächsten Tag verbrachten Mom und ich damit, unser Cottage zu entstauben, den Kühlschrank zu reinigen, zu waschen und mein Dachfester zu säubern. Sogar dem Schimmel rückten wir zu Leibe. Am Nachmittag roch es schon bedeutend besser. Ich streifte die Gummihandschuhe ab und zog zufrieden die Luft ein. »Wie ein Frühlingsmorgen.«

Mom lachte. Genau das hatte sie früher immer zu mir gesagt, wenn ich sie nach dem Zähneputzen mit frischem Atem angehaucht hatte. Sie drückte mir einen Einkaufszettel und fünfzig Dollar in die Hand und ich ging um das Haus, die Klippen entlang Richtung Village. Um sechs war ich mit Eyota verabredet.

Vor der Rezeption hing ein Schild: *Geschlossen*. Eyota hatte also Feierabend, trotzdem entdeckte ich sie nirgendwo. Vielleicht zog sie sich noch um. Ich beschloss, zunächst die Einkäufe für Mom zu erledigen, und ging zum Minimarkt. Zur Hälfte führte er Souvenirartikel. Magneten, T-Shirts, Caps mit dem Acadia-Wappen, Acadias Wildtiere: Füchse, Rehe und Dachse aus Plüsch, handgefertigter Perlenschmuck und jede Menge Postkarten. Das Übliche halt.

Ich ließ meinen Blick über einen Postkartenständer schweifen. Die Motive versuchten, die unglaubliche Natur wiederzugeben. Zerklüftete Felsen, schäumende Brandung. Rote Gräser zwischen absurden Gesteinsformationen. Ein Wald aus Lilien. Ein Leuchtturm im Sonnenuntergang mit dem *Death Man Cliff* im Hintergrund. Und ein kristallklarer See. Nichts davon konnte den Zauber des Ortes wirklich einfangen. Nichts sagte etwas über das Lebensgefühl hier aus. Über die Liebeswürdigkeit der Menschen, die innere Ruhe, die jeden Besucher irgendwann überkam, und das Gefühl von Zuhause, das Acadia mir gab.

Ich nahm einen Korb und arbeitete die Einkaufsliste ab. Immer wieder begrüßten mich Stammgäste oder Angestellte des Parks. Sie drückten mich, ließen Mom und Dad Grüße ausrichten oder fragten nach Virginia. Jeder sprach mich auf meinen Geburtstag an und Betty, die Kassiererin, verriet mir, Mr Handson hätte etwas Besonderes für mich geplant. Zwar war ich neugierig, aber ich wollte nicht der Mittelpunkt des Abends sein. Ich freute mich lieber im Stillen. Zu viel Aufmerksamkeit machte mich nervös.

Es war schon kurz nach sechs, als ich den Markt verließ und mit einer Tüte zurück zum Clubhaus kam. Eyota stand auf den Treppenstufen vor dem Eingang. Sie winkte wild. Am liebsten hätte ich die Einkäufe fallen lassen und wäre ihr wie gestern um den Hals gefallen, doch ich tat es nicht. Gefühlsausbrüche waren mir peinlich. Auch wenn ich Eyota schrecklich vermisst hatte.

Äußerlich hätten wir Schwestern sein können. Sie hatte lange dunkle Haare, grüne Augen und eine zierliche Figur und sie war sensibel, wie ich, aber viel quirliger und beinahe zwei Jahre älter. Ihrer Lebensfreude konnte man sich nicht entziehen. Wäre ich in einem Hippiedorf aufgewachsen, wäre ich vielleicht auch mehr so wie Eyota geworden.

Sie führte einen spontanen Freudentanz auf und bei ihr konnte man das wörtlich nehmen. Sie sprang in die Höhe, umkreiste mich und rief dabei: »Awentia! Awentia!« Ihre Großmutter, Catori, hatte mir diesen Namen verpasst. Übersetzt hieß es *Frieden*, im Grunde bedeutete es aber, dass sie mich als Teil ihrer Familie sah.

Ich konnte meine Freude nicht so zeigen. Also stellte ich die Einkäufe auf die Treppe und fing Eyota in der Bewegung ab, um sie in meine Arme zu ziehen. »Ich freu mich so! Und ich hab schon tausend Ideen, was wir die nächsten Wochen machen können«, sagte ich und spürte, wie aufgeregt ich war.

Eyota lächelte. »Gehen wir zum Strand?«

Wir setzten uns auf einen großen, vom Meer rund gespülten Stein. Meine Freundin war barfuß und grub ihre Zehen in den Sand. Etwas beschäftigte sie, ich konnte es spüren. Auch wenn jemand seine Gefühle verbarg, wenn er lachte, obwohl er traurig war, oder seine Angst hinter Coolness verbarg, sah ich immer das wahre Empfinden dahinter. Oft ahnte ich sogar den Grund dafür. Ich wusste nicht, warum, aber es war schon immer so gewesen. Und Eyota war jetzt gerade in Gedanken ganz woanders. Ihr langes, glattes Haar fiel wie ein Vorhang über ihr Gesicht und sie spielte gedankenverloren mit einem Anhänger an ihrem Armband.

Er war hübsch, ein winziger Vogel. Ich erkannte sofort, dass es ein Fetisch war. Eine Art Talisman, eine übrig gebliebene Tradition aus dem ehemaligen Stamm der Mi'kmaq. Man konnte sie nicht kaufen. Nicht wie andere Dinge, die sie im Dorf herstellten, um sich etwas zu verdienen, und dann beispielsweise als Perlenschmuck im Minimarkt verkauften. Ein Fetisch war etwas sehr Persönliches und Eyota verstand sich darauf, diese winzigen Amulette zu schaffen.

Ich strich ihr die Haare aus dem Gesicht. »Hey ... was ist los?«

Meine Freundin schielte hoch. Ihre moosgrünen Augen glänzten feucht. »Ich kann nicht mehr aufs College. Du weißt doch, in Portland, das MECA. Das *Maine College of Art*«, schob sie hinterher.

Natürlich wusste ich, was sie meinte. Eyota studierte dort seit drei Jahren Design und Kunsthandwerk. Doch ich verstand nicht, weshalb sie damit aufhören sollte. Und wie es aussah, konnte auch sie selbst es nicht begreifen.

»Oh, Eyota ...« Ich nahm ihre Hand. »Wieso? Ich meine ... ich kapier das nicht. Bist du nicht kurz vor dem Bachelor?«

»Ja, und der kostet mich noch genau 20.745 Dollar. Ein Jahr Studiengebühren. Und das ist nicht mehr drin.«

»Aber wieso denn?«, fragte ich fassungslos. Irgendetwas musste passiert sein. Ihre Großmutter war immer so stolz auf Eyota gewesen, die als Einzige in dem Aussteigerdorf greifbare Ziele hatte.

Sie zuckte mit den Schultern. »Catori hatte vor einem halben Jahr einen Unfall und ...«

»Oh Gott.« Ich presste die Hand vor den Mund. Catori war Eyotas ganze Familie. Ihre Eltern waren bei einem Autounfall gestorben, als sie zwei Jahre alt gewesen war. Catori hatte Eyota aufgezogen. Im Grunde war sie nicht mal Eyotas leibliche Großmutter, sondern die einzig Verbliebene aus dem Stamm, aber das spielte keine Rolle. Ich stellte mich auf das Schlimmste ein. »Ist sie ...«

Meine Freundin schüttelte den Kopf. »Nein, es geht ihr gut«, beeilte sie sich zu sagen. »Sie ist gestürzt und hat sich die Hüfte gebrochen. Aber so eine Operation kostet und ...« Eyota schluckte. »Das Wichtigste ist, dass es ihr wieder gut geht.«

Erleichtert atmete ich durch. Trotzdem, in Eyotas große, traurige Augen zu sehen, brach mir das Herz.

»Aber ... da müssen wir was machen!«, sagte ich entschlossen. Man konnte seinen Traum doch nicht einfach so aufgeben. »Hat sie denn keine Versicherung? Bekommt ihr irgendetwas ersetzt? Vielleicht könnte ich Mr Handson fragen, ob ...«

»Awentia, es gibt keine Lösung. Nur wenige von uns haben eine Versicherung, nur die, die im Park fest angestellt sind, und Catori hat nie hier gearbeitet. Mr Handson hat sogar angeboten, einen Teil der Kosten zu übernehmen, aber da ist sie stur wie ein Esel. Sie würde nie etwas von jemandem annehmen, der das Land ihrer Vorfahren in einen Freizeitpark verwandelt hat. Das war's mit Mailand. Ich werde auf Acadia bleiben, wie alle.«

Eyota sah verloren auf den Ozean. Sie wirkte wie ein Tier, das seine Freiheit eingebüßt hatte. Für mich bedeutete Acadia Freiheit, für meine Freundin lag diese auf der anderen Seite des Meeres. Nach ihrem Studium wollte sie nach Mailand gehen, um dort als Schmuckdesignerin zu arbeiten. Sie liebte Acadia und das Aussteigerdorf war ihr Zuhause, aber sie hatte nie vorgehabt, ihr Leben auf dieser Insel zu verbringen. Ich spürte, Eyota hatte mit ihrem Traum bereits abgeschlossen. Aber das durfte sie nicht. Auf keinen Fall!

Auch ich hatte einen Lebenstraum: Harvard ... Dort wollte ich in etwa einem Jahr studieren. Bisher hatten sich alle meine Wünsche erfüllt. Es war tatsächlich so, wie mein Vater immer sagte. Als hielte Gott seine schützende Hand über mich. Nie war ich ernsthaft krank gewesen, nicht einmal Windpocken oder eine richtige Grippe hatte ich gehabt, auf meinen Zeugnissen standen immer null Fehlstunden, darüber lauter Einsen. Die würde ich für Harvard auch brauchen.

Genauso wie sehr, sehr viel Geld. Ein Medizinstudium war unvorstellbar teuer und die Chance auf ein Stipendium hatte ich nur, wenn ich mehr tat, als fleißig zu lernen. Auch aus diesem Grund wollte ich nach dem Sommer für ein Jahr nach Rio gehen. Die Partnergemeinde von Dads Kirche setzte sich in besonderem Maße für Straßenkinder ein. Im Gegensatz zu meinem war ihr Leben vorbestimmt: Armut, Hunger, Diebstähle, um zu überleben, später Einbrüche, Prostitution, Raub und der Versuch, das Elend mit Drogen zu betäuben. Ohne jemanden, der ihnen eine Hand reichte, hatten sie keine Chance. Und keine Chance zu haben, seinem Schicksal schuldlos ausgeliefert zu sein, fand ich einfach furchtbar. Genauso furchtbar, wie nichts tun zu können.

Mein Kopf begann schon zu arbeiten. Wie viel Geld konnte ich verdienen, wenn Mr Handson mir den Sommer über eine Anstellung gab? Zweitausend mit Glück? Und konnten wir einen Spendenaufruf während des Gottesdienstes machen? Morgen war Sonntag ...

Als ich meine Gedanken aussprach, schüttelte Eyota energisch den Kopf. »Vielleicht ist meine Bestimmung eine andere. Nichts geschieht ohne Grund.«

»Aber ...«

»Nein, Awentia. Es ist ja nicht nur das eine Jahr. Bis zum Master sind es noch drei und ... außerdem braucht Catori mich. Sie ist nicht mehr gut zu Fuß seit dieser Sache. So. Und jetzt reden wir über etwas anderes.« Sie grinste. »Was ist mit Jungs?«

»Jungs?« Ich brauchte ein paar Sekunden für den schnellen Themenwechsel. »Weiß nicht ... Da ist niemand.«

»Ach, komm ... Erzähl mir nicht, dass keiner hinter dir her ist. Die stehen bestimmt Schlange.«

Ich verdrehte die Augen. »Keine Ahnung, ja ... vielleicht.«

Tatsächlich hatte ich genug Einladungen zum Abschlussball bekommen. Die meisten mochten mich. Sie waren einfach gern mit mir zusammen, ohne dass ich etwas dafür tat. Die Mädchen wollten mit mir befreundet sein. Na ja, zumindest die netten. Aber ein paar Zicken waren auch immer dabei und die ließen mich deutlich spüren, wie ätzend und langweilig sie mich fanden. Und die Jungs ... Sie fanden mich, glaube ich, auf unschuldige Weise süß – wie Bambi, nur mit grünen Augen. Bambi. Der Name hatte sich bald allgemein durchgesetzt. Selbst einige Lehrer nannten mich so. Ich war froh, dass dieser Teil meines Lebens nun hinter mir lag.

»Also?« Eyota klimperte mit ihren langen Wimpern. »Wie heißt er?«

»Da ist wirklich niemand«, versicherte ich. »Irgendwie ist das mehr Virginias Ding.«

Bei dem Namen verzog Eyota das Gesicht. Ich konnte es ihr nicht verdenken. Schnell wechselte ich das Thema. »Und bei dir?«

»Ich weiß nicht. Einige Jungs am MECA waren ganz nett. Aber niemand Richtiges.«

Ich nickte. Mir ging es da nicht anders. »Und erzähl mal. Sind in der Kommune noch alle da?«

Glanz legte sich in Eyotas große Augen. »Im Grunde schon. Bis auf den einen, der nur ganz kurz bei uns war. Ich glaube, du hast ihn gar nicht kennengelernt. Aber dafür haben wir Zuwachs. Erinnerst du dich an Nancy und Paul?«

»Nicht so richtig«, gab ich zu. Ich war ja nur einmal da gewesen. Und selbst das hatte Dad nicht gern gesehen. Mom fand die Kommune natürlich super und schaute jedes Jahr dort vorbei.

»Nancy hat im Frühjahr Zwillinge bekommen. Die halten die ganze Kommune auf Trab ...«

Eyota und ich waren so in unser Gespräch vertieft, dass ich erst wieder auf die Uhr sah, als die Sonne das Meer blutrot färbte. »Oh Gott! Schon neun! Meine Mutter wartet seit Stunden auf die Einkäufe.«

»Da beobachtet dich jemand.« Eyota sah an mir vorbei zur Mündung der Bucht. »Kennst du den?«

Ich folgte ihrem Blick. Auf einem der großen, ebenen Steine, die aus dem Meer ragten, stand ein ziemlich junger Typ und schaute in unsere Richtung. Wow, sah der gut aus! Und selbst das war eine Untertreibung. Er war ... schön. Zwar konnte ich seine Gesichtszüge nicht erkennen, die Aura, die von ihm ausging, spürte ich jedoch über die etwa fünfzig Meter hinweg, die zwischen uns lagen. Sie war ... Ich suchte nach dem richtigen Wort, unfähig, mich von seinem Anblick zu lösen. Intensiv. So als könnte er einen Menschen mit einem Wimpernschlag für sich einnehmen. Und sein Blick lag nur auf mir. Dabei wirkte er so unwirklich dort auf den Steinen, die Füße umspült vom kalten Wasser, beinahe wie eine Fata Morgana. Groß und ganz in Schwarz gekleidet stand er unbewegt da.

Ein Schauer überlief meinen Rücken. »Nein, ich kenne ihn nicht. Ich würde mich daran erinnern, wenn es so wäre.« Natürlich würde ich das. Dieser Mann war so auffällig wie ein Panther in einem Eislaufstadion. Und ebenso einschüchternd, wie er dort unbewegt stand, den Blick starr auf mich gerichtet, als wäre ich seine Beute. Ich rutschte näher an Eyota heran.

»Wieso steht er in dem eiskalten Wasser?«, fragte sie. In ihrem Tonfall schwang Misstrauen mit.

»Ich weiß nicht ... Vielleicht ist ihm warm?« Ich hatte das Gefühl, den Fremden verteidigen zu müssen.

Einige Sekunden sah ich ihn unverwandt an, schon weil es ein Genuss für meine Sinne war, wie der vollkommene Sonnenuntergang mit feuerroten Strahlen auf seiner sanft gebräunten Haut schimmerte und von seinen dunklen Haaren wie eine Aureole in alle Richtungen reflektiert wurde ... mystisch, geheimnisvoll. Mein Gott! Was dachte ich denn da? *Wie eine Aureole ...* Gut, dass ich es nicht laut ausgesprochen hatte.

Stattdessen vergrub ich mein Gesicht in Eyotas Haar. »Wieso starrt er uns so an?«, raunte ich in ihr Ohr. »Stimmt etwas nicht mit uns?«

»Er starrt nicht uns an, sondern dich, und nicht mit uns stimmt etwas nicht, sondern mit ihm, schätze ich.« Meine Freundin machte sich los und stand auf. »Komm, Abby. Das gefällt mir nicht. Ich persönlich werde nicht gern von fremden Männern angestarrt, erst recht nicht, wenn sie aussehen, als würden sie als Modell arbeiten und in New York leben, aber stattdessen irgendwo am Ende der Welt im Wasser stehen.« Sie rüttelte leicht meine Schulter. »Abby!«

Kurz schien er seinen Blick zu lösen und zu Eyota zu sehen. Auch ich tat es. In diesem Moment wirkte sie durch und durch indianisch. In ihrem Gesicht spiegelte sich die Angst ihres Volkes und deren Geisterglauben ... Ein Glaube, den ich respektierte, aber nicht nachvollziehen konnte.

»Meinst du, dass er das ist? Ein Modell?«, überlegte ich, um ihr die Angst zu nehmen, und fügte hinzu: »Er kommt mir wirklich irgendwie bekannt vor. Mag sein ... Vielleicht von Virginias Modepostern in ihrem Zimmer ... Sie sammelt sie. Von Calvin Klein bis zu diesem Levis-Typen.« Acadia und seine raue Küste boten zumindest einen guten Hintergrund für Fashion-Fotos. Nur ein Fotograf war nirgends zu sehen.

Eyota antwortete nicht. Ihr Blick hing über dem Meer, das getrieben vom Wind unruhige Wellen schlug. Eine Böe blies dem Fremden die fast schulterlangen dunklen Haare ins Gesicht. Kurz war ich traurig, es nicht mehr sehen zu können, dann aber war mir, als würde sein Geruch zu mir herübergetragen.

Wow. Er roch gut.

Unwillkürlich stand ich auf, ging auf ihn zu, als hätte er meinen Namen gerufen. Er lächelte und trotzdem meinte ich, Enttäuschung zu spüren. Das Gefühl wurde stärker, je näher ich ihm kam. Ich dachte nicht über das nach, was ich tat, noch, warum ich es tat. Ich folgte meinem Instinkt.

»Awentia!«

Ich drehte mich nicht um.

»Abigale Dupont! Bleib stehen!« Eyotas Stimme zerschnitt diesen irrealen Moment und ich sah über die Schulter. Sie stolperte auf mich zu. »Was machst du denn? Komm da raus!«

Erst wusste ich nicht, was sie meinte. Gleich darauf spürte ich die Kälte. Bis zur Hüfte stand ich im eisigen Wasser. Ich war hineingegangen, ohne es zu merken. Die Wellen schwappten über meinen Po und der Saum meines Pullovers war schwer vom Wasser. Stocksteif blieb ich stehen, wagte nicht zu atmen, wusste nicht, wohin.

Auf nackten Füßen lief Eyota ins Meer und nahm meine Hand. »Was zum Teufel machst du denn da?«

»Ich ... ich weiß es nicht«, flüsterte ich, vollkommen irritiert, denn ich wusste es wirklich nicht. Ich sah mich nach dem Fremden um. Er war fort. »Er ist nicht mehr da.«

Eyota zerrte an meiner Hand. »Wer?«

»Der Mann.«

»Du meine Güte. Was ist denn los mit dir? Von wem sprichst du?«

»Von dem Mann. Du hast gesagt, er beobachtet mich. Er ... er stand dort.« Ich deutete in Richtung der Steine, die das Meer jetzt überspülte.

Eyota murmelte etwas in der Sprache ihrer Vorfahren. Ich verstand die Worte nicht, merkte jedoch, wie beunruhigt sie war. »Du machst mir Angst. Wir haben über Gott und die Welt geredet. Hier war und ist niemand. Jetzt komm schon. Das Wasser hat höchstens fünf Grad.«

Ein Schauer überzog meinen Rücken. Nicht nur wegen der Kälte. Ich war mir sicher gewesen, auch Eyota hatte ihn gesehen. Sie hatte mich doch erst auf ihn aufmerksam gemacht. Wir hatten doch über ihn geredet!

Irgendetwas stimmte nicht. Entweder mit ihr oder mit mir. Willenlos ließ ich mich aus dem Wasser ziehen.

3

Eyota nahm mich auf ihrer knallorangenen Vespa mit. Ihr ganzer Stolz. Während der kurzen Fahrt kühlte der Fahrtwind meinen Körper noch mehr aus, und als wir das Cottage erreichten, klapperten meine Zähne.

»Ist wirklich alles in Ordnung?«, fragte sie mich mit sorgenvollem Blick. »Du warst vorhin so eigenartig.«

Ich nahm die Einkäufe aus der Plastikbox hinter dem Rücksitz. »Ich weiß nicht ... Glaubst du an Erscheinungen oder so was?«

Eyota lachte. »Du fragst eine Indianerin, ob sie an Erscheinungen glaubt?«

Okay, da hatte sie recht. Indianer tanzten sich bei ihren Riten in Trance, um mehr wahrzunehmen, als das bloße Auge sehen konnte. Zumindest früher. Inzwischen taten sie in der Aussteigerkommune wohl andere Dinge, um Erscheinungen hervorzurufen. Als ich im letzten Jahr dort gewesen war, hatte ich miterlebt, wie die Bewohner gewisse Pilze als Tee aufgekocht hatten ... Eyota hatte nicht mitgetrunken, dafür war sie zu jung gewesen, aber sie störte sich auch nicht daran. Im Gegenteil. Das Rezept für den Tee kam von ihrer Großmutter Catori.

Vorhin am Strand aber war ich weder in Trance gewesen, noch hatte ich bewusstseinserweiternde Substanzen genommen. »Ich meine, glaubst du wirklich daran?«

»Sicher.« Eyota nickte ernst. »Du meinst also, dieser Mann war eine Erscheinung?«

Ich sah an ihr vorbei in den Tannenwald. Mein Blick suchte nichts. Ich dachte nur daran, dass Eyota mich doch auf ihn hingewiesen hatte. Wieso erinnerte sie sich nicht? »Eigentlich glaube ich nicht an Erscheinungen. Außerdem wirkte er real, nur ...«

»Nur?«

Ich spürte meine Wangen heiß werden. Jedenfalls ein Teil von ihnen, der nicht fror. »Er war ...« Wieder stockte ich. Viel zu gut aussehend für einen realen Menschen? Unwirklich starr und trotzdem übernatürlich anziehend? »Ich hatte das Gefühl, zu ihm zu müssen«, sagte ich schließlich.

»Dann war es eine sehr starke Erscheinung. Du Glückspilz.« Meine Freundin drückte mich. Ihre grüne Uniform war nass von meiner triefenden Kleidung. Sie gab mir einen Kuss auf die Wange und den Ratschlag, auf meine Träume zu achten. Sie würden mir helfen, die Erscheinung zu verstehen.

Ich hätte geschworen, dass er real gewesen war. Als ich ins Haus ging, war ich verwirrter als jemals zuvor in meinem Leben.

Beinahe eine Stunde lang stand ich unter der Dusche, bis ich das Gefühl hatte, wieder halbwegs normale Körpertemperatur angenommen zu haben.

Zuerst dachte ich, Virginia würde schon schlafen. Das Fenster in unserem Zimmer stand halb offen, ich schloss es, bevor ich mich umzog. Dann fiel mein Blick wieder auf das Bett, dessen Decke auffällig gewölbt war. Ich zog sie zur Seite und fand meine Kleidung daruntergestopft. War ja klar! Virginia war abgehauen, wahrscheinlich um sich mit diesem jungen Handwerker zu treffen.

Wut brodelte in mir hoch. Vielleicht sollte ich sie genauso behandeln. Ihre Kleidung von den Bügeln reißen, sie in ihr Bett stopfen und die Haustür verriegeln. Sollte sie doch Mom und Dad wach klopfen! Ich hatte nicht übel Lust dazu. Aber ich wusste auch: Das würde sich rächen. Virginia war, was das betraf, sehr einfallsreich.

Ich seufzte leise, faltete meine Kleidung zusammen und verstaute sie ordentlich im Schrank. Mein Ärger legte sich so schnell, wie er gekommen war.

Kurz danach saß ich in meinem Lieblingspyjama am Küchentresen. Mom hatte mir Bagels belegt. Leise sprach ich das Tischgebet, während sie sich stumm einen Tee aufbrühte.

Ich aß, weil mein Magen knurrte, nicht weil ich Appetit hatte. Bei meinem letzten Bissen war es draußen bereits dunkel. Gleich darauf ging die Tür auf. Es war nicht Virginia, sondern Dad. Kaum war er in der Küche, fing er an, meiner Mutter von einigen Gästen zu erzählen, die wir schon sehr lange kannten, weil auch sie jedes Jahr nach Acadia kamen: die Meyers und Johnsons und das Ehepaar Stone, das hieß das Ex-Ehepaar, denn Mrs Stone verbrachte diesen Sommer wohl mit ihrem Yoga-, Reit- oder Golflehrer.

Ich hörte nur mit einem Ohr hin. Meine Gedanken kreisten wieder um den Fremden. Jedes Detail rief ich mir in Erinnerung: seine große Statur, seine dunklen, schulterlangen Haare, seinen verlockenden Geruch, den unbewegten Ausdruck, und auch das Gespräch mit Eyota ... Nichts davon brachte mich weiter.

»Ist alles in Ordnung?« Mom griff nach meinem Teller und stellte ihn in die Spüle.

»Hast du Eyota getroffen?«, fragte Dad und sah von einem Zettel auf, auf dem er Stichworte für seine morgige Predigt notierte.

Von Eyota erzählte ich meinen Eltern, von dem Fremden nicht. Es war, als wäre ich einen Geheimbund mit ihm eingegangen, als würde ich unsere Begegnung entweihen, wenn ich über sie sprach. Und vielleicht war gerade dieses Gefühl das Merkwürdigste von allen. Denn im Grunde war ich ein rationaler Typ. Ganz anders als Mom, die an alles Mögliche wie Engel, Elfen, Yin und Yang, Geister, Gott und die Liebe glaubte, hatte ich mit Esoterik nichts am Hut. Und obwohl ich an Gott glaubte, wäre es mir lieber gewesen, ich hätte einen Beweis für seine Existenz gefunden. Es hätte diese rationale Seite beruhigt.

Als ich Dad meine Idee mit der Kollekte unterbreitete, wiegte er den Kopf. »Weißt du, Abby, das müsste ich mit Mr Handson abstimmen. Es ist ja leider nicht meine Gemeinde.«

Aufregung erfasste mich. »Mr Handson wird bestimmt nichts dagegen haben, er hat Eyota sogar Geld angeboten.«

»Wir müssen ihn erst fragen.« Dad nahm wieder den Stift zur Hand und schob seine Lesebrille hoch.

»Du hast nicht gesagt, deine Freundin hätte das Geld genommen, das George ihr angeboten hat.« Mom hatte wie immer das richtige Gespür. Nur, wenn es um Virginia ging, versagten ihre Instinkte.

»Hat sie auch nicht.«

»Aus falschem Stolz?«

»Nein, wegen Catori, denke ich.« Mit wenigen Sätzen berichtete ich von ihrem Unfall und dass sie kein Geld von Menschen annehmen wollte, die das Land ihrer Vorväter nicht achteten. Ihrer Meinung nach. Ich hatte da ganz andere Nationalparks gesehen. In einigen stand sogar ein Starbucks.

Dad legte seinen Zettel zur Seite. Da wusste ich bereits, er würde mir, oder besser gesagt Eyota, nicht beistehen. »Weißt du, meine Kleine, du kannst nicht jedem helfen. Du fühlst dich stark mit Eyota verbunden, im Grunde weißt du aber kaum etwas über sie und ...«

»Eyota ist meine beste Freundin, Dad!«

»Und kennst du deswegen ihre Stammesgeschichte? Ihren Familien-Kodex? Oder kannst du nachempfinden, welchen Stellenwert Acadia für Catori hat? Weißt du, wie wichtig ihnen ihre Tradition noch ist, gerade weil nur noch zwei aus ihrem Stamm hier leben?«

Ich rieb mir die Stirn.

Dad ließ mich nicht aus den Augen. »Es gibt Dinge, da solltest du dich nicht einmischen. So gut deine Intention auch ist.«

»Aber ... es ist unfair! Wieso hat ausgerechnet Eyota keine Wahl?«

Meine Mutter ging um den Küchentresen herum und strich mir übers Haar. »Die hat sie doch. Sie hat sich nur anders entschieden, als du es getan hättest.«

»Das heißt, ihr helft mir nicht.«

»Das heißt, wir respektieren Eyotas Entscheidung.«

Wieder schoss unvermittelt Wut in mir hoch. Ich sprang auf. Kurz vor der Flurtür drehte ich mich nochmals um. »Ach übrigens, Virginia ist abgehauen. Sie ist aus dem Fenster gestiegen.«

Lauter als beabsichtigt ließ ich die Tür ins Schloss fallen und erschrak vor mir selbst. Warum war ich schon das zweite Mal an diesem Tag so wütend geworden? Das war überhaupt nicht meine Art.

Ich warf mich auf mein Bett, drückte Mr Hopp an mich und sah in den Nachthimmel. Er war verhangen. Kein Stern gab mir Antworten auf die vielen Fragen, die mich beschäftigten. Ob es den Mann wirklich gab? Und wieso hoffte ich so sehr, es wäre so? Und weshalb hatte ich eben Virginia verpetzt? Das hatte ich noch nie getan.

Ich zog mir die Bettdecke über den Kopf. Ich fühlte mich gar nicht wohl.

Ich erinnerte mich nur an wirres Zeug, als ich am nächsten Morgen die Augen öffnete. In meinem Traum spielten Waldlilien eine Rolle, wie Mom sie ausgerissen hatte, und Sträucher voll schwarzer Rosenblüten, die alles andere überwucherten. Ich war enttäuscht. Mein Traum verriet mir nur, dass ich Blumen mochte. Welche Offenbarung!

Ich nahm mir vor, mich wieder den greifbaren Dingen zu widmen. Mit Eyota irgendwo zu picknicken, sofern sie nicht arbeiten musste. Mr Handson bei den Vorbereitungen für das Sommerfest zu helfen, sofern es denn stattfinden würde. Und wiedergutzumachen, dass ich Virginia gestern verpetzt hatte, sofern sie es zulassen würde. Zumindest das Wetter war an diesem Morgen kein *Sofern*. Das Licht war kraftvoll, der Himmel über dem Dachfenster strahlend blau. Es versprach, ein schöner Tag zu werden.

Ich ließ mich die Leiter hinuntergleiten und warf einen kurzen Blick auf meine Schwester. Ihre Haare ergossen sich über das Kopfkissen. Ihr Hals war frei und rot an einer Stelle. Ein Knutschfleck. Sie hatte sich also tatsächlich mit dem Jungen getroffen. Meine Eltern hatten grundsätzlich nichts dagegen, nur mochten sie es nicht, wenn sich Virginia den Kerlen so an den Hals warf. Ich grinste. Dem Knutschfleck nach zu urteilen, war es dieses Mal wohl andersherum gewesen.

Leise zog ich mir Jeans und eine weiße Tunika über und genauso leise schloss ich die Zimmertür hinter mir. Aus dem Bad hörte ich Dads Rasierapparat, gleich darauf einen ziemlich unchristlichen Fluch und dann ein Aufstöhnen. Ich zog scharf die Luft ein. Mein Vater schaffte es sogar, sich mit einem elektrischen Rasierer zu schneiden.

Mom kam mir im Nachthemd auf der Treppe entgegen. »Guten Morgen, Engelchen. Ist deine Schwester schon wach?«

Das Teufelchen?, lag mir auf den Lippen. »Sie schläft noch.«

»Kein Wunder, sie ist ja auch gestern bis spät in der Nacht durch die Gegend geirrt.«

»Ach so?« Da war ich aber gespannt.

»Ach Gott. Sie wollte noch kurz zum Minimarkt und eine Abkürzung nehmen, aber es wurde schnell dunkel und ... Ich muss mal mit George sprechen. Einige Hinweisschilder oder mehr Beleuchtung wären nicht verkehrt. Virginia war die halbe Nacht im dunklen Wald. Das arme Mädchen.«

»Ja, hätte sie nur Brotkrumen dabeigehabt.«

Meine Mutter lachte. »Kiesel, Engelchen. Die Brotkrumen haben die Vögel gefressen. Weißt du nicht mehr?«

Natürlich wusste ich das noch.

Dad kam aus dem Bad, seinen Talar hatte er bereits an, gegen sein Kinn presste er einen Waschlappen.

»Ist Virginia noch nicht wach? Der Gottesdienst beginnt in einer Stunde.« Er pochte gegen die Zimmertür. »Aufstehen. Es ist acht!«

»Lass sie schlafen, Rufus. Sie hat genug durchgemacht. Bis Mitternacht im Wald umhergeirrt, das arme Kind.«

»Ja, auf der Suche nach Hänsel«, brummte Dad.

Ich verkniff mir ein Lachen.

Mom schüttelte mit gespieltem Tadel den Kopf. »Falls du auf den jungen Mann anspielst, passt diese Analogie nicht ganz. Hänsel war Gretels Bruder, nicht ihr Freund. Ihr beide habt wirklich keine Ahnung von dem Märchen.«

»Zumindest glauben wir nicht jedes, das uns aufgetischt wird.« Dad machte das gleiche Gesicht wie auf der Kanzel, wenn er seine Schäfchen ausschimpfte. »Virginia! Steh jetzt auf!«

Um kurz vor neun waren wir bei der Waldkapelle. Mein Vater begrüßte die meisten Besucher mit Namen. Nur wenige neue Gesichter waren unter den Gästen. Der Rest unserer Familie stand etwas abseits und wartete darauf, dass wir die Flügeltür schließen konnten, sobald sich der letzte Gläubige gesetzt hatte.

Ich konnte nicht anders, als immer wieder zu Virginia zu schielen. Nie hatte ich sie so ... so sittsam, mir fiel kein passenderes Wort ein, gesehen. Sie trug einen knielangen schwarzen Rock, den sie normalerweise mit einem halb durchsichtigen Oberteil kombinierte, jetzt zu einer weißen Bluse mit Lochspitze, die ich bislang nur zusammen mit Hotpants an ihr gesehen hatte. Vor allem aber trug sie kein Make-up. Ihre langen Haare fielen ihr in Wellen über die Schultern. Sie wirkte wie die Unschuld in Person. Ich kaufte ihr nichts davon ab. Mit Sicherheit wollte sie nur Dad milder stimmen, das war alles.

Ich warf einen Blick auf die Armbanduhr. Eine Minute nach neun. Die letzten Besucher gingen in die Kapelle, mein Vater zog seine Stola zurecht und nickte uns zu. Virginia setzte sich in die letzte Reihe und Mom ging zur Orgel. Sie versuchte sich an vielen Instrumenten, beherrschte jedoch keines davon wirklich.

Gerade als ich die schwere Tür zuziehen wollte, sah ich ihn wieder. Er stand an eine Tanne gelehnt und blickte mit einem unwiderstehlichen Lächeln in meine Richtung. Ich schaute hinter mich, nur um sicherzugehen, dass nicht Virginia dort stand und der Blick ihr galt. Doch außer dem Gang zwischen den Bänken und dem Altar an der rückseitigen Wand sah ich nur Jesus am Kreuz und der lächelte nicht. Als ich mich wieder zurückdrehte, war meine Erscheinung fort.

Ich blinzelte, suchte mit den Augen den Wald ab. Die Tannen standen nicht dicht, ihre Stämme waren schlank. Er konnte sich nicht versteckt haben. Und ... wieso sollte er auch? Von innen erklang Moms unbeholfenes Orgelspiel und ich stand noch immer in der offenen Tür.

Er war real! Bestimmt! Ich hatte jeden Zug seines schönen Gesichts gesehen. Die dichten Augenbrauen, die gerade Nase, seine gebräunte Haut, die perfekt geschnittenen Lippen ... Außerdem ... welche Erscheinung trug einen Dreitagebart?

Eine Frau hinter mir hüstelte laut. Ich machte einen Sprung, leise wie eine Katze, und schloss sorgfältig die Tür. Von außen.

Entgegen meiner Gewohnheit nahm ich zielgerichtet die erlaubte Abkürzung über den Trampelpfad runter zum Village und durchquerte das lichte Wäldchen. Immer wieder suchte ich mit den Augen von links nach rechts und redete mir dabei ein, ich würde nur aus einem einzigen Grund den Gottesdienst schwänzen, nämlich um herauszufinden, ob mein Gehirn einen Sauerstoffschock erlitten hatte oder ich doch bei Sinnen war und es ihn wirklich gab. Mich selbst zu belügen, funktionierte jedoch nur, bis ich das Wäldchen verließ und auf dem Schotterparkplatz vor der Rezeption stand. Meine Enttäuschung, ihn nicht gefunden zu haben, war zu groß.

Die Wahrheit war: Ich wollte mit ihm sprechen. Ihm nahe sein. Seinen Namen erfahren. Was dumm und albern war. Zum einen schätzte ich ihn auf Mitte, vielleicht sogar Ende zwanzig, also wesentlich älter als mich, zum anderen spielten wir nicht in derselben Liga. Selbst Virginia würde neben ihm wie Aschenputtel aussehen. Besonders in ihrem heutigen Outfit.

Verloren sah ich mich um. Zur Gottesdienstzeit war der Platz vor dem Clubhaus leer. Die frommen Besucher waren in der Kapelle, die anderen, die nichts mit Gott im Sinn hatten, schliefen wohl noch. Auch Eyota war noch nicht an ihrem Arbeitsplatz. Die Rezeption würde erst um zehn öffnen. Was sollte ich tun? Zurück zum Gottesdienst gehen?

Die Entscheidung wurde mir von einem Reisebus abgenommen, der in diesem Moment auf den Parkplatz bog. Die Tür öffnete sich zischend und ließ einen Strom von Besuchern ins Freie.

Eyota kam aus dem Clubhaus, wahrscheinlich aus Mr Handsons Büro, und zog im Laufen ihr Schlüsselband vom Hals. Die ersten Gäste aus dem Reisebus standen bereits vor der Tür der Rezeption.

»Eyota!« Ich lief zu ihr und senkte meine Stimme. »Ich hab ihn wieder gesehen.«

»In deinen Träumen?«, wisperte sie, während sie die Tür aufschloss.

»Nein, vor der Kirche. Er war ...«

Die Tür ging auf und eine beleibte Frau zwängte sich zwischen uns hindurch.

»Tut mir leid.« Eyota machte ein zerknirschtes Gesicht. »Später, okay? Aber ich will's wirklich hören. Unbedingt.«

»Klar, kein Problem. Dann bis spä...« Über Eyotas Schulter hinweg sah ich plötzlich einen roten Schein hinter dem Rollo von Mr Handsons Büro. Er flackerte – wie Feuer. Ich hielt Eyota an ihrer Uniform fest. »Warte! Da brennt es im Clubhaus!«

»Was?« Eyota fuhr herum.

Die beleibte Frau klopfte ungeduldig auf den Tresen.

»Ach so. Nein. Mr Handson hat vor zwei Tagen jemanden aus der Not heraus engagiert und geht nun das Programm für das Sommerfest mit ihm durch. Das sind nur irgendwelche Zaubertricks.«

Ich ließ Eyotas Ärmel los und schnupperte. Es roch nicht nach Rauch, aber nach etwas anderem. Etwas überirdisch Gutem. Wie dem perfekten Parfum, einer Harmonie der wunderbarsten Gerüche der Welt. Unwillkürlich dachte ich an Zimt, an den Harz von Kiefern, an Waldboden nach einem Regenschauer, Honig und … Ich schloss die Augen … ja … es roch nach getrockneten Orangenschalen, die knisternd im Kamin verbrannten. Es roch nach ihm. Dem Fremden.

Du spinnst doch!, schimpfte ich mich und öffnete die Augen. Die Silhouette von Mr Handson war am Fenster erschienen. Rangerhut, großer Bauch, stockdünne Beine. Er war es unverkennbar. Ein zweiter Schatten erschien, größer als der des Parkdirektors.

Neugierig ging ich näher. Zwar war das Rollo heruntergezogen, das Fenster jedoch halb geöffnet. »Fantastisch!«, hörte ich Mr Handson ausrufen. »Machen Sie das gleich noch mal. Das mit dem Feuerball.«

Der große Schatten hob den Arm, die Hand zur Faust geballt. Dann öffnete er sie. Verschwommen sah ich Flammen. Sie züngelten aus der Handfläche, schwebten empor, veränderten ihre Form, zerstoben in hellen Funken und erloschen.

»Einfach großartig! Wie machen Sie das nur? Es wirkt nicht wie eine Illusion.«

»Eine Illusion, die sich zu erkennen gibt, würde man Betrug nennen.«

Die Haare an meinen nackten Unterarmen stellten sich auf. Die Stimme des Magiers war samtweich, ruhig und dabei überaus selbstsicher. Sie passte zu dem Geruch und der Erscheinung des Fremden.

Er war also real. Weder war ich übergeschnappt noch plötzlich zu indianischer Spiritualität fähig, noch hatte ich Pilztee getrunken. Stattdessen war ich Zeuge perfekter Illusionen gewesen. Die Tatsache beruhigte mich unheimlich. Ich mochte nichts, was meinem Weltbild widersprach. Illusionen waren in Ordnung. Sie waren erklärbar, zumindest theoretisch konnte ich sie verstehen.

Was mich weniger beruhigte: Ich stand wie festgenagelt vor dem Fenster und belauschte Mr Handson. Das gehörte sich nicht und eigentlich war es auch nicht meine Art. Ich wusste, ich müsste meine Füße nur heben, mich umdrehen und gehen, aber ich tat es nicht. Und so furchtbar vertraulich war das Gespräch ja nun auch wieder nicht, oder?

Mr Handson berichtete lang und breit von dem Sommerfest, das in einigen Tagen stattfinden sollte. Er rechnete mit mehreren Hundert Gästen, auch vom Festland. Letztes Jahr hatte es unter dem Motto Hawaii gestanden und war ein großer Erfolg gewesen. Wie ich ihn kannte, wollte er das dieses Jahr bestimmt noch übertreffen. »Sie müssen also in der Lage sein, etwas Großes zu veranstalten. Etwas mit mehr Hokuspokus, verstehen Sie? Es muss von allen Gästen gesehen werden und es muss ... *boom* machen! Sie vom Hocker reißen oder besser von den Füßen. Am Strand haben wir keine Hocker.« Der Parkdirektor lachte über seinen Witz. »Bekommen Sie das hin?«

Ich hielt die Luft an.

»Wenn Ihnen der Himmel groß genug ist ...«

»Wollen Sie etwa den Himmel entzünden?«

»Ja.« Seine schlichte Antwort ließ keinen Zweifel daran, dass er es sich zutraute.

»Gut!« Ich hörte den Parkdirektor in die Hände klatschen. »Dann machen wir einen Vertrag. Sie übernehmen die Feuer-Show und in der Zwischenzeit sorgen Sie dafür, dass den Gästen nicht langweilig wird. Treiben Sie sich den Vormittag herum, wo

Sie wollen. Unsere Gäste wandern zu der Zeit oder klettern oder setzen zu einer der Inseln über. Pünktlich ab vier am Nachmittag will ich Sie aber in der Clubanlage sehen. Sie unterhalten die Gäste, sehen, wer alleine hier ist, weil er Ruhe sucht oder weil er jemanden sucht. Sie verstehen?«

»Nicht ganz. Was genau soll ich tun?«

»Sie sehen blendend aus, junger Mann, und beherrschen die Magie. Ihnen wird schon etwas einfallen.«

Ich atmete aus. Der Magier würde also bleiben. Mindestens ein paar Tage. Es war albern, doch bei dem Gedanken, ihn wieder zu sehen, spielte mein Herz verrückt. Meine unerwarteten Gefühle ließen es regelrecht seilspringen.

Der Schatten hinter dem Fenster wurde größer und schärfer. Eine Hand legte sich darauf. Sie drückte das Rollo gegen das Glas.

Oh Gott! Er sieht mich. Ich sprang zurück. Von innen hörte ich leises Lachen. Auf Zehenspitzen und mit hochrotem Kopf schlich ich um das Gebäude zum Haupteingang. Wenn er mich tatsächlich gesehen hatte, musste er mich spätestens jetzt für einen verrückten Stalker oder so etwas halten. Ich schickte ein Stoßgebet zum Himmel: *Bitte, Gott, lass ihn nur einen Schatten gesehen haben. Nur einen Schatten.*

Virginia bog in der gleichen Sekunde um die Ecke des Clubhauses wie ich. Nur kam sie von der anderen Seite. An den Treppenstufen zum Haupteingang blieb sie stehen und kramte in ihrer Handtasche herum. Sie zog eine Zigarettenschachtel heraus, hielt jedoch inne, als sie mich entdeckte. »Was machst du denn hier?«

»Ich, äh ... ich war ... mir war übel.«

Misstrauisch hob meine Schwester eine Braue. »Was könnte das kleine Engelchen wohl so interessieren, dass es den Gottesdienst schwänzt?« Virginia ließ ihren Blick schweifen. Er haftete kurz an der Rezeption, dann glitt er weiter und blieb an mir hängen. »Eyota arbeitet, sie ist es also nicht. Irgendein Typ vielleicht?«

»Es war ... äh ... dieser Geruch.« Ich schnüffelte in die Luft. »Über... Überall riecht es nach Zimt und ... da... davon ist mir bestimmt übel geworden.« Ich ärgerte mich im gleichen Moment, als ich log. Ich war Virginia doch keine Rechenschaft schuldig. Immerhin war sie auch hier und ich hatte noch keine Glocke läuten gehört. Aber so war es schon immer zwischen uns gewesen. Solange ich denken konnte.

»Nach Zimt. Wirklich? Ich finde, es riecht nach Kirschblüten und Himbeeren«, sagte sie verträumt. »Ich frage mich, was das für ein Parfum ist. *Miss Dior* vielleicht? Oder nein! *Chinatown!* Von *Bond No. 9.*«

Ich wusste nicht, was sie meinte. Nirgends roch es nach Kirschblüten oder Himbeeren. Anscheinend unterschieden wir uns auch in unseren Wahrnehmungen mehr als deutlich.

Die kleinen Glocken der Kapelle begannen zu läuten.

»Zu spät, um dich zurückzuschleichen«, quittierte Virginia das Ende des Gottesdienstes mit einem süffisanten Lächeln. Sie schob sich die Zigarette zwischen die Lippen und suchte nach einem Feuerzeug. Sie rauchte heimlich. Meine Eltern durften davon nichts mitbekommen und ich hatte ihnen auch nichts davon erzählt. Ich hatte sie, bis auf den gestrigen Abend, noch nie verpetzt. Denn auch wenn meine Schwester mich nicht ausstehen konnte, liebte ich sie.

»Wenn Mom und Dad das sehen –«, setzte ich jetzt trotzdem an, aber mir blieb der Satz im Hals stecken.

Die Haupteingangstür vom Clubhaus hatte sich geöffnet und dieser betörende Duft quoll heraus. Virginia und ich blickten zur Tür. Mr Handson hielt sie auf und nickte freundlich in das Restaurant des Clubhauses hinein. Mein Atem ging schneller und nicht nur, weil ich mehr von dem Duft inhalieren wollte. Dann, endlich, trat *er* heraus. Blitzartig senkte ich den Kopf, sodass meine Haare wie ein Vorhang vor mein Gesicht fielen, und schielte durch die Strähnen hindurch zu ihm. Mr Handson redete mit großen Gesten auf ihn ein.

Der Fremde passte nicht nach Acadia. Genau genommen passte er an keinen Ort, an dem sich normale Leute wie ich aufhielten, so überirdisch schön war er. Solche Männer traf man, wenn überhaupt, nur auf der anderen Seite der Staaten, mindestens fünftausend Kilometer entfernt: in Hollywood. Und selbst als Star musste man wohl eine ganze Menge tun, um so zu wirken wie er. So ... so erhaben, so selbstsicher ... so perfekt.

Plötzlich deutete Mr Handson auf mich und Mr Perfekt drehte seinen Kopf.

Oh Gott! Er sah mich an! Schon wieder. Ich wollte nicht von ihm angesprochen werden. Noch nicht. Ich war noch nicht so weit. Ich musste mich erst vorbereiten. Mir die richtigen Worte zurechtlegen, meine Haare kämmen, definitiv etwas anderes anziehen.

Die ersten Gottesdienstbesucher sammelten sich auf dem Parkplatz. Sie sprachen leiser als sonst. Viele sahen in die Richtung des Magiers.

Jetzt kam er auf mich zu.

Ich sank in die Knie und machte mich an meinem Schuh zu schaffen, was lächerlich war. Ich trug einfache Ballerinas, ohne Schürsenkel oder sonst etwas, das ich hätte in Ordnung bringen können. Aus den Augenwinkeln registrierte ich, wie Virginia Lippenstift auftrug. Die Besucher um mich herum wichen zur Seite. Ich kam langsam hoch.

Und dann stand er direkt vor mir. Viel zu nah.

Seine dunklen Augen blickten unbeirrt in meine. Sein Blick war derart intensiv ... ich wusste nicht, wohin ich gucken sollte, und er blinzelte noch nicht einmal. Das Ungleichgewicht zwischen uns hätte nicht größer sein können. Hollywoodstar trifft Landei. Du meine Güte! Wenn er mich noch länger auf diese Weise anschaute, würden meine Wangen in Flammen aufgehen, da war ich sicher.

Zum Glück war mittlerweile Mr Handson herangekommen und hieb jetzt dem Fremden auf die Schulter. »Unsere reizende Pastorentochter hat bald Geburtstag. Inszenieren Sie etwas für sie. Verzaubern Sie die junge Dame. Was meinen Sie?«

»Es wäre mir ein Vergnügen«, entgegnete er.

Er brauchte doch keine Magie mehr. Ich war bereits verzaubert.

Bevor ich etwas entgegnen konnte, stand Virginia neben mir, ihre Zigarette immer noch zwischen den Fingern eingeklemmt. Sie führte sie zu ihren karminrot geschminkten Lippen und wartete, dass er ihr Feuer gab. Na toll. Das war's dann. Wenn überhaupt, würde er sich ab jetzt nur noch für sie interessieren.

Selbst in ihrem biederen Outfit. »Du bist neu hier«, stellte sie fest.

Sie war so cool. Ich hätte ihn wahrscheinlich gesiezt. Doch jetzt war klar, dass ich keine Gelegenheit mehr haben würde, mit ihm zu sprechen.

Er blickte kurz zur Seite und schnipste mit den Fingern. Eine kleine Flamme züngelte an seinem Daumen empor und entzündete dann ihre Zigarette. Sie machte große Augen.

»Virginia, ich habe den jungen Mann als Magier eingestellt«, meinte Mr Handson. »Er ist nur für die Abendanimation zuständig.«

Sollte Virginia verstanden haben, was Mr Handson ihr damit hatte sagen wollen, ignorierte sie es. »Dann muss ich aufpassen, dass ich mich nicht an dir verbrenne, oder?« Sie zog an der Zigarette und blies den Rauch in seine Richtung.

Zu meinem unendlichen Erstaunen wendete er sich ohne eine Antwort wieder mir zu. »Ich bin Juspinn.«

Juspinn ... Ein eigenartiger Name. Ich hatte ihn nie zuvor gehört. Er sah mich abwartend an. Oh Gott! Was sollte ich antworten?

»Und du bist ...?«, fragte er mit einem leichten Lächeln.

»Was?«, kiekste ich.

»Meine Schwester Abigale. Sie wird erst achtzehn«, meinte Virginia abfällig. Es klang wie: *Sie ist noch Jungfrau.* Womit sie recht gehabt hätte. Meine Schwester machte ihrem Namen da weniger Ehre.

»Abigale ... Ein schöner Name.« Juspinn lächelte gewinnend. »Also, bleibst du länger in Acadia?«

Ich nicke.

»Das ist schön.« Er schien sich tatsächlich zu freuen. »Dann wirst du also auch beim Sommerfest dabei sein.«

Wieder nickte ich.

»Okay ...« Eine viel zu lange Weile betrachtete er mich, die Belustigung in seinem Blick war nicht zu übersehen. Dann jedoch wurde er ernst. »Ich soll dich also verzaubern ... mal sehen. Zum Beispiel ... Ja! Welches ist dein Lieblingselement?«

Das war aber eine eigenartige Frage. Ich zuckte stumm mit den Achseln. Wenn ich sprach, würde meine Stimme ohnehin versagen.

»Kein Element, nehme ich an. Nun ... redest du auch ab und zu?«

Es wurde höchste Zeit, dass ich irgendetwas von mir gab. Nur was? Mein Blick glitt an ihm vorbei zu einer Angestellten, die mit mindestens zehn Hufeisen über dem Arm Richtung Strand eilte. »Ähm ...« Ich räusperte mich. »Ja, ich ... Sie ... Und ... Und werden Sie auch beim Hufeisenwerfen mitmachen? Am Strand? Am Vormittag? Also heute Vormittag? Nachher?«

Virginia brach in Gelächter aus, kaum dass ich mein Gestammel beendet hatte. Ich hatte keine Erfahrung in solchen Dingen und Virginias Lachen gab mir den Rest. Ich murmelte eine Entschuldigung und floh über den Parkplatz zurück zum Cottage.

Wie peinlich! Wie un-end-lich peinlich! *Machen Sie auch beim Hufeisenwerfen mit?,* äffte ich mich die gesamten zwei Kilometer Rückweg nach. Das war wirklich die blödeste Frage gewesen, die ich ihm hatte stellen können.

Im Cottage zog ich die Kühlschranktür auf und starrte ins Innere. Ein Bagel, etwas Putenaufschnitt und Milch waren von meinem gestrigen Einkauf noch übrig. Ich öffnete das Gefrierfach. Oh Gott! Eiscreme! Die würde helfen.

Mit dem kleinen Eimer und einem Löffel verzog ich mich in das obere Zimmer. Im Schneidersitz setzte ich mich aufs Bett, versenkte den Löffel in der Pistazien-Walnuss-Creme und versuchte, nicht mehr an meinen unsagbar grauenhaften Auftritt zu denken.

Nach einer halben Stunde hatte ich die letzten Reste ausgekratzt, den Löffel abgeleckt, den Deckel sorgfältig geschlossen und war um zwei Erfahrungen reicher: Erstens, Eiscreme half nur, solange welche da war, und zweitens, sobald sie nicht mehr da war, trat Übelkeit an ihre Stelle.

Ich ließ mich zurückfallen und starrte durch das Dachfenster in den Himmel. Er war nach wie vor strahlend blau. Ich hätte meinen Tag anders verbringen sollen als im Bett. Doch ich lag bis zum Nachmittag unverändert da, allein mit meinen Gedanken, die ausschließlich um Juspinn kreisten. Was sollte ich ihm sagen, wenn ich ihn wiedersah? Und das würde ich. Spätestens an meinem Geburtstag.

Er hatte mich nach meinem Lieblingselement gefragt. Wasser war es mit Sicherheit nicht. Vielleicht Erde. Dad hatte mal gesagt, ich wäre erdverbunden. Es würde passen.

Was Juspinn wohl vorhatte? Ich spielte unzählige Varianten seines Auftritts durch und meiner Reaktion darauf und seiner Reaktion auf meine Reaktion. Die eine Hälfte dieser Ideen war einfach nur albern, die andere würde niemals eintreten. Doch letztendlich fühlte ich mich halbwegs gewappnet. Schlimmer als vorhin konnte es mit Sicherheit nicht werden. Nur meine Stimme durfte nicht wieder versagen.

Als ich die Haustür aufgehen hörte, stellte ich erschrocken fest: Es war schon nach vier Uhr. Den halben Tag hatte ich mit meinen Träumereien um Juspinn verbracht. Juspinn ... Ich lächelte. Wenn mir sein Name am Morgen auch noch eigenartig vorgekommen war, gehörte er jetzt schon fest zu meinem Wortschatz.

»Abigale?«, hörte ich Dad von unten rufen.

Dass er mich nicht Abby nannte, verhieß nichts Gutes. Sollte er wirklich verärgert sein, weil ich ein Mal in achtzehn Jahren nicht im Gottesdienst gewesen war? Ich kletterte aus dem Bett, warf den leeren Eisbecher in den Müll und ging mit durchgestreckten Schultern nach unten.

Dad stand am Küchentresen. Eine steile Falte durchzog seine Stirn. Virginia lehnte auf der anderen Seite an der Wand und lackierte ihre Fingernägel. Penetranter Lackgeruch durchzog den Raum.

»Alles in Ordnung?«, fragte ich. Die Frage galt Dad.

»Gab es irgendwo einen Schuhausverkauf?«

»Was?«

»Oder kostenlose Kekse?«

Ich sah verwirrt von meinem Vater zu Virginia und zurück. Wieder ging die Tür auf und meine Mutter kam mit zwei Einkaufstüten herein. Sie ging stur an uns vorbei zum Kühlschrank und sortierte wortlos die Lebensmittel ein.

»Mom, Dad ... Habt ihr euch etwa gestritten?«, fragte ich. Die Missstimmung hing wie eine dunkle Wolke im Raum.

Meine Mutter antwortete nicht, Virginia sah von ihren Nägeln auf. »Du merkst aber auch alles.«

Ich ignorierte Virginia, suchte Dads Blick. Er riss sich an den Haaren. »Ich bin nach der Predigt mehrfach gefragt worden, warum niemand aus meiner eigenen Familie beim Gottesdienst war. Wisst ihr eigentlich, was für ein Licht das auf mich wirft?«

Bestimmt keinen Heiligenschein, lag mir auf der Zunge. So hätte ich jedoch nie mit meinem Vater geredet. »Du auch, Mom?«, vergewisserte ich mich stattdessen.

»Ja, deine Mutter auch. Sie hat gleich nach dem Orgelspiel das Weite gesucht. Und vier andere Gottesdienstbesucher sind ihrem leuchtenden Beispiel gefolgt.«

Also noch mehr ohne Heiligenschein, dachte ich.

Meine Mutter donnerte die Kühlschranktür zu. »Dann war deine Predigt wohl zum Davonlaufen.« Mit wütendem Gesichtsausdruck ging sie an mir vorbei zur Haustür.

»Mein Gott! Was habt ihr denn?« Ich hatte meine Eltern noch nie ernsthaft streiten gesehen.

Virginia zuckte mit den Schultern. »Ich zieh mich um.«

»Du verlässt nicht mehr das Haus!«, schrie mein Vater ihr hinterher.

Virginia ignorierte ihn.

Ich folgte Mom, bevor sie die Haustür ebenso unsanft zuwerfen konnte wie den Kühlschrank. Zuvor schraubte ich allerdings noch Virginias Nagellackfläschchen zu, wobei ich Dads Blick im Nacken spürte.

»Wieso ist er so wütend?«

Mom lehnte an unserem Auto und rieb sich die Nasenwurzel.

»Ich weiß es nicht, Engelchen.«

»Und wieso hast du den Gottesdienst verlassen?«

»Keine Ahnung ... Es war dieser Geruch.« Sie nahm die Hand von ihrer Nase.

»Nach Zimt und Kiefern?« Mein Atem stockte.

»Nein ... Mehr nach Lavendel und Limetten und Rosmarin und ... Einfach nach Sommer.« Der Gesichtsausdruck meiner Mutter bekam plötzlich etwas Verträumtes. So als hätte sie sich verliebt.

»Woher kam er? Der Geruch?«, hakte ich zögernd nach.

»Ich habe keine Ahnung. Aber ich werde George fragen. Vielleicht haben sie Pflanzen geliefert bekommen.«

»Wahrscheinlich«, murmelte ich, war mir jedoch sicher, dass es nichts mit Blumen, sondern mit Juspinn zu tun hatte. Aber wieso roch er scheinbar für jede von uns Dupont-Frauen anders?

Meine Mutter zog den Autoschlüssel aus ihrer Gesäßtasche, setzte sich ohne ein weiteres Wort hinters Steuer und fuhr davon.

* * *

Meine Verblüffung hätte größer nicht sein können. Die reine Seele war eine junge Frau, kein Kind. Ihr Körper war voll ausgereift, wenn auch etwas knabenhaft. Leicht gerötete Wangen, haselnussbraune Haare fielen ihr in leichten Wellen über die Schultern und rahmten ein kindliches Gesicht, aus dem große, unschuldige Augen blickten. Man musste keine übermenschlichen Fähigkeiten besitzen, um ihre Reinheit zu erkennen.

Sie verkörperte sie mit jeder ihrer Zellen. Und doch sah ich sie, als trüge sie ein Leuchtschild. Hell strahlend, sprühend wie eine Wunderkerze.

In dieser Hinsicht war sie ... begehrenswert, ein anderes Wort fiel mir nicht ein. Plötzlich schlug mein Herz schneller. Mit einer jungen Frau war meine Prüfung zu einem lustvollen Spiel geworden, das ich in jeder Hinsicht auskosten würde, bis sie mir am Ende mehr ergeben wäre als jeder andere Mensch zuvor. Und dann würde sie sich gegen das wenden, was sie liebte.

Ich folgte ihr zu ihrer Hütte nahe der Klippen, die in kräftigem Orange aufleuchtete. Sie tat es nicht wirklich, aber bildlich. Das Gute wie das Schlechte nahm ich zuerst als Farbe wahr. Als kaltes Blau oder warmes Orange, wobei mir beides recht war. Ich hatte gelernt, nicht zu urteilen, sondern meinen Nutzen aus jedem zu ziehen. Sobald ich mich auf einen Menschen fokussierte, vermochte ich, direkt in seine Seele zu blicken, dagegen nicht in sein Herz. Ich spürte nicht, warum er sich grämte oder wovor er Angst hatte, sehr wohl aber, ob er großzügig oder geizig, verlogen oder ehrlich, voller Hochmut oder demütig war.

Aus dieser Hütte sprühte es geradezu in einem so warmen Orange, wie ich es nie zuvor gesehen hatte. Es war erstaunlich. Ich ging zur Tür und legte meine Hand auf sie. Eine wahre Flut an sogenannten Tugenden strömte mir entgegen: Bescheidenheit, Mitgefühl, Herzenswärme, Selbstlosigkeit, Hilfsbereitschaft, Courage, Sanftmut ... Ich ließ sie durch mich hindurchfließen, suchte nach dem einen Körnchen, das ich dazu nutzen konnte, alles andere zu zerstören. *Na, komm schon. Kein Mensch ist perfekt. In jedem Guten liegt auch etwas Schlechtes ...* Interesse, Aufrichtigkeit, Dankbarkeit, Entschlossenheit, Freude ... *Das kann nicht sein!* Da! Kurz zuckte ich zurück, dann lächelte ich. Zweifel. Nein. Es war nicht nur Zweifel. Es war Argwohn.

Der kleine Engel hinter dieser Tür war also mehr als kritisch. Das war die Saat, die ich zum Keimen bringen musste. Es galt nicht allein, ihre Zweifel zu nähren, um ihre reine Seele zu verderben, sondern auch ihren Zorn zu wecken, der so gewaltig werden konnte, so zerstörerisch. Er würde ihr nehmen, woran sie glaubte, wofür sie lebte: den Glauben an Gott, an ihre Familie – und schließlich an sich selbst.

4

Das einzig Gute der vergangenen Tage war Eyotas freier Donnerstag gewesen, an dem wir ein Picknick am Eagle Lake gemacht hatten, einem von Acadias Bergseen. Ich hatte das Gefühl gehabt zu platzen, wenn ich nicht bald über Juspinn sprechen konnte. Jedes zweite Wort war ER gewesen, wobei ich kein Detail unserer kurzen Begegnung ausließ. Eyota war eine geduldige Zuhörerin und die Zeit war viel zu schnell vergangen.

Ansonsten besserte sich die Stimmung zwischen Mom und Dad mit keinem weiteren Tag, der verstrich. Meine Eltern schienen sich aus dem Weg zu gehen. Dad verbrachte die meiste Zeit in der Kapelle, wobei ich wirklich nicht wusste, was es dort zu tun gab, und Mom traf sich mit dem einen oder anderen Stammgast zum Kaffee. Doch sobald meine Eltern sich begegneten, gerieten sie in Streit. Mehrmals versuchte ich zu vermitteln, aber das machte die Sache nur noch schlimmer und ich bekam die Wut beider zu spüren.

Auch sonst schien jeder in meiner Umgebung gereizt, geradezu zornig zu sein, auch wenn Mr Handson sich nach Kräften bemühte, die Stimmung durch Bingo-Nachmittage und außerplanmäßige Indoor-Veranstaltungen aufzuheitern. Vielleicht lag es am Dauerregen, der vorgestern, gleich nach dem Picknick, eingesetzt hatte.

Ein Grund, weshalb Virginia die meiste Zeit im Cottage verbrachte, wobei sie irgendein dämliches Spiel auf ihrem Smartphone spielte, dessen stundenlanges Gepiepse mir furchtbar auf die Nerven ging. Zumindest gedanklich war ich der Versuchung nahe, das Gerät in einem unbewachten Moment im Klo zu entsorgen und befriedigt den Deckel zu schließen, den sie ständig und mit Sicherheit absichtlich aufließ, weil sie wusste, wie sehr ich das hasste.

Ihre Gegenwart war jedoch nicht der einzige Grund, weshalb ich trotz des Regens durch den Park strich. Ich war auf der Suche – nach ihm. Auch wenn ich für mein Gewissen stets andere Ausreden parat hatte. Es war komisch. Wir trafen ständig aufeinander, egal wohin ich ging. Ich hätte mit geschlossenen Augen durch den Wald gehen können und er hätte vermutlich am anderen Ende gestanden. Fast als hätte er auf mich gewartet.

Dabei machte er nur, wofür er engagiert worden war: Er hielt die Gäste bei Laune. Und das offenbar sehr erfolgreich. Insgeheim stellte ich mir vor, ihn irgendwo allein zu treffen. Aber da war wahrscheinlicher, dass es in diesem Sommer auch noch zu schneien beginnen würde. Als wäre er ein Rockstar, war er ständig von Menschen umringt und ich mochte mich nicht zwischen sie drängen. Stattdessen flüchtete ich mich hinter Bäume oder Autos, um ihn aus der Ferne anzuhimmeln. Und trotzdem hatte ich immer das Gefühl, er würde mich über die Köpfe der anderen hinweg beobachten. Manchmal sah er in meine Richtung und runzelte die Stirn oder presste die Hand vor den Mund, wie um seine Heiterkeit zu verbergen.

So albern mir meine Gedanken und mein Verhalten auch vorkamen, sie gaben meiner Zeit in Acadia einen neuen, aufregenden Sinn.

Am Samstag war ich gedanklich so sehr bei ihm, dass ich ein Schild vor dem Clubhaus umrannte. *»Heute, fünf Uhr am Nachmittag: der unvergessliche Juspinn! Magie der Extraklasse – im Clubhaus. Lassen Sie sich verzaubern«*, las ich halblaut und stellte das Schild wieder auf. *»Mit Ihrem Besuch wird unbedingt gerechnet! George Handson, Parkdirektor, Acadia.«* Auch ohne diese merkwürdige Aufforderung klopfte mein Herz bis zum Hals.

Obwohl ich mich vier Mal umgezogen hatte, war ich viel zu früh am Clubhaus. Und ich war nicht die Einzige. Eine halbe Stunde vor Beginn der Show war bereits zu spät, um noch einen Sitzplatz zu bekommen. Man hatte etliche Tische zusammengeschoben, kaum jemand konnte sich von seinem Stuhl erheben, ohne den Gast hinter sich gegen die Tischkante zu drücken. Sogar Virginia entdeckte ich nahe der Eingangstür. Sie musste noch früher gekommen sein. An ihrem Tisch vorbei drängten sich Gäste wie die Schafe einer Herde bei Gewitter. Dad hätte für so viele Schäfchen einen Elefanten aus der Bibel zaubern müssen.

Ich war nervös. Mit jeder Minute schien mein Herz schneller zu schlagen, im Saal wurde es heißer, stickiger und das Gemurmel stieg bald zu ungeduldigem Rufen an. Kurz vor fünf beschloss ich, mich durch die Menge zu kämpfen, ich wollte an den seitlichen Bühnenrand gelangen. Es war einfach viel, viel zu voll und ich bekam schon in einer Autowaschanlage Platzangst. Na ja, nicht wirklich Platzangst, ich mochte es nur nicht, eingesperrt zu sein. Außerdem hatte ich einige übereinandergestapelte Tische entdeckt, hinter denen ich mich verstecken konnte, um zu sehen, ohne gesehen zu werden, wie ich glaubte.

Schließlich hatte ich einen Platz in der ersten Reihe. Ich drückte mich an die Wand und atmete tief durch. Plötzlich war er wieder da. Der Geruch von Zimt und Orangenschalen, der den Schweiß der Umstehenden überlagerte. Alle Augen waren in diesem Moment auf die Bühne gerichtet. Juspinn stand urplötzlich da. Mystisch, magisch, wie immer ganz in Schwarz gekleidet, die Hände vor der Brust verschränkt. Er ließ den Blick schweifen. Eine Weile blieb er an mir hängen. Ich duckte mich, was er mit einem spöttischen Lachen quittierte. *Du entkommst mir nicht,* schien mir sein Blick zu sagen.

Ich reckte trotzig das Kinn. Sollte er erst mal beweisen, dass er mehr konnte, als umwerfend auszusehen. Die Bühne war nämlich leer. Bis auf ihn natürlich. Keine mit edlem Samt bedeckten Tische, mit Strass besetzten Zaubertruhen oder ähnlicher Schnickschnack standen um ihn herum, wie ich es mir in meiner albernen Fantasie ausgemalt hatte.

Erwartungsvolle Stille breitete sich aus. Juspinn aber stand einfach nur da und beobachtete uns. Er wollte die Menge ohne Zweifel provozieren. Was ihm gelang. Ich sah Mr Handson nervös in seine Faust hüsteln. Irgendjemand applaudierte, wohl in der Hoffnung, es würde Juspinn anstacheln zu beginnen, und einige helle Stimmen riefen seinen Namen. Er aber brachte das Publikum um den Verstand, indem er nichts tat. Und dieses Nichts war sehr wirkungsvoll.

Eine auffallend dünne Frau neben mir fasste mich am Arm

und hauchte: »Mein Gott! Ich falle gleich in Ohnmacht, so gut sieht er aus!«

Super. Es ging also nicht nur mir so. Ich schenkte ihr trotzdem einen zweiten Blick, aus Sorge, sie könnte tatsächlich in Ohnmacht fallen. Allerdings wirkte sie, als würde sie alles, sogar der Countdown ihrer Mikrowelle, kribbelig machen. Kein Anlass zur Sorge also.

Verstohlen betrachtete ich die anderen Frauen. Ihre Gesichter waren entweder ehrfurchtsvoll blass oder aufgeregt rot oder etwas dazwischen: weiß mit roten Flecken. Ich befühlte meine Wangen. Anscheinend gehörte ich zu der Gruppe der roten, aufgeregten.

Nach einer unendlichen Weile trat Juspinn einen Schritt vor. Augenblicklich wurde es still und er hob die Stimme. Sie war ruhig und klar und vor allem sehr selbstsicher. »Meine Herrschaften – und meine Damen. Auch unser Gast aus Japan, Ihnen ebenso ein herzliches Willkommen.« Die letzten Worte waren an einen asiatischen Mann gerichtet, der ein Handy an einem Teleskopstab hochhielt, um Juspinn über die Köpfe der anderen hinweg zu filmen. Juspinn wiederholte seine Worte zu meinem Erstaunen in seiner Sprache. »Nakanishi san, nihon kara okoshi no minasama watakushi domo no butai ni youkoso irasshaimashita.«[1]

Der Herr antwortete offensichtlich mit einer Floskel, die wie *Doumo, doumo*[2] klang, und verbeugte sich knapp. Juspinn tat es

---

[1] Herr Nakanishi, unser Gast aus Japan, auch Ihnen ein herzliches Willkommen in meiner Show.
[2] Höflichkeitsfloskel, nahe Danke.

ihm gleich. Ich überlegte, ob er Auftritte in Japan gehabt hatte oder warum er anscheinend so beachtlich gut Japanisch sprach.

In der ersten Reihe, auf der anderen Seite des Saales, saß eine Frau mit rot gefärbten Haaren, die als Nächstes seine Aufmerksamkeit genoss. »Je suis heureux de tu accueillir, madame«,[1] sagte Juspinn freundlich. Was auch immer es hieß.

Die Frau machte sich gerade. »Je suis très heureuse d'être ici«,[2] gab sie zurück, worauf er die Brauen hochzog.

»N'êtes-vous pas d'ici, vous êtes origine de ...?«[3]

»Lyon.« Sie sagte es wie eine Liebeserklärung, jedoch meinte ich, es wäre eine Stadt oder doch ein Käse gewesen?

»Une ville magnifique, autant que je sache, avec la meilleure nourriture du monde«,[4] erwiderte Juspinn. Ich ärgerte mich, nie Französisch gelernt zu haben, und umso mehr bewunderte ich Juspinn dafür. Er schien weitaus mehr als Frankreichs Rotwein zu kennen. Dabei war ich diejenige mit dem französischen Familienhintergrund. Oder hatte auch er einen?

»Ich habe den Auftrag, Sie heute zu unterhalten«, fuhr er in unserer Sprache fort, »doch das ist es nicht, was ich tun werde. Stattdessen werde ich Sie herausfordern!« Seine Augen blitzten auf. Wie es aussah, gefiel ihm der Gedanke. »Ich will, dass Sie sich bei allem, was Sie sehen, die Frage stellen ...«

Schneller als ich es erfassen konnte, war er plötzlich von der Bühne verschwunden. Einfach so. Gleich darauf hörte ich seine Stimme vom hinteren Ende des Saales.

---
1 Ich freue mich, Sie begrüßen zu dürfen, meine Dame.
2 Ich bin glücklich, hier zu sein.
3 Sie sind nicht von hier, sondern eigentlich aus ...?
4 Eine wunderschöne Stadt, soviel ich weiß, mit dem besten Essen der Welt.

»... was ist Realität und was Illusion?«

Die Menge wandte sich ihm überrascht zu, lautes Raunen übertönte fast seine Stimme, die gleich darauf wieder von der Bühne kam, als wäre er nie fort gewesen.

»Was ist also wahrhaftig, was Show? Betrachten Sie es als Prüfung Ihrer Sinne!« Juspinn löste die verschränkten Arme. »Reverend Dupont! Greifen Sie in Ihre linke Hosentasche.«

Dad war hier? Mein Blick schweifte suchend über die Köpfe. Ich fand ihn an einem Tisch, nahe der Bühne sitzend. Mom war nicht bei ihm, sie wollte einen alten Bekannten besuchen, erinnerte ich mich. Trotzdem wunderte es mich, Dad hier zu sehen. Er lachte verunsichert, zeigte auf sich und griff dann in die besagte Tasche. Seine Züge veränderten sich schlagartig. Mit offensichtlichem Erstaunen zog er eine überladen wirkende goldene Halskette heraus und hielt sie hoch.

»Meine Kette!«, schrie ein paar Tische weiter ein weiblicher Gast. Es war die Frau, die unser Honeymoon-Cottage bekommen hatte! Maggie hieß sie. »Reverend! Ich muss doch wohl sehr bitten!«, empörte sie sich mit gespieltem Ernst.

Die Menge lachte. Bevor Dad ein Wort sagen konnte, stichelte Juspinn: »Reverend, Sie scheinen es mit den Zehn Geboten nicht wirklich ernst zu nehmen. Oder sind Gottes Wege auch hier unergründlich?«

Ich erlebte Dad das erste Mal sprachlos. Rot bis zu den Ohren stand er auf und reichte Maggie die Kette über die angrenzenden Tische zurück, während tosender Applaus aufbrauste. Armer Dad, so bloßgestellt zu werden.

Juspinn wartete das Ende des Applauses ab, hielt darüber hinaus noch kurz inne und fuhr dann fort: »Das war nur ein Streich, den ich Ihren Sinnen spielte. Oder war es die Wirklichkeit?«

Er lächelte. »Wie ich das gemacht habe, wollen Sie wissen? Wie ich Ihre Wahrnehmung beeinflusst habe? Wie ...«

Juspinn stockte.

»... ich ...«

Bei diesem Wort war er am anderen Bühnenrand, direkt neben mir, erschrocken zog ich die Luft ein.

»... Sie jetzt ...«, rief er vom hinteren Ende des Saals.

»... in diesem Moment ...«, kam es aus der Mitte, wo er breitbeinig, die Arme wieder verschränkt, auf einem der Tische stand.

»... beeinflusse?«, rief er erneut von der Bühne.

Aufgeregtes Getuschel erhob sich. Alle Blicke, auch meiner, hafteten an ihm. Wie machte er das?

»Oder bin ich doch hier?«

Erneut kam die Stimme von hinten und dann wieder von vorn. Unsere Köpfe flogen hin und her wie bei einem Tennismatch.

»Das kann doch nicht sein«, murmelte ich.

Juspinn blickte mich unverwandt an. »Und doch ist es so«, sagte er laut.

Kurz dachte ich, er antwortete mir, aber sein Blick umfasste nun wieder das ganze Publikum. Mir fiel auf, wie gebannt und andächtig die Menge zurückstarrte. Und auch ich konnte mich seiner Überpräsenz nicht entziehen. Wie er dastand. Wie er die Zuschauer im Griff zu haben schien. Ich wusste nicht, wie ich es beschreiben sollte. Es war auf eine machtvolle Art Furcht einflößend.

»Wenn Sie also glauben, Ihren Augen trauen zu können, dann

haben Sie die Welt nie hinterfragt«, brachte er es auf den Punkt. »Wer aber könnte die Welt besser hinterfragen als die Tochter des Reverends?«

Was? Mir blieb vor Schreck der Mund offen stehen. Juspinns Mundwinkel zuckte, jedoch sah er mich nicht an. Ich hoffte inständig, es möge so bleiben, und versuchte dabei, in die Wand hineinzukriechen.

»Wie mir gesagt wurde, kennen Sie sie alle schon seit Jahren und vertrauen ihrem Urteilsvermögen«, fuhr er fort.

Mit großer Erleichterung registrierte ich, dass Virginia aufgesprungen war und sich rücksichtslos einen Weg zur Bühne bahnte, doch sie kam nicht weit.

»Darum fordere ich sie auf, zu mir auf die Bühne zu kommen und mich als Illusionisten zu entlarven.« Er zeigte – auf mich! »Abigale Dupont!«

Ein Raunen ging durch die Menge, hier und da klatschte jemand.

Ich versuchte, nicht die Besinnung zu verlieren, und überlegte sogar, mich an der dünnen Frau neben mir festzuklammern. Immerhin schien sie Erfahrung im Ohnmächtigwerden zu haben. Virginia erstarrte zwischen den Stühlen und warf mir einen so hasserfüllten Blick zu, dass mir übel wurde und die Flucht nach vorn plötzlich die beste Alternative zu sein schien.

Juspinn reckte sein Kinn und winkte mich mit seinem gekrümmten Zeigefinger heran. »Einen Applaus für die bezaubernde junge Dame!«

Mit steifen Beinen setzte ich meine Schritte nach vorn, stakste durch eine Gasse, die sich bildete, bis ich unterhalb der Bühne stand. Er reichte mir seine linke Hand mit einem Lächeln, das wahrscheinlich schon Hunderte von Frauen zu einem willenlosen Stück Wachs hatte schmelzen lassen. »Vertrau mir, Abigale.« Seine Stimme war weich und lockend.

Ich griff automatisch zu – und jaulte auf, als hätte ich auf eine heiße Herdplatte gegriffen. Seine Hand war sehr warm gewesen. Trotzdem glich der Schmerz, der meinen Arm hinaufschoss, mehr einem Stromschlag. Ich sah Juspinn entsetzt an. Er hatte mich schon auf die Bühne gezogen und sah für einen Moment nicht weniger verstört aus. Schnell ließ er meine Hand los und rieb sich den Oberarm.

»Alles okay?«, fragte ich.

Er ging nicht darauf ein. »Bist du bereit?«

»Ich weiß nicht ...« Nervös stand ich neben ihm und versuchte ein Lächeln, während mich alle Leute im Saal anstarrten.

Juspinn beugte sich zu mir. »Du musst nicht aufgeregt sein. Lass dich einfach von mir führen. Vertraust du mir weiterhin? Kannst du das?«

»Wenn du nicht noch mal versuchst, mich zu blitzdingsen.« Wow. Ich hatte ihm, ohne zu stottern, geantwortet und es war witzig gewesen. Irgendwie zumindest.

»Zu blitz-was?« Er schien verwirrt.

»Na ja, dieser Schmerz, wie ein Blitz. Und ich dachte zu blitzdingsen, wie bei *Men in Black*«, flüsterte ich, den Blick auf den Boden gerichtet. So erklärt klang es weniger witzig.

»Verrätst du mir später, wer diese *Men in Black* sind?«

Er kannte den Film nicht? Es gab doch tatsächlich etwas, das ich ihm voraushatte? Ich nickte leicht.

»Miss Abigale«, wandte sich Juspinn laut an mich, wobei er das Publikum fixierte. »Wer legt die Regeln dieser Welt fest?«

Was? Er hatte mich kalt erwischt. Unsicher sah ich mich um. Was erwartete er für eine Antwort? »Äh ... die Natur?«

»Nicht Gott?«, fragte er mit einem Schmunzeln, das mich einen Augenblick von der Frage ablenkte. »Reverend Dupont! Haben Sie Ihre Tochter etwa in dem Glauben erzogen, der Mensch stamme vom Affen ab?«

Gelächter schallte uns entgegen.

Ich wollte meinen Vater gerade verteidigen, als dieser aufstand und mit fester Stimme erwiderte: »Ich habe meine Tochter erzogen, alles zu hinterfragen. Sie hätten keinen besseren Kritiker finden können.«

Sehr gut, Dad, dachte ich und schickte ihm ein Lächeln. Er lächelte aufmunternd zurück und setzte sich wieder.

»Wirklich?«, fragte Juspinn. »Irgendwann einmal habe ich gehört, es sei der Trick des Teufels, Zweifel zu säen.«

Dad verschränkte die Arme vor der Brust. »Dann soll er sich mir zeigen und wir können darüber diskutieren.«

»Okay ... das könnte tatsächlich interessant werden«, hörte ich Juspinn murmeln.

Ich bekam den Eindruck, die beiden führten einen verbalen Wettkampf. Nun, das konnte wirklich interessant werden, denn als Reverend war Dad nicht ganz ungeübt im Reden.

Doch nun wandte Juspinn sich wieder mir zu. »Die Natur legt also deiner Meinung nach die Gesetze der Welt fest. Nenne mir ein solches Gesetz, Abigale.«

Oh Gott! Die Frage kam zu plötzlich. Panisch suchte ich in

meinem Gehirn nach dem, was ich im Physikunterricht über Naturgesetze gelernt hatte. *Blut ist dicker als Wasser?* Nein, das war ein Familiengesetz, das Dad gerne zitierte. »Ich ... ich weiß nicht«, erwiderte ich zögernd, »die Schwerkraft vielleicht?«

Juspinn trat einen Schritt zur Seite. »Du meinst, alles, was schwerer ist als Luft, fällt unweigerlich auf die Erde. Gravitation also, eine der vier Grundkräfte der Physik. Ein unumstößliches Gesetz, wenn man so will, das Isaak Newton vor fast dreihundert Jahren erkannte, als ihm ein Apfel beim Teetrinken auf den Kopf fiel. Der Apfel fiel nach unten und nicht nach oben – wie dieser hier ...«

Plötzlich hatte Juspinn einen roten Apfel in der Hand. Er sah mich herausfordernd an. »Der Apfel fällt, also ...« Er ließ ihn los, aber statt auf dem Boden aufzuschlagen, schwebte er nach oben und blieb etwa in meiner Augenhöhe mitten in der Luft hängen. Ein erstauntes Raunen ging durch das Publikum. Juspinn trat zurück, der Apfel blieb, wo er war. Vor meiner Nase. Genauso ungläubig wie fasziniert starrte ich ihn an.

»Nun, Abigale«, fragte Juspinn, »ist dieser Apfel real?«

Ich griff danach, als würde ich eine Illusion erwarten, ein projiziertes Bild oder so, aber er fühlte sich echt an. Nichts zog ihn nach oben oder unten, er hatte ein normales Gewicht, er roch wie ein Apfel, er war ein Apfel. Ich nickte.

»Bist du dir sicher? Du hast ihn nicht probiert.«

»Vorsicht, Schneewittchen!«, rief jemand aus dem Publikum und erntete Gelächter.

»Schneewittchen bekam den Prinzen, denk lieber an die Schlange im Paradies!«, hörte ich Dad rufen.

Mir fiel nichts ein, was ich hätte antworten können. Froh,

gleich den Mund zu voll zum Reden zu haben, biss ich in den Apfel und verschluckte mich prompt. Während etwa zweihundert Augenpaare auf mich gerichtet waren, würgte und hustete ich das Stück wieder hoch und schluckte es schließlich runter. Mein Kopf musste roter als der Apfel geworden sein.

»Du hättest das mit Schneewittchen nicht so ernst nehmen müssen«, spottete Juspinn leise, reichte mir aber ein gefülltes Wasserglas. Keine Ahnung, wo er das wieder herbekommen hatte. Jedenfalls war er nicht von meiner Seite gewichen.

Ich nahm es wohl oder übel und trank ein paar Schlucke, aber das Glas wurde nicht leerer. Verwundert blickte ich hinein und nahm noch einen großen Schluck, doch es füllte sich sofort wieder auf. Ich sah zu Juspinn hoch, er blickte ernst zurück. Ich wartete auf eine Erklärung, erhielt sie jedoch nicht. Stattdessen wies er mich an: »Schwenke das Glas, Abigale.«

Ich tat es.

»Gut, also ... Sag dem Publikum, was gerade geschieht.«

»Das Wasser bewegt sich.«

»Es bewegt sich?«

»Ja, es ... es schwappt.« Meine Stimme klang zu leise und irgendwie fremd in meinen Ohren.

»Das Wasser bewegt sich. Es schwappt«, wiederholte Juspinn laut. Bedeutungsvoll fügte er hinzu: »Wie bei den meisten Dingen beginnen die Kräfte zunächst im Kleinen zu wirken. Sie entfalten sich bereits, auch wenn wir das nicht sehen. Eine Winzigkeit«, er umfasste meine Hand, nicht ohne dass es mich wieder durchzuckte, und schwenkte das Glas schneller, »ein kleiner Schubs kann bald zu sichtbarem Chaos führen.«

Seine Stimme klang rau und geheimnisvoll, und als er das Glas auf meine Augenhöhe führte und in mein Ohr flüsterte: »Sieh genau hin!«, jagte ein Schauer meinen Hals hinunter von der Stelle unter meinem Ohr, wo sein warmer Atem meine Haut traf, bis in den Bauch hinein. Es fiel mir schwer, mich auf das Glas zu konzentrieren, obwohl sich jetzt ohne sein Zutun, ohne Bewegung von außen, ein Strudel im Wasser bildete. Am oberen Rand schien sich dunkler Nebel zu sammeln.

»Aber einmal angestoßen, ist die Gewalt bald nicht mehr aufzuhalten. Sie lässt sich nicht zügeln und erst recht nicht einsperren!«, riss mich seine Stimme aus den Gedanken.

»Wie ein Sturm im Wasserglas«, sagte ich halblaut.

»Ganz genau so.« Noch immer hielt er meine Hand fest.

Wie aufs Stichwort erhob sich der kleine Sturm aus dem Glas. Der Nebel kroch über den Rand. Unwillkürlich dachte ich an ein Chemieexperiment in der Schule. Doch der Qualm sank nicht wie damals nach unten, sondern stieg empor, wo er wie dunkle, schwere Wolken über uns an der Bühnendecke hing. *Nicht wie Wolken,* dachte ich noch, *das dort oben sind tatsächlich Wolken.* Schon fing es an, darin zu donnern.

Alle Köpfe waren nach oben gerichtet. Gleich darauf pfiff Wind über die Bühne, kroch in meine Kleidung und es wurde merklich kälter im Raum. Ein eisiger Schauer überzog meinen Rücken. Nichts hiervon war natürlich, weswegen alles in mir danach drängte, das Glas loszulassen. Meine Hand zitterte – oder wurde von dem Sturm im Glas gezittert. Ich war mir da nicht mehr sicher.

Und dann zog Juspinn auch noch seine Hand zurück. »Halt es gut fest«, mahnte er.

»Ich kann nicht.« Ich konnte mich ja kaum noch auf den Beinen halten, so sehr zerrte der Wind jetzt an mir. »Ich kann nicht!«, schrie ich gegen das Brausen an.

»Das solltest du aber. Es wird sonst schwer für mich, den Sturm wieder einzufangen.« Juspinn sagte es mit so großem Ernst, dass ich ihm glaubte.

Während meine Hände das Glas umklammerten, verwirbelten die Wolken über uns zu einer Windhose und tauchten in den Strudel ein. Niemand saß mehr auf seinem Stuhl. Einige Menschen, auch Dad, standen am Bühnenrand, andere hatten Abstand gesucht.

»Danke, Juspinn. Das war großartig!«, hörte ich Mr Handson brüllen, der mit Sicherheit Schlimmeres verhindern wollte.

Juspinn reagierte nicht. Stattdessen brach das Chaos aus! Der Tornado aus dem Glas wurde größer und größer ... und größer! Er zog Massen an Wasser mit sich, als würde er einen Pool leer saugen, und wir, Juspinn und ich, standen in der Mitte, in seinem Auge. Ich merkte, wie ich im Begriff war, das Glas loszulassen und wegzurennen. Es bebte geradezu in meinen Händen. Schon längst hätte es zerspringen müssen. Der Sturm selbst hätte gar nicht möglich sein können!

Niemand war mehr auf seinem Platz. Durch den Wasserdunst hindurch sah ich schemenhaft, wie andere schreiend aus dem Saal liefen. Stühle wurden umgeworfen, Wassertropfen peitschten mein Gesicht, der Sturm zerrte an meinen Haaren und toste dabei lauter als die Niagara-Fälle.

Doch Juspinns Stimme übertönte alle Geräusche. Die des Sturmes, des Gewitters, der Menschen und sogar meinen Herzschlag, der mir in den Ohren hallte. »Und bevor wir uns versehen«, fuhr er fort, »verschlingt und zerstört die Gewalt alles!«

Diesmal schrie auch ich auf, als ein Blitz über die Bühne zuckte und vor uns donnernd in den Boden schlug.

»Wer also, Miss Abigale, legt die Gesetze der Welt fest?«, hallte seine Stimme ebenso laut durch den Raum.

Ich hatte Angst, schüttelte nur den Kopf.

»Es ist eine wissenschaftliche Frage. Eine philosophische Frage. Und auch eine Glaubensfrage. Jedoch gibt es nur eine Antwort darauf ...« Juspinn sah mich an. »Jeder findet diese Antwort für sich selbst! Es liegt an dir zu glauben, was du siehst – oder auch nicht.«

»Um Gottes willen! Beenden Sie das!«, vernahm ich Dad hinter dem Sturm, der Juspinn und mich einschloss.

»Abigale ...« Juspinn ...

Ich konnte kaum noch einen klaren Gedanken fassen. »Ja?«

»Es liegt in deiner Hand. Lege sie auf das Wasserglas«, forderte er mich auf. »Beende es.«

Nichts lieber als das. Noch nie hatte ich etwas so unbedingt verschließen wollen wie dieses Glas!

Stille.

Der Sturm verschwand augenblicklich, als hätte es ihn nie gegeben. Es war unfassbar! Übrig blieben ein Glas Wasser und eine Handvoll Gäste, die unter Tischen Schutz gesucht hatten. Kein feuchter Boden, kein vom Blitz verkohltes Holz. Hätte ich nicht die Nässe in meinem Gesicht gespürt, die Panik in den Gesichtern der Gäste gesehen – ich hätte an eine perfekte Illusion geglaubt.

Für zwanzig, dreißig Sekunden rührte sich niemand. Es war die Ruhe nach, nicht vor dem Sturm.

Die Hand fest aufs Glas gepresst, wagte auch ich nicht einmal zu atmen. Ohne mich zu ihm umzuwenden, nur aus dem Augenwinkel, sah ich, wie Juspinn mich die ganze Zeit über musterte, als würde er in mein Innerstes schauen wollen.

»Du scheinst wirklich etwas ganz Besonderes zu sein ...«, murmelte er schließlich, wobei ich meinte, Verwirrung in dem zu lesen, was ich von seinem Gesicht erfasste. Bevor ich antworten konnte, wandte er sich stockend an das verbliebene Publikum. »Sie ist wirklich etwas ... etwas ganz Besonderes. Danken ...« Er räusperte sich und setzte neu an. »Danken Sie der Tochter des Reverends, dass sie Sie vor größerem Unheil bewahrt hat!«

Niemand klatschte. Kein Wunder. Die Vorführung war so unglaublich gewesen, so fernab von allen denkbaren Tricks, Illusionen, sogar physikalischen Möglichkeiten. Die Gäste Acadias waren nicht nur völlig überwältigt, sie standen unter Schock.

Mr Handson bewegte sich als Erster. Er eilte zur Tür und richtete auf dem Weg dorthin einige Stühle wieder auf, dabei zog er seine Hose zurecht. »Kommen Sie alle wieder rein! Kommen Sie«, rief er laut. »Trinken Sie einen Bourbon aufs Haus. Oder einen Sherry für die Damen!« Im Türrahmen drehte er sich um und zeigte auf Juspinn: »Das war ... Sie sind ... Machen Sie das nie wieder!«

»Er wollte doch, dass es unvergesslich wird«, meinte Juspinn schulterzuckend.

Dad kam über die seitliche Treppe auf die Bühne und sah ihn

sichtbar verärgert an. »Kann meine Tochter das Glas nun wieder loslassen, ohne dass hier die Apokalypse ausbricht?«

»Wann immer sie will.«

Ich entwirrte mich mühsam aus Juspinns Blick, stellte das Glas auf den Boden und zog die Hand langsam zurück. Nichts Außergewöhnliches geschah. Abgesehen davon, dass mein Körper, jetzt, da es vorbei war, nicht nur zitterte, sondern bebte.

Dad reichte mir den Arm. »Komm, Abby.«

Ich hakte mich unter, bevor Dad mich jedoch nach draußen begleitete, fragte Juspinn: »Erklärst du mir dann das mit den schwarzen Männern?«

Ich antwortete ihm nicht, genau genommen ging mir erst draußen auf, dass er damit die *Men in Black* gemeint hatte. Auf dem Heimweg beschäftigte mich nicht nur die Frage, was in Gottes Namen da eben geschehen war, sondern auch, warum es bei uns geblitzdingst hatte und wie ich mein Gefühlschaos wieder in den Griff bekommen sollte.

In den nächsten Tagen gab es für mich nur ein Thema: Juspinn und seine Show. Ich wollte unbedingt mehr über ihn herausfinden. Es musste eine rationale Erklärung für diese Dinge geben. Aber im ganzen Park existierte nur ein PC mit Internetanschluss und der stand in der Rezeption. Zum Glück half mir Eyota und ließ mich nach ihrem Feierabend allein in dem kleinen Büro dahinter.

Es dämmerte bereits, als ich den PC hochfuhr. Ein vergilbtes Ding mit Röhrenmonitor, vermutlich das Modernste, was Acadia zu bieten hatte. Sah man mal von Virginias Handy ab, das im Village nach wie vor keinen Empfang hatte. Oben auf dem Dach der Blockhütte war eine Satellitenschüssel montiert, ein Fremdkörper inmitten der Natur, jedoch unerlässlich, um sich überhaupt mit der Außenwelt zu verbinden. Auf der Tastatur lag ein Zettel mit dem Passwort, wie Eyota es versprochen hatte. Als ich ihn auseinanderfaltete, musste ich schmunzeln. Das Passwort lautete *I-love-Acadia* und konnte nur von Mr Handson stammen.

Nach wie vor zeigte der Monitor eintöniges Blau, die einzige Lichtquelle in dem dämmrigen kleinen Raum. Ich schloss für einen kurzen Moment die Augen und ging in mich. Was tat ich hier nur? Mir war klar, Mr Handson würde es nicht billigen, wenn ich den Computer nutzte, auf dem mit Sicherheit sämtliche Daten der Gäste gespeichert waren. Ihr Wohl und ihre Sicherheit hatten bei ihm immer oberste Priorität. Und Eyota? Sie riskierte einiges, mich in das Büro gelassen zu haben.

Mit der weltbekannten Tonfolge meldete der Computer seine Startbereitschaft. Ich öffnete die Augen, wischte meine feuchten Hände an meiner Hose ab und tippte das Passwort ein. Dann startete ich den Browser und tat, was wohl jedes Mädchen getan hätte, dessen geordnetes Leben von einem Wasserglas durcheinandergebracht worden war: Ich googelte seinen Namen.

JUSPIN ... Nein, mit doppeltem N. JUSPINN. So hatte es auf der Tafel vor dem Clubhaus gestanden. Mein Finger schwebte über der Leertaste. Ich kannte seinen Nachnamen nicht. *Womöglich ist Juspinn ein Künstlername, der keinen Nachnamen braucht,* überlegte ich. *Wie Rhianna oder Eminem ...*

Sein Vorname war zumindest außergewöhnlich. Sogar einzigartig, wie Google fand, denn die Suchmaschine zeigte mir nur ein Ergebnis: einen Fotografen namens Juspinn. Als Alternative wurde mir *jumping* angeboten. Die Bildersuche war mit *Kein Ergebnis* noch ernüchternder.

Aber das konnte nicht sein! Wieso stand über einen Zauberer, der einen Sturm heraufbeschwören konnte und scheinbar die Elemente beherrschte, nichts im Internet? Über jede Jane Do fand man etwas. Und auch über mich gab es ein paar Einträge, obwohl ich selbst nichts unternahm, um Spuren zu hinterlassen. Entweder durch die Schule oder es waren Berichte über die Suppenküche, in der ich regelmäßig half. Sogar einen, den ich liebend gern für immer gelöscht hätte. Er zeigte mich bei einem Krippenspiel als Maultier, weil meine Schauspielkünste für Maria oder auch nur einen Hirten nicht gereicht hatten. Ich konnte mich eben schlecht verstellen.

Vielleicht stammte Juspinn nicht aus den USA? Schließlich sprach er Japanisch und Französisch. Ich stellte den Filter auf alle Länder und alle Sprachen, aber das Resultat blieb das gleiche.

Irgendwann griff ich zu einem Bleistift und wippte damit nervös zwischen meinen Fingern. *Juspinn, Zauberer, Magier, Elemente, Magie, Hexenwerk, Sturm, Illusion, Wasserglas* ... Ich spielte mit den Begriffen, suchte Synonyme, kombinierte sie, wechselte zur Bildersuche, die mir vor allem Zeichnungen von irgendwelchen Fabelwesen zeigte, und kaute auf dem Stift, bis ich den Geschmack von Grafit auf der Zunge spürte. Nichts.

Wie hatte er das nur gemacht? Wie hatte er mitten auf der Bühne, in einem geschlossenen Raum, einen so gewaltigen Sturm heraufbeschwören können? Die Vorboten der Apokalypse, wie Dad nach der Vorstellung gemeint hatte ... ich tippte das Wort *Apokalypse* ein.

Sieg über den Teufel in der Apokalypse, lautete gleich der erste Treffer und führte mich zu einer okkulten Seite, deren schwarzrotes Design nicht gerade Gottvertrauen weckte. Neugierig las ich ein paar Absätze, machte das Browserfenster dann aber wieder zu. Es brachte mich noch weiter weg von meinem eigentlichen Ziel, mehr über Juspinn herauszufinden. Irgendeine natürliche Erklärung musste es für die Vorfälle im Clubhaus geben! Selbst wenn es bedeutete, Magie als etwas Natürliches anzuerkennen. Wovon ich allerdings weit entfernt war.

Das leise »Huhu« eines Waldkauzes ließ mich aus dem Fenster sehen. Inzwischen war es dunkel geworden. Die Nacht war eingebrochen, ohne dass ich es gemerkt hatte. Und ich war Juspinn noch keinen Schritt näher gekommen. Verflixt!

Wer war dieser Mann? Ich rieb mir die Augen und scrollte durch die Suchergebnisse. *Schwarze Magie* ... Oh nein, nun wurde es richtig verrückt! Mit einem schaurigen Prickeln im Nacken klickte ich trotzdem auf die Verlinkung. *Entgegen Weißer Magie will die Schwarze Magie schaden,* las ich. *Hier ist klar in Gut und Böse zu unterteilen.* Die drei Worte *Gut und Böse* waren als Link hinterlegt. Ich folgte ihm, stieß bald auf *Yin und Yang* und kurz danach auf ein uraltes Zeichen, dass das Gute und Schlechte der Welt symbolisierte. Nachdenklich betrachtete ich es eine Weile. Es sah schön aus und traurig zugleich, wie zwei Tränen, die sich um ein Loch in der Mitte aneinanderschmiegten. Eine schwarz, eine weiß. Aber auch das brachte mir keine neuen Erkenntnisse.

Ein anderer Artikel bezog sich auf das Alte Testament, auf Magie in der Bibel, auf böse Magie. *Das Böse will Gott vernichten und wird nur von Übeltätern verwendet* ... Allein dieser Satz klang mittelalterlich und war durchsetzt von Ängsten, die durch Aberglauben geschürt werden sollten. Seufzend schloss ich den Browser. Reine Zeitverschwendung.

Mir kam eine Idee. Sie verursachte ein unfeines Magengrummeln, schließlich gehörte sich so etwas nicht. In diesem Fall aber, sagte ich mir, heiligte der Zweck die Mittel. Wozu saß ich an Mr Handsons Rechner, verfügte über das Passwort und konnte alle Unterlagen einsehen? Notfalls konnte ich auch in den vielen Ordnern um mich herum nachschlagen. Ich wusste, wie korrekt Mr Handson war, er schloss mit jedem Mitarbeiter einen Arbeitsvertrag ab. Sogar mit mir im letzten Jahr, als ich aushilfsweise für zwei Tage gekellnert hatte.

Mein Blick huschte zur Tür, mein schlechtes Gewissen scheuchte ich hinaus und dann suchte ich mit fliegenden Fingern auf der Festplatte nach den Mitarbeitern. Schneller als erwartet, wurde ich fündig. Es war der letzte Vertrag, der geschlossen worden war. Und endlich hatte ich seinen Namen: Juspinn Atterini, 25 Jahre alt. Ich atmete innerlich auf. Der Altersunterschied war doch nicht so groß wie befürchtet. Sieben Jahre. Was machten die schon aus? Ich spürte, wie mir die Hitze in die Wangen schoss und versuchte, mich wieder auf die Informationen auf dem Bildschirm zu konzentrieren.

Allerdings war dort nicht viel mehr zu finden. Eine Adresse war nicht angegeben, ebenso wenig eine Sozialversicherungsnummer, was darauf hindeutete, dass er nicht aus den USA stammte.

Trotzdem ließ sich mit seinem Familiennamen hoffentlich etwas mehr im Internet finden. Ich schloss den Ordner, öffnete den Browser, gab *Atterini* in die Suchmaske ein. Und diesmal wurde ich fündig. Ganz oben erschien ein zwei Jahre alter Artikel der englischen SUN mit der reißerischen Schlagzeile: *Der junge Atterini – begehrtester Junggeselle der Welt?*

Was? Wie bitte? Ungeduldig tippte ich den Link an und konnte es kaum erwarten, bis die Seite bei der langsamen Verbindung endlich vollständig geladen war. Das Bild erschien als Letztes. Ich erkannte ihn sofort und vergrößerte es mit einer Tastenkombination. Das war tatsächlich Juspinn. Meine Verblüffung hätte nicht größer sein können und das Fragezeichen, das über meinem Kopf schwebte, auch nicht. Ich hatte erwartet, die Seite einer Künstleragentur zu finden, ein YouTube-Video seiner Show oder einen Blog-Beitrag, aber nicht eine solche Headline auf dem bekanntesten Boulevardblatt Europas. Mir wurde schwindelig und das ohnehin unscharfe Foto verschwamm vor meinen Augen noch mehr.

Darauf trug Juspinn die Haare kürzer, doch er selbst war genauso ... perfekt. Noch immer fiel mir kein besserer Begriff ein. Sein Blick wirkte leicht abfällig, arrogant und herausfordernd. Schwarz gekleidet, eine Hose, die maßgeschneidert auf seinen schmalen Hüften saß, und ein eng anliegender Pullover, wie er ihn auch hier immer trug. Teuer und edel. Obwohl es nur ein Foto war, fühlte ich mich sofort wieder zu ihm hingezogen.

Ich widerstand der Versuchung, mit dem Finger über sein Gesicht auf dem Bildschirm zu fahren, lenkte mich stattdessen mit den Personen ab, die im Hintergrund zu sehen waren. Zwei, nein, drei Männer. Von dem vermutlich älteren Herrn, der hinter ihnen ging, sah ich nicht allzu viel. Eine elegante junge Frau mit kurzen kupferroten Haaren stand jedoch dicht neben ihm. Seine Freundin? Ich spürte einen Stich. Nur kurz, bis ich den Untertitel las: *Ein Teil der Familie Atterini.*

Das Foto war sicherlich die Momentaufnahme eines Paparazzis auf einem großen Platz vor beeindruckenden Bauten irgendwo in Europa. Es wirkte nicht gestellt. Und von Juspinn sicher nicht gewollt, so wie sein eiskalter Blick auf dem Fotografen lag.

Minutenlang betrachtete ich das Bild. Als ich keine weiteren Informationen aus dem Foto ziehen konnte und das Kribbeln im Bauch beinahe unerträglich geworden war, wandte ich mich dem Artikel zu. Es war der typische Text eines reißerischen Boulevard-Blattes über Promis. Trotzdem sog ich die wenigen Informationen in mich auf. Ihr Hauptwohnsitz befand sich in Rom, Italien. Das erklärte die Bauten auf dem Foto, aber ich stolperte über das Wort *Hauptwohnsitz*. Ungläubig schüttelte ich den Kopf. Die Atterinis wurden als eine der reichsten und einflussreichsten Familien der Welt beschrieben, dennoch wusste kaum jemand etwas von ihnen. Und nur selten gelangten Informationen oder Bilder an die Öffentlichkeit. Was? Ich konnte nicht glauben, was ich da las. Der Artikel legte sogar eine Verbindung zur Mafia nahe. Mein Herz wollte sich gar nicht mehr beruhigen und klopfte bis zum Hals.

Mafia? Ich lehnte mich zurück und schloss für einen Moment die Augen. Nein. Das konnte ich mir beim besten Willen nicht vorstellen. Und eine Erklärung für diese Art von Zauberei ergab das erst recht nicht. Reichtum oder Einfluss standen nicht in unmittelbarem Zusammenhang mit Magie. Aber vielleicht konnte man mit Magie ein Vermögen anhäufen und Einfluss gewinnen.

Wieder huschte mein Blick zurück zum Foto und der Headline. Der Artikel hatte mir zwar eine Wagenladung an Informationen vor die Füße gekippt, mich jedoch mit mehr Fragen als zuvor zurückgelassen:

Wer waren die Atterinis?

Wer der verschwommene Mann im Hintergrund? Juspinns Vater? Sein Onkel?

Weshalb arbeitete der angeblich begehrteste Junggeselle aus reichem und einflussreichem Haus ausgerechnet als Magier in einem Park wie Acadia? Noch dazu, wo er die Öffentlichkeit mied und Aufmerksamkeit nicht leiden konnte?

Und was noch viel wichtiger war: Wieso gab er sich mit mir ab? Ich war weder reich noch unsagbar schön. Vielleicht ganz süß, aber nicht zu vergleichen mit der stilvollen, kultiviert wirkenden Frau auf dem Foto, von der ich nur hoffen konnte, dass sie Juspinns ältere Schwester war. Warum also interessierte er sich für mich?

Wenn die Familie wirklich so einflussreich und vermögend war, warum gab es dann außer diesem einen Artikel keinerlei Informationen? Was machte sie so einflussreich? Was vermögend? Welche Unternehmen gehörten ihnen? Und weshalb war nirgends ihr Name zu finden, wie *ATTERINI-Enterprises* zum Beispiel oder etwas Ähnliches?

Gehörten sie vielleicht zu einer geheimen Loge, war ihre größte Macht ihre Anonymität?

Und wie hatte Juspinn das mit dem Sturm und dem Wasserglas gemacht?

Das alles ergab einfach keinen sinnvollen Zusammenhang und hinterließ mich im höchsten Maße aufgewühlt. Ich fuhr den Computer herunter, stahl mich wie ein Einbrecher aus der Rezeption und schleppte mich nach Hause.

5

Als am nächsten Tag endlich der Himmel aufriss und ich Mom zum Einkaufen begleitete, deutete sie auf das Schild vor dem Clubhaus. »Schau, ein Barbecue am Strand! Wollen wir zusammen hin? Was meinst du? Vielleicht wird es ja magisch«, fügte sie augenzwinkernd hinzu. Ich seufzte hörbar, worauf Mom mich mit einem mitleidigen Lächeln bedachte. »Deine Schwester hat auch ein Auge auf ihn geworfen, das weißt du, Engelchen, oder?«

»Was sonst«, murmelte ich. Selbst Mom hatte es schon bemerkt.

Wie aufs Stichwort kam Virginia bei unserer Rückkehr aus dem Cottage. Sie trug Hotpants, ein ärmelloses Shirt und hatte noch mehr Locken als sonst in ihre Haare geknetet. Sie sah ohne Frage fantastisch aus. Mom erzählte ihr von dem Barbecue. Wieso musste sie immer so verdammt fair sein? Hätte sie es Virginia nicht verschweigen können?

Zähneknirschend blickte ich an mir herunter. »Wartet! Ich zieh mir nur eben was anderes an.«

Die Stimmung war merkwürdig. Als wir kurze Zeit später im Auto saßen, ging mir auf, dass keine von uns wegen des Barbecues zum Strand fuhr. Mom war Vegetarierin, Virginia aß grundsätzlich nichts mehr nach vier Uhr, um ihre Linie zu halten, und ich hatte mir schon längst eingestanden, warum mich solche Veranstaltungen neuerdings reizten.

Im Radio lief *Angel,* der Titelsong aus dem Film *Stadt der Engel.* Keiner summte ihn wie sonst mit oder sprach ein Wort. Unsere Blicke waren stur geradeaus gerichtet, unsere Körper versuchten bewegungslos, unsere Anspannung zu verbergen, aber die Hände verrieten uns. Mom zupfte an ihren Haaren, Virginia strich immer wieder über ihren Daumennagel und ich faltete ein Stück Kaugummipapier zusammen und wieder auseinander.

Schließlich sah mich Mom durch den Innenspiegel an. »Ich habe gute Nachrichten.«

»Ist unser Engelchen adoptiert worden?«, spottete meine Schwester.

»Oder hat Virginia ihre Jungfräulichkeit wiedergefunden?«, schoss ich zurück.

Sie hob eine ihrer perfekt gezupften Brauen. »Wütet nicht irgendwo ein Tornado, den du einfangen kannst? In Mexiko vielleicht?«

»Fühlt sich da jemand vernachlässigt?«, konterte ich und erschrak über die Boshaftigkeit in meiner Stimme. Normalerweise neigte ich nicht zu Gemeinheiten. Aber es tat gut, Virginia zumindest für fünf oder zehn Sekunden sprachlos zu sehen, bis sie erwiderte: »Als wenn ich mich vor allen Leuten lächerlich machen würde.« Das klang etwas bemüht.

»Dafür konntest du aber nicht schnell genug bei der Bühne sein«, stellte ich trocken fest.

Jetzt war die Stimmung arktisch. Trotzdem lachte Mom. »Ich

wollte eigentlich sagen, dass das Wetter so gut bleiben soll die nächsten vierzehn Tage. Null Prozent Regenwahrscheinlichkeit, sagt Mr Handson, und mindestens vierundzwanzig Grad.« Sie lenkte das Auto auf den Schotterparkplatz und stellte den Motor ab. »Ich dachte, das freut euch.«

Kaum dass der Wagen stand, rissen Virginia und ich die Türen auf und sprangen aus dem Auto. Mit schnellen Schritten eilten wir durch das Wäldchen, fast einem Wettrennen gleich. Musik drang vom Strand zu uns. Sie wurde schnell lauter. Irgendein R-'n'-B-Song, der nicht zu Acadia passte. Stimmen übertönten sich, zerschnitten von lautem Lachen. Schließlich liefen wir durch die letzten Kiefern in die Bucht.

Ich stockte einen Moment und sah auf die grandiose Kulisse. Mr Handson hatte mehr als ganze Arbeit geleistet. Große, leere Weinfässer standen als Tische im Sand, um die sich Besucher drängten. Über die Bucht hatte er Seile spannen lassen, an denen bunte Lampions hingen. Fackeln waren in den Sand gesteckt worden. Hinter einem Bambustresen tänzelte ein farbiger DJ, der einen Kopfhörer ans eine Ohr gepresst hatte und mit der anderen Hand das Mischpult bediente. Von den Felsen über der Bucht verbreiteten Lautsprecher die Musik. Über einem Feuer brutzelten zwei Spanferkel am Spieß und hinter einer Menschentraube konnte ich eine improvisierte Cocktailbar erkennen. Zehn Grad mehr und ein, zwei Palmen – ich hätte geglaubt, in der Karibik zu sein.

Für ein Barbecue hatte Mr Handson maßlos übertrieben. Und noch etwas anderes daran gefiel mir nicht. Ich spürte in mich hinein, ohne zu erkennen, was es war.

»Nicht schlecht, Herr Specht«, staunte Mom. »Da hat George aber ordentlich aufgefahren.«

»Ich finde das alles eher provinziell. Die Musik ist okay, aber der Rest ...« Virginia rümpfte die Nase. »Allein der Altersdurchschnitt. Da müsste man ein Warnschild aufstellen. ›Achtung Ü-60-Party‹.« Ich sah Virginia dennoch die Gäste abchecken. In ihren Augen lag ein erregter Glanz. »Ich schau mal, ob ich jemanden ohne weiße Haare oder Tennissocken entdecke«, meinte sie schließlich und steuerte auf den DJ zu.

Das erste Mal war ich erleichtert darüber, Virginia bei einem Mann zu sehen – solange der nicht zaubern konnte.

»Ich find's großartig«, sagte Mom aufgedreht. »Also, Engelchen. Stürzen wir uns ins Getümmel?«

Unschlüssig sah ich auf die Menge tanzender und lachender Menschen und plötzlich ging mir auf, was mich so irritierte: Ihr Verhalten kam mir für Acadia übertrieben vor. Zu schrill. Zu laut. »Kommt dir das nicht merkwürdig vor?«, fragte ich Mom.

Sie wippte vergnügt im Takt der Musik. »Was? Dass George so einen Aufwand betrieben hat? Oder dass seine Gäste sich endlich mal mehr amüsieren als beim Bingo?«

»Alles irgendwie.«

»Ach was. Sie haben einfach nur Spaß. Spaß, Abby, und den werden wir jetzt auch haben. Na komm. Da drüben gibt's Cocktails. Wie wär's mit einer Margarita? Oder einem Mochito?«

Hatte meine Mutter mir eben angeboten, Alkohol zu trinken? »Mom! Ich bin noch nicht mal achtzehn, von einundzwanzig ganz zu schweigen!«

Sie warf mir einen enttäuschten Blick zu. »Dann amüsiere

ich mich eben allein.« Ohne ein weiteres Wort schlängelte sich Mom zwischen den Menschen hindurch zum Cocktailstand. Ich schluckte trocken. So führte sie sich sonst nicht auf.

Der DJ drehte die Musik lauter.

So gut es ging, schüttelte ich das beklemmende Gefühl ab und tauchte in die Menge ein. Unschlüssig blieb ich mitten im Getümmel stehen. Virginia lehnte an der Bambusverkleidung, dem DJ den Rücken zugekehrt, und rauchte eine Zigarette, während er sie an- und sie sich umsah. Von Mom war nur noch ein bunt gestreifter Arm zu erkennen, der in die Höhe gehoben war. Anscheinend bestellte sie gerade einen Cocktail.

Ich kam mir ziemlich verloren vor. Ich wollte mich nicht amüsieren. Es machte keinen Sinn, solange Juspinn nicht hier war. Seit der Show im Clubhaus hatte ich ihn nicht mehr gesehen und inzwischen hielt ich es durchaus für möglich, dass Mr Handson Juspinn nach seinem Auftritt einfach gefeuert hatte. Umso mehr deprimierte es mich, rein gar nichts über ihn herausgefunden zu haben.

Ich schloss die Augen, sog die Luft durch die Nase ein und hielt sie einen Moment in meiner Lunge. Kein Zimt. Keine Orangenschalen. Noch während ich zögernd ausatmete, wurde mir klar, wie albern mein Verlangen nach ihm war. Dieser Mann hatte, abgesehen von einer kleinen Assistenz bei seiner Bühnenshow, sicherlich keinerlei Interesse an mir. Ich verrannte mich da in etwas.

Verstand über Herz! Verstand über Herz!, wiederholte ich in Gedanken und öffnete die Lider.

Als sich eine Hand auf meine Schulter legte, fuhr ich mit jäher

Erwartung herum. Herb stand vor mir. Maggies Ehemann. Meine Enttäuschung lachte meinen Verstand aus und gab meinem Herzen einen ordentlichen Tritt.

»Abigale ...« Herb griff nach meiner Hand. »Wie schön, Sie hier zu sehen.«

Ich lächelte ihm mechanisch zu. »Wie war das Bingo?« Soweit ich wusste, ließen sie keine Veranstaltung aus.

»Oh, wir haben nicht gewonnen. Aber Sie wissen ja, was man sagt ...«

Ich zog die Brauen hoch. Warum ließ Herb meine Hand nicht los? »Äh ...«

»Na, Kindchen. Das müssen Sie doch kennen. Man sagt, Pech im Spiel, Glück in der Liebe.« Herb drückte meine Hand. Offensichtlich sprach er nicht von Maggie.

»Ist Ihre Frau nicht hier?«, gab ich zurück, schielte an ihm vorbei, entdeckte sie jedoch nicht.

»Oh. Sie fühlt sich heute nicht so. Arthritis, ein immer wiederkehrendes Leiden. So finde ich mich an meinem fünfzigsten Hochzeitstag ganz allein am Strand wieder.«

Gerade überlegte ich, ob es noch angemessen wäre zu gratulieren, da platzte Herb heraus: »Dann tanzen Sie mit mir.«

Es klang nicht wie eine Frage. Seine Hand umklammerte kalt und knochig nach wie vor meine. Ich versuchte, sie ihm zu entziehen, während er den Arm um meine Taille legte, knapp über meinem Po. Ich hatte lange genug Tanzunterricht genießen müssen, um zu wissen, dass sie da nicht hingehörte.

»Hattest du auch schon Pech im Spiel?«, fragte er anzüglich und drängte mich zwischen die anderen Tanzenden.

»Ich habe einen Milchaufschäumer gewonnen«, knurrte ich. Die Situation gefiel mir immer weniger. Aber ich war nicht der Typ, der andere in ihre Grenzen wies. Ich fand es unhöflich. Zumindest redete ich mir das ein. Vielleicht fehlte mir auch einfach der Mut.

Herb ließ seine Hand tiefer gleiten und griff mir an den ... ich schnappte nach Luft ... Po. Nur kurz glaubte ich an ein Versehen, dann drängte er sich an mich und es gab keinen Spielraum mehr für Missverständnisse. Nicht mal eine Postkarte hätte zwischen Herbs und meinen Brustkorb gepasst.

Innerlich Hilfe schreiend suchte mein Blick Mom. Ich entdeckte sie bei Virginia, beide mit einem Cocktail in der Hand und bei strahlender Laune. Herb bugsierte mich durch die Tanzenden, an ihnen vorbei. Mom lachte uns zu. Wie es schien, bemerkte sie seine Aufdringlichkeit nicht einmal.

Ich jedoch spürte seine Begierde. Sie war nicht zu ignorieren. Seine kalte Hand brannte plötzlich heiß und schwitzig in meiner, in seinen Augen lag ein gieriger Glanz, ich war gefangen in seinem Klammergriff.

Herb wollte nicht mehr tanzen. Er bewegte noch nicht mal seine Füße. Ich verstand das alles nicht. Er hatte so liebenswürdig gewirkt. Und jetzt ...

Ich nahm allen Mut zusammen. »Ich möchte nicht mehr tanzen, Mister ... Mister ...« Ich kannte noch nicht einmal seinen Nachnamen. *Herb* erschien mir auf einmal viel zu vertraulich.

»Aber, Kindchen, so ein Tanz hebt die Stimmung und den Schw...? Na, weißt du's?« Herb lachte wiehernd, wobei Speicheltropfen aus seinem Mund flogen. »Den Schwung, Kindchen. Den Schwung. Oder was hast du gedacht?«

Ich kniff die Augen zusammen. »Lassen Sie mich los!«

Sein Blick verfinsterte sich. Ich erkannte ihn nicht wieder.

»Sie ...«, brach es aus mir heraus, doch bevor ich wusste, was ich ihm hätte sagen oder antun können, lockerte sich sein Griff. Ein breiter Schatten fiel über sein Gesicht. Sofort entzog ich Herb meine Hand, wischte sie an meiner Jeans ab und wich einen Schritt zurück.

Mein Herz trommelte geradezu.

»Hey, Abigale.«

Zimtgeruch lag plötzlich in der Luft. Ich atmete tief ein, bevor ich antwortete. »Äh ... ha-hallo.«

Er war also noch hier. Meine Erleichterung darüber war größer als über Herbs Rückzug.

»Darf ich um diesen Tanz bitten?« Seine Stimme klang sanft, aber Juspinn überraschte mich mit einem kalten Blick, der auf Herb lag.

Ärgerlich sah der zu ihm auf, gleich darauf jedoch wechselte sein Ausdruck. Unterwürfigkeit trat an dessen Stelle. Wie bei einem Hund, der den Schwanz einzog, sobald er die drohende Hand seines Herrn sah. Tatsächlich erinnerte mich Herb plötzlich an einen Pinscher, die Miniaturausgabe eines Rottweilers, der er eben noch gewesen war.

Herb machte eine altmodische Verbeugung, von der ich nicht wusste, ob sie mir oder Juspinn galt, zögerte kurz und musterte seinen Gegner, als wäre er nicht bereit, seine Beute herzugeben oder auch nur zu teilen. Ich sah Juspinn eine Braue heben. Da wandte Herb sich endgültig ab und nuschelte etwas im Weggehen. Es klang wütend.

Juspinn hatte die Situation gerettet. Ich murmelte ein Dankeschön, bevor ich mich zum Gehen wandte.

»Du gibst mir einen Korb?« Er legte den Kopf schräg und hielt mir seine Hand hin, an der ein breiter Silberring glänzte. Während der Show war mir der Ring nicht aufgefallen. Und vor allem war mir entschieden wohler gewesen, denn hier war ich inmitten der vielen Menschen doch mit ihm allein und wusste plötzlich nicht mehr, was ich sagen sollte.

Scheu blickte ich hoch. Seine Augen brachten mich vollends aus dem Konzept. Sie wirkten im Tageslicht anders. Die Pupillen so dunkel, wie ich es noch nie gesehen hatte, und in der Nachmittagssonne schienen darin Funken zu tanzen wie Tausend kleine Teufelchen. Und sein Gesicht ... Es war die Perfektion männlicher Schönheit. Ebenmäßig geschnitten, die Haut zeigte keine Unreinheiten, keine Narben, keine erkennbaren Poren. Nur ein leichter Bartschatten bedeckte Wangen und Kinn. Seine Haare fielen weich und waren ebenso dunkel wie die geraden Brauen. Aber am faszinierendsten waren seine abgrundtiefen Augen. Kaum sah ich hinein, vergaß ich zu denken, sogar zu atmen.

Verlegen wandte ich den Blick wieder ab. Hatte er das ernst gemeint? Er wollte tatsächlich mit mir tanzen? Dabei war die Musik nicht wirklich zu zweit tanzbar. Nicht im klassischen Sinne zumindest. Ich blickte mich unsicher um. Die Gäste wiegten ihre Körper, rieben sie aneinander, während aus den Boxen die Bässe zu halb gesungenen, halb gesprochenen Sätzen in Ghetto-Slang dröhnten. Es war beinahe surreal.

»Also?« Er schenkte mir ein kleines Lächeln. Wieder trug er Schwarz. Oder immer noch? Es hätte deplatziert an diesem Ort wirken müssen, inmitten dieses Karibikfeelings, aber ich konnte mir keine anderen Farben an ihm vorstellen. Es war seine Farbe.

»Nein – ähm ... Ich dachte nur ...« Ich räusperte mich und zupfte nervös am Saum meines kurzärmeligen Pullovers. »Du hättest mitbekommen, dass ...«

»Ja?«

»Dass Herb, also dieser ... der ...« Herrgott! Ich schluckte nervös. Langsam wurde es peinlich. Als wenn jeder mein Gestammel hören wollte, drängten sich die Menschen näher an uns heran. Na klasse. Und wo waren die vorhin, als ich ihre Hilfe gebraucht hätte?

Juspinn hielt mir noch immer seine ausgestreckte Hand entgegen. Da sich kein Loch auftat, in das ich hätte verschwinden können, ergriff ich sie schließlich, zog meine Hand jedoch genauso ruckartig wieder zurück. Wie bei unserer ersten Berührung durchzuckte mich ein Schmerz, als hätte ein Pfeil mein Schulterblatt durchbohrt. Scharf zog ich die Luft ein und rieb über meinen Arm, den der Schmerz herunterwanderte, zurück in die Hand.

»Was zum Teufel ...«, stieß Juspinn gleichzeitig aus. Erstaunt sah er mich an, wobei er sich ebenfalls an die Schulter griff.

»Was ist das immer?«, platzte ich heraus.

Er schüttelte leicht den Kopf, dann lachte er abfällig. »Vielleicht Amors Pfeil.«

»Fühlt sich mehr wie Warnschüsse an«, murmelte ich finster.

»Ich glaub, ich will nicht tanzen. Nicht zu der Musik.«

Kaum hatte ich es ausgesprochen, brach der Song abrupt ab und für einige Sekunden war allein das Stimmengewirr der Gäste zu hören. Es klang wie das Schnattern von Gänsen. Dann ertönten die Trommeln von *Chilly Cha Cha*. Jemand trällerte und schnalzte mit der Zunge, wie die Südamerikaner es oft tun. Ich spürte, dass meine Füße dem Takt folgen wollten.

»Also gut«, flüsterte ich, atmete durch und ergriff zögerlich Juspinns Hand. Sie war warm, beinahe heiß. Diesmal durchzuckte mich kein Schmerz, nur ein leichtes Prickeln erfasste mich. Es fühlte sich gut an.

Mit sich beschleunigendem Puls folgte ich dem Druck von Juspinns Armen. Meine Glieder bewegten sich zum Glück von selbst, umrundeten gemeinsam mit ihm die Weinfässer, durchquerten die Leiber der dicht gedrängten Tanzenden, ohne sie zu berühren. Die meisten Pärchen waren in einem Alter, in dem Tanzstunden in ihrer Jugend mit Sicherheit Pflicht gewesen waren. Den Cha-Cha-Cha tanzten sie mit steifen Gliedern, aber dafür mit glühenden Wangen.

Auch ich war etwas erhitzt, als das Lied aber nahtlos in eine Rumba überging, meinte ich, in Flammen zu stehen. Eine Rumba! Kaum ein Tanz war heißer. Juspinn legte die Hand etwas tiefer, knapp unter mein Schulterblatt, und gab die Richtung vor. Mir blieb beinahe die Luft weg, denn der Abstand zwischen uns war enger, als er hätte sein müssen.

»Du tanzt gut«, überraschte mich Juspinn mit einem Kompliment, was die Hitze in meinen Wangen noch steigerte. Sofern das möglich war.

»Danke«, krächzte ich und musste mich plötzlich darauf konzentrieren, nicht über meine eigenen Füße zu fallen. »Sechs Jahre Tanzunterricht. Meine Mom hat mich damals gezwungen. Ich war ziemlich pummelig und ...« Gott wie peinlich! *Erzähl ihm doch gleich noch von der Zahnspange und den Pickeln auf der Stirn.* »Und du? Wo hast du so gut tanzen gelernt?«, lenkte ich schnell von mir ab.

»Zu Hause«, gab er knapp zurück. »Im Ballsaal.«

»Oh! Ihr habt ein Tanzstudio?«, fragte ich interessiert. Das hätte schon mal einiges erklärt.

»Nein.«

Nein. Nur nein? Man ließ *Zu Hause im Ballsaal* nicht ohne weitere Erklärungen stehen. Im selben Augenblick fiel mir ein, was in dem Artikel gestanden hatte. *Die Atterini, eine der einflussreichsten Familien der Welt ... Verbindungen zur Mafia ...* Ich konnte mir Juspinn einfach nicht als Mafioso vorstellen. Das Bild von ihm im Nadelstreifenanzug und mit Zigarre in einem Tanzsaal war geradezu lächerlich. Ihn direkt danach zu fragen, kam natürlich nicht infrage.

»Also, wer sind diese *Men in Black?*«, fragte er gleich darauf im gelassenen Plauderton, der mir etwas von meiner Anspannung nahm.

»Das ...« Ich räusperte mich. »Das ist dieser Kinofilm, in dem es um Außerirdische geht.«

»Ah.« Ohne noch etwas hinzuzufügen, dirigierte er mich durch die Menschen hindurch.

»Die MIB, also Men in Black, sind eine Art Behörde, die Außerirdische kontrollieren, während sie bei uns auf der Erde leben«, fühlte ich mich bemüht, ihm den Film zu erklären.

»Das klingt nach einer tiefgründigen Handlung.« Ein spöttisches Lächeln umspielte seinen Mund. »Und dort schießen sie mit Blitzen, um sich zu blitzdingsen?«

Ich fühlte mich nicht ernst genommen und gab keine Antwort. Der Rhythmus der Musik wurde noch langsamer und Juspinn zog mich dichter an sich, was mir erneut den Atem nahm.

»Welche Kinofilme magst du?«, presste ich mit meiner restlichen Puste heraus.

Er ließ mir mehr Luft. »Ich gehe nicht ins Kino.«

»Nie?« Ich war entsetzt. Ich liebte es, ins Kino zu gehen. Am liebsten mit Mom, wo wir eine XXL-Tüte Karamellpopcorn verschlangen, bis unsere Finger so klebten, dass wir sie kaum auseinanderbekamen.

»Nie.« Er hob den Arm und gab mir einen Schubs, sodass ich mich drehte, und zog mich wieder zurück. »Reine Zeitverschwendung.«

»Und Fernsehen? HBO?« Ich konnte es nicht fassen. Es gab doch so wunderbare Filme.

Er deutete ein Kopfschütteln an.

»Nicht mal Nachrichten?« Es klang bestürzter, als ich hätte sein dürfen, denn Nachrichten sah ich auch eher selten. Wenn, dann Reportagen.

»Es wäre überflüssig.«

»Überflüssig?«

»Sagte ich bereits, oder? Gut informiert zu sein, gehört in meiner Familie zu den obersten Prinzipien. Nachrichten stellen jedoch keine gute Quelle dafür dar. Sie sind gefiltert und oftmals bewusst irreführend.«

»Gehört das nicht zu den Verschwörungstheorien?«

Wir waren stehen geblieben. Juspinn ließ meine Hand los und betrachtete mich abschätzig. Sein Schweigen machte mich nervös. Außerdem hatte ich das Gefühl, seine Antwort war hintergründiger, als sie schien.

»Wer sollte die Nachrichten denn manipulieren? Und warum?«, hakte ich daher nach. *Vielleicht doch die Mafia,* dachte ich bestürzt. *Quatsch, weshalb sollte er dann hier als Magier arbeiten?,* rückte ich das Bild wieder zurecht.

»Da gibt es viele Gründe«, antwortete er mit einer Bestimmtheit im Ton, die deutlich zeigte, das Thema war für ihn erledigt. Bevor ich darauf reagieren konnte, ruckte sein Kopf zu Virginia, deren hasserfüllter Blick mir sofort auf den Magen schlug. »Deine Schwester und du, ihr versteht euch nicht gut«, stellte er fest.

»Was hat uns verraten? Unser freundlicher Wortwechsel neulich vorm Clubhaus?«

»Eher der Blick, mit dem sie dich betrachtet«, antwortete er humorlos. »So wütend. Voller Verachtung und Neid. Und Hass.«

»Ist das so offensichtlich?« Ich wusste, dass sie sehr eifersüchtig auf mich war, nur verstand ich nicht, warum. Unsere Interessen gingen in ziemlich entgegengesetzte Richtungen, weshalb also musste sie mich so hassen?

Er nahm den Tanz wieder auf, lenkte mich zur Seite, damit ich nicht mit einem anderen Tanzpaar zusammenstieß. »Man muss dafür kein großer Menschenkenner sein.«

»Seine Familie kann man sich eben nicht aussuchen, aber ...« Mein Blick blieb an Mom hängen, die mit Mr Stone plauderte, einem Stammgast und Dads Schachpartner in Acadia. »Meine

Eltern sind toll«, beeilte ich mich zu ergänzen. »Und Virginia ist nicht so bösartig, wie sie wirkt. Im Grunde ...« Doch, eigentlich war sie das. Zumindest mir gegenüber. Aber ich mochte nichts Schlechtes über sie sagen. »Also ... hast du Geschwister?«, lenkte ich deshalb ab und dachte an die Personen auf dem Foto.

»Ja.«

Ich wartete auf weitere Worte, aber Juspinn schwieg.

»Weißt du, eine Unterhaltung funktioniert nicht, wenn du nichts über dich erzählst«, meinte ich mit deutlichem Sarkasmus. Wieso glaubte ich, immer witzig sein zu müssen?

Die letzten Töne der Rumba verklangen.

»Vielen Dank für den Tanz, Abigale.«

Ich stand mit dem Rücken an der Wand, besser gesagt, an dem Fels, der die Bucht auf dieser Seite einschloss. Noch immer hielt er mich fest, was eindeutig nicht hätte sein müssen. Mit großen Augen sah ich zu ihm hoch, wobei mein Herz so schnell und so laut schlug wie nie zuvor.

»Dein Herz rast«, meinte Juspinn mit süffisantem Grinsen.

Woher ... Oh Gott! Konnte er es hören? Und konnte er nicht endlich mal mein Handgelenk loslassen? Das hätte meinen Herzschlag schon deutlich verlangsamt. »Das war der Tanz.« Ich versuchte, unverfänglich zu klingen.

»Dein Puls ... etwa hundertsechzig Schläge die Minute.«

Langsam ließ er mein Handgelenk los, wobei er über meinen Arm strich. Meine Haare stellten sich auf. Er schien es zu bemerken, denn sein Blick blieb an meinem Unterarm hängen, wobei seinen Mund ein wissendes Lächeln umspielte. Schnell tat ich so, als fröstelte ich, und rieb beharrlich über meine Haut, nur um zu verbergen, wie sehr er mich durcheinanderbrachte. Vor allem sein Blick, der jetzt meinen Körper hochwanderte. Ich spürte ihn, obwohl ich es vermied, ihm in die Augen zu sehen. Ja, ich spürte, wie er mich musterte und dabei viel zu lange nicht sprach.

»Dein Auftritt hat hier ziemlich viel durcheinandergewirbelt«, sagte ich leise, um das Schweigen zu brechen.

»Naturgemäß.«

»Wie bitte?«

Er lachte. »Es war ein Wirbelsturm, Abigale. Der wirbelt ziemlich viel durcheinander, nicht wahr?«

»Wie hast du das gemacht?«

»Nenn es eine Gabe«, meinte er ohne einen Hauch von Ironie.

Eine Gabe. Machte er sich über mich lustig? Ich sah prüfend in sein vollkommenes Gesicht, fand aber keinen Spott. Konnte er nicht einmal zur Seite schauen oder zumindest blinzeln? Ich blinzelte die ganze Zeit. »Ich habe nichts darüber im Internet gefunden«, rutschte es mir heraus. Eine Viertelsekunde später war mir klar, was ich da gesagt hatte.

»Du hast mich gegoogelt«, stellte Juspinn prompt fest.

»Nicht ... nicht ... nicht dich«, stotterte ich. »Ich wollte wissen, wie ...«

»Wirklich? Du kannst nicht lügen, ohne zu stottern?«

Herrje! War er auch noch Hellseher? Ich wusste nicht, was ich antworten sollte.

»Du wirst nur wenig über mich finden. Es mag sich widersinnig anhören, aber ich stehe nicht gern im Rampenlicht.« Juspinn blickte über seine Schulter. »Wie aufs Stichwort ...«, murmelte er. »Gehen wir ein paar Schritte.«

Irritiert sah ich mich um. Einige Gäste waren uns gefolgt. Vier Frauen um genau zu sein, die wenige Meter entfernt im Sand standen und uns anstarrten. Die jüngste war vielleicht Anfang zwanzig, die älteste kannte ich: Es war Maggie. Sie wirkte nicht, als ginge es ihr schlecht. Ganz im Gegenteil. Ihre Wangen waren rosig und ihre Augen strahlten unübersehbar. Ich lächelte ihr verlegen zu. Sie erwiderte mein Lächeln nicht. »Eigenartig ...«

»Sie sind neugierig. Das ist alles«, meinte Juspinn abwertend. »Schließlich haben wir für ziemlich viel Aufsehen gesorgt auf der Bühne. Da wird schnell mehr vermutet.«

»Mehr?«

»Zwischen uns.«

»Oh, mein Gott«, hauchte ich und spürte, wie mir schon wieder Hitze ins Gesicht schoss. Was stimmte nicht mit mir?

»Eher nicht.« Juspinns Augen leuchteten amüsiert.

Ich verkniff mir die Frage, was er damit meinte. Ich wollte einfach nicht weiter angestarrt werden. »Können wir woanders hingehen?« Ohne eine Antwort streckte er den Arm vor, um mir die Richtung zu weisen.

6

*W*ir gingen am Wasser entlang, während ich die Blicke der Frauen immer noch auf mir spürte. Aber je weiter wir uns von den Gästen entfernten, desto gesprächiger wurde Juspinn. Er hatte sich eindeutig den falschen Beruf ausgesucht, wenn er Menschenansammlungen nicht mochte. Und er mochte sie nicht. Das war offensichtlich.

»Man kennt dich hier«, meinte er zusammenhangslos.

»Wir kommen jedes Jahr her. Seit ich denken kann. Da bleibt das wohl nicht aus«, antwortete ich nach einer Weile.

»Ich hörte, dein Vater ist der Reverend in Acadia und den Rest des Jahres lebt ihr in Boston.«

»Stimmt.« Er war ja gut informiert. Ich rieb nervös meine Fingerspitzen aneinander. Eine bessere Gelegenheit, um das mit der Mafia zu klären, würde nicht kommen. »Äh ... Und was macht dein Vater beruflich? Ist er auch Illusionist?«

Juspinns Augen blitzten belustigt auf. »In gewisser Weise, aber ... nein. Rate weiter.«

Ich war verunsichert. »In gewisser Weise? Ist er Schauspieler? So, wie Marlon Brando in der *Pate*?« *Nur nicht zu direkt fragen.*

»Nein, Abigale. Ich betrachte Fernsehen immer noch als Zeitverschwendung. Da werde ich nicht aus einer Schauspielerfamilie kommen.« Es klang wie eine Rüge. »Den *Paten* kenne ich nur von Mario Puzo, als Buch.« Lesen war also keine Zeitverschwendung.

»Kein Schauspieler«, murmelte ich leicht entmutigt von seiner Zurechtweisung, »aber in gewisser Weise Zauberer.«

»Illusionist.«

»Richtig. Illusionist. Dann ist er vielleicht beim Zirkus?« Es würde zwar erklären, warum Juspinn anscheinend bereits die halbe Welt gesehen hatte, jedoch nicht, weshalb seine Familie so einflussreich sein sollte.

»Er selbst würde sagen, er sei der Direktor des Ganzen. Er hält die Zügel in der Hand, wenn man so will.«

»Dann ist er Dompteur.« Ich kicherte. Es sollte ein Scherz sein, aber Juspinn meinte mit einem Zwinkern: »Verdammt nah dran.«

Herrje. Konnte er nicht weniger umwerfend sein? Jetzt war ich vollkommen durch den Wind. »Ich gebe auf. Was ... also, in welcher Branche ist er?«

»Vielleicht wird er es dir eines Tages selbst erzählen«, gab Juspinn zurück.

Was sein Dad tat, schien plötzlich zweitrangig zu sein. Was meinte er mit *eines Tages?* Glaubte er, dass wir uns nach diesem Sommer wiedersehen würden? Ich war zu keiner halbwegs logischen Schlussfolgerung mehr fähig.

Wir waren am Ende der Bucht angekommen und Juspinn blickte über das Meer. Sein Gesicht hatte sich wieder verschlossen. Ich seufzte innerlich. Also würde er seine merkwürdige Aussage nicht erklären ...

»Und ... willst du mal in die Fußstapfen deines Vaters treten?

Pastorin werden?«, fragte er stattdessen. Sein intensiver Blick suchte wieder meinen.

Ich wand mich darunter, murmelte: »Nein, ich will Medizin studieren. Am liebsten in Harvard.«

»Warum?«, hakte er nach.

»Weil es die beste Uni ist.«

»Nein, das meinte ich nicht. Warum Medizin?«

War das nicht klar? Erstaunt sah ich hoch. »Um den Menschen zu helfen, natürlich.«

»Natürlich ...«, bestätigte Juspinn mit leichtem Lächeln, in dem ich für einen kurzen Moment Spott zu lesen meinte.

Er kränkte mich. Was war lustig daran, helfen zu wollen?

Juspinn sah an mir vorbei und ächzte leise. Ich drehte mich um. Wieder standen Frauen und ein Mann mit erstaunlich weichen Gesichtszügen herum und starrten uns an. Nein, nicht uns, ihn. Irgendwie war das unheimlich. Lag es an Juspinns Duft? Mich zumindest brachte er um den Verstand. Ich atmete tief ein, roch Zimt und Orangenschalen und griff mir an den Bauch, in dem es inzwischen so furchtbar flatterte, als wären hundert Marienkäfer gleichzeitig aus ihrem Winterschlaf erwacht.

Juspinn nahm seinen Blick von unseren Zuschauern. »Zeigst du mir die Anlage? Bislang kenne ich nur das Clubhaus und die Rezeption.«

»Na, dann kennst du das Village ja bereits.«

Er lachte. Ich hatte es geschafft – ich war tatsächlich witzig gewesen. Nicht zu fassen. Langsam wich die Anspannung in mir.

Ich entdeckte Mom im Gespräch mit Mr Stone. »Ich will eben

meiner Mutter Bescheid sagen. Nicht, dass sie mich sucht. Warte hier, okay?«

»Sie sieht dir gar nicht ähnlich«, stellte Juspinn fest, der nicht im Geringsten daran dachte zu warten.

»Abby«, rief Mom vergnügt, während wir auf sie zugingen, »komm her und sag Roger Hallo. Er hat gerade behauptet, ich könnte deine Schwester sein.« Meine Mutter kicherte.

Ich reichte Mr Stone die Hand, hielt seine jedoch nur so kurz wie möglich. Dads Schachpartner war mir noch nie sonderlich sympathisch gewesen. Er war von allem irgendwie ... zu viel. Seine Komplimente waren zu aufgesetzt, er selbst zu hell blondiert, seine Haare zu stark toupiert, seine Haut zu braun und seine Zähne zu gebleicht. Ich fragte mich unwillkürlich, ob er sich beim Zähneputzen genauso breit angrinste wie uns. Außerdem gaffte er Virginia immer nach, sobald sie ihm den Rücken zuwandte.

»Wo ist Virginia überhaupt?« Ich schielte zum DJ-Pult. Der DJ machte anscheinend Pause. Mit Virginia, wenn ich eins und eins zusammenzählte.

»Ich habe keine Ahnung, Engelchen. Sie wird sich schon amüsieren.« Mom strich mir übers Haar. »Wo wir gerade beim Thema sind, Sie müssen Juspinn sein.«

»Engelchen«, wiederholte Juspinn und lächelte. »Das passt zu Ihrer Tochter.«

Nicht er auch noch! Es reichte, dass Mom mich immer so nannte und mir Virginia am liebsten jedes Mal an die Gurgel springen wollte, wenn sie es hörte. Unauffällig pikte ich meine Mutter in die Seite.

»Ja, sie ist auch etwas ganz Besonderes«, fuhr Mom jedoch unbeirrt fort. »Wissen Sie ... gleich nach ihrer Geburt wäre sie beinahe gestorben.«

Oh Gott! Jetzt fing sie mit dieser Geschichte an. Es konnte nicht peinlicher werden.

»Was ist geschehen?«, fragte Juspinn. In seiner Stimme schwang echte Neugier mit.

»Die Ärzte hatten keinerlei Hoffnung mehr.« Meine Mutter warf mir einen zärtlichen Blick zu und ich lächelte matt. »Sie lag so klein und blass da, atmete nicht und ihr Vater und ich haben Gott angefleht, sie uns nicht zu nehmen.«

Ich hätte den Text mitsprechen können, stöhnte jedoch nur leise. Gleich würde die Stelle mit den Engeln kommen. Spätestens dann musste Juspinn meine Familie für vollkommen verrückt halten.

»Was soll ich sagen ...« Mom lachte. »Plötzlich zog Abby die Luft wie eine Ertrinkende ein. Die Engel hatten sie zurück in unsere Welt geschickt, und als wir sie hochnahmen, da ...«

»Mom, bitte«, fiel ich ihr ins Wort. »Er glaubt sicher nicht an Engel.«

»Ach, Kind, jeder Mensch glaubt doch an Engel, nicht wahr?« Ihr entrückter Blick ruhte auf Juspinn.

»Mir hat sich noch kein Engel vorgestellt«, erwiderte er ohne eine Spur von Ironie in der Stimme.

»Sind Sie nicht gläubig?«, bohrte meine Mutter nach. »Was ist mit Gott und dem Teufel? Dem Himmel und der Hölle? Yin und Yang? Jeder Mensch muss doch an etwas glauben! Oder sind Sie etwa der Meinung, es existiert nichts außer dem, was Sie sehen können?«

Sie redete sich in Fahrt. Auf diese Debatte durfte man sich nicht einlassen. Nicht mit ihr. Ich wusste, sie meinte es gut, aber sollte Juspinn auch nur einen Funken Interesse an meiner Person gehabt haben, nahm sie mir grad alle Chancen. Und ja, trotz allem, was passierte und was ich über ihn wusste oder auch nicht, ich wollte eine Chance. Ich wollte sie unbedingt.

Mr Stone hob die Hand. »Also, ich glaube, Beatrice, wir sollten die beiden in Ruhe ...«

»Nein, nein, nein.« Mom wedelte mit ihrem Finger vor Mr Stones Nase herum, ohne Juspinn aus den Augen zu lassen. »Ich möchte die Meinung dieses jungen Mannes hören. Immerhin ist er dabei, meiner Tochter den Kopf zu verdrehen.«

Ich hatte mich vertan: Es konnte noch peinlicher werden. Was dachte sie sich nur?

»Ich glaube an die Wahrheit, an nichts anderes«, erwiderte Juspinn und ignorierte damit Moms Schuss ins Schwarze, ich wäre dabei, mich zu verlieben.

Sie hob provokant die Brauen. *Oh, oh ...* »Welche Wahrheit denn? Jede Wahrheit ist subjektiv. Fragen Sie zehn Zeugen eines Unfalls, jeder will etwas anderes gesehen haben. Wer sagt die Wahrheit und wer lügt?«

Juspinn schüttelte leicht den Kopf. »Keiner. Aber die Menschen glauben viel leichter eine Lüge, die sie schon hundert Mal gehört haben, als eine Wahrheit, die ihnen völlig neu ist. Und sie sehen nur, was sie sehen wollen.«

Mom lächelte geziert. Juspinn hatte sie offenbar beeindruckt.

Mr Stone hingegen verdrehte die Augen und brummte: »Ich geh mir einen Martini holen.«

Ich konnte es ihm nicht verdenken. Auch ich fand, Mom übertrieb. Gleichzeitig erstaunte mich Juspinn, der sich nicht aus der Ruhe bringen ließ. Nun verabschiedete er sich mit einer angedeuteten Verbeugung und sah mich erwartungsvoll an.

Ich zögerte, wollte Mom nicht alleine lassen. Sie wirkte auf seltsame Weise wie weggetreten. Prüfend sah ich ihr in die Augen. Ihr Blick war glasig. Sie hatte definitiv zu viel getrunken.

»Mom, vielleicht sollten wir Dad nicht zu lange warten lassen«, versuchte ich es diplomatisch.

Meine Mutter schien aus ihrer Gedankenwelt zurückzukommen und winkte ab. »Ach was. Mach dir keine Gedanken, Engelchen. Geht nur und habt Spaß. Ich werde ihn auch haben.« Sie drehte sich suchend im Kreis. »Roger! Bestell mir eine Margarita mit, ja?«

»Vielleicht trinkst du lieber etwas …«

»Abby!«, herrschte sie mich plötzlich an. »Jetzt geh und amüsiere dich. Ich bin deine Mutter und nicht du meine. Los!« Ich zuckte zusammen, so zornig klang sie.

Herrje! Ich hatte es satt, immer die Vernünftige sein zu müssen. Sollte Mom sich amüsieren, sich mit meinem Vater streiten und morgen mit Kopfschmerzen aufwachen. Es war ihre Sache.

Juspinn berührte mich leicht an der Schulter. Wieder fuhr Schmerz in sie hinein und wieder war ich nicht darauf vorbereitet gewesen.

»Mom ist normalerweise nicht so«, nahm ich sie dennoch in Schutz, als ich an Juspinns Seite in das Wäldchen trat, welches den Strand vom Schotterparkplatz trennte.

»Du musst dich nicht erklären. Und erst recht nicht deine Mutter. Wieso hast du überhaupt gezögert?« Forschend betrachtete er mich von der Seite.

»Ich wollte sie nicht mit Mr Stone alleine lassen. In ihrem Zustand. Er ist ...« Ich stockte, wollte es anders formulieren, jedoch fiel mir keine passendere Beschreibung ein, als die, die mir auf der Zunge lag. »Er ist irgendwie merkwürdig. So aufgesetzt. Nicht echt. Er wirkt nur freundlich.« Ich blieb stehen. »Ich rede Blödsinn, oder?«

Er musterte mich. »Nein. Er ist nicht freundlich, nur höflich. Das verwechseln viele Menschen. Du hast ein gutes Gespür.«

»Meinst du?« Ich war verunsichert. Wurde er jetzt wieder sarkastisch?

»Er ist nicht das, was er vorgibt zu sein. Kein biederer Saubermann, sondern ein von Neid und Habgier zerfressener Mensch, der gelernt hat, sein Wesen hinter einer glatten Maske zu verbergen.«

Seine Antwort überraschte mich. Sie drückte genau das aus, was ich immer in Mr Stones Nähe empfand, aber nie in Worte hatte fassen können. Ohnehin war Juspinn mir auf eine eigenartige Weise vertraut. Während wir eine Weile schweigend durch den Wald gingen, überlegte ich, wie sich dieses Gefühl von Vertrautheit mit der Aufregung, die ich empfand, verbinden ließ. Eine solche Wirkung hatte noch kein Mensch – *sei ehrlich, Abby* –, zumindest kein Mann auf mich gehabt. Die beiden Gefühle waren für mich schwer vereinbar und lösten in meinem Körper abwechselnd wohlige Wärme und erregtes Schaudern aus. Ich war bereit, jedes Wort, das seinen Mund verließ, ohne Vorbehalt zu glauben, dennoch tat ich es nicht. Es war, als würde ich mir selbst dabei zuschauen, wie ich gleichzeitig an seinen Lippen hing und hinter mir stand und mich schimpfte, nicht so naiv und vertrauensselig zu sein. Wie auch immer das funktionierte. Meine Gefühle vernebelten sich immer mehr, aber mein Verstand blieb klar.

Juspinn blieb plötzlich stehen. Wir waren an der Gabelung angekommen, die rechts und links durch den von dichten Tannen und Gestrüpp durchzogenen Wald führte. »Und ... welchen Weg nehmen wir?«

Ich zuckte mit den Schultern. »Ich weiß nicht. Links geht's zur Kapelle und rechts immer bergauf zu den Cottages.« Mir gefiel keine der Möglichkeiten. Denn weder wollte ich beten, noch hatte ich vor, Dad in die Arme zu laufen und wegen Mom lügen zu müssen.

»Warum nehmen wir nicht den mittleren Weg?«, schlug Juspinn vor.

Verwirrt betrachtete ich die Gabelung. War das ein Scherz? »Was meinst du?«

Juspinn steckte die Hände in die Hosentaschen. »Schau genau hin.«

Ich ging zwei Schritte vor und starrte ins Unterholz. Da! Plötzlich sah ich, was er meinte. Da war tatsächlich ein Weg, eher ein kaum erkennbarer Trampelpfad. Mit großen Augen blickte ich mich um. »Wieso hab ich den noch nie gesehen?«

»Weil du ausgetretene Pfade nachläufst, siehst, was du schon immer gesehen hast, und Angst vor Neuem hast.«

»Das stimmt doch gar nicht!« Er hatte einen wunden Punkt getroffen. Unbekanntes reizte mich tatsächlich nicht. Im Gegenteil, es machte mir Angst.

»Also, auf welchen Weg führst du mich?«

Ich sah in das noch dichter werdende Gestrüpp, voller Brombeersträucher, Brennnesseln, Wurzeln und tief hängender Äste, und setzte einen Fuß zwischen die abgeknickten Zweige. Gleich darauf zog ich ihn wieder zurück. Es war lächerlich, doch es fühlte sich falsch an. Zu ungewiss, zu unkontrollierbar, wie eine offene Büchse, bei der mich das Bedürfnis überkam, sie zu verschließen. *Die Büchse der Pandora,* dachte ich. Ich flüchtete mich in eine Ausrede. »Ich hab nur Strandschuhe an.«

»Ausgetretene Pfade, sag ich doch«, quittierte Juspinn mein Zögern und lachte auf. »Na los! Komm schon. Trau dich! Vertrau mir!«

Bevor ich mich versah, griff er nach meiner Hand. Natürlich blitzdingste es mich. Doch bevor ich was dazu sagen konnte, stolperte ich schon hinter ihm durch das Unterholz. Zum Glück ließ er meine Hand nicht los und ich folgte ihm halb strauchelnd, halb rennend und vor allem atemlos immer weiter bergauf. Dabei suchte ich zwischen den dicht stehenden Tannen nach einem Ausblick auf das Meer, fand jedoch – vor Schreck fiel ich beinahe über eine Wurzel – tatsächlich Pandora. Als schönes Übel war sie einst beschrieben worden. Virginia stand keine dreißig Meter entfernt gegen einen Baum gepresst. Ihr Gesicht konnte ich nicht sehen, weil der dunkle Körper des DJs davorgeschoben war. Er war nackt.

Ich schüttelte Juspinns Hand ab und floh hinter einen dicken Baumstamm. Noch eine Peinlichkeit seitens meiner Familie. Was musste er von uns halten?

Er sah mit hochgezogenen Brauen von dem DJ und meiner

Schwester zu mir. Ich wedelte mit der Hand, winkte ihn stumm zu mir. Juspinn deutete auf sich. Ich nickte eifrig. Natürlich er. Oder glaubte er, ich würde meiner Schwester und den Nackten heranwinken?

Grinsend kam Juspinn näher. Kaum einen Schritt entfernt blieb er stehen, die Hände stützte er rechts und links von mir an den Stamm. »Deine Schwester ist dir peinlich.« Er fragte nicht. Er stellte fest.

Ich rang nach Luft. »Ihr Verhalten.«

»Weil es Sünde ist? Schlecht? Ungehörig? Verboten? Sich für eine Pastorentochter nicht gehört?«

»Ja, nein! Weil ... weil ...« Herrgott! Wir kannten uns doch erst kurze Zeit und sprachen schon über Sex? Noch dazu über den meiner Schwester.

Juspinn lachte. »Die Röte steht dir.«

Unwillkürlich griff ich mir an die Wangen. Es war furchtbar! Sie glühten tatsächlich schon wieder und verrieten, was unausgesprochen zwischen uns stand: Ich war prüde. Prüde und dazu auch noch sauer, weil er mich demaskierte und sich über mich lustig machte. Und weil ich seinetwegen mitten im Wald stand, keine dreißig Meter von meiner so überhaupt nicht prüden Schwester entfernt. Vor allem aber war ich sauer auf mich selbst. Weil ich es nicht schaffte, Juspinn stehen zu lassen und zu gehen. Was ich hätte tun sollen, wenn so etwas wie *Würde* mir noch ein Begriff gewesen wäre. Aber dann wäre ich nicht mehr in seiner Nähe gewesen und das wiederum hätte mich mehr getroffen als all meine Wut und Scham zusammen. *Zum Teufel mit der Würde!*, dachte ich. »Gehen wir«, presste ich heraus.

Ich tauchte unter seinem Arm hinweg und begegnete Virginias Blick. Sie war dabei, ihr Top vom Waldboden aufzulesen, und schien in der Bewegung zu gefrieren, als sie mich mit Juspinn sah. Ich drehte mich um die eigene Achse, schlug mich an Virginia vorbei quer durch die Büsche, bis ich wieder den vertrauten Weg zur Kapelle unter meinen Füßen spürte. Ordentlich geharkt und frei von Überwucherungen, so wie es sein sollte.

Schäumend vor Wut stapfte ich bis zur nächsten Gabelung Richtung Parkplatz. Vielleicht war mein Zorn unbegründet, mit Sicherheit überzogen, aber ich behielt ihn mir, denn er war besser als die Alternative: mir unendlich doof vorzukommen.

Ich hörte Juspinn hinter mir. Als ich den Schotterparkplatz erreichte, fuhr ich herum. »Was willst du von mir?«

Er legte den Kopf schräg. »Mache ich dich so wütend?«

»Ich bin nicht wütend!«

»Warum bist du wütend?«

»Ich bin es nicht, okay?«

»Warum schreist du dann?«

»Weil ... weil ich es jetzt bin. Jetzt bin ich wütend!« Ich drehte mich von ihm weg.

Juspinn ließ sich davon wenig beeindrucken. Ohne auf meine Geste einzugehen, trat er um mich herum, hob ein buntes Blatt auf, legte es auf seine Hand und hielt sie vor meinen Mund. »Puste deine Wut weg.«

Sehr witzig. Ich merkte, wie ich mit dem Kiefer malmte. »Das ist ein Ahornblatt.«

Auf seiner Stirn zeigte sich eine verärgerte Falte. »Es ist das, was du meinst, das es ist. Also, puste schon.«

»Es ist ein Blatt und es wird gleich auf die Erde segeln. Schwerkraft, weißt du?«

»Puste«, verlangte Juspinn.

Na schön, dann sollte er seinen Willen haben! Ich holte tief Luft und blies kräftig das Blatt von seiner Hand. Unnatürlich lange schwebte es in der Luft, drehte sich dabei langsam um sich selbst, fing plötzlich Feuer und ging in Rauch auf, der sich gen Himmel verzog.

»Und, besser?« Juspinn schenkte mir ein kleines Lächeln, das ich unwillkürlich erwiderte. Er hatte recht behalten. Meine Wut hatte sich in Rauch aufgelöst. Im wahrsten Sinne des Wortes.

»Schön.« Er wirkte zufrieden. »Wenn dich also jemand fragt, was du gesehen hast, antwortest du ihm dann: ein Blatt oder Magie?«

»Einen Illusionisten«, gab ich, ohne nachzudenken, zurück.

Kurz lag Erstaunen in seinem Gesicht, gleich darauf warf er den Kopf in den Nacken und lachte. Ein heiteres, ansteckendes Lachen, bei dem sich kleine Fältchen um seine Augen bildeten. Ich war nicht in der Lage, meinen Blick davon zu lassen.

Leichter Wind wehte ihm eine Haarsträhne ins Gesicht, und als er sie zurückschob, blieb mein Blick wieder an dem Ring hängen, der zu massiv an seinen schlanken Fingern wirkte. Diesmal sah ich ihn jedoch von oben. Das silberne Schmuckstück war breiter als mein Daumennagel und umfasste einen großen, kreisrunden tiefschwarzen Stein, der matt glänzte. Juspinn bemerkte meinen Blick und steckte die Hand in die Hosentasche.

»Ein Onyx?«, hakte ich nach.

»Genau.« Er hob überrascht den Kopf. »Woher weißt du das?«

»Meine Mutter hatte vor ein paar Jahren ihre Heilsteinphase«, erklärte ich, stolz, richtig gelegen zu haben. »Du weißt schon, wo man sich Halbedelsteine auf die Haut legt, die dann gegen alles Mögliche helfen sollen.« In meinen Ohren klang es so lächerlich, wie es sich anhörte.

»Das ist gut.« Juspinn wirkte erleichtert. Ich wusste nicht, was genau seiner Meinung nach gut sein sollte. »Und das hat bei ihr funktioniert?«

Ich zuckte mit den Schultern. »Woran man glaubt. Zumindest hat der Achat ihr scheinbar bei Magenkrämpfen geholfen, die sie aber nur wegen ihrer Rohkostphase hatte, wie sich später herausstellte.« Was ich sehr witzig fand.

Juspinn jedoch blieb ernst. »Der Ring ist ein altes Familienerbstück.«

»Wirklich, darf ich ihn mal sehen?« Familiengeschichte interessierte mich. Vielleicht weil sich über meine Vorfahren trotz Dads Bemühungen nicht viel mehr herausfinden ließ, als dass sie aus Frankreich stammten. Und die Atterinis erschienen mir noch geheimnisvoller.

Juspinn biss sich auf die Lippe. Hatte ich zu viel verlangt? Ich nahm meine Hand zurück. »Na, warum nicht?«, meinte er im selben Augenblick und zog den Ring von seinem Finger, um ihn mir entgegenzustrecken.

Vorsichtig griff ich danach. Er war schwer, das Silber alt und unregelmäßig. Im Inneren verliefen hauchfeine, dunkel angelaufene Linien. Eine Inschrift? Ich hielt den Ring ins Licht, versuchte, sie zu entziffern, aber es war eine mir unbekannte Sprache. »Was steht da?«, fragte ich und drehte den Ring dabei. Die

Buchstaben waren rund oder kantig. Ich meinte, sie schon mal in einem von Dads Büchern gesehen zu haben. »N ... Omega ... O I ... A ... TON. Das ist Griechisch, oder? Was bedeutet das?«

Juspinn kniff die Augen zusammen und musterte mich durchdringend. »*Gnothi seauton – erkenne dich selbst.*«

»Erkenne dich selbst«, wiederholte ich ehrfürchtig, und ohne es wirklich zu wollen, streifte ich den Ring über meinen Finger. Er war viel zu groß. Ich schloss die Hand, damit er nicht herunterrutschen konnte, und musterte den Stein.

Für einen Augenblick dachte ich, er würde aus sich selbst herausleuchten. Ich blinzelte. Nein. Er leuchtete nicht, das matte Schwarz aber wurde glänzend und in seiner Mitte erschien unvermittelt ein Symbol: ein Auge mit kleiner werdenden Kreisen als Pupille. Mich überlief ein Schauer. So etwas hatte ich nie zuvor gesehen. Weder das Symbol noch die Art und Weise, wie es erschienen war. Es war eindeutig kein Hologramm und auch nicht aufgedruckt. Es wirkte eher wie ein Relief.

Mit den Fingern fuhr ich über die schwarze Oberfläche. Sie war glatt und warm und von ihr ging eine merkbare Energie aus. Ich spürte, wie auch meine Finger warm wurden, dann meine Hand und gleich darauf der ganze Arm. Das fühlte sich alles andere als normal an.

»Was ist das?«, fragte ich heiser und sah langsam zu Juspinn hoch.

Er wirkte, als hätte ihn ein Blitz getroffen. Genau wie ich zuvor starrte er auf den Ring an meiner geballten Hand. »Das ist absolut unmöglich.« Seine Stimme war heiser und beunruhigte mich endgültig.

»Was? Was ist?«

Sein Blick verfinsterte sich. »Gib mir den Ring!«

Der drohende Ton seiner Stimme jagte mir einen Schauer über den Rücken. Er wartete nicht ab, sondern griff nach meiner Hand. Sofort durchzog es mich schmerzhaft und ich riss sie zurück. Mein Herz flatterte. Diesmal aus purer Nervosität. Etwas stimmte nicht. Mit Juspinn, bei dessen Berührung es mich ständig blitzdingste, als wäre er Zeus. Mit seinem Ring, der inzwischen eine solche Hitze ausstrahlte, als würde er glühen. Und seinem Stein, aus dem immer klarer das Auge herausstach, als wollte es mich anspringen. Das alles zusammen war nicht natürlich. Ich erkannte es mit so plötzlicher Klarheit, dass aus meiner Nervosität blanke Angst wurde. Jetzt hämmerte mein Herz hart gegen die Brust.

»Was hat das zu bedeuten?« Ich riss den Ring vom Finger.

Juspinn nahm ihn, ohne mich zu berühren. »Es ist nur ein Stimmungsring. Mehr nicht.« Er steckte die Hände samt Ring wieder in die Hosentaschen. Ich glaubte ihm kein Wort. »Es ist besser, ich gehe jetzt. Es ist spät«, meinte er frostig.

Ich sah in den Himmel. Er färbte sich gerade erst orange. »Es ist nicht spät. Außerdem bist du mir eine Erklärung schuldig.«

Ohne nachzudenken, griff ich nach seinem Ärmel. Sein Gesicht verfinsterte sich. Trotzdem hielt ich ihn fest, nicht in der Lage, ihn gehen zu lassen. Allein der Gedanke ließ Panik in mir aufsteigen.

Mein Gott!

Ich war nicht dabei, mich zu verlieben, ich musste aufhören, mir etwas vorzumachen. Ich war bereits regelrecht besessen von ihm! Von Juspinn Atterini, über den ich nichts wusste, außer dass er fünfundzwanzig Jahre alt, Magier war und einen seltsamen Ring trug. Und dass irgendetwas nicht mit ihm stimmte.

»Ich muss gehen«, wiederholte er, bewegte sich aber genauso wenig von der Stelle wie ich. Allerdings betrachtete er mich dabei nicht wie jemanden, dem er verfallen war, sondern mehr wie ein fremdartiges Wesen, welchem er zum ersten Mal begegnete und das er nicht einzuschätzen wusste.

Schweigend sahen wir uns an. Er stand da, die Beine gespreizt, die Hände tief in den Taschen vergraben, Strähnen seines Haars über der gerunzelten Stirn, mit einem Blick voller Verwunderung.

»Wer zum Teufel bist du?« Die Worte kamen so leise über seine Lippen, sie waren fast nicht zu hören. Und wenn ich sie auch nicht aussprach, dachte ich doch genau dasselbe. *Du bist kein Magier, aber wer in Gottes Namen bist du?*

Doch bevor ich fragen konnte, schoss sein Blick geradezu über meine Schulter. Ich ließ ihn los und drehte mich um. »Deine Schwester«, erklärte Juspinn knapp.

»Wo?« Der Parkplatz war leer, dahinter lag ebenso unbelebt der Wald.

Juspinn legte den Kopf schräg, dann verzog er abschätzig das Gesicht. »Der Mann ist nicht in ihrer Nähe. Offensichtlich hat sie ihn stehen lassen.«

Ich kniff die Augen zusammen und sah tatsächlich meine Schwester auf uns zukommen. »Da ist Virginia.«

»Du wiederholst das Offensichtliche«, tadelte Juspinn mich, als wäre es eine Verschwendung seiner Zeit.

Virginia bewegte sich wie eine Leopardin auf der Jagd. Geschmeidig und unbarmherzig auf ihr Ziel fixiert. Ich stöhnte leise.

Juspinn sah mich an. »Nun gut ... Warten wir, was sie will.«

»So, so«, feixte sie, als sie schließlich vor uns stand und Juspinn dabei mit einem verlangenden Blick von Kopf bis Fuß maß. »Erwische ich das unschuldige Engelchen beim Rummachen.«

»Du musst nicht von dir auf andere schließen«, gab ich zurück.

»Na dann ...« Virginia zuckte mit den Schultern und umrundete Juspinn lasziv, während sie über seinen Körper strich. Sie hatte ihre Beute in den Fängen.

Angespannt beobachtete ich seine Reaktion. Viel schamloser konnte Virginia nicht werden. Juspinn aber wirkte augenscheinlich unberührt. Wahrscheinlich war er nichts anderes gewohnt. Auch ich war von Virginia kein anderes Verhalten gewohnt und trotzdem reagierte ich heftig darauf. Am liebsten hätte ich sie an ihren Haaren von ihm fortgerissen. »Also, was willst du?«, fragte ich stattdessen frostig.

Unvermittelt ging Virginia drei Schritte rückwärts. »Falls es dich interessiert, Mom geht es schlecht.«

»Mom? Was ist mit ihr?« Ich traute ihr nicht. Sie würde jede Ausrede nutzen, um allein mit Juspinn zu sein.

»Sie ist sturzbetrunken, hat wohl eine Alkoholvergiftung, würde ich sagen.«

Ich runzelte die Stirn. Mom hatte tatsächlich schon vorhin so gewirkt, als sollte sie besser Wasser trinken. Plötzlich bekam Virginias Geschichte etwas furchtbar Reales. Auch wenn ich sie dabei lächeln sah, ich musste Gewissheit haben. »Es tut mir leid.

Ich muss nachsehen«, nuschelte ich eine Entschuldigung, die Juspinn galt.

»Warte.« Sein Ton ließ keinen Widerspruch zu. »Woher will sie das wissen? Sie war doch nicht mal in der Nähe eurer Mutter.« Mir entging nicht, dass er in der dritten Person über Virginia sprach, als stände sie nicht neben uns.

Ihr Lächeln kühlte deutlich ab. »Ihre komische Freundin hat's mir eben erzählt. Die war auf der Suche nach Abigale, hat sie aber nicht gefunden.« Ihre wasserblauen Augen funkelten mich jetzt herausfordernd an.

Ich begrub meine Zweifel, gegen meinen Instinkt. »Okay, wo ist sie?«

»In der Bucht irgendwo.«

»Kommst du mit?«, knurrte ich wütend, obwohl ich ihre Antwort schon vorausahnte.

»Du bist doch der rettende Engel in unserer Familie.«

Ich ballte die Faust. »War klar.«

»Virginia«, hörte ich Juspinn eindringlich sagen, »geh nach Hause.«

Innerlich lachte ich auf. Da würden Worte nicht reichen. Magier hin oder her.

Ohne Virginias Reaktion abzuwarten, rannte ich über den Parkplatz. Schotter spritzte unter meinen Schuhen hoch. Zurück durch das Wäldchen, das hinter dem der Strand lag. Musik drang wieder zu mir und den lauten Stimmen der Gäste nach zu urteilen, war die Party noch in vollem Gange. Gut. Sehr gut. Niemand würde feiern, wenn es Mom tatsächlich so schlecht gehen sollte.

Mit angewinkelten Armen bahnte ich mir einen Weg zwischen den Gästen hindurch, suchte die Gesichter nach einem mir bekannten ab und entdeckte schließlich Mr Handson. Atemlos erreichte ich ihn. »Wo ist sie?«

Er wirkte verdutzt. »Ist alles in Ordnung, Abigale?«

Ich schüttelte so heftig den Kopf, dass die Haare flogen. »Nein. Wo ist meine Mutter?«

»Ich habe sie vorhin mit Roger Stone gesehen. Sie gingen dort entlang.« Mr Handson deutete auf die flach ansteigenden Klippen.

»Danke!« Ich drehte mich auf der Stelle und nahm den kürzesten Weg: durch die seichte Brandung auf die Klippen zu. Meine Strandschuhe sogen sich mit kaltem Wasser voll. Gleichgültig. Was zählte, war Mom.

Und dann sah ich sie und wünschte im gleichen Moment, sie wäre tatsächlich sturzbetrunken gewesen. Es wäre ein nicht so schlimmer Anblick gewesen, wie sie in den Armen von Mr Stone zu sehen. Ihre Hände um seinen Nacken geschlungen, seine Hand auf ihrem Po.

Ich schluckte einen Würgereiz herunter. Meine Mutter ... Mr Stone ... und ... und Dad zu Hause ... Ich biss mir vor Wut und Scham in die Wange. Mein Instinkt hatte mich also nicht betrogen.

Als die Sonne unterging, saß ich hinter unserem Cottage auf einem Stein und starrte angespannt aufs Meer. Ich erwartete jeden Moment, unser Auto zurückkehren zu hören. Vom Strand vernahm ich schon eine Weile keine dumpfen Bässe mehr. Die

Party war vorbei. Nur Mom blieb weg. Mom und Mr Stone ... Nicht zu fassen!

Die Wellen schlugen gegen die Felsen. Jedes Klatschen war eine Ohrfeige. Mitten in mein Gesicht. Wie hatte ich nur so naiv sein können? Meiner Mom glauben, Virginia glauben. Glaubte ich alles, was man mir erzählte? Ich hatte gedacht, ich wäre ein kritischer Mensch, würde hinterfragen ... dabei war ich blind wie ein Maulwurf bei Tageslicht. So sah die Wahrheit aus.

Alles um mich herum, meine ganze Welt, schien von gestern auf heute nur noch aus Lügen zu bestehen und stürzte mich in nie da gewesene Enttäuschung. Vielleicht hätte sie mich wütend machen sollen. Mit Sicherheit wäre Wut leichter zu ertragen gewesen als das, was mich hier sitzen und schwermütig aufs Meer starren ließ.

Ich legte den Kopf auf die Knie, zuckte aber gleich wieder hoch. Nicht weil ich Moms Auto gehört, sondern weil sein Geruch mich aufgeschreckt hatte. Wie eine plötzliche Umarmung, die nach Zimt duftete. Nervös blickte ich mich um. Er stand zwischen zwei Tannen, kaum zehn Meter entfernt, und beobachtete mich. Ich hatte ihn nicht kommen hören, er war plötzlich da, genau wie sein Geruch.

Als sich unsere Blicke trafen, schlenderte er zu mir. Seine Nähe trug nicht unbedingt dazu bei, mich besser zu fühlen. Im Gegenteil.

Er setzte sich zu mir auf den Stein und hielt mir seinen Ring entgegen. »Steck ihn noch mal an«, forderte er statt einer Begrüßung. Etwas Gefährliches lag in seiner Stimme, das mich gleichermaßen anzog und zurückzucken ließ. Verwirrt schüttelte ich den Kopf.

»Steck ihn bitte an«, presste Juspinn hervor, als würde das *Bitte* ihm Schmerzen bereiten. Dabei hielt er den Ring ins letzte Tageslicht.

Der Stein sah wieder aus wie ein ganz normaler, ziemlich matter Onyx. Ich konnte nichts Außergewöhnliches daran entdecken. »Was hat er zu bedeuten?«

»Setzt du ihn auf?«

»Nicht ohne Erklärung.« Ich reckte das Kinn, gewillt, mich ab jetzt nicht mehr belügen zu lassen, die Wahrheit zu sehen, sofern Juspinn sie mir preisgab.

»Die Erklärung habe ich dir bereits gegeben.«

»Ein Stimmungsring?« Mein Sarkasmus war nicht zu überhören.

»Zwing mich nicht ...« Juspinn biss sich auf die Lippe, als müsste er sich beherrschen, um nicht die Geduld zu verlieren. »Du solltest dich mit meiner Antwort zufriedengeben.«

»Du auch.« Ich verschränkte die Arme.

»Wieso nur tust du nicht, was ich verlange?«

Ich bemühte mich, ihm ins Gesicht zu sehen und meine Fassung zu bewahren. »Wieso sollte ich?« Beinahe brach dabei meine Stimme. Er war zu nah.

»Weil das ...« Juspinn fuhr sich erregt durch die Haare, stand auf und suchte einige Schritte Abstand. Sofort bereute ich, mich ihm widersetzt zu haben, und erschrak gleich darauf über meine Ergebenheit.

Ich starrte ihn an, während er aufs Meer blickte, das leise klatschend an den Felsen brach. Dabei meinte ich zu spüren, wie aufgewühlt er war. Sein schwarzes Shirt und sein dunkles Haar verschmolzen beinahe mit der einbrechenden Dunkelheit. Doch seine große und schlanke Figur, mit der schmalen Hüfte und dem drahtigen Oberkörper war noch gut zu erkennen. Langsam erhob ich mich von meinem Stein. »Was hast du?«, traute ich mich in der Intimität der Dunkelheit zu fragen

»Ich bin nicht gewohnt, dass mir etwas versagt wird«, antwortete er mit hörbar unterdrückter Verärgerung in der Stimme.

Das glaubte ich ihm sofort. Bei der Herkunft, der Macht und dem Reichtum bekam er wohl immer, was er wollte. An seine *Gabe* wollte ich jetzt gar nicht denken.

Juspinn drehte sich um. »Wie geht es deiner Mutter?«

Ich stieß einen unkontrollierten Laut aus. »Besser als gedacht. Sie amüsiert sich prächtig in Gesellschaft von ...« Ich brach ab. Ich wollte mich nicht mit Moms Verrat an unserer Familie auseinandersetzen. Nicht jetzt.

»Verstehe«, sagte Juspinn nur und kam wieder näher.

»Bist du deswegen hier, um dich nach meiner Mutter zu erkundigen?« Ich versuchte, mein heftig klopfendes Herz zu ignorieren. Juspinn war jetzt so nah, dass ich die Wärme seiner Hand an meiner spüren konnte.

»Nein, deswegen nicht. Sondern ... Wäre es nicht vollkommen abwegig, würde ich sagen, ich war deinetwegen etwas ...« Er schien nach dem richtigen Wort zu suchen, »besorgt.«

»Abwegig ...«, wiederholte ich grimmig. »Womit zumindest mein Stellenwert geklärt wäre.«

»Dein Stellenwert ist es nicht, der mich sorgt. Deine Andersartigkeit ist es.«

»Meine Andersartigkeit? Meine?« Ich lachte auf.

»Ja, erzähl mir davon.«

Das konnte er nicht ernst meinen, auch nicht, wenn es so klang. »Oh, lass mich überlegen. Da wäre zunächst mal mein unfassbar gutes Aussehen.«

»Wie wahr«, schmunzelte Juspinn.

»Ja, die Menschen bleiben in Gruppen stehen, um mich anzustarren!« Ich flüchtete mich in Ironie.

»Ein hartes Los. Und weiter?«

»Und weiter ... Nenn es eine Gabe«, schmetterte ich ihm seine eigenen Worte entgegen. »Ich kann Stürme heraufbeschwören, einfach so und das in geschlossenen Räumen und ... ach ja, nicht zu vergessen, ich kann mich auflösen und schwups, woanders wieder auftauchen.«

»Das nennt man teleportieren.«

»Natürlich. Vielen Dank«, höhnte ich. »Und außerdem spreche ich alle möglichen Sprachen fließend. Aber als wenn mich das nicht andersartig genug macht, rieche ich auch noch unglaublich gut, nur merkwürdigerweise für jeden anders. Und um dem Ganzen die Krone aufzusetzen, tun die Menschen immer genau das, was ich will.«

»So? Wann das?«

»Na ja ... Als du ...« Ich kam ins Schwimmen. »Du weißt schon, was ich meine.«

Juspinn schüttelte den Kopf. »Erklär es mir.«

»Als ich mir vorhin ein anderes Lied gewünscht habe, weil man zu der Musik nicht wirklich tanzen konnte, da ... Sofort ist sie abgebrochen. Und dann noch Virginia. Du hast gesagt, sie soll nach Hause gehen. Kaum zu glauben, aber sie sitzt seit zwei

Stunden in unserem Zimmer.« Das war wirklich kaum zu glauben. »Also, wie hast du das geschafft?« Der Moment der Wahrheit war gekommen. Direkter konnte ich nicht fragen.

»Ich? Ich dachte, wir reden über dich«, feixte Juspinn.

Ich betrachtete ihn. Er war nur noch ein Schattenriss. »Du weißt genau, dass wir das nicht tun.«

»Nun, alle tun deiner Meinung nach, was ich will, wenn ich dich richtig verstehe.«

»Ja.«

»Du aber nicht.«

Ich stöhnte genervt. »Und das macht mich anders?«

Juspinns Hand suchte meine und umfasste sie. Noch bevor ich begreifen konnte, wie seine Berührung gemeint war, schoss der Schmerz in meinen Arm und wir zuckten beide zurück.

»Nicht nur das«, knurrte er. »Geh jetzt ins Haus. Du bist ausgekühlt.« Seine Stimme war leise, aber bestimmt.

»Ach.« Ich schnaubte verärgert. »Wäre es nicht vollkommen abwegig, würde ich meinen, du würdest dich gerade um mich sorgen.«

Stille breitete sich aus und ich wandte mich zum Haus, nicht weil er es verlangt, sondern weil er meine Antwort nicht mehr gehört hatte. Er war ebenso plötzlich verschwunden, wie er erschienen war.

Als ich wenig später das Cottage betrat, zeigte der Digitalwecker auf dem Küchentresen Mitternacht an. Leise zog ich die Haustür zu. Meine Mutter würde in dieser Nacht eh nicht mehr zurückkommen.

* * *

Es lief nicht so glatt, wie ich erwartet hatte. Genau genommen stimmte etwas mit der Kleinen nicht. Inzwischen folgte auch sie mir wie eine läufige Hündin. Trotzdem war es anders als bei den anderen.

Sie hatte keine Ahnung, wie wahnsinnig es mich machte, sie nicht unter Kontrolle zu haben. Selbst direkte Manipulation zeigte so gut wie keine Wirkung bei Abigale. Als würde ein Softball von einer Fensterscheibe abprallen und nur eine leichte Vibration hinterlassen. Dabei hätten meine Versuche die Scheibe in tausend Scherben zerspringen lassen müssen. Wie bei jedem anderen auch.

Ich konnte sie nicht mal dazu bringen, noch einmal den verdammten Ring anzustecken. Er hätte mir zeigen können, warum sie immun gegen mich war. Noch verwunderlicher war die energetische Reaktion bei jeder Berührung. Ich hatte keine Erklärung dafür.

Und sie erkannte, was ich tat. Das war faktisch unmöglich. Über zwanzig Jahre war ich darin ausgebildet worden, meine eigenen Schwächen zu beherrschen, die der anderen zu erkennen und sie das tun zu lassen, was dem großen Ziel diente. Und jetzt stieß ich bei einem Mädchen an meine Grenzen.

Sie war etwas Besonderes, keine Frage. Was hatte Vater mir über sie verschwiegen? Wusste er überhaupt um ihre Besonderheit? Sie wusste es mit Sicherheit nicht.

Trotz oder gerade wegen meiner Erfahrung hatte ich keinen Zweifel mehr daran, dass sie nicht normal war. Jedoch, auch wenn ich es mir nicht gerne eingestand, hatte ich ebenso wenig Ahnung, wie ich an sie herankommen sollte. Vielleicht mit menschlichen Tugenden. Aber die waren mir genauso fremd wie Abigale selbst.

7

Noch in der Nacht, kaum dass ich im Haus war, setzte der Regen wieder ein. Es war, als hätte Petrus den Schalter umgelegt. Und es schien, als wolle es nie wieder aufhören. Der Wetterumschwung ging auch an mir nicht spurlos vorüber. Mir fehlte die Zeit unter freiem Himmel. Die letzten Tage waren angefüllt gewesen mit Sorgen, Kummer und Leid. Und Juspinn. Ich musste unbedingt herausfinden, was mit ihm nicht stimmte.

Doch zuerst kam mein Geburtstag. In der Nacht wachte ich mehrfach verschwitzt auf und fühlte mich vollkommen ausgelaugt. Ich träumte nur von Juspinn und es waren keine schönen Träume. Sobald ich meine Augen zumachte, sah ich ihn. Die weißen Blüten der Waldlilien brannten sich in meine geschlossenen Lider. Ich inmitten eines Feldes davon, welches von schwarz blühenden Rosensträuchern eingeschlossen war. Durch sie brach Juspinn, beinahe wie der Prinz in Dornröschen, nur brauchte er kein Schwert. Er bahnte sich mit Feuer den Weg und rief mir zu: *Puste deine Ängste weg, Abigale!,* während die Lilien mich, stocksteif, als läge ich auf meinem Totenbett, gleich einer Wolke gen Himmel hoben. Ich konnte nicht bei ihm bleiben. Ich durfte nicht bei ihm bleiben! Aber ich wollte bei ihm bleiben.

Zwischen dem immer gleichen Traum wachte ich auf und starrte durch das Dachfenster in die Nachtschwärze, nicht fähig,

an etwas anderes zu denken als an ihn. In meinen Träumen verfolgte er mich weiter. *Puste deine Ängste weg, Abigale!*
Schließlich konnte ich schwach die Morgensonne hinter der Wolkendecke erahnen und war so erschöpft, dass ich den Rest des Tages hätte verschlafen können. Dann aber hätte er mich weiter in meinen Träumen verfolgt. *Puste deine Ängste weg, Abigale ...*
Erst als ich die Kaffeemaschine von unten vernahm, wurde mir bewusst, dass dies nicht Juspinns Worte gewesen waren. Nach dem Barbecue hatte er nicht gesagt *Puste deine Ängste weg,* sondern *Puste deine Wut weg,* nur mein Unterbewusstsein hatte Angst daraus gemacht.

Hatte ich Angst? Ja. Ich hatte inzwischen eine Heidenangst. Wovor? Vor Juspinn. Definitiv.

Meinem Verstand war klar, dass etwas an ihm außerhalb dessen lag, was ich begreifen konnte. Mein wild hämmerndes Herz mahnte mich, ich sollte mich besser fernhalten, meine Seele aber verzehrte sich so sehr nach ihm, dass ihr Verstand und Herz vollkommen egal waren.

Für den Moment ignorierte ich alle Zweifel. Ich wollte nur ein Stück meiner einstmals heilen Welt zurückhaben, schließlich war es mein Geburtstag.

Unter mir hörte ich Virginia gähnen. Sie würde es sich sicher nicht nehmen lassen, mir den Tag zu versauen. Ich ließ mich aus dem Stockbett gleiten, ohne sie anzusehen.

»Happy Birthday, Schwesterherz.«

Ich fuhr herum.

Virginia streckte ihre Hand aus und strich langsam meinen

Arm hinunter. »Du weißt, dass er sich nur einen Spaß daraus macht, oder?«

»Ich weiß nicht, was du meinst«, log ich und wollte mich umwenden, da packte sie mein Handgelenk. »Du tust mir weh!«

»Jetzt hör mir gut zu ... *Engelchen!*« Virginia spie das letzte Wort regelrecht aus. Ich zuckte zurück. Ihr Gesicht hatte sich zu einer Fratze verzerrt, ihre Augen funkelten dunkel zwischen den engen Schlitzen, so offensichtlich trat der Hass zutage. »Du bist nichts für ihn. Spiel du weiter Moms und Dads Liebling, geh in die Kirche und hilf diesen Krüppeln in der Suppenküche. Das ist dein Bereich. Verstanden?« Ihre Stimme klang schmeichelnd und drohend zugleich.

Plötzlich kochte Wut in mir hoch. Sie verlieh mir genau die Stärke, die ich brauchte, um mich meiner Schwester entgegenzustellen. Ich musste mir das nicht gefallen lassen! »Und was ist dein Bereich? Dich für jeden Typen zu bücken, der unter dreißig ist?«

Virginia lächelte kalt. »Ich sehe das so. Du kannst dir deine Belohnung für deine ganzen guten Taten bei Gott holen, im Nirwana oder sonst wo, ich hole sie mir eben gleich hier.«

»Das Nirwana ist ein buddhistisches Konzept«, zischte ich. »Und deine Belohnung wird die Hölle sein!«

»Natürlich, die Hölle. Wo ich dann den Osterhasen und den Weihnachtsmann treffe.« Ihre Stimme triefte vor Sarkasmus. »Pass auf, Engelchen. Ich verrate dir mal was.« Sie zerrte an meinem Arm. Ich konnte nicht anders, als mich zu ihr zu beugen. »Juspinn gehört mir! Verstanden? Wenn ich dich noch einmal bei ihm sehe, dann ...«

Ich riss mich los. »Was dann?«, fuhr ich ihr ins Wort und rieb mir das Handgelenk.

Virginia kroch katzengleich aus dem Bett, ohne mich auch nur eine Sekunde aus den Augen zu lassen. Selbst ihre Hände hatten sich wie zu Klauen verformt und ihr Blick wurde glasig. *Mordlüstern*, schoss mir durch den Kopf und eine Sekunde lang spürte ich in mir den Wunsch, mich ebenfalls auf sie zu stürzen. Stattdessen machte ich, dass ich aus dem Zimmer kam, schlug die Tür zu und lehnte mich dagegen, atmete tief durch.

Virginia machte keine Anstalten, mir zu folgen, aber ihr irres Lachen verfolgte mich die Treppe hinunter. Der Tag fing ja ausgesprochen gut an.

Im Wohnzimmer wartete die nächste herbe Enttäuschung auf mich. Nur zwei Päckchen auf dem niedrigen Couchtisch zeugten davon, dass meine Eltern überhaupt an meinen Geburtstag gedacht hatten. Von ihnen selbst keine Spur. Keine Herzlichkeit, keine Wärme empfing mich.

Auf dem Tisch standen nicht wie sonst Blaubeermuffins mit Kerzen zu einem Herz zusammengerückt. Niemand sang *Happy Birthday* und Dad war nicht hier, um mich zu umarmen und *Meine Kleine ist so groß geworden!* zu rufen, obwohl ich seit mindestens vier Jahren nicht mehr wuchs. Barfuß ging ich nach draußen, um zu sehen, ob der Wagen dort stand, was er, fast wie erwartet, nicht tat. Ich schloss die Tür. Der Luftzug wehte einen Stapel Zettel vom Tisch, der hinter den Geschenken lag. Notizen für Dads nächste Predigt, wie es aussah. Ich widerstand aus einem albernen Gefühl der Vergeltung heraus dem Drang, sie aufzuheben, und trat halbherzig mit dem Fuß gegen das Sofa.

Tränen schossen mir in die Augen. Ich kam mir unendlich allein gelassen vor.

Auf dem Tresen stand eine Tasse, voll mit lauwarmem Kaffee. Ich nahm sie, tat erst fünf Würfel Zucker hinein, dann einen sechsten wegen der Primzahl, rührte achtzehn Mal um, meine Geburtstagszahl, und ließ mich auf das Sofa plumpsen.

»Na dann, alles Gute zum Geburtstag, Abby«, flüsterte ich, nahm einen Schluck Kaffee und verzog den Mund. Zwei Zuckerwürfel hätten auch gereicht. Und natürlich halfen weder Zahlen noch Zucker gegen das Gefühl des Verlassenseins.

Als ich das erste Geschenk nahm, schwammen die Tränen in meinen Augen. Ich fühlte mich richtig mies und konnte nichts dagegen tun. Mein Geburtstag sollte mir nicht wichtig sein, es war selbstsüchtig. Aber er war es doch, besonders die Liebe meiner Eltern. Natürlich war sie das. Wem wäre sie gleichgültig gewesen? Aber Liebe sprach eine andere Sprache als zwei Geschenke auf einem Tisch, ohne einen Gruß, eine Nachricht, eine Glückwunschkarte.

Sorgsam löste ich das gestreifte Papier von dem schweren Päckchen, sodass der Klebestreifen möglichst nichts beschädigte. Ich faltete es zusammen und drehte dann das Buch um. *Mythos Religion*. Ich musste gegen meinen Willen schmunzeln. Typisch Dad. Er hielt mich immer dazu an, alles zu hinterfragen. Dabei wollte ich das gar nicht. Ich vertraute auf Gott und meine innere Stimme.

Ich blätterte das Buch durch. *Lebte Jesus wirklich?*, lautete die erste Überschrift, darunter ein Bild mit der typischen Darstellung. Ein leidender Jesus am Kreuz und ein Bild des Turiner

Grabtuchs. Ich blätterte weiter. Ein Mann mit Dreizack sprang mir ins Auge. Sein Blick war wild und bohrend zugleich. »Neptun oder Poseidon. Ein Gott, zwei Namen«, las ich halblaut und spürte meine Erleichterung. Ich hatte ihn für den Teufel gehalten.

Der Teufel ... ich blätterte zurück zum Christentum. Natürlich wurde auch er erwähnt. Gottes gefallener Engel. Sein ewiger Gegenspieler im Kampf von Gut und Böse. Fürst der Finsternis und Herrscher über die Hölle, in der alle verdammten Seelen den Rest der Ewigkeit verbringen müssen. Der Verführer Evas im Paradies. Der Sündenfall. Mir wurde schlecht. Ich blätterte ohne viel Interesse weiter.

Das Buch arbeitete die großen Religionen durch verschiedene Zeiten ab, vom Christentum über die griechischen Götter bis hin zum Daoismus, Chinas Urreligion, mit Yin und Yang als bekanntestes Zeichen und dem weniger bekannten Hotu als entsprechendes Symbol für die Welt. Ich strich mit dem Finger über die beiden tränenförmigen Hälften, die sich um ein Loch in der Mitte wanden, und seufzte. Schwarz und Weiß. Wenn die Welt doch so einfach gewesen wäre. Aber an etwas erinnerte mich das Zeichen ... es brachte tief in mir etwas zum Klingen. Nur was?

Von draußen hörte ich ein Auto und legte das Buch aufgeschlagen zur Seite. Mom? Ich stand auf, um durchs Fenster zu spähen. Unser alter Chevie kam wiegend den Weg hoch. Meine Mutter saß am Steuer und ich konnte erkennen, dass sie dasselbe trug wie am Abend zuvor, als ich sie zuletzt gesehen hatte: in den Armen von Mr Stone. Ich zog die Gardine vor, kauerte mich aufs Sofa, die Beine dicht an den Körper gezogen, und blickte zur Tür. Sie ging auf.

»Engelchen.« Mom strich sich durch ihr zerzaustes Haar. Regentropfen perlten auf ihm.

»Warst du die ganze Nacht bei ihm?«, fragte ich direkt.

»Es ist kompliziert.« Meine Mutter schloss die Tür. Ihr Blick blieb an den Geschenken hängen. »Oh Gott, Abby! Dein Geburtstag«, stieß sie aus.

Ich zuckte mit den Schultern.

»Wie konnte ich das nur –« Mitten im Satz brach Mom ab.

»... vergessen?«, ergänzte ich.

Meine Mutter bückte sich, um die Zettel aufzulesen, warf einen schnellen Blick darauf und schleuderte sie dann auf den Tisch, über den sie sich wieder ergossen und auf der anderen Seite heruntersegelten.

»Die Mühe hättest du dir sparen können.«

»Hör zu, meine Kleine – meine Große«, korrigierte meine Mutter sich und setzte sich neben mich. Ihr Blick ging suchend zur Tür. »Wo ist dein Vater?«

»Sag du es mir. Ach nein. Das kannst du ja nicht. Du warst ja nicht hier. Wie so oft in letzter Zeit.«

»Das verstehst du nicht«, erwiderte sie eisig und rieb sich die Arme, als würde sie genauso frösteln wie ihre Stimme.

»Das tue ich tatsächlich nicht«, gab ich zurück. »Warum erklärst du es mir nicht? Ich bin kein kleines Kind mehr, dem man heile Welt vorspielen muss.«

Sie seufzte und für einen Moment hatte ich den Eindruck, ihr tat das Geschehene leid. »Wir haben uns einmal sehr geliebt, dein Vater und ich, das ist lange her. Heute ... ach, Abby, wie soll ich es dir begreiflich machen? Es wird Zeit, eigene Wege zu gehen. Ja, das ist es. Ich will auch mal an mich denken.« Sie setzte sich gerade auf und ihr Gesicht verschloss sich wieder.

»Viel weniger an dich denken geht ja wohl nicht«, grummelte ich und spürte schon wieder Wut in mir.

»Zieh du erst Mal zwei Kinder groß, dann kannst du dir solche Antworten erlauben!«

Mom wollte aufspringen, ich bereute meine harschen Worte und griff nach ihrem Arm.

Da hörte ich es. Es war ein Wispern, so leise, dass ich sicher war, nur ich konnte es hören. »Inspiration«, hauchte ich.

»Inspiration?«

»Danach sehnst du dich bei Dad. Er inspiriert dich nicht mehr.« Genau das war die Wahrheit. Ich wusste es plötzlich mit der Sicherheit eines Seismografen.

Mom winkte zunächst ab. »Es ist nicht ...« Aber dann hielt sie mitten in der Bewegung inne. »Doch ... eigentlich ist es das. Du hast ein wirklich feines Gespür, Abby.«

»Vielleicht«, gab ich verwirrt zurück. Obwohl es mir öfter passierte, wusste ich, dass es diesmal kein Zufall gewesen war, den Grund in ihr zu erkennen. Etwas war anders dabei. Es war kein Raten, kein Zögern in mir gewesen, kein Raum für Zweifel. Ich wusste mit felsenfester Sicherheit, dass dies der Grund war, auch wenn Mom geleugnet hätte.

»Doch. Bestimmt. Bis du es ausgesprochen hast, war es mir selbst nicht richtig klar gewesen. Aber ... Weißt du, über die Jahre hat sich dein Vater der Liebe zu Gott verschrieben und nicht unbedingt der Liebe zu mir. Die Bibel ist sein Handbuch fürs Leben, die Zehn Gebote seine Verfassung. Er ist so verdammt engstirnig geworden. Da kann ich nicht mehr viel Überraschendes erwarten.«

Was? So ein Blödsinn. Dad war ein weltoffener, kritischer Mensch und der letzte, der engstirnig war. Sah man einmal von seinem Verhalten in den letzten Tagen ab, was ich jedoch nachvollziehen konnte, bei allem, was er durchmachte. Weitere Veränderungen wollte ich nicht sehen. Ich hatte das Gefühl, Dad verteidigen zu müssen. »Er hat mir dieses Buch da geschenkt: *Mythos Religion*. Findest du das engstirnig? Für einen Reverend?«, schob ich hinterher und zeigte ihr die aufgeschlagene Seite. Plötzlich wusste ich, woran mich das Hotu-Zeichen erinnerte. »Und sieht das nicht aus wie die Engelsträne auf meiner Schulter?« Ein Kribbeln breitete sich auf meinem Körper aus und lief bis ins Zentrum, dem Mal auf meinem rechten Schulterblatt.

»Ach, Engelchen.« Mom strich sich über die Hose und stand auf.

»Es wird Zeit, mit dieser Geschichte aufzuhören. Das ist einfach nur ein Hautmal. Wenn du dich dafür schämst, gibt es getönte Hautcremes, die ...«

»Schämst?«, wiederholte ich fassungslos. Noch gestern hatte sie jedem, ob er sie hören wollte oder nicht, die Geschichte meiner Geburt unter die Nase gerieben. Und das Mal war quasi ein heiliges Zeichen für sie. Mom war überzeugt gewesen, die Engel hätten mich zurückgeschickt und einer von ihnen hätte eine Träne auf mein Schulterblatt vergossen, weil er mich hatte gehen lassen müssen. »Und was ist mit den ganzen Engeln?«

Jedes Jahr bekam ich einen, seit meiner Geburt. Meine Mutter machte sie selbst. Immer aus einem anderen Material. Wortlos griff sie nach dem anderen Geschenk und reichte es mir. Und wieder musste ich an das Mal auf meiner Schulter denken. *Engelsträne. Hotu. Schwarz und Weiß* ... Ich hielt inne, bevor ich den Karton öffnete. »Mom?«

»Ja?«

»Du glaubst nicht wirklich an Engel, oder?«

»Natürlich nicht.«

»Und warum schenkst du mir dann jedes Jahr einen selbst gemachten?« Ich schaute in den Karton und nahm den Engel vorsichtig heraus. Er hatte einen kleinen, kauernden Körper und große Schwingen, die an seinem Haar endeten, damit sie nicht abbrachen. Dieses Jahr war er aus Holz, eines von Moms gelungensten Werken. Als sie ihn gemacht hatte, war unsere Welt noch in Ordnung gewesen. *Hilf mir, bitte!*, flüsterte ich dem Engel in Gedanken zu.

Aus dem oberen Stockwerk war die Dusche zu hören. Es konnte nur Virginia sein. Hoffentlich hatte sie sich beruhigt.

»Mom? Was geschieht hier mit uns?«, flüsterte ich und blickte sie Hilfe suchend an. »Wirst du dich wieder mit Dad vertragen?«

»Das geht dich nichts an, Abigale.« Die gleiche Härte, die ich in den letzten Tagen schon so oft an ihr gesehen hatte, trat in ihr Gesicht. »Deine Schwester und du, ihr seid beinahe erwachsen. Ich habe genug für diese Familie getan. Ihr schafft das schon.« Meine Mutter ließ die Wohnzimmertür zuknallen und kurz darauf hörte ich ebenso die Dusche im unteren Stock.

Was war nur los mit meiner Familie? Warum spielten alle um mich herum verrückt? Ich fühlte mich wie der einzig überlebende Hauptdarsteller in einem drittklassigen Zombiefilm. Scheinbar gerettet, aber das Grauen wartete nur darauf, erneut aus dem Hinterhalt zuzuschlagen.

Ich brauchte Normalität! Normalität und Ordnung. Weil ich ... Es war einfach furchtbar, die Kontrolle zu verlieren. Ich räumte den Tisch auf, warf das eingerissene Geschenkpapier in den Müll, nahm den Beutel heraus, knotete ihn vier Mal zu und sammelte schließlich doch die Zettel auf, die auf dem Boden lagen. Meine Zwanghaftigkeit kam mir dabei zu Bewusstsein. Gerade in solchen Momenten aber war sie stärker als ich.

Mein Blick heftete sich flüchtig an die Worte auf den Zetteln. Notizen für Dads Predigt. Wahrscheinlich war er in der Kapelle. Ich beschloss, sie ihm zu bringen und mich für das Geschenk zu bedanken. Und ein wenig auch, um ihm ein schlechtes Gewissen zu machen, dass er mich an meinem Geburtstagsmorgen allein gelassen hatte.

Ich begegnete Virginia auf der Treppe, sie blickte noch immer finster vor sich hin, ihr Gesicht war jedoch keine Fratze mehr, sondern übertrieben geschminkt. Smokey Eyes und dunkelrote Lippen, dazu blonde Locken. Ein Vamp auf Beutefang oder eine Burlesque-Tänzerin auf dem Weg zur Arbeit. Ich schob mich wortlos an ihr vorbei ins Bad und hatte mir kurz darauf Jeans und einen Pulli übergestreift.

Bevor ich ging, betrachtete ich mich in der verspiegelten Kleiderschranktür. Meine Haut war blass. Tiefe Ringe lagen unter meinen Augen und meine Lippen waren nur noch ein zusammengepresster Strich. Ich musste dringend aufhören, von ihm zu träumen, sonst sah ich bald selbst aus wie ein Zombie.

Virginias Schminkkoffer war unter ihr Bett geschoben. Ich zog ihn mit schlechtem Gewissen heraus und klappte die Etagen auf. Kurz entschlossen wählte ich hellrosa Rouge und tuschte mit schnellen Zügen meine Wimpern. Natürlich hatte ich auch eigenes Make-up. Nur lag das zu Hause, denn ich hatte nicht erwartet, es in Acadia zu brauchen.

Zu guter Letzt tauschte ich den Pulli gegen eine schlichte hellblaue Bluse, die meine schmale Taille betonte, zog meine dunkelblaue Fleecejacke an, flocht meine Haare zu einem Zopf und betrachtete mich wieder im Spiegel. Ich sah aus wie Lieschen Müller vor der Beichte.

Ich riss das Zopfgummi runter, bürstete mein Haar über Kopf, schüttelte es aus, streifte mir eine Regenjacke über, legte Gloss auf meine Lippen und übte ein Lächeln. Besser, entschied ich, schloss sorgfältig den Deckel des Schminkkastens und schob ihn zurück unter das Bett. Mit Dads Notizen in der Hand verließ ich das Haus.

Die Wolkendecke war immer noch nicht aufgebrochen. Grau und schwer drückte sie auf mein ohnehin schon angeschlagenes Gemüt. Hatte Mr Handson nicht gestern etwas von null Prozent Regenwahrscheinlichkeit gesagt? Im Death Valley vielleicht. Der Regen ging in feines Nieseln über und mein Haar war schnell mit Wasserperlen benetzt. Ich zog die Kapuze der Jacke über und presste Dads Notizen an den Körper.

Mit gesenktem Kopf marschierte ich zur Kapelle. Dabei folgte ich einem ansteigenden Wanderweg, auf dem man letztendlich zum Leuchtturm kam, und bog nach etwa einem Kilometer auf einen anderen Weg ab, der wieder hinunter ins Tal führte. Der durchnässte Waldboden roch nach feuchtem Moos und beginnender Fäule. Ohne es zu wollen, zählte ich die Schritte bis zur Kapelle.

Nach einer Viertelstunde erahnte ich das Gebäude. Bis auf die kleinen Fenster war es mit Holzschindeln bedeckt. Auch an den Seitenwänden. Sie waren so grün, dass das Gebäude ebenso gut getarnt war wie ein Militärcamp. Mr Handson hatte es im Jahr zuvor reinigen lassen wollen, aber Dad war derart blass geworden bei dem Vorschlag, dass Mr Handson schnell das Thema gewechselt hatte. Als ich die Kapelle umrundet hatte und schließlich vor dem Eingang stand, waren es genau 3.751 Schritte gewesen. Na toll, lauter Primzahlen. Jetzt war der Tag endgültig gelaufen!

Die Tür war nicht verschlossen. Ich nahm die Kapuze ab, zwang mich hindurchzugehen und zog die Tür leise ins Schloss. Bewegungslos blickte ich den Gang hinunter, der rechts und links von nicht mehr als zwanzig Holzbänken gesäumt wurde. Dad kniete an ihrem Ende, mir den Rücken zugewandt, den Kopf zum Kreuz erhoben. Leise murmelte er ein Gebet. Ich ließ mich auf die hinterste Bank sinken und strich Dads Notizen glatt. Mein Vater hatte eigentlich eine akkurate, gerade Handschrift ohne viel Geschnörkel. Jetzt musste ich mich anstrengen, um das Gekrakel auf dem obersten Blatt zu entziffern. Es waren eher Stichwörter als ein zusammenhängender Text.

Was ist ein guter Christ? Das klang interessant. Dads Antwort würde sicher kontrovers sein. *Der ohne Sünde lebt – der enthaltsam ist – der voller Demut zu Gott schaut – der Gottes Zorn fürchtet – der den Verlockungen des Teufels widersteht*, las ich. Warum zitierte Dad derart mittelalterliche Vorstellungen? Sie zu widerlegen, würde keinem seiner Schäfchen einen neuen Denkanstoß geben. Ich blätterte weiter. *Gottes Lohn* war die zweifach unterstrichene Überschrift.

Wenn wir den himmlischen Vater niemals erzürnen und seine gerechte Strafe hinnehmen, hoffen und beten, dass er uns Sündern gnädig sei ... Ich schüttelte den Kopf. *Wir müssen seine Gebote im Kleinsten befolgen ...* Was war das für ein Quatsch? *Wenn dich jemand ohrfeigt, so halte ihm auch die andere Wange hin ... Lasst euch nicht verführen mit Worten; denn um dieser Dinge willen kommt der Zorn Gottes über die Kinder des Unglaubens ... Auge um Auge, Zahn um Zahn ...* Was denn nun? Neues oder Altes Testament? Das Alte Testament war für Dad nie maßgebend gewesen. Bis vor Kurzem hatte er Einstein oder Albert Schweizer zitiert. *Wer glaubt, ein Christ zu sein, allein weil er die Kirche besucht, irrt sich. Man wird ja auch kein Auto, wenn man in eine Garage geht.* Dies war eins seiner Lieblingszitate gewesen. Und jetzt?

Und Gott hat die Städte Sodom und Gomorra zu Asche gemacht. Dieser Satz war mehrfach unterstrichen. *Denn sie waren in den Tagen vor der Sintflut, sie aßen, sie tranken, sie freiten und ließen sich freien, bis an den Tag, da Noah zu der Arche einging.* Oh, mein Gott ... das konnte er nicht ernst meinen! Das musste an dem tagelangen Regen liegen. Ich sah zu Dad. Es war nicht nur verrückt, es war beängstigend.

»Amen«, hörte ich ihn das Gebet beenden und stimmte tonlos mit ein.

Ich stand von der Kirchenbank auf und mein Vater drehte sich zu mir. Seine buschigen Augenbrauen zogen sich erstaunt hoch. »Abigale ... Kommst du, um mit mir zu beten?«

War das alles, was er mir an diesem Tag zu sagen hatte? »Du hast deine Notizen vergessen.« Ich streckte sie ihm entgegen.

Dad setzte sich auf die vorderste Bank und klopfte neben sich. »Setz dich zu mir, Abigale.«

Warum nannte er mich nur noch Abigale, nicht mehr Abby? Ich legte die Blätter auf den Altar und rutschte auf das harte Holz neben Dad.

»Was meinst du ... Wieso nennt man den Krieg auch Heiligen Krieg?«, fragte er und sah mich forschend an.

»Wird das jetzt wirklich eine von diesen philosophischen Debatten, Dad? Über Gott und die Welt? Heute?«

»Der Heilige Krieg, Abigale. Weshalb nennt man ihn so?«

Ich ließ seufzend den Kopf nach vorn fallen. Es wurde genau so ein Gespräch. »Welchen Krieg?«

»Alle Kriege.«

»Man nennt nicht alle Kriege Heilige Kriege.«

»Nein, aber so sollten sie genannt werden. Denn das sind sie. Nur heute sind wir gezwungen, dem Kind einen anderen Namen zu geben. Weil der richtige Glaube aus freien Stücken angenommen werden soll und nicht aufgezwungen durch Gewalt. Aber warum sind alle Kriege im Grunde Heilige Kriege?«

Ich zuckte mit den Schultern. »Keine Ahnung. Weil es Glaubenskriege sind, die so genannt werden? Oder ein Krieg so gerechtfertigt werden soll? Ihn in Gottes Sinne zu führen? Mit seinem Segen?«

»Weil Glauben Krieg ist, mein Kind!« Dad hob seinen Finger. »Es geht immer nur darum. Nicht darum, für Gerechtigkeit oder den Frieden zu kämpfen, sondern wir kämpfen, um dem Wort Gottes Gehör zu verschaffen. Wir kämpfen um Aufmerksamkeit. Wir kämpfen nicht gegen andere, sondern für sie. Für die Gottlosen. Um sie zu erretten, wir kämpfen um eine globale, religiöse Gemeinschaft, um den Glaubensfunken, der in jedem Wesen steckt, um sein göttliches Sein zu einem lodernden Feuer zu entfachen. Aber wie, Abigale, kannst du ein Feuer entfachen, ohne selber zu brennen? Wie? Sag es mir!«

Was redete er da nur? »Dad, bitte ... Ich ...«

»Wie?«

Ich zuckte zurück, so fordernd war der Ton meines Vaters. »Ich hab keinen Schimmer, wovon du eigentlich sprichst«, sagte ich ehrlich.

»Von der Flamme, die du in dir brennen spüren musst, um sie weitergeben zu können. Von geistiger Mobilmachung.«

»Wirklich, Dad? Meinst du nicht, du übertreibst da ein wenig?«, gab ich ironisch zurück.

Er ignorierte meine Frage. »Heute ist ein besonderer Tag. Der Tag des Neuanfangs, und er beginnt hier in Acadia«, meinte er mit belegter Stimme.

Drehten jetzt alle durch? »Heute ist mein Geburtstag, Dad!« Die Wut in meiner Stimme verriet meine Enttäuschung. Ich zog mir die Kapuze der Jacke, so weit es ging, ins Gesicht und erhob mich von der Bank.

»Abigale ...«

»Ja!«, fauchte ich und fuhr herum.

»Es tut mir leid.« Mein Vater war aufgestanden und öffnete seine Arme. »Meine Kleine ist schon so groß geworden.« Er lachte. Es wirkte gezwungen. Und er wirkte fremd. Als würde ein Abgrund zwischen uns klaffen, den keiner von uns überwinden konnte, geschweige denn überwinden wollte.

Ich drückte ihn kurz an mich, wich aber zurück, bevor er mich hochheben konnte, wie er es sonst jedes Jahr getan hatte. Ich mochte nicht so tun, als ob alles in bester Ordnung gewesen wäre.

Dad schien es zu spüren, so betreten, wie er mich ansah. »Tja also ...«, murmelte er und seine Stimme wurde sanfter. »Möchtest du etwas an deinem Geburtstag machen? Wir könnten etwas unternehmen. Nach Rockland fahren, zu Tacco Bell und später ins Kino oder, wenn das Wetter schöner wird, einen Ausflug zum Bergsee machen und heute Abend in die Stadt zum Essen.«

Es pochte gegen die Tür.

»Das Haus Gottes ist niemandem versperrt«, rief Dad und der abgehobene Tonfall kehrte in seine Stimme zurück.

»Das bedeutet Herein, oder, Reverend?« Ich erkannte Mr Handson an seinem tiefen Bass, noch bevor er sich durch die Tür schob. Er trug eine grüne Wachsjacke, die feucht vom Regen glänzte. »Ein gottverdammtes Mistwetter!«, fluchte er. Dad zuckte zusammen. »Und da ist das Geburtstagskind!«

»Hallo, Mr Handson.«

»Ich will dich nicht umarmen, nass, wie ich bin. Aber fühl dich gedrückt.«

Ich schlang die Arme um mich. »Tue ich. Danke.«

Er wandte sich meinem Vater zu. »Und Rufus. Ich hatte dich zu Hause erwartet, an dem Geburtstag deiner Tochter.«

Ich auch.

»Ich muss einiges umstrukturieren. Da ist es unvermeidlich, hier zu sein«, hörte ich Dad sagen und das Gefühl seiner Lieblosigkeit mir gegenüber schnitt wie ein Schwert durch meinen Magen.

»Ach so? Veränderungen in der Kapelle? Dass ich das noch erleben darf. Nichts für ungut, Rufus.«

Ich räusperte mich. Ich musste hier raus! »Ich will noch zu Eyota, also ...«

»An die Rezeption«, schlussfolgerte Mr Handson.

Ich nickte nur noch und verließ ohne ein Wort die Kapelle.

8

Eben noch war Mr Handson liebenswürdig wie eh und je gewesen und jetzt schrie er so laut, das Sommerfest wäre ins Wasser gefallen, dass er sich den Sprechfunk mit Eyota im Hinterzimmer der Rezeption hätte sparen können. Aber nicht nur er ... alle schienen sich zu verändern. Als würde sich ein Virus ausbreiten, das durch erste harmlose Anzeichen kaum auffiel, sich dann aber mit aller Gewalt zeigte. Wie Herbs Aufdringlichkeit, Moms Affäre mit Fummel-Roger-Grinse-Stone, ihre Kälte und Gleichgültigkeit, Dads Fanatismus und plötzliche Liebe zum Alten Testament, Virginia war noch unausstehlicher geworden, was ich kaum für möglich gehalten hätte. Und dann waren da noch die anderen Dinge, für die mein Gehirn ständig versuchte, eine vernünftige Erklärung zu finden. Juspinns angeblicher Stimmungsring, die Frauen am Strand, die ihn angestarrt hatten, auch die Hörigkeit, mit der andere Menschen ihm begegneten. Eyota, die ihn erst gesehen, sich dann aber nicht an ihn erinnern konnte. Oder auch der Sturm im Wasserglas ...

All diese Merkwürdigkeiten wiesen auf Juspinn hin. Alles, bis auf die scheußlichen Fahnen und Wimpel vielleicht, die kartonweise auf dem Tresen standen. Obwohl ... Mr Handson wäre früher nie auf den Gedanken gekommen, einen solchen Kitsch mit dem Nationalpark zu verbinden. Da ging mir auf, dass das Barbecue sich ebenso in die Liste der Auffälligkeiten einreihen konnte. Alles war so bunt und laut und übertrieben gewesen ... Vielleicht war Mr Handson noch weit davon entfernt, Acadia in einen Vergnügungspark zu verwandeln, wie Catori immer befürchtete, aber mit Sicherheit war er bereits dabei, seine Werte aufzugeben. Wie auch Dad, der immer ein weltoffener Mensch gewesen war, und Mom, der die Familie über alles gegangen war, und Herb, der seine Maggie sonst auf Händen trug ...

Oh, mein Gott! Es musste einen rationalen Grund dafür geben, mein Inneres flehte geradezu danach. Ich faltete die Hände vor dem Gesicht und rieb mit den Daumen meine Nasenwurzel. Das alles war nicht normal! Und es jagte mir mehr Angst ein, als ein tatsächliches Virus es je hätte tun können ... Ich würde mich Eyota anvertrauen. Ich musste mit jemandem reden.

»Hey ...« Eyota kam aus dem Lager zurück. Sie wirkte wütend. »Mr Handson muss eine Laus in der Größe eines Schoßhundes über die Leber gelaufen sein. Irgendwie spielen alle in den letzten Tagen verrückt, findest du nicht auch?« Sie sah mich aufmerksam an.

Ich kannte Eyota lange genug, um zu wissen, dass sie mir mit dieser Vorlage die Chance gab, ihr von Mom, Dad, Virginia und auch Juspinn zu erzählen. Sie wusste bestimmt längst davon. Hier an der Rezeption erfuhr man manches und den Rest erzählten die Angestellten sich wohl abends in ihrer Kommune. Ich nickte. »Können wir reden?«

Eyota lächelte zufrieden. »Catori hat mir Tee mitgegeben. Hauptsächlich Malvenblüte, Zitronenmelisse und Jasmin. Sie nennt es Achak – Geist – und meinte, er würde deinen Geist befreien, wenn du dich mir anvertraust.«

»Sie wusste, dass ich ...«

»Wärst du nicht hier, wäre ich zu dir gekommen, Awentia.« Eyota blickte kurz zum Fenster und senkte die Stimme. »Du darfst es keinem erzählen, aber ab morgen wird niemand mehr von uns im Village arbeiten.«

»Was? Warum denn?«

»Catori will es so.« Sie stieß die Tür zum Lager mit dem Fuß auf, weil sie eine Thermoskanne in der einen Hand hielt und zwei ineinandergesteckte Becher in der anderen. Ich nahm ihr die Becher ab. Die Tür fiel hinter uns ins Schloss und kurz darauf saßen wir uns zwischen gestapelten Kisten und Kartons, Regalen mit Werkzeug, Reinigungsmitteln, Bettwäsche und was weiß ich noch alles, auf dem nackten Holzfußboden im Schneidersitz gegenüber und wärmten unsere Hände an dem Tee, während der Regen auf das Dach trommelte.

Wie sich zeigte, brauchte ich Eyota weder von Mom noch von Dads fürchterlichem Verhalten zu erzählen. Sie wusste bereits davon und meine Familie war längst nicht die einzige, die sich veränderte.

Am Morgen waren die siebenjährigen Zwillinge der Meyers mit Steinen aufeinander losgegangen, bis schließlich einer der beiden eine Platzwunde hatte, die im Stadtkrankenhaus genäht werden musste. Jetzt könnte man sie wenigstens unterscheiden, meinte Eyota zynisch. Betty, die Kassiererin, war beim Klauen im Supermarkt erwischt und nach sechsundzwanzig Jahren Anstellung gefeuert worden und drei Männer aus der Kommune, die gelegentlich halfen, den Park sauber zu halten oder kleinere Reparaturen durchführten, hatten während der Arbeit getrunken und in einer der renovierungsbedürftigen Hütten nahe der Klippen randaliert.

»Jeder hier im Park hat sich verändert«, fasste Eyota ihre Beobachtungen zusammen, wobei sie mich eigenartig ansah. Fragend und verwundert. Und ängstlich. »Jeder, nur du nicht.« Ihre Stimme vibrierte.

Sie hatte recht. Ich klammerte mich regelrecht an den Becher, um meine zitternden Hände zu verbergen. »Aber du auch nicht.«

»Ich habe ihn auch noch nie aus der Nähe gesehen.« Ihn ... Also dachte Eyota ebenso, dass alles mit Juspinn zu tun hatte. Es versetzte mir einen Stich, wenn ich selbst auch genauso dachte. »Ich glaube, er meidet mich, weil ich mehr erkenne.«

»Was erkennen?«, fragte ich mit erstickter Stimme. Die Atmosphäre in dem kleinen Lager erschien mir plötzlich gespenstisch. Wind pfiff um die Hütte und übertönte das Prasseln der Tropfen auf dem Dach. Der Himmel hatte sich unter dem Regenguss verdunkelt. Es fiel kaum noch Licht in den Raum und hinter der beschlagenen Fensterscheibe zeichneten sich Schatten ab, von denen ich nur hoffen konnte, dass es wiegende Äste waren.

Eyota schluckte sichtbar. »Ich denke, im Gegensatz zu allen anderen spüre ich die Veränderungen. Ich merke, wie ich ... wie ich abstumpfe. Aber ich bin machtlos.«

So wie sie es sagte, jagte es einen Schauer über meinen Rücken. Eyota durfte mir nicht auch noch entgleiten! »Du ... das stimmt nicht. Du ...«

Sie lachte höhnisch auf. »Merkst du das nicht? Ich bin zynisch und zornig und unhöflich.«

»Ein wenig«, gab ich kleinlaut zu.

»Und dabei reiße ich mich wirklich zusammen.« Ich sah Eyota kurz die Kiefer aufeinanderpressen. »Aber ich kann nichts dagegen tun. Niemand kann das.«

»Ich glaube, es ist ... schwarze Magie.« Meine Stimme klang fremd in meinen Ohren, als ich die Worte aussprach.

»Schwarze Magie? So etwas wie Voodoo?« Meine Freundin sah mich mit einem abschätzenden Blick an. »Es ist so viel mehr als das! Es ist viel gewaltiger, zerstörerischer, bösartiger. Awentia ...«, flüsterte sie eindringlich. »Catori ist sich sicher, dass er der Mntu ist.«

Ich schüttelte den Kopf, noch bevor ich etwas antwortete. Ich wusste in etwa, was der Mntu ist. Er gehört fest zu den Mythen der Indianer. Ihn mit *Böser Geist* zu übersetzen, wäre lächerlich gewesen. Der Mntu war die Inkarnation des Bösen. Erst letztes Jahr hatte ich mit Dad darüber gesprochen, der mir erklärt hatte, dass der Mntu sich auch im Evangelium wiederfände, als Mundo. Er hatte so viele Namen und es gab ihn in allen Religionen der Welt ... »Der Teufel«, krächzte ich.

Eyota sah mich mit riesigen Augen an, in denen sich ihre Angst deutlich spiegelte. »Er ist es. Dein Magier ist es ...«, flüsterte sie.

»Das ist ...« *Blödsinn,* wollte ich ausrufen. »Eyota, das ist nicht so«, erwiderte ich stattdessen, so gefasst und sachlich wie möglich, wobei meine Nackenhaare sich verräterisch aufstellten. »Es gibt keinen Teufel«, behauptete ich. Ich trank den letzten Schluck des Tees. Er hatte einen leicht bitteren Nachgeschmack. Plötzlich schien meine Wahrnehmung eine andere zu sein. Farben und Geräusche wirkten intensiver, meine Gedanken fokussierten sich auf das Wesentliche. Lag es an dem Getränk? »Eyota ...« Ich stellte den Becher beiseite. »Ist da etwas drin, von dem ich wissen sollte?«

Sie lächelte wissend. »Du glaubst an Gott, aber nicht an den Teufel?«

»Du hast ... Mir ist ...« Ich holte Luft, da ging mir auf, wie viel Wahrheit in Eyotas einfacher Frage lag. Wie konnte ich an den einen, aber nicht an den anderen glauben? Plötzlich tobten Tausende Bilder vor meinem geistigen Auge. Von Gott und seinem Widersacher, Satan, dem abtrünnigen Engel, düster, mit fledermausartigen Schwingen. Wie in einem viel zu schnell ablaufenden Film, mit abgehackten Bewegungen. Und zum Teil in Form alter Gemälde, alle in flammenden Rottönen. Bilder vom Gehörnten, dessen rotes Gesicht den Schein des Höllenfeuers spiegelte, der Schlange im Paradies, die sich kriecherisch um Eva wand, dem Teufel als dem Lichtbringer Luzifer, als Richter über die Sünder, als Mephisto im Faust, Satan in den zehn Kreisen der Hölle aus Dantes Inferno, als Henker, als letzte Instanz, als Gottes ewiger Gegner. Ich erschauderte. Was war nur in dem Tee?

Was immer es war, keuchte mein letzter Rest Verstand, diese furchtbaren Bilder hatten nichts, aber auch gar nichts mit Juspinn oder auch nur im Entferntesten etwas mit der Realität zu tun! Das war tiefster Aberglaube!

»Hat er dich schon geküsst?« Eyota drehte angespannt ihren Becher.

»Was?« Ich wischte mir über die Augen. Eyota wiederholte ihre Frage und ich bemühte mich um klare Gedanken. »Nein ...

noch nicht.« Das Bedauern in meiner Stimme konnte ich nicht unterdrücken.

»Hat er dich berührt?«

Sofort musste ich an das Blitzdingsen denken. »Es tut weh, wenn er es tut«, gab ich kleinlaut zu. Eyota hatte ja recht. Etwas mit ihm stimmte nicht. »Jedes Mal. Wie Stromschläge.«

»Du musst dich von ihm fernhalten, Awentia.«

Jetzt schüttelte ich heftig den Kopf. Nein. Niemals!

»Hör zu, ich habe mit Catori über deinen Traum gesprochen, von dem du mir neulich beim Picknick erzählt hast. Sie will unbedingt selbst mit dir darüber reden. Sie ist der Meinung, dass du abreisen solltest. So bald wie möglich. Und bis dahin darfst du den Mntu nicht wiedersehen. Unter keinen Umständen, hörst du?«

Eyota meinte es gut, aber sie erreichte das genaue Gegenteil. Eine Mauer schien zwischen uns zu wachsen. Allein der Gedanke, ihn nicht wiederzusehen, nicht mehr seinen Geruch aufzusaugen, in seine sprühenden Augen zu sehen, seinem so unfassbar anziehenden Wesen nachzugeben, war, als hätte man versucht, mir die Seele aus dem Leib zu reißen. Es war schon so schwer genug, nicht jede Sekunde bei ihm zu sein. Und bei diesem Gedanken brach plötzlich noch ein weiteres Bild des Satans hervor: der Teufel als Verführer, als Frauenheld, Casanova, als raffinierter Täuscher und gekonnter Illusionist. »Nein!«, stieß ich aus.

Als Eyota nach meiner Hand griff, zuckte ich zusammen. Wie bei Mom am Morgen meinte ich plötzlich, etwas gehört zu haben, eine innere Stimme, und was sie sagte, hätte ich nie für möglich gehalten: *Neid.* Eyota war neidisch. Auf mich, meine Möglichkeiten, meine Besonderheiten, die sie in mir sah. Sie hätte ihre Seele gegeben, um mit mir zu tauschen. Selbst jetzt. In dieser Situation.

»Bitte, Awentia. Hör auf Catori. Niemand von uns bleibt mehr hier. Vielleicht werden wir sogar eine Zeit lang ganz fortgehen. Es ist ...« Eyota hielt inne. Sie schielte zu der beschlagenen Fensterscheibe, über die Wassertropfen Schlieren zogen. »Ich habe Angst um dich«, presste sie hervor.

»Und trotzdem würdest du mit mir tauschen wollen?«, flüsterte ich und sah Erstaunen und gleich darauf Erschrecken in ihren Augen.

»Woher weißt du davon?« Sie konnte meinen Blick kaum erwidern. »Es ... es tut mir leid, Awentia. Du sollst nicht denken, ich wäre neidisch auf dich.«

Ich wusste es besser. Doch jetzt war nicht der passende Zeitpunkt, um das mit ihr zu klären. Ich musste nicht sie, ich musste mich beruhigen. Vielleicht war es die Wirkung des Tees, die mich derart in Panik versetzte. Wahrscheinlicher aber war, dass die feinen Risse, die mein sorgfältig gepflegtes Weltbild bekommen hatte, schuld daran waren. »Wenn er wirklich der Teufel ist – wenn es ihn überhaupt gibt«, schob ich hastig ein. »Hast du dich gefragt, was er dann ausgerechnet hier in Acadia will?«

»Deine Seele, was sonst.«

Mir wurde übel. »Das ist nicht witzig!«

Draußen hupte es drei Mal quäkend. Eyota stand auf und ging zur Tür. »Das war auch nicht witzig gemeint.«

Die frische Luft tat unendlich gut und der kalte Regen auf meiner Haut brachte die Klarheit zurück, nach der ich mich sehnte. Ich ließ das Wasser mit geschlossenen Augen über mein Gesicht laufen, bis es wieder hupte.

Auf der anderen Seite des Parkplatzes, gegenüber der Rezeption, stand ein roter Ford Explorer, der noch aus den Neunzigern stammte. Der alte Wagen parkte sonst auf der anderen Seite des Berges, der die Insel wie das Wetter teilte, im Aussteigerdorf. Mr Handson stand mit einem Mann, der die Uniform eines Rangers trug, dahinter und redete gestenreich auf die Beifahrerseite ein. Ich bückte mich und entdeckte Catori hinter dem Fahrer, einem Typ mit Wollmütze und Ziegenbart. Die anderen Männer und Frauen im Inneren kannte ich nur flüchtig, niemanden mit Namen, nur vom Sehen. Manchmal halfen sie im Park aus, wie wohl auch jetzt. Mr Handson setzte sie in der Küche ein oder bei Waldarbeiten, wo die Gäste sie mit ihren langen Bärten und Dreadlocks nicht zu sehen bekamen ...

Eyota sah mich flehend an. »Fahr nach Boston zurück.«

»Mr Handson wird durchdrehen, wenn Catori alle eure Leute einsammelt.«

»Mr Handson ist doch bereits völlig von Sinnen.«

Ich sah wieder zu ihm. Gerade deutete er auf das Gewehr, dass der Ranger geschultert hatte. Sein Gesicht war dunkelrot vor Wut.

»Ich muss Gewissheit haben. Wissen, was mit Juspinn los ist. Und ... und mit mir.«

»Du willst doch nicht etwa zu ihm?«

Ich atmete tief durch. »Ich kann nicht einfach abhauen, und selbst wenn ... Was wäre mit Mom und Dad und Virginia?«

»Sie sind schon verloren«, antwortete Eyota traurig. »Nur wissen sie es noch nicht.«

Meine Freundin ging zu ihrer Vespa, die neben der Rezeption stand, öffnete das Topcase und kam gleich darauf mit einem Päckchen zurück. Es war in rosa Geschenkpapier mit gelben Herzen eingeschlagen, das der Regen schon durchweicht hatte. »Ich wollte es dir heute Abend geben, aber ... na ja, aus deiner Feier wird jetzt nichts mehr.« Eyota lachte hart. »Trag es. Mir zuliebe.«

Es grollte über uns, als ich das Papier abschob. Eine kleine Holzschatulle kam zum Vorschein, und als ich sie öffnete, blitzte es das erste Mal. Ich zuckte heftig zusammen.

»Es soll dich beschützen«, meinte Eyota ungerührt.

»Ein Fetisch?« Ich nahm es heraus, schloss den Deckel und schob die Schatulle in meine Jackentasche, bevor ich das Armband betrachtete. Kleine Glasperlen waren kunstvoll zu einem bunten Band verwebt und wie bei einem Bettelarmband wurde es durch Anhänger durchbrochen. Winzige Tiere aus Stein in Türkis und Schwarz, sogar aus roter Koralle.

Eyota schob es über mein rechtes Handgelenk. »Eigentlich sollten es sieben sein, aber das wäre eine ...«

»... Primzahl«, flüsterte ich und spürte Tränen aufsteigen. Es waren acht Anhänger. Sogar daran, dass ich Primzahlen nicht ausstehen konnte, hatte Eyota gedacht.

Wieder hupte es. Diesmal drängender. Nervös blickte meine Freundin zum Pick-up. Mr Handson hatte sich davor aufgebaut, die Arme in die Seiten gestemmt. Der Fahrer winkte ungeduldig aus dem Fenster. Von Catori sah ich nur ihre wild entschlossene, unerschütterliche Miene.

Ich nahm Eyota in den Arm. »Ich danke dir so sehr.«

»Wofür?«

»Für den Fetisch und deine Sorge und Ratschläge und überhaupt.«

»Wir sind doch Freundinnen.« Sie ließ mich los und sah mir ins Gesicht. »Tut mir leid, wegen dem Tee. Wir dachten, es könnte helfen ... Dinge klarer zu sehen, weißt du. Aber er war nur ganz schwach. Die Wirkung hält bestimmt nicht lange.«

»Es geht schon wieder«, antwortete ich matt lächelnd.

Es hupte. Eyota drückte mich noch einmal, dann schob sie ihren Roller zum Wagen. Zwei der Männer stiegen aus und hievten ihn in den großen Kofferraum. Eyota zwängte sich zwischen sie in den Wagen.

Catori winkte mich zu sich. Zögernd ging ich hin, jeder Schritt erschien mir bleischwer, so als würde es mich in die entgegengesetzte Richtung ziehen. Ich ahnte, sie wollte mir etwas sagen, was mir nicht gefallen würde. Etwas, das ich nicht hören wollte. Wortlos stand ich schließlich vor der Wagentür, brachte nur ein kraftloses Nicken zustande. Ihre dunklen Augen ruhten unablässig auf mir, schienen mir tief in die Seele zu blicken. Ich kannte ihre Kraft, aber diesmal bannte sie mich geradezu. Es war, als spürte sie, wie nah ich daran war, einfach wegzulaufen. Vor ihr. Zu ihm.

Schließlich brach sie das Schweigen. »Awentia ... höre mir gut zu.« Sie beugte sich näher zu mir, blickte ernst. Kein freundliches Lächeln ließ ihr faltiges Gesicht erstrahlen, wie sonst immer, wenn ich sie zum ersten Mal im Jahr wiedersah. »Du bist in Gefahr. Der Frieden ist in Gefahr. Hüte dich vor dem Mntu! Er ist nur deinetwegen hier.«

»Aber ...«, versuchte ich, das Unfassbare zu leugnen, doch sie unterbrach mich mit einer harschen Geste ihrer Hand. »Du hast die Boten deines eigenen Todes bereits im Traum gesehen. Die Lilien warnen dich vor der schwarzen Rose, der toten Seele. Noch kannst du umkehren, noch kannst du dich retten. Wir können dich nicht schützen. Geh fort, weit weg, wenn es sein muss, und sieh nicht zurück, gleichgültig wie sehr du dich sehnst.«

Jedes ihrer Worte ließ mir kalte Schauer der Erkenntnis über den Rücken laufen. Zeitgleich stiegen die Bilder meines Traumes vor meinem inneren Auge hoch. Die Lilien, auf denen ich gebettet lag, die mich emporhoben. Die schwarzen Rosensträucher, die alles überwucherten. Beängstigend und doch war Juspinn da gewesen, um mich zu retten. Oder nicht? Ich konnte die Frage nicht laut stellen. Ich wollte die Antwort nicht hören. »Selbst wenn er es ist – ich kann nicht einfach vor ihm weglaufen. Jetzt erst recht nicht!« Erst als ich es aussprach, merkte ich, wie sehr ich ihn wollte.

Mr Handson ließ mich nicht aus den Augen.

»Awentia, ich sehe den Bann, mit dem er dich umschlungen hat wie die Jungfernrebe die Kiefer. Höre nicht auf ihn! Befreie dich von ihm!«

Ich zögerte. Womöglich hatte sie recht. Dieses Sehnen nach ihm, diese Besessenheit war nicht normal, das konnte ich nicht leugnen. Aber dieses Drängen war stärker als mein Verstand. Jedes ihrer Worte bestärkte mich nur noch mehr in meinem Entschluss. Ich trat einen Schritt zurück und schüttelte langsam, aber bestimmt den Kopf. »Es tut mir leid, Catori. Vielleicht hast du recht ... aber ich muss meinem Gefühl folgen.«

»Mein Kind ... vertraue nicht auf deine verirrte Seele.«

»Ich weiß nicht, wie ich es erklären soll. Ich ... ich muss das einfach tun. Um Klarheit zu haben. Ich muss!«

»Nein, du musst gar nichts, Awentia. Überhaupt nichts.«

»Doch! Um endlich zu verstehen, was hinter ihm steckt.« Ich senkte meine Stimme. »Dem allen hier«, flüsterte ich und schielte zu Mr Handson, der mit wütender Geste den Ranger anwies, sich vor dem Wagen zu postieren.

Catori seufzte. »Ich hoffe, dass dein Gott auf dich aufpasst.«

Ich versuchte mich in einem Lächeln. »Das hat er bisher immer getan.«

Catori maß mich noch mit einem langen Blick, dann gab sie dem Fahrer ein Zeichen. Der Wagen setzte zurück.

Fassungslos sah ich, wie Mr Handson dem Ranger das Gewehr entriss und mehrfach in die Luft schoss. Ich weiß nicht, weshalb, aber ausgerechnet in diesem Moment fiel mir auf, dass der Parkdirektor Hosenträger trug. Auch wenn es lächerlich war, der Umstand, dass er dadurch nicht mehr ständig an seiner Jeans zupfen musste, ließ das letzte bisschen Liebenswerte an ihm sterben.

Der Wagen verließ mit quietschenden Reifen den Parkplatz. Eyota winkte mir zu. Ich hob traurig die Hand.

9

Nach dem Gespräch mit Eyota und Catori hatte sich mein Blick verändert. Ich nahm die Metamorphose meiner Mitmenschen bewusst wahr und konnte es nicht leugnen: Sie entfernten sich zusehends von dem, was ihnen einst wichtig gewesen war, waren gleichgültig, aggressiv oder obsessiv. Mit zwei Worten, sie verdarben.

Der Regen wollte einfach nicht aufhören, weshalb ich bei meiner Suche nach Juspinn möglichst nur kurz durch die Fenster der Cottages blickte und, einzig wenn es sich nicht verhindern ließ, an der Tür klopfte. Mit hochgezogenen Schultern ging ich von Hütte zu Hütte, nuschelte, ohne zu stottern, eine erfundene Entschuldigung. Ich war wild entschlossen, Juspinn mit meinem Verdacht zu konfrontieren. Vielleicht war er nicht der Teufel, aber womöglich auch kein Mensch. Kein Mensch ... Was hatte mich nur dazu gebracht, diese Option als möglich zu akzeptieren?

Ein weiteres Problem war, dass ich nicht wusste, in welchem der etwa hundertfünfzig Cottages dieser *kein Mensch* untergebracht war oder ob er überhaupt auf Acadia nächtigte. Auf dem Festland lagen kleine Ortschaften, deren Bewohner Gästebetten anboten, und das winzige Dörfchen Hancock verfügte sogar über eine Feuerwehr, einen Flugplatz und ein Bed & Breakfast.

Beinahe alle Gäste waren daheim. Aufmerksam studierte ich ihre Mienen und blickte in die Wohnzimmer, sofern die Tür weit genug geöffnet wurde. Was ich sah, schockierte mich zutiefst. In den Häusern herrschte nicht nur Chaos, sondern Verwahrlosung. Oft schlug mir der Gestank von Fäulnis entgegen. Essensreste lagen auf dem Fußboden, leere Flaschen, Müll, Kinder dazwischen, eine Frau verprügelte ihren Ehemann, während ihre Tochter am Tisch saß und irgendetwas Düsteres malte. Die Erwachsenen machten einen griesgrämigen Eindruck, reagierten bestenfalls mit Gleichgültigkeit auf die Störung, in der Regel mit Beschimpfungen, schlimmstenfalls jagten sie mich davon. Selbst diejenigen, die mich so gut kannten, dass sie mir Jahr für Jahr eine Kleinigkeit zu meinem Geburtstag geschenkt hatten, verhielten sich mürrisch und einsilbig. Auch wenn dies mein geringstes Problem an diesem Tag war – es tat weh. Und es schüttete immer noch wie aus Eimern. Mein Geburtstag war im doppelten Sinne ins Wasser gefallen.

Nach über zwei Stunden entdeckte ich Grinse-Rogers blank polierte Schuhe vor der überdachten Tür und daneben Moms flache knallgelbe Treter. Die Gardinen des Cottages waren zugezogen, meine Fantasie reichte jedoch aus, damit sich mir der Magen umdrehte. Für einige Sekunden überlegte ich, an der Tür zu klopfen, um mich zu vergewissern, dass es ihr gut ging, dann erinnerte ich mich an Moms Worte vom Morgen. *Das geht dich nichts an, Abigale ... Ich habe genug für euch getan ... Ihr schafft das schon ...* Ich wandte mich ab.

Nach einer weiteren Stunde war ich entschlossen, meine Bedenken über Bord zu werfen und mich nicht nur an die Hauptwege zu halten, sondern die Trampelpfade zwischen den einzelnen Cottages zu nutzen, um die Sache zu verkürzen. Der Boden dort war vollkommen durchgeweicht und mein Hosensaum bald mit Matsch vollgesogen. Ein solches Unwetter hatte es an einem achten Juli, solange ich denken konnte, noch nicht gegeben.

Wo wohnte Juspinn? Diese Frage ließ mir keine Ruhe, und je mehr Häuser ich abgeklappert hatte, desto unruhiger wurde ich. Nach einer weiteren halben Stunde war ich ein einziges Nervenbündel. Es blieben nur noch drei Häuser. Die meisten Cottages lagen im Wald, die letzten Wege jedoch führten in Richtung Wasser. Die Häuser dort waren bis an die Klippen herangebaut.

Der Himmel hatte sich bedrohlich verdüstert. Es hätte genauso gut später Abend sein können, nicht Nachmittag. Der Wind peitschte Gischt über die Felsen, sie klebte an meiner Haut und roch nach Seetang. Und noch immer zuckten Blitze aus den aufgetürmten Wolken und tauchten alles für eine halbe Sekunde in so gleißendes Licht, dass ich die Augen schloss.

Unwillkürlich stieß ich einen Schrei aus, als ich sie wieder öffnete. Keine Armlänge von mir entfernt stand eine Frau, kaum größer als ich. Als Erstes dachte ich an eine vollendete Skulptur. Das Gesicht war eben, schön, beinahe unbewegt. Ihre Haut schimmerte in makellosem Teint, wie aus Alabaster gemeißelt. Ihr Haar war kurz, fransig geschnitten und kupferrot. So plötzlich, wie sie aufgetaucht war, und so perfekt, wie sie aussah, glich sie Juspinn. Allerdings musste sie etwas älter sein. Auch ihre Augen funkelten wie seine, nur waren sie von einem warmen Braun und katzenartig geschnitten.

Die Sekunden verstrichen, in denen ich sie nur anstarrte, während sich ein kaum merkbares Lächeln um ihren Mund ausbreitete. Dann zuckte der nächste Blitz und sie war ebenso plötzlich verschwunden, wie sie gekommen war.

Mein Gott! Ich hatte die Frau schon einmal gesehen. Auf dem Foto. Es war die Frau vom Foto der SUN. Seine Schwester?

Hier, in einem der letzten drei Häuser, musste Juspinn wohnen. Jetzt, da ich die Frau gesehen hatte, war ich sicher und nichts hielt mich mehr zurück. Der nächste Blitz zuckte, sofort gefolgt von heftigem Donner. Ich umklammerte den Fetisch an meinem Handgelenk.

Nach wie vor war ich nicht in der Lage, etwas Böses an Juspinn zu erkennen, aber ich hätte blind und taub sein müssen, um nicht zu begreifen, dass er mehr war als ein gewöhnlicher Mensch. In diesem Moment fragte ich mich jedoch nicht, wie viel mehr er war oder ob dieses *mehr* eine Gefahr bedeutete. Der einzige Gedanke, der mir kam, war ausgerechnet der, ob der Regen meine Wimperntusche hatte verlaufen lassen. Ich wischte flüchtig unter meinen Augen entlang – alles in Ordnung – und ging auf die Hütte zu, die am nächsten bei den Klippen stand.

Wie bei jeder von ihnen führten drei Stufen zur Tür. Als ich die Hand zum Klopfen hob, pochte mein Herz so stark, dass ich es in meinem Hals spüren konnte. Ich kam nicht dazu, gegen die Tür zu schlagen. Wie von Zauberhand sprang sie auf und Wärme schlug mir entgegen.

»Abigale, du bist da. Komm rein«, hörte ich Juspinn in seinem typischen, leicht überheblichen Tonfall sagen.

Langsam machte ich die Tür weiter auf, um ins Innere zu

schauen. Ich sah nur seinen Hinterkopf. Juspinn saß in einem Ledersessel, die Füße auf einem Hocker vor dem Kamin. Es war heiß in dem Cottage. Und anders eingerichtet als die, die ich bis jetzt gesehen hatte. Asketisch, aber beeindruckend. Dies mussten seine Möbel sein.

Ich stand im Türrahmen und wartete, dass Juspinn aufstand. Er tat es nicht. »Wenn du hereinkämst«, sagte er stattdessen, »könnte ich die Tür schließen.«

Zögernd trat ich vor. Juspinn hob die Hand, wischte mit ihr durch die Luft, als würde er in einem Café nach der Bedienung rufen. Ich zuckte zusammen, als die Tür tatsächlich ins Schloss fiel.

»Wie ... Wie machst du ...«

Mit lautem Klatschen schlug Juspinn das Buch zu, was meine Frage erstickte, und legte es neben sich auf den Holzfußboden. »Zieh dich aus«, befahl er und erhob sich.

Ich schnappte nach Luft. Das war nicht sein Ernst! »Was?«

Er lachte. Ich fühlte mich durchschaut. Trotz der Wärme im Zimmer spürte ich die Röte, die mir zusätzlich in die Wangen schoss.

»Du bist nass bis auf die Knochen.« Auf dem Kaminsims lagen ein zusammengerolltes Handtuch und ein schwarzes Kleidungsstück, das sich als Kaschmirpullover entpuppte und mit dem Handtuch auf meinen Armen landete. Es schien, als hätte er mich erwartet. »Hier.«

Ich wollte etwas erwidern. Etwas Schlagfertiges. So wie Virginia es mit Sicherheit gekonnt hätte. Nur fiel mir partout nichts ein. Er wirkte derart einschüchternd auf mich. Ich hatte keine

Ahnung, wie ich den Mut aufbringen sollte, ihn nach dem Mntu zu fragen.

»Zu Hause wird es nur im Winter so kalt wie hier im Sommer.« Juspinn warf einige Holzscheite ins Feuer, das sich gierig in sie hineinfraß. »Aber an Tagen wie diesen trinken wir einen Bicerin. Mocca, Schokolade, Amaretto, Sahne, Zimt und Orangenschale. Es wird lang genug dauern, ihn zuzubereiten, dass du dich umziehen kannst.«

Zimt und Orangenschalen ... Das passte zu seinem Geruch. Das war eine Erklärung! ... Oder nicht? Ich wusste selbst, wie albern der Versuch war, seine Wirkung auf die Menschen mit einem simplen Getränk zu erklären.

Ich trocknete mir flüchtig Hände und Gesicht. Wimperntusche klebte an dem weißen Frottee. Na toll. Mit kurzem Blick zu der Tür, hinter der Juspinn verschwunden war, zog ich meine durchnässte Jacke und die ebenso nasse Bluse darunter aus. Dann streifte ich mir den Pullover über, der mir nicht nur viel zu weit war, sondern auch furchtbar lange Ärmel hatte, die ich dreimal umschlagen musste, bevor sie passten.

Hektisch fuhr ich mir durch die Haare und versuchte, den Rest verwischter Wimperntusche abzurubbeln, da meinte ich, ein leises Lachen zu hören. Ich hielt inne und kniff die Augen zusammen. Wie helle Glocken hatte es geklungen, nur kaum wahrnehmbar. Der Wohnraum des Cottages war überschaubar eingerichtet. Kein Möbelstück, hinter dem man sich hätte verstecken können, nur der Ledersessel am Kamin, der Hocker, einige Bilder an der Wand und eine etwa einen Meter hohe Messingskulptur.

Meine übersteigerte Furcht vor Unbekanntem musste meinen

Sinnen einen Streich gespielt haben, beschloss ich und sah mir die Skulptur näher an. Sie stellte eine Gruppe abstrakter Figuren dar, die, ihre Arme ineinander verschlungen, einen Kreis bildeten. Ich strich mit dem Finger über das kalte Metall und zuckte jäh zurück, als ich meinte, ein warnendes Knurren zu hören.

»Scheiße ...«, flüsterte ich vor Schreck.

»Nein, das ist Rom«, hörte ich Juspinn viel zu nahe hinter meinem Rücken sagen.

Ich brauchte einige Sekunden, um zu begreifen, dass er ein lang gestrecktes Gemälde meinte, welches über der Skulptur hing. Nur aus Pinseltupfern bestehend, zeigte es die Silhouette eines Gebäudes, dessen Kuppel die anderen überragte. Es kam mir vage bekannt vor.

»Der Petersdom.«

»Ach so?«

»Sieh ihn dir genau an«, forderte Juspinn.

Ich trat näher heran. Das Bild zerfiel zu sinnlosen Punkten.

»Manchen Dingen sollte man nicht *zu* nahe kommen«, sagte er mit gefährlich leiser Stimme.

Ich hatte das ungute Gefühl, er sprach nicht von dem Bild. Hatte er mich eben vor sich gewarnt? Nervös drehte ich mich um, wobei ich beinahe gegen die Becher gestoßen wäre, aus denen Dampf aufstieg. Sie mussten glühend heiß sein, trotzdem hielt er sie so, dass ich einen am Griff entgegennehmen konnte. Ich murmelte ein Dankeschön.

»Warst du schon mal dort? In Rom?« Er war wieder in einen normalen Plauderton gefallen. Es fiel mir schwer, mich darauf einzustellen.

»Ich ...« Ich räusperte mich. »Bisher war ich nur in Acadia, einigen anderen Nationalparks, in Boston und mit der Schule einmal bei den Niagara-Fällen«, gab ich zu und fügte etwas leiser hinzu: »Dabei gibt es da draußen eine ganze Welt zu entdecken.« Ich dachte an die Karte in meinem Zimmer, in der unzählige Nadeln mit roten Köpfen und einige wenige mit grünen gesteckt waren. Die grünen standen für bereits besuchte Ziele, die roten für meine Träume. »Nach dem Sommer werde ich in Rio sein.«

»Um was zu tun?«

»Ein soziales Jahr. Ich habe vor, mich dort für die Straßenkinder einzusetzen.«

»Wie schade.« Juspinn nippte an der Tasse und musterte mich dabei mit unergründlicher Miene. Der Ausdruck von Bedauern kam ihm wohl am nächsten. Ich verstand nicht, was er meinte. Straßenkindern zu helfen, war doch nicht schade!

Eine viel zu lange Weile schwiegen wir, wobei mich Juspinn nicht aus den Augen ließ. Ich kam mir völlig fehl am Platz vor. »Sind das deine Möbel?«, versuchte ich, die eigenartige Situation zu durchbrechen.

»Gefallen sie dir?«

Ich nickte. »Besonders die Skulptur. Von wem ist sie?«

»Von meiner Schwester.« Sein Blick huschte kurz zu dem Kunstwerk.

»Und die heißt ...?«

Er schwieg.

Natürlich. Bloß keine Informationen preisgeben, aber von mir Vertrauen erwarten! Zu all den Gefühlen, die mich in seiner

Nähe stets überfielen, gesellte sich plötzlich von Sturheit getriebener Mut. »Willst du immer noch, dass ich dir vertraue?«

Überraschung spiegelte sich in seinen Zügen, der Becher verharrte auf halbem Weg zu seinen Lippen. Nur kurz, aber es fühlte sich an wie ein kleiner Sieg. Er nickte und trank einen weiteren Schluck, ohne mich aus den Augen zu lassen.

»Dann erzähl mir was von dir. Beantworte meine Fragen«, verlangte ich heiser.

Er zögerte, wandte tatsächlich eine Sekunde den Blick von mir ab, sah in den Becher und mich gleich darauf wieder an. »Gut. Was willst du wissen?«

Ich überlegte hektisch und spürte die Röte in meine Wangen zurückkehren. Ja, was genau wollte ich wissen? Ob er der Mntu war? »Äh ... deine Schwester ... wie heißt sie?« *Oh, Abby ...*

»Maria.«

Maria ... Das Künstlerische passte zu meinem Bild von ihr. Wenn es denn die Frau von dem Foto beziehungsweise vor dem Haus war. »Ist sie bekannt?« Wieso konnte ich Juspinn nicht direkt nach seiner Familie fragen? So was wie: *Seid ihr übernatürlich?* Richtig, so etwas fragte man nicht. Zumindest nicht, wenn man eine ehrliche Antwort brauchte und ein Ja einem furchtbare Angst eingejagt hätte.

Er schwieg. Ich räusperte mich.

»Sie hat schon horrende Summen für ihre Werke angeboten bekommen, aber sie verkauft ihre Skulpturen nicht. Wer in Marias Gunst steht, kann das Glück haben, ihr Modell zu stehen, Teil ihrer Werke zu werden.« Juspinn blickte zur Skulptur. »Ich bin froh, dieses Stück in meiner Nähe zu haben, ein in Form gegossenes Sinnbild meiner Familie. Alle so dicht beieinander ...«, sagte er mit eigenartiger Betonung, aus der ich starke Zuneigung, sogar Bewunderung heraushörte. Juspinn wandte den Blick zurück. »Dieses Bild stammt allerdings aus einem Möbelhaus«, er deutete auf das Tupfengemälde, »aber es erinnert mich an das Original, das ...« Er stockte.

»Ja?«

»Ich wollte mich ein wenig wie zu Hause fühlen, weil ich nicht wusste, wie lange ich bleibe.«

»Wie lange wirst du bleiben?« Zu blöd. Ich hätte ihn nach seinem Zuhause fragen sollen, die andere Frage interessierte mich aber gerade brennender.

»Bis ich meine Aufgabe erfüllt habe.«

Es kam mir vor, wir spielten ein Katz-und-Maus-Spiel, wobei klar war, dass ich von den beiden nicht die Katze war. Immer, wenn ich auch nur ein Tasthaar aus meinem Mauseloch streckte, hieb er schon mit seiner Tatze nach mir. Auch wenn ich überzeugt war, dass er die Krallen noch eingezogen hatte. Egal welche Andeutung ich machte, er reagierte mit eindeutiger Zweideutigkeit. Es schien keinen eleganten Weg zu geben, ihn auf meine Vermutung anzusprechen. Je länger ich aber seinem intensiven Blick ausgesetzt war, desto gleichgültiger wurde mir, was hinter seiner unglaublichen Fassade steckte.

Juspinn schwenkte die Tasse und nahm einen letzten Schluck. Ich hatte noch nicht einmal probiert. Verlegen suchte ich nach einem Platz, um meinen Becher abzustellen. Ein Sessel, eine Skulptur ... Der Kaminsims war der einzig mögliche, sah man vom Fußboden ab. Das nächste kleine Puzzleteil ergänzte das dürftige Bild, das ich von Juspinn hatte. Er mochte wirklich keine Verschwendung. Oder besser gesagt, er liebte Effizienz.

Mein Blick fiel dabei auf ein weiteres Bild, das neben dem Kamin stand, noch halb in Packpapier gewickelt. Ich erkannte es sofort. »Das ist von Raffael«, rief ich aus, froh, nicht komplett ungebildet zu wirken, und hockte mich davor.

»Du kennst dich mit Malern der Renaissance aus?«, fragte Juspinn auf Augenhöhe neben mir und wirkte neugierig. Trotz allem – ich wollte, dass er mich interessant fand.

»Ich kenne nur die Engel«, gab ich zu. Einem Gespräch über Künstler, egal aus welcher Epoche, hätte ich keine Minute standgehalten. »Meine Mutter schenkt mir jedes Jahr einen Engel zum Geburtstag.«

»Wegen dieser Geschichte um deine Geburt.« Es klang wie eine Feststellung.

Ich nickte dennoch. »Letztes Jahr hat sie sich an einem der Engel von Raffael versucht. Er ist aus Speckstein und sieht einem Hamster mit vollgestopften Backentaschen ähnlicher, aber es ist mein Lieblingsstück, weil sie Wochen daran gesessen hat.« Eigentlich musste ich immer kichern, wenn ich an den Hamsterengel dachte, jetzt aber war die Erinnerung bedrückend und ich schluckte schwer. Vor einem Jahr ... da war alles noch in Ordnung gewesen. »Zumindest hing in dieser Zeit dieses Motiv als Postkarte an unserem Kühlschrank«, murmelte ich.

Er verzog das Gesicht. Selbst das entstellte ihn nicht. »Das ist nicht das Motiv, das auf Millionen von Postkarten und Tischsets und Geschenkpapierrollen und Pappschachteln gedruckt wurde.« Juspinns Abscheu über die Verschandelung des Originals war nicht zu überhören. »Dies ist eine so gut wie unbekannte Variante der Sixtinischen Madonna.«

Die Sixtinische Madonna? Irgendwo in meinem Gehirn, zwischen der quadratischen Gleichung und den Namen der vierundvierzig amerikanischen Präsidenten, meinte ich, etwas über die Sixtinische Madonna abgespeichert zu haben, aber in Juspinns Nähe ließ es sich einfach nicht an die Oberfläche bringen.

Anscheinend hatte er meinen fragenden Blick aufgefangen, und wenn es nicht um ihn als Person ging, wurde er direkt gesprächig. »Zu Beginn des 16. Jahrhunderts gab Papst Julius II. das Gemälde bei Raffaello Santi in Auftrag. Es sollte den Hochaltar zieren, vor allem aber wollte er damit seinen Sieg über die Franzosen feiern, die in Italien eingefallen waren. Aber heute sind die Engel, die sich eigentlich am unteren Bildrand befinden, weitaus bekannter als das Gemälde an sich.«

Wieder fügte sich ein Puzzleteil in das Bild des Juspinn Atterini. Er mochte Kunst und interessierte sich für ihre Geschichte. »Du weißt viel darüber.«

»Natürlich.«

Ich strich behutsam über die Leinwand. Meine Finger ertasteten Unebenheiten. Das Relief des Öls. »Ist das etwa das Original?«

»Ja.«

Erschrocken zog ich die Hand zurück und stand auf. Ich hatte ja gelesen, dass Juspinn aus einer der einflussreichsten Familien der Welt stammte, aber ein Original von Raffael stellte man nicht halb ausgepackt auf den Fußboden. Ein Original von ihm besaß man noch nicht mal.

Er schien meine Gedanken gelesen zu haben und erhob sich

ebenfalls, wenn auch deutlich langsamer. »Dieses Bild stammt aus der Sammlung meiner Schwester. Wir haben gewettet, sie verloren.«

»Gewettet?«

»Du wiederholst, was ich bereits gesagt habe.«

»Na ja ... ich ...« Gott, ja. Verschwendung von Worten, wie hatte ich das vergessen können? Seine Rüge ärgerte mich, aber ich traute mich nicht, es ihn spüren zu lassen. »Was war Gegenstand eurer Wette?«, bemühte ich mich um Präzision.

Juspinn nickte zufrieden, ließ sich mit der Antwort aber Zeit. Ich hob die Augenbrauen. Dieses Spiel konnten wir auch zu zweit spielen. Er verstand. »Es ging um Disziplin. Genauer gesagt, um die Frage, ob ich es ertrage, mehrere Stunden in einem Flugzeug zu sitzen, was ich nicht sonderlich schätze.« Er sah wieder zu der Skulptur, seine Augen glühten dabei. »Und meine Schwester schätzt es nicht zu verlieren. Mit diesem Bild versucht sie, ihre Niederlage zu schmälern.«

»Mit einem Engelsbild?«

Juspinn hob eine Braue. »Offensichtlich.«

»Inwiefern?«, nuschelte ich.

»Ein Scherz. Sie liebt diese Art feinsinnigen Humors«, gab er zurück.

Mir erschloss sich dieser Humor nicht. Die Engel jedenfalls wirkten eher betrübt.

Ein weiteres Teil fügte sich plötzlich zu dem großen Mysterium Juspinns: Rom ... Atterini ... Hauptwohnsitz ... Raffael ... »Du bist Italiener«, stellte ich fest.

»Römer. Das erstaunt dich?«

»Bislang hatte ich mir europäische Italiener anders vorgestellt«, gab ich zu. »Nicht so ...«

»So amerikanisch?«

Schön, wollte ich sagen, antwortete jedoch: »Nicht so groß.«

»Ich stamme ursprünglich aus Puerto Rico. Passe ich deiner Ansicht der Größe nach besser dorthin?« In Juspinns Augen lag der Schalk und die Teufelchen tanzten wieder.

»Ja, das heißt, nein.« Ich biss mir auf die Lippe. »Ähm ...« Ich versuchte, mich von seinem intensiven Blick zu lösen, und sah zu dem Gemälde hinüber. »Hier wohnst du also.«

Juspinn stöhnte auf. »Abigale, weshalb bist du hier?«

Es war so weit. Wir hatten lange genug über Kunst und Italien geplaudert. Jetzt musste ich entweder gehen oder ihn mit meiner Vermutung konfrontieren, er wäre ... kein normaler Mensch. »Ich ...« Oh Gott! Ich brachte die Worte einfach nicht über die Lippen. Ein zu großer Teil von mir fürchtete, dass er doch ein normaler Mensch war, sofern man Juspinn Atterini als normal bezeichnen konnte. Dieser Teil fürchtete vor allem, dass er mich unwiderruflich für verrückt halten würde, wenn ich ihn fragte, ob er etwas anderes wäre. Ein Vampir, der Mntu, Teufel, ein Superheld oder Alien. Meiner kinofilmgeschwängerten Fantasie waren da kaum Grenzen gesetzt. »Ich begreife nach wie vor nicht, wie du diesen Sturm hervorgerufen hast.«

Er lächelte süffisant. »Eine Gabe, das sagte ich dir bereits.«

»Du beherrschst die Elemente.«

»Ja.«

Einfach ja, wow. Okay ... dann ... »Und du kannst teleportieren.«

»Hatten wir dieses Gespräch nicht gestern, Abigale?«

»Die Menschen hier verändern sich«, kam ich dem Punkt näher.

»Und?«

Meine Stimme versagte beinahe, so angespannt war ich. »Wenn du weißt, wovon ich spreche, dann brauche ich es dir nicht zu erklären«, sagte ich tonlos. »Dann möchte ich nur die Wahrheit wissen. Bist du ...« *Herrgott! Sag es!* »Weißt du, was der Mntu ist?«

Juspinns Züge verhärteten sich. »Du weißt nicht, wovon du da sprichst.«

Ich sah zu Boden. »Eyotas Großmutter ist sich sicher, dass du für die Veränderung hier verantwortlich bist. Weil du ...« Ich war schon so weit gegangen, jetzt hatte es keinen Sinn mehr, einen Rückzieher zu machen. Ich zwang mich, ihm direkt in die Augen zu sehen, um auch in seinem Gesicht lesen zu können. »... weil du böse bist. So böse wie der Teufel. B...bist du das?«

Juspinn ignorierte meine Frage und kam näher. »Und was denkst du?« Seine Stimme war bedrohlich leise.

»Ich glaube nicht, dass Menschen durch und durch böse sind«, wich ich ebenso leise aus.

»Weißt du, was du da glaubst, hat mit der Realität nicht viel zu tun.«

Ich starrte ihn an. Was bedeutete das jetzt? Dass er böse war? Dass es durch und durch böse Menschen gab, dass er der Mntu, der Teufel in Person war?

Juspinns Augen schimmerten kühl. »Also, sag jetzt, was du zu sagen hast, und dann geh.«

»Bist du der Teufel?«, stieß ich aus.

Jetzt war sein Blick eisig. »Nein.«

Er hatte nicht geantwortet: Einen Teufel gibt es nicht. Oder mich für verrückt erklärt, wie ich es befürchtet hatte. Irgendetwas war also an der Sache mit dem Mntu dran. An meiner Fassungslosigkeit merkte ich, wie wenig ich trotz allem damit gerechnet hatte.

Juspinns Blick veränderte sich, durchbohrte mich geradezu. Als wollte er mir etwas sagen. Weshalb benutzte er dann keine Worte? »Würdest du bitte gehen«, presste er schließlich heraus. Trotz des *Bitte* klang es nicht freundlich. Eher angestrengt und merkwürdigerweise niedergeschlagen. Die Tür sprang auf und eisiger Wind blies in das Cottage.

Ich nahm meine nasse Kleidung. »Das ist dann wohl ein Rausschmiss.«

Juspinn zeigte unmissverständlich auf die Tür.

In dem Moment, als ich aus dem Cottage trat, hörte es auf zu regnen. Ich sah noch einmal zurück, doch Juspinn stand nicht mehr in der Tür.

Ich schleppte mich den knappen Kilometer über den aufgeweichten Boden zu unserem Cottage. Als ich die Hütte betrat, setzte der Regen wieder ein und der Gedanke, dass Juspinn dafür verantwortlich war, lag so nah, dass ich beinahe laut »Danke« gerufen hätte.

10

Im Cottage war es kalt.

»Dad?« Ich zog meine durchnässten Schuhe aus und stellte sie auf die Schmutzfangmatte. Auf dem Fußboden lagen Müll und Kleidung, auf dem Küchentresen standen ein Blech mit abgenagten Chickenwings, ein halb volles Glas und zwei leere Weinflaschen. »Du meine Güte ...«

Es sah chaotisch aus, jedoch nicht so schlimm wie in anderen Familien. Noch in Gedanken versunken begann ich, die Kleidung aufzusammeln, schüttelte sie aus und legte sie über die Sofalehne. *Vielleicht verderben die Menschen nicht alle gleich schnell,* ging es mir durch den Kopf. *Vielleicht haben einige mehr gute Substanz, die verzehrt werden muss, bevor das Schlechteste in ihnen zum Vorschein kommt. Ein Bonuskonto für gute Taten? Wohl kaum, Abby.*

»Awi ... Abiale ...« Dad kam aus dem unteren Bad. Das Hemd hing halb aus seiner Hose und sein Gesicht war gerötet. »Wo has' du dich rumgetrieben?«

Ich ließ ein Hemd sinken. »Du bist betrunken.«

»Warst du bei diesem ... Mann? Diesem ... Taschenspieler?«

»Gott, Dad.« Er konnte sich kaum noch auf den Beinen halten. Wie würde er sich erst in ein paar Tagen verhalten? Oder Wochen? Wie eine Schablone versuchte ich, das Bild von meinem liebenden, gerechten, zurückhaltenden Vater über den Mann zu legen, der mit stierem Blick im Türrahmen stand und wankte. Entsetzliche Furcht überkam mich, ihn für immer verloren zu haben. *Sie sind schon verloren. Sie wissen es nur noch nicht,* hatte Eyota gesagt. Meine Eingeweide zogen sich zusammen. »Daddy ...«

Ich ging zum Kühlschrank und goss ein Glas Wasser ein. Der Gedanke an Flucht kam mir. Niemand hielt uns in Acadia. Wir konnten Virginia einsammeln, Mom aus der Hütte von Grinse-Roger zerren und alle zusammen nach Boston zurückkehren, und wenn das nicht reichte, bis zur Grenze Mexikos oder darüber hinaus. Den Gedanken, Juspinn damit zu verlassen, ignorierte ich. *Blut ist dicker als Wasser!*

Ich versuchte, Dad das Glas in die Hand zu drücken. »Dad, morgen früh fahren wir heim! Hörst du?«

»Niemals, nich'! Acadia braucht ein Reverend nöt'ger als je zuvor. Siehst du das nich' ... Kind?« Er wischte das Wasserglas mit einer Handbewegung zur Seite, das Glas ging zu Boden, blieb heil, aber das Wasser hinterließ einen großen Fleck auf dem Teppich, der mich höhnisch anzugrinsen schien.

In diesem Zustand würde ich ihn nicht erreichen. »Du hast keine Ahnung, was hier vorgeht«, flüsterte ich.

»Oh, doch! Ich weiß, was ich seh«, meinte mein Vater mit schwerer Zunge. »Erst deine Schwester ... dann deine Mutter ... und jetzt ... auch du ... Abigale.«

Er wusste, wo Mom war und was sie tat, wurde mir in diesem Moment klar.

Mein Vater torkelte durch den Raum und ließ sich aufs Sofa plumpsen. »Ich muss ... schlafen ... meine Kleine. Aber morgen ... Wo is' der Wein?« Er suchte den Tisch ab.

In mir war alles erstarrt. »In deinem Blutkreislauf, wie es aussieht.«

»Morgen werd ich ... Wo sind die Engel, die euch retten?«

»Was immer du meinst«, knurrte ich.

Auf Dads Gesicht zeigte sich plötzlich sein Prediger-Ausdruck, was nur bedeuten konnte, dass er gleich einen Monolog halten würde. »Da nun die Morgenröte aufging ...«, setzte er an.

»Und es geht los«, murmelte ich kaum hörbar und wandte mich zur Tür. Hier konnte ich nichts mehr tun. Nicht im Moment. Ich musste packen.

»... hießen die Engel den Lot ... das bin ich«, Dad tippte sich auf die Brust, »... den Lot eilen und sprachn: *Mach dich auf ... nimm dein Weib un' deine zwei Töchter ...*« Er deutete auf mich. »Und das ... das seid ihr. Zwei Töchter ... Virginia un' du. Hör deshalb genau zu, Abigale ... *Nimm dein Weib un' deine zwei Töchter, dass du nicht auch umkommst in der Missetat dieser Stadt, was Acadia is'*«, tönte Dad und stampfte auf. »*Da er aber verzog ... ergriffen die Männer ihn un' sein Weib un' seine zwei Töchter bei der Hand, darum dass der Herr ihn verschonte un' ... und führten ihn hinaus un' ließen ihn draußen vor der Stadt ...* 1. Mose, Kapitel 19. Also, Abby, wo sin' die Engel, die uns retten?«

»Wieder das Alte Testament, Dad? Dann komm. Lass uns gehen! Noch heute!«

»Der Untergang von So... von Sodom un' Gomorra. Alles wiederholt sich, Abby. Alles. Alles, alles, alles, alles, alles ...«

Mein Gott! Vielleicht hatte ich mich vertan. Womöglich hatte mein Vater längst begriffen, was vor sich ging. Genau wie Eyota und Catori. Nur ich wollte es nicht sehen. Allmählich begann ich zu verstehen. *Juspinn* ...

Der Gedanke an ihn löste einen so heftigen Kampf in mir aus, dass ich zitterte. Ich musste, wir alle mussten nicht nur Acadia, sondern ihn so schnell wie möglich hinter uns lassen, ich sollte wie Lot meine Familie nehmen und das Weite suchen, aber genau das wollte ich nicht. Nein, ich wollte unbedingt und mit offenen Armen auf ihn zu, ins Verderben rennen!

Händeringend suchte ich nach einer Möglichkeit, bei ihm zu bleiben und meine Familie gleichzeitig zu schützen. Morgen. Morgen, wenn Dad wieder nüchtern war, würde ich ihn überreden können, mit Mom und Virginia Acadia zu verlassen. Ich selbst würde zu Catori gehen. Sie konnte mich nicht schützen, das hatte sie klar gesagt, aber dies war der einzige Ausweg, um weiterhin in Juspinns Nähe bleiben zu können.

Virginia saß kerzengerade auf ihrem Bett und beäugte mich lauernd. Ich schenkte ihr keinen zweiten Blick, wollte eine Veränderung gar nicht sehen, sondern löste mein Haar und begann, die durchnässten und verkletteten Strähnen mit hartem Strich zu kämmen. Hätte es etwas ändern können, hätte ich mir mit Freude auf diese Weise alle Haare ausgerissen. So war es nur eine Handvoll, dennoch jagte mir der Schmerz Tränen in die Augen.

Plötzlich stand Virginia neben mir, legte den Kopf schräg, dann schnüffelte sie und riss im gleichen Moment die Augen auf. »Du warst bei ihm!«, kreischte sie. »Du hinterhältiges, kleines Luder hast dich zu ihm geschlichen. Was habt ihr getan?

Gevögelt?« Virginias Augen blitzten vor Zorn. »Wenn das Dad erfährt!« Sie packte mich an Juspinns Pullover.

»Du hast keine Ahnung.« Ich versuchte, mich zu befreien. Virginia riss wie von Sinnen an dem Kleidungsstück. »Das ist seiner! Gib den her!«, kreischte sie.

Ich umklammerte mich selbst, damit sie den Pullover nicht über meinen Kopf zerren konnte, aber mir war klar: Das würde sie nicht abhalten. Doch mit solcher Wut hatte ich nicht gerechnet und auch nicht mit so viel Kraft.

Sie stieß mich quer durch den Raum gegen den Tisch, sodass die Vase zu Boden fiel und zerbrach. Ich versuchte, aus ihrer Reichweite zu kommen. Kurz fing ich ihren Blick auf. Blanker Hass, gepaart mit eisernem Willen standen darin. Sie griff nach einer spitzen Keramikscherbe und presste mich mit einer Hand an den Bettpfosten, mit der anderen hielt sie die Scherbe vor mein Auge. Ich wagte nicht mal mehr zu blinzeln.

»Wo wohnt er?«

»Bist du wahnsinnig?«, flüsterte ich.

»Ich stech dir deine Scheiß-Bambiaugen aus!«, schrie Virginia. »Sag mir, wo er wohnt!«

»Nein.«

Blitzartig zog sie die Scherbe über meine Wange. Ich spürte erst das warme Blut, dann schneidenden Schmerz. Sie hielt die Scherbe so dicht vor mein linkes Auge, dass ich sie nur noch verschwommen wahrnehmen konnte. Ich hatte keine Zweifel mehr, dass Virginia dazu fähig war, mir ein Auge auszustechen, nur um den Pullover zu bekommen.

»Okay, okay ... am *Death Man Cliff*«, log ich, um sie loszuwerden, aber auch so weit wie möglich von Juspinn fernzuhalten. »Das hintere von den alten Cottages.«

Sie nahm die Scherbe von meinem Auge und musterte mich mit zusammengekniffenen Augen misstrauisch. »Ich könnte schwören, du lügst. Aber du stotterst nicht.« Grob tätschelte sie meine Wange und wischte mit vor Verachtung verzogenem Gesicht mein Blut an Juspinns Pullover ab, der sie nicht mehr interessierte. Dann ließ sie endlich von mir ab.

»Virginia, bitte. Bleib hier!«, flehte ich, während sie ihren Lippenstift nachzog und die Tür öffnete. »Lass uns reden. Virginia! Du bist nicht du selbst. Ich muss dir etwas ...«

»Ach, halt doch deine Kack-Fresse!«, schnitt sie mir das Wort ab. Sekunden später knallte die Haustür ins Schloss.

Ich sackte auf dem Bett zusammen und schob die Finger zum Gebet ineinander. Dabei suchte ich nach Halt, nach der Beständigkeit, der mir vertrauten Gewissheit, Gott würde seine schützende Hand über mich halten. Leise murmelte ich die Worte, die bislang jeden meiner Tage abgeschlossen hatten: »Lieber Vater im Himmel ...«

Ich schloss die Augen, verschließen vor der Wahrheit konnte ich sie jedoch nicht. Mein Leben lang hatte ich an Gott geglaubt, seine Existenz niemals angezweifelt. Nur seine Form, sein Wesen, seine Beweggründe. Gott war für mich immer real gewesen. Der Teufel allerdings nicht. *Wieso nicht, Gott?*, fragte ich ihn in Gedanken.

Ich zog Mr Hopp an mich. »Gott und du, ihr seid beide nicht besonders gesprächig, aber du bist zumindest hier.«

Mr Hopp blickte trübselig zurück. Er konnte mir nicht helfen,

Gott konnte mir nicht helfen, Mom nicht, Dad nicht, Virginia erst recht nicht. Im Gegenteil. Sie waren es, die meine Hilfe brauchten. Und ich hatte keine Ahnung, wie ich das anstellen sollte.

Donnergrollen ließ mich zusammenzucken. Es blitzte und vor den Fenstern goss es erneut wie aus Kübeln. Der Wind heulte. Virginia! Oh nein! Und ich hatte sie zum *Death Man Cliff* geschickt, obwohl ich wusste, wie gefährlich es war, sich bei solchem Wetter dort rumzutreiben.

Ich musste sie zurückholen. Irgendwie. Ich ließ mich vom Bett gleiten und zog meine Regenjacke über. Bevor ich das Zimmer verließ, warf ich einen Blick in den Spiegel. Der Schnitt lief etwa zwei Zentimeter unter meinem Auge entlang, von der Schläfe bis zum Jochbein. Aber er schmerzte kaum noch, über der Wunde lag bereits Schorf. Flüchtig wischte ich das getrocknete Blut aus meinem Gesicht.

Ich lief in den Wald und eilte durch den Regen, der hart und in dicken Tropfen von den Blättern auf mich herabschoss. Ich betete, Virginia möge noch nicht so weit gekommen sein. Sie hatte bei dem Wetter sicher nicht den kürzeren Weg durchs Unterholz genommen. Oder doch? Virginia hielt sich an keine Wege. Und keine Regeln. Ich jedoch schon. Bisher zumindest.

Wieder und wieder rief ich ihren Namen und lauschte durch das Tosen des Sturms und Donners nach einem Lebenszeichen von ihr. Nichts. Angestrengt starrte ich in die Dunkelheit, versuchte, ihre kurvige Figur zwischen den Tannen auszumachen. Zwecklos. Was auch immer geschehen war, meine Schwester würde mir an die Gurgel springen. Im besten Falle.

Mit lautem Fluchen eilte ich auf den Hauptweg Richtung Kliff. Ein paar vernagelte Cottages säumten den Weg. Es waren die ersten, die im Park erbaut worden waren. Inzwischen waren sie unbewohnbar, aber Mr Handson brachte es wohl nicht übers Herz, sie abreißen zu lassen. Die Klippen dahinter flachten nur langsam ab. Als ich nahe der alten Cottages aus dem schützenden Wald trat, fasste der Sturm mit eisigen Klauen nach mir und schob mich mit einer einzigen Bö mehrere Meter Richtung Klippen. Mein Gott!

Ich hatte einen unverzeihlichen Fehler gemacht. Diesen Teil der Küste nannten die Mitarbeiter des Village nicht umsonst *Death Man Cliff*. Vor Jahrzehnten war einmal ein Wanderer dort unten ertrunken. Angeblich hatte ihn ein Sturm von den Klippen geblasen. Zwei Stunden später hatte man ihn in der Nähe des Strandes aus dem Meer gezogen. Und nun hatte ich womöglich meine eigene Schwester in den Tod geschickt!

Ich schwor Gott und mir bei all meinen verstorbenen Vorfahren, mich nicht zu wehren, falls dies gut ausging und Virginia mir tatsächlich an die Gurgel sprang. Sie konnte mein Zimmer haben. Sie konnte alles haben!

Ich schrie ihren Namen, bis mir die Kehle brannte. Das Heulen des Windes war die einzige Antwort. Voll wütender Verzweiflung presste ich die geballten Hände vor das Gesicht. Was würde Virginia tun? Im Regen stehen? Bis ihr Make-up verlief? Nein! Wenn sie Juspinn nicht gefunden hatte, und das war ausgeschlossen, musste sie Schutz in einer der Hütten gesucht haben.

Ich drehte mich um. Der Wind schob mich unbarmherzig in die falsche Richtung, ich stemmte mich dagegen. Ebenso gegen meine Angst vor dem Wasser, dessen Gischt bis weit über die Kante spritzte. Petrus hatte wirklich Sinn für Dramaturgie.

Mit einem bitteren Lachen erreichte ich die erste Hütte und rüttelte an der halb zerfallenen Tür. Verschlossen. »Virginia!«, schrie ich in das Tosen. Blitze erhellten in schnellem Wechsel den Nachthimmel. Das Gewitter erreichte seinen Höhepunkt und sein Zentrum lag genau über mir!

»Virginiiiaaaaa!« Wieder und wieder schrie ich ihren Namen in die Nacht. Nichts. Scheiße, verflucht!

Ich lief im Windschatten der Hütte zum nächsten Haus, klammerte mich an der Veranda fest und zog mich zur Tür hoch. Auch diese war verschlossen, die Fenster vernagelt. Ich durfte nicht zu spät kommen! Hatte sie der Sturm über die Klippen geweht wie den Wanderer vor vielen Jahren? *Oh Gott! Nein! Bitte!* Ich hätte sie nicht anlügen dürfen, nicht hierherschicken ...

Ich nahm allen Mut zusammen und wagte mich weiter an den Rand, brauchte alle Kraft, um nicht umgeweht zu werden. Dann, als hätte Petrus genug Dramaturgie gezeigt, hörten Gewitter und Sturm im Bruchteil einer Sekunde auf. Noch betäubt von dem Lärm und erschrocken über die unnatürliche Ruhe wagte ich einen Blick in die Tiefe, sah nur schwarzes Wasser und weiße Gischt und ... hörte eine Stimme. Virginia!

»Du verdammtes Miststück ...«

Leise ... hinter mir! Ich drehte mich um. Sie stand kaum einen Schritt entfernt, ihr Gesicht eine hasserfüllte Fratze.

»Er ist gar nicht hier!« Ihre Stimme überschlug sich. »Ich weiß, was du willst! Du willst mich aus dem Weg haben, dich ihm an den Hals werfen, du beschissene Hure!«

Ich dachte an meinen Schwur und schluckte ihre Beleidigung.
»Virginia, bitte, beruhige dich. Es ist nicht ...«

»Du verlogene Schlampe!«, spie sie mir ins Gesicht, das Gesicht kaum eine Handbreit von meinem entfernt. Sie war irrsinnig!

Ich taumelte zurück, meine Ferse trat bereits über den Klippenrand und mein Herz schien vor lauter Angst überhaupt nicht mehr zu schlagen. »Bitte!«, keuchte ich.

Virginia brach in schallendes Lachen aus. »Bitte, sagt das kleine Engelchen«, schrie sie zwischen dem Lachen. »Aber besser, das Engelchen hält ihre Engelsfresse und tut stattdessen, was Engel am besten können. Was glaubst du, ist das?«

Meine Hände suchten instinktiv nach Halt und griffen nach ihr. »Sie helfen ...«, flüsterte ich und fasste Virginias Unterarme. Doch statt zurückzuweichen und mir Raum zu lassen, entwand sie sich mit einem Griff durch meine Arme hindurch und stieß mich so heftig gegen die Brust, dass mir die Luft wegblieb. Ich taumelte, spürte noch, wie ich über die Kante trat und fiel.

»Engel fliegen!«, schrie sie mir nach und ihr Bild prägte sich für alle Zeit in mir ein, in dieser seltsam stillen und scheinbar ewig währenden Sekunde, bis ich auf dem Wasser aufschlug und eisige Kälte mich gefangen nahm ...

* * *

»Willst du nicht eingreifen?« Maria hatte es sich neben mir in dem Baumwipfel gemütlich gemacht. In ihrem roten Kleid, mit den hochhackigen Schuhen und einem süffisanten Lächeln auf den Lippen, wirkte sie wie ein roter Ara inmitten der Regenlandschaft.

»Nein.« Ich sah wieder durch das obere Fenster. Abigales Zimmer. Der Kampf mit ihrer Schwester spitzte sich zu. Dunkelblaue Feuerbälle streiften quer durch ihre Aura. Noch hielten sie nicht stand, verpufften wie Seifenblasen. Doch ihr Schein war dunkler geworden, die Funken stoben seltener, aber leider immer noch kraftvoll. Die Jüngere würde dennoch unterliegen, ihr fehlte selbst hierfür die nötige Bosheit. Noch nie war ich auf so ein Wesen getroffen. Plötzlich mischte sich Bedauern in meine Gedanken. Nicht um sie, sondern um die Straßenkinder in Rio, denen sie hatte helfen wollen. Schließlich wusste ich aus eigener Erfahrung, wie bitter das Leben dieser Kinder war.

»Wäre aber schade um ihr hübsches Gesicht, findest du nicht?«

»Maria, es reicht! Schluss mit deinen Unterstellungen.« Sie wusste, wie sie mich reizen konnte. Und sie genoss es, da war ich mir sicher. Zu selten zeigte sich ihr eine Gelegenheit. »Irgendetwas stimmt an dieser ganzen Sache nicht. Vater weiß mehr über die reine Seele, als er mir erzählt hat.«

Meine Schwester lachte leise ihr glockenhelles Lachen. »Das wäre ja nicht das erste Mal. Er liebt diese kleinen Geheimniskrämereien. Aber ich denke nicht, dass er dir damit schaden will. Im Gegenteil. Vermutlich will er nur deine Stärke testen. So wie es derzeit aussieht, könntest du der kleinen Eva da drüben direkt verfallen.«

Ich lachte höhnisch auf. »Ich? Ihr? Niemals! Du solltest mich besser kennen.«

»Eben – Oh, schau ...«, wie ein kleines Kind klatschte Maria amüsiert in die Hände, als die Schwester mit der Scherbe über das Gesicht der Kleinen fuhr, »... sie hat es getan! Jetzt musst du aber eingreifen.«

Eine Sekunde überlegte ich, dann verließ Virginia das Zimmer. Eingreifen war unnötig. Ich war gespannt, was Abigale nun tun würde. Sie überraschte mich. Statt heulend vor dem Spiegel ihr entstelltes Gesicht zu bejammern, verließ sie kurz darauf ebenfalls das Cottage. Wohin wollte sie?

»Bleiben wir an ihr dran. Aber lass dich nicht sehen«, warnte ich meine Schwester. »Zum Umziehen bleibt keine Zeit.«

»Na, wie gut, dass ich mich unsichtbar machen kann«, kam es sarkastisch zurück.

Wir folgten der reinen Seele bis zum Kliff. Sie verließ sogar die befestigten Wege. Zumindest ein kleiner Erfolg für mich. Ihre Angst vor dem Meer war groß. Die Funken in ihrer Aura fielen in sich zusammen, kaum dass sie hinaussprühten.

»Da ist die böse Schwester.« Maria zeigte zu den Bäumen, links von den Hütten.

Mein Blick glitt nur kurz hin, aber meine Neugierde wuchs. Eine Handbewegung von mir brachte das Gewitter zum Schweigen. Die Pastorentochter wagte sich zum Rand, während die Schwester sich, für meine Ohren, lautstark und doch unbemerkt anschlich und sie tatsächlich ins Meer stieß. Im gleichen Moment verdüsterte sich ihre Aura und wurde eins mit der Nacht.

»Jetzt musst du aber eingreifen«, meinte Maria augenzwinkernd. »Sonst wird Vater böse.«

Ich seufzte. »Bleibt mir wohl kaum etwas anderes übrig.«

»Und ich werde ihr in der Zwischenzeit trockene Kleidung besorgen.« Maria kicherte. »Sonst ist der Tod doch noch schneller als unser Herr Papa.«

11

Zu ertrinken war der fürchterlichste Tod, den ich mir vorstellen konnte. Wenn du weißt, zu atmen bedeutet dein Ende, du es irgendwann doch tust, weil es dein größter Überlebensinstinkt ist, und sich deine Lunge dann mit nichts als kaltem, salzigem Wasser füllt und es kein Entkommen gibt ...

Diesem Albtraum irgendwie entflohen, kam ich hoch. Hustenkrämpfe schüttelten mich, mein Körper versuchte, das Salzwasser aus meiner Lunge zu bekommen. Sie brannte furchtbar. Ich sank wieder zurück. Immer noch roch ich das Meer und hörte den Wind, spürte ihn jedoch nicht. Ich musste in einem Gebäude sein. Es war nass und unbequem, eng und bedrückend. Ich fror.

Was war passiert? Virginia ... Es war unfassbar, sie hatte mich gestoßen. Absichtlich. Diese Mordlust in ihrem Blick ... Es war kein Affekt, kein Versehen gewesen. Nein. Sie hatte mich tatsächlich umbringen wollen und es auch fast geschafft. Wer hatte mich aus dem Wasser gezogen? Wie war ich hierhergekommen?

Ich öffnete mühsam die Augen. Wie es aussah, lag ich – gewickelt wie ein Neugeborenes – in einer dünnen, verschlissenen und übel riechenden grünen Decke. Ich zerrte an dem Stoff, um zumindest die Arme freizubekommen. Dann der zweite Schock – sie waren nackt bis auf den Fetisch von Eyota! Unauffällig sah ich an mir herunter. Jemand hatte mir die nasse Kleidung ausgezogen, aber mir zum Glück meine Unterwäsche gelassen. Nur wer?

Ich durchforstete meine Erinnerungen. Sie rissen bei Virginias vor Hass funkelnden Augen ab und setzten hier wieder ein.

Aber wo war ich?

Die einzige Lampe schien einen Wackelkontakt zu haben. Alle paar Sekunden flutete sie den Raum mit Licht, dann folgte Dunkelheit. Genau wie bei meinen Erinnerungen. Aber die hellen Sekunden reichten, um den kleinen Raum zu erfassen. Er war irgendwie eigenartig. Rund, in der Mitte eine Wendeltreppe aus Metall. Dahinter standen Schränke auf dem Boden, deren eine Tür aus den Angeln hing. Auf einem Regal standen ein Wasserkocher und ein paar Gläser. Ich musste niesen. Kein Wunder. Mir war immer noch kalt und auf dem Betonboden lag eine dicke Staubschicht. Wieder wurde es hell. Das Licht reflektierte von außen. Und da begriff ich: Die Lampe war nicht kaputt. Sie gab ein Signal. Dies war der Leuchtturm!

Ich setzte mich auf. Aber der Turm stand doch ganz am Ende des Parks. Etliche Kilometer von der Stelle entfernt, wo ich ins Wasser gestürzt war. Gestürzt worden war.

Wieder Dunkelheit. Ich zählte die Sekunden. Es waren sechs, dann wurde es wieder hell. Scharf zog ich die Luft ein, denn plötzlich und aus dem Nichts kommend lehnte Juspinn an der Wendeltreppe. Er sah mich mit über dem nackten Oberkörper verschränkten Armen, tropfnassem Haar und mürrischem Ausdruck an. Jetzt zählte ich die hellen Sekunden, wobei ich ihn anstarrte, seine wie zur Schau gestellte Masse männlicher Perfektion. Nach exakt sechs Sekunden wurde es wieder dunkel. Ich nutzte den Moment, zupfte an meinen Haaren und setzte mich aufrecht hin. Dann hörte ich ein leises Klicken, es surrte und eine schmucklose Wandlampe leuchtete auf. Juspinn machte nicht den Eindruck, als hätte er sich dafür fortbewegt.

»Willkommen zurück.« Sarkastisch wie eh und je.

Ich blinzelte. Verunsichert wie eh und je. »Du bist auch nass. Wieso?«

»Ich war kurz schwimmen.«

Immer noch nicht klar in meinen Gedanken, begriff ich nur langsam. »Dann hast du ... du hast mir das Leben gerettet.« Ich rechnete bereits mit einer harschen Erwiderung, weil ich mal wieder das Offensichtliche betonte, und schlang die dünne Decke enger um mich.

»Ich habe dich aus dem Wasser gezogen. Alles andere ist spekulativ.« Juspinn betrachtete mich nicht nur mürrisch, sondern argwöhnisch, wurde mir klar, und das aus möglichst großem Abstand. »Ich überlege allerdings immer noch, ob es richtig war einzugreifen.«

Das war deutlich gewesen. »Entschuldige«, gab ich voller Bitterkeit zurück, obwohl ein *Danke* wohl angebrachter gewesen wäre. »Ich werde versuchen, nie wieder in deiner Gegenwart zu ertrinken.« Ich rappelte mich auf.

»Du kannst nichts dafür. Ich war dazu gezwungen. Auch wenn es dumm war, ins Meer zu springen.«

»Es war nicht mein Ziel, ins Meer zu springen«, murrte ich, »sie hat mich ...« Ich stockte, weil ich plötzlich hellrotes Blut über Juspinns nackte Seite fließen sah. »Du bist verletzt!« Erst jetzt wurde mir bewusst, dass er seine Arme nicht verschränkt hatte, sondern anscheinend auf eine Wunde drückte.

»Offensichtlich. Aber nicht der Rede wert.«

»Nicht der Rede wert?« Das Blut lief wie in einem Rinnsal stetig nach. »Das scheint mir mehr als nur ein kleiner Kratzer zu sein.«

Ich war mit einem Satz bei ihm, wobei ich mich in meiner Decke verhedderte und fast der Länge nach hinfiel. Viel zu dicht vor ihm kam ich zum Stehen. Blödes Helfersyndrom. Seine gebräunte Haut strahlte eine verführerische Wärme ab. Nur mühsam widerstand ich der Versuchung, sie zu berühren, mich an ihn zu kuscheln. *Abby! Komm klar und reiß dich zusammen!*

Mit dem Kinn deutete ich auf seinen Arm, unter dem das Blut hervorsickerte. »Darf ich mal sehen?«

Er wich zurück, drängte sich noch näher an das Treppengeländer. »Es geht schon.«

Ein Gedanke schob sich vor die Sorge um ihn. Hatte er etwa Angst? Vor mir? Ach du meine Güte! Ich versuchte, zuversichtlich zu klingen: »Ich weiß, was ich tue. Du kannst mir vertrauen. Wirklich.«

»Wenn nicht dir, wem sonst?«

Ich runzelte die Stirn. »Sarkasmus?«

»Ich sage nur, dass du keiner Fliege etwas zuleide tun könntest.«

»Und woher willst du das wissen?«, gab ich gereizt zurück.

»Das ist so offensichtlich wie die Nase in deinem Gesicht.«

Er hatte recht. Trotzig gab ich zu: »Ich fische Insekten sogar aus dem Cola-Glas und setze sie zurück auf den Rasen, okay?

Muss ich mich deswegen schlecht fühlen? Was ist falsch daran, helfen zu wollen?«

Juspinn versteifte sich. »Belasse es einfach bei den Insekten.«

»Komm schon. Lass mich das ansehen.«

»Nein.«

»Ich habe Vorbereitungskurse besucht, für mein Medizinstudium und auch für Rio. Ich weiß, wie man eine Wunde versorgt und wann ein Arzt notwendig ist.«

Er seufzte und betonte jedes Wort, als wäre ich begriffsstutzig. »Abigale. Ich. Brauche. Mit. Sicherheit. Keinen. Arzt.«

»Arme lösen.« Ich versuchte es mit Strenge.

»Lass das und setz dich.«

Herrje! Wie konnte er nur so eigensinnig sein? »Bitte! Ich will nur einen Blick draufwerfen.« Ich stopfte einen Zipfel der Decke unter den um mich geschlungenen Rest und legte meine Hand auf seinen Arm. Das erste Mal blitzdingste es mich nicht. Erstaunt sah ich ihn an.

Vielleicht war es Juspinn auch aufgefallen, jedenfalls knickte er ein. »Gibst du dann endlich Ruhe und setzt dich, bis ...« Er stockte.

»Bis was?« Es Morgen wurde? Oder meine Kleidung getrocknet war? Das konnte Tage dauern bei der Kälte und Luftfeuchtigkeit.

»Bis ich entschieden habe, was ich mit dir mache«, knurrte er schließlich.

Viel unfreundlicher konnte man jemanden nicht behandeln, der einem helfen wollte. *Entschieden habe, was ich mit dir mache ...,* äffte ich ihn in Gedanken nach. War ich etwa ein gestrandetes FedEx-Paket wie in *Cast Away – Verschollen* mit Tom

Hanks? Ich schluckte meine Antwort hinunter. Den Film kannte er ohnehin nicht und Stolz hatte an dieser Stelle nichts zu suchen. »Ehrenwort.« Ich hob zwei Finger und verzog den Mund zu einem Grinsen.

Er schüttelte nur den Kopf, löste aber die Arme.

Mein Grinsen erstarb. »Ach herrje!«

Der Schnitt war tiefer, als ich gedacht hatte, und gute zehn Zentimeter lang. Er musste ihn sich an einem der Unterwasserfelsen zugezogen haben. Die Wunde klaffte und jetzt, da er den Arm weggenommen hatte, floss noch mehr Blut heraus. Ich fuhr mir über die Stirn. »Okay. Ähm. Press deinen Arm wieder drauf.«

»Danke, Dr. Dupont.« Pure Ironie. Aber er tat es.

Ich entwirrte meine Füße aus der Decke und tippelte wie in einen Kimono gehüllt zu dem Kleiderstapel. Ich zog mein mit Spitze besetztes Unterhemd und die Regenjacke heraus und tippelte weiter zu den Schränken, während er leise lachte. *Jaja ... urkomisch.*

Ich würde trotzdem seine Wunde versorgen. Im Geiste ging ich alles durch, was ich über Schnittwunden wusste. Desinfizieren, Wundränder zusammenpressen, Druckverband anlegen. In dem halb geöffneten Schrank fand ich, was ich vorhin bereits erahnt hatte. Alkohol. Eine Flasche Wodka. Davon schüttete ich den Rest auf das Unterhemd, schloss sorgfältig die Tür, öffnete jede Schublade, bis ich ein kleines, aber spitzes Messer fand, und schnitt damit mehrere Streifen der Regenjacke ab, die ich miteinander verknotete.

»Wieso tust du das?« Sachliche Neugier lag in seiner Stimme, als würde es ihn gar nicht betreffen.

Ich blickte verständnislos zu ihm. Er stand, den Arm nach wie vor auf seine Seite gepresst, an der Treppe. »Weil du Hilfe brauchst? Was hast du denn erwartet? Dass ich Fliegen rette, aber dich verbluten lasse?«

»Nicht direkt, nur ... ich war überzeugt, du hättest inzwischen mehr Angst vor mir. Dem Mntu, oder?« Er schnaubte abfällig, aber seine Augen funkelten tatsächlich boshaft dabei. »Dem Bösen.«

Ich riss meinen Blick los. »Das wird jetzt verdammt wehtun«, warnte ich ihn, als ich vor ihm stand.

Er grinste nur und hob den Arm. Ich spürte seinen Blick auf mir, als ich die Wunde behutsam desinfizierte und ihm gewissenhaft den improvisierten Druckverband anlegte. Er verfolgte jede meiner Bewegungen. Es kostete mich alle Mühe, meine Nervosität zu unterdrücken. Auf keinen Fall wollte ich ihm durch Unachtsamkeit wehtun. Die Verletzung musste ohnehin schon genug schmerzen, auch wenn er nicht einmal zuckte.

»Geborgenheit ...«, hörte ich in diesem Moment eine Stimme, jedoch so undeutlich wie ein Flüstern im Wind.

»Wie bitte?«

»Ich habe nichts gesagt.«

»Wirklich ... ich dachte ...« Ich war mitten in der Bewegung erstarrt. Die Ohren gespitzt, die Augen geschlossen. Denn ich war sicher, das Wort gehört zu haben, aber vielleicht nicht mit den Ohren. Es war eigenartig ... wie eine innere Erkenntnis, nein, eine Erleuchtung, die ich auch jetzt noch in mir spürte. Ganz ähnlich wie bei Mom, deren Sehnsucht nach Inspiration ich wahrgenommen hatte. Unheimlich. Und faszinierend. Auch wenn ich es spürte, schien es nicht aus mir selbst zu kommen.

Ich war nur das Medium, auf das sich, einem Schatten gleich, das Gefühl legte, nachdem Juspinn sich sehnte. Tief, sehr tief in sich verschlossen, verzehrte er sich nach Geborgenheit. Wie ein Kind, das in den Armen seiner Mutter gewiegt werden möchte. Eine Ursehnsucht.

Ich blinzelte zu ihm hoch. Seine Miene war unbewegt. Noch immer spürte ich den magischen Moment und nahm all meinen Mut zusammen, um ihm tröstend über den Arm zu streichen. Seine Maske sank. Nur für einen kurzen Moment, aber zum ersten Mal lag etwas Verletzliches in Juspinns Ausdruck, das mich tief im Inneren rührte. Und erschütterte. »Alles in Ordnung?«, flüsterte ich erstickt.

»Das war nett. Danke.« Er schenkte mir ein mildes Lächeln, das anders wirkte als all die Male zuvor. Echter.

Ich schluckte. »Du hast mir das Leben gerettet. Das war auch nett.«

»Nett ...« Wieder trat ein zynischer Zug in sein Gesicht und verbannte die nur Sekunden währende Verwundbarkeit. »Ich bin vieles, aber sicher nicht nett, Abigale.«

»Das mit Sicherheit«, murmelte ich und versuchte, meinen Blick von ihm zu lösen, sah noch einmal nach dem Verband – das einzig nicht Perfekte an ihm.

»Bist du gegen Tetanus geimpft?«

Er lachte. So laut und herzhaft, dass ich irritiert einen Schritt zurückwich. Doch genauso plötzlich brach er ab und sah zur Metalltür. Gleich darauf klopfte es. Juspinn hob seine Stimme: »Mach dir keine Umstände, du kannst direkt hereinkommen. Ich habe Neuigkeiten für dich.«

Erschrocken zog ich die Decke enger um mich. »Erwartest du jemanden?« Eine ungute Vorahnung packte mich. Wer wusste davon, dass wir mitten in der Nacht hier draußen waren?

Juspinn antwortete nicht. Seine Miene hatte sich verschlossen, er war mir wieder so fern – und fremd – wie zuvor. Zögernd wich ich einen weiteren Schritt zurück.

»Neuigkeiten? Das klingt interessant«, hörte ich stattdessen eine glockenhelle Stimme in meinem Rücken.

Ich fuhr herum. Die Frau, die ich für Juspinns Schwester hielt, Maria, stand beladen mit Tüten, auf denen Namen bekannter Designer protzten, direkt hinter mir. Verwirrt sah ich zur Tür. Ich hatte sie sich weder öffnen noch ins Schloss fallen hören. Juspinn ging auf die Frau zu, umfasste sie an ihren hellen Oberarmen und küsste ihre Wange.

»Du bist verletzt?«, fragte sie. Ich las Erstaunen statt Sorge in ihrem hübschen Gesicht.

»Das ist nichts. Abigale hat die Wunde versorgt.«

Maria verzog abfällig das Gesicht. »Zeig her!« Sie hob ihre Hand, woraufhin der Druckverband förmlich von seinen Rippen sprang.

»Nicht!«, rief ich, aber was ich dann erblickte, ließ mich sogar die Tatsache ignorieren, dass anscheinend auch Maria allein durch einen Wink Dinge bewegen konnte. Juspinns Wunde war zwar noch nicht vollständig verheilt, sah aber so aus, als wäre sie bereits vor einer Woche versorgt worden. Ich blinzelte etliche Male. Das Ergebnis blieb das gleiche.

»Musste das sein?«, knurrte Juspinn.

»Es wirkte lächerlich.« Jetzt beobachtete Maria mich.

Obwohl ich gerade Zeuge sowohl von Telekinese als auch von einer rekordverdächtigen Wunderheilung geworden war, beschäftigte mich vor allem, was Juspinns Schwester von mir hielt. Ich kam mir vollkommen deplatziert vor, nur in Unterwäsche in eine muffig riechende Wolldecke gehüllt zwischen zwei Menschen, die aussahen, als wären sie direkt aus der *Cosmopolitan* gesprungen. Alles an ihr war perfekt. Ihr kupferrotes Chiffonkleid passte hervorragend zu ihren Haaren und ihrer hellen, seidig schimmernden Haut. Ich spürte, wie ich sie anstarrte.

Mein Retter schien seine gute Erziehung vergessen zu haben, so blieb mir nichts anderes übrig, als mich selbst vorzustellen. »Hi ... ich äh ... ich bin Abby.« Ich lächelte schüchtern und streckte ihr die Hand entgegen, die andere fest um die Enden der Decke gekrallt. »Abby Dupont.«

Maria warf mir einen schiefen Seitenblick zu. »Wirklich? Das klingt nämlich nicht besonders sicher.«

Gleich darauf hatte wieder Juspinn ihre volle Aufmerksamkeit. »Wieso hat das so lange gedauert, Maria?«, wollte er in gewohnt forderndem Tonfall wissen. »Ein paar Kleider aus ihrem Cottage zu holen.«

Nett, dass er daran gedacht hatte ...

Ihre Miene verzog sich angewidert. »Der Inhalt war unzumutbar. Ein kleiner Abstecher nach Paris musste sein. Dem Kind fehlt jeglicher Stil.«

»Paris?« Wie lange war ich bewusstlos gewesen? Vielleicht gab es noch ein anderes Paris als in Frankreich. »Oh ... danke. Dann ...« Ich streckte zögernd die Hand aus, Maria riss die Tüten zurück. »Könnte ich mir dann bitte etwas anziehen? Mir ist kalt und ...«

»Genug.« Juspinn schnitt mir harsch das Wort ab, was den schnippischen Ausdruck in Marias Gesicht zurückbrachte, aber die Tüten nicht in meine Hand beförderte. Dafür hob er nun die Hand, die Decke löste sich von meinem Körper und fiel zu Boden.

»Hey!«

»Ja, süß, die Kleine. Aber wohl doch eher nicht dein Stil, oder?« Maria gähnte gekünstelt hinter vorgehaltener Hand.

»Sie ist eine Gezeichnete.«

Was?, dachte ich zeitgleich mit Maria, die es allerdings laut aussprach. Nicht nur, was er da sagte, sondern auch mit welcher Bedeutungskraft er es tat, jagte mir einen Schauer über den Rücken.

»So ein Blödsinn. Das ist doch grotesk«, meinte Maria verächtlich.

»Eine Gezeichnete?«, krächzte ich. »Was ist das?«

Ich griff nach der Decke, die mir auf Marias Wink prompt aus den Händen gerissen wurde und durch den beengten Raum flog.

»Noch nicht, du holder Engel«, höhnte sie.

Juspinn ruckte mit dem Kinn. »Auf dem rechten Schulterblatt. Ich weiß es auch erst, seit ich sie vorhin aus dem Wasser gezogen und entkleidet habe. Aber es erklärt vieles.«

»Was soll das alles? Was wollt ihr von mir? Meine Seele?« Meine Stimme brach. Hatte Eyota nicht genau das vermutet? Und meine Knie wurden weich. In meinem Kopf drehten sich die Gedanken, sodass mir schwindelig wurde.

Juspinns Blick war kalt, abschätzend. »Das ist bedeutend komplizierter, als du dir vorstellen kannst«, antwortete er, während Marias Gestalt von einem Augenblick zum anderen verschwand. Zeitgleich tauchte sie in meinem Rücken wieder auf und umkreiste mich – wie die Raubkatze ihre Beute. Sie war zwar anmutig und schön, aber ich konnte sie nicht leiden und musste mich zwingen, nicht herumzufahren und sie wegzustoßen. Und wie hatte sie das gemacht?

Maria kicherte. Ich zuckte zusammen und wich aus, als sie über mein Mal strich. »Beinahe schneeweiß«, flüsterte sie, offensichtlich fasziniert.

Teleportation. Und Telekinese und Wunderheilung. Das alles war weder normal noch natürlich. Es war ... übernatürlich. Aber wenn er nicht der Mntu, der Teufel, war ... »Wer – nein, nicht wer.« Ich blickte von ihm zu ihr. »*Was* seid ihr?«

Juspinn schüttelte den Kopf. »Es dir zu erläutern, würde Wochen dauern, und begreifen würdest du es trotzdem nicht.«

»Komm schon, du schuldest mir eine Erklärung!«

Seine Augen glitzerten gefährlich. »Ich schulde dir gar nichts.«

Maria legte den Kopf schräg und betrachtete mich. »Na ja, du schuldest ihr schon etwas. Immerhin hast du versucht, ihre Seele zu verderben. Die einer Gezeichneten.«

Ich schnappte nach Luft. »Was?« *Eyota hatte recht,* dröhnte es in meinem Kopf. Er wollte wirklich meine Seele. Ich hatte es nicht glauben wollen. Nun musste ich es. »Stimmt das?«

»Ich habe dich gewarnt«, erwiderte er mit hohlem Lächeln. »Ich bin nicht nett.«

»Du hast mich eben gerade gewarnt. Das war vor zehn Minuten!«, protestierte ich.

»Ach, Engelchen«, meinte Maria leichthin. »Es hätte doch nichts geändert, wenn du es von Beginn an gewusst hättest.« Sie lächelte gewinnend. Täuschte ich mich oder hatte ich etwas an Ansehen bei ihr gewonnen? »Ihr gehört zusammen, auch wenn ihr das genaue Gegenteil voneinander seid.«

»Nicht auch, sondern deswegen«, brummte Juspinn.

Was immer Maria meinte mit *zusammengehören*, es schien ihn nicht zu erfreuen. Mir gab es den Rest. Schon bei unserer ersten Begegnung hatte es mich zu ihm gezogen, hinein ins kalte Wasser. Deshalb also ständig dieses Verlangen, in seiner Nähe sein zu wollen. Diese Besessenheit, nicht ohne ihn sein zu können ... Nur aus dieser Besessenheit heraus hatte ich alle Warnschilder übersehen. Seine Perfektion, seine Wirkung auf Menschen und die Elemente, wie den Regen, den Sturm. Seine Manipulationen. Seine Gaben. Seinen Geruch ...

»Ihr könntet auf den gegenüberliegenden Polen wohnen, es würde euch doch wieder zusammenziehen. Ihr habt keine Wahl. Sieh her.«

Maria warf Juspinn einen auffordernden Blick zu. Er stöhnte, drehte sich aber, sodass ich seinen Rücken sehen konnte. Fassungslos schaute ich auf ein schwarzes Mal, das auf seiner linken Schulter saß und wie ein Geschwür ausgesehen hätte, wäre es nicht das dunkle und auf den Kopf gestellte Ebenbild meiner Engelsträne gewesen.

»Aber ...« Ich verstummte.

Maria hatte ihren Finger gestreckt und führte ihn durch die Luft, woraufhin sich auf dem staubbedeckten Boden der tränenförmige Schattenriss meines Mals abzeichnete. Fasziniert sah ich zu, wie in der Biegung der Träne ein Kreis entstand, um den sich das gleiche Symbol schmiegte. Nur andersherum. Maria hauchte über ihre Hand, der Staub hob sich und hinterließ eine dunkle Seite.

»Mein kleiner Bruder«, sagte sie und deutete auf das düstere Teilstück. »Und das bist du.« Sie meinte die helle Seite. »Da bekommt der Begriff *bessere Hälfte* gleich eine ganz andere Bedeutung, nicht wahr?«

»Das Hotu«, keuchte ich.

»Oh, sie kennt es.« Maria nickte anerkennend.

»Aus dem Internet – und einem Buch. Es steht für Gut und Böse in der Welt.«

Maria zog ihre Brauen hoch. »Welches Buch?«

»Über Religion und ...« Mir war der Titel vor lauter Nervosität entfallen. »Ich habe es von meinem Vater geschenkt bekommen.«

»Er ist Reverend«, erklärte Juspinn mit düsterem Gesichtsausdruck, woraufhin Maria in helles Lachen ausbrach.

»Ausgerechnet ein Reverend«, prustete sie. »Dann bist du gewissermaßen an Gott gebunden, Brüderchen.«

»Gebunden ist dabei eine ausgesprochen heikle Wortwahl«, gab Juspinn kaum hörbar zurück.

Maria verdrehte die Augen. »Vater ist ja nicht hier.«

»Im Übrigen, Maria, bin ich an niemanden gebunden. Ich habe immer die Möglichkeit zu gehen. Sie ist noch nicht mal mein Typ.«

»Sie fasziniert dich.«

»Sie langweilt mich. Sie ist naiv.« Juspinn hatte begonnen, sich die Schläfen zu massieren. Offensichtlich bereitete ich ihm Kopfschmerzen. Und ich wünschte, ich hätte sie ihm gönnen können, denn seine Worte klärten endlich, was ich mich seit unserer ersten Begegnung fragte: Was sollte so ein perfekter Mann an mir finden? Es schmerzte.

Maria legte den Arm um mich. Durch ihre Berührung fühlte ich mich absurderweise etwas besser. Zumindest bis sie meinte: »Sie ist nicht naiv, sie ist unschuldig. Das ist ein sehr großer Unterschied. Nicht wahr, Engelchen?« Ihre Stimme war ein heller Singsang. »Nur ist die Frage, was macht deine schlechtere Hälfte jetzt mit dir, wo er offensichtlich einen Narren an dir gefressen hat?«

Derart abfällig, wie Juspinn mich betrachtete, lag es auf der Hand, dass dies nicht der Fall war. Sein Blick schnitt mir ins Herz. »So charmant ist er, wenn er einen Narren an jemanden gefressen hat?«, gab ich gekränkt zurück.

»Nun ja, bislang hatte er es nicht nötig, sich sonderlich zu bemühen. Es ist wohl das erste Mal, dass er sich mit so etwas wie Zwischenmenschlichkeit befassen muss.«

»Es gibt keinen Grund, melodramatisch zu werden, Maria. Du bist keine Figur aus einer deiner Tragödien der Antike.«

»Was denn? Ich liebe altgriechische Dramen, angefüllt mit Verrat und Intrigen und düsteren Geheimnissen, schicksalhaften Verstrickungen, einer ausweglosen Lage voller Tragik. Das Mädchen schuldlos schuldig und mein Bruder gefangen zwischen ebendieser Schuld und seiner Sühne.« Sie nahm den Arm von mir. »Und für die Dramaturgie sorgt die Absurdität der Situation ganz allein.« Maria machte eine große Geste, die mich umfasste. »Auf der einen Seite haben wir den holden, unschuldigen Engel, die weiße, unbefleckte Seite des Hotus, auf der anderen steht das düstere Pendant.« Plötzlich war sie weg. Einen Wimpernschlag später erschien sie gut zwei Meter entfernt neben Juspinn, dem sie mit dem Handrücken über die Wange strich. »Mein teuflisch gut aussehender kleiner Bruder, der sein wahres Wesen einfach nicht zeigen will.«

Juspinn stöhnte.

»Darum übernehme ich das.« Sie tänzelte um ihn herum. »Im unverkennbaren Gegensatz zu dir ist er erfahren, jedoch emotional unterkühlt, in jeder Hinsicht diszipliniert, kontrollsüchtig, asketisch, zugegeben weltgewandt und am allerwichtigsten ...« Maria sah mich herausfordernd an.

»... nicht menschlich«, vollendete ich mit zitternder Stimme. Inzwischen war ich mir sicher, ohne den Anspruch, es verstehen zu wollen oder gar kontrollieren zu können.

»Kein Engel, wollte ich sagen.« Maria grinste.

»Lass das, Maria.« Juspinn sah mich unverwandt an. »Setzen wir eine gewisse Verbundenheit zwischen uns voraus, die ich zwar weder schätze noch in irgendeiner Weise aufrechterhalten will, die jedoch erklärbar und insoweit nachvollziehbar ist, sodass ich sie anerkenne ...«

Unsicher sah ich zu ihm auf. »Ich versuche, dir zu folgen, aber ...«

»Es scheint, als wolle mein Bruder dir sagen, dass ihm doch etwas an dir gelegen ist. Er flüchtet sich nur in viele Worte, um seinen Gefühlen nicht zu nahe zu kommen.«

»Was für ein Kompliment«, meinte ich bitter.

»Ein Kompliment ... Dann habe ich mich wohl falsch ausgedrückt«, antwortete Juspinn hart. »Nimm es als Übel, in das du geraten bist, ohne seine Wurzeln zu kennen.«

»Und du meinst nicht, ich sollte wissen, um welches Übel es sich handelt?« Tränen schwammen in meinen Augen. Das alles steuerte in eine furchtbare Richtung. Vor allem wegen Juspinns Unnahbarkeit. »Was bedeutet das jetzt für uns?« Oh Gott! »Für mich?«, korrigierte ich mich schnell.

Maria war wieder neben mir, ohne dass ich sie die Distanz hätte zurücklegen sehen. »Es bedeutet, es gibt keinen Weg, nicht schuldig zu werden, ohne seine Werte aufzugeben. Du wirst Opfer bringen müssen, fürchte ich.« Sie sah derart entzückt aus, dass Zorn in mir aufkochte.

Ich ließ Juspinn nicht aus den Augen. »Schön, dass ich zu ihrer Erheiterung beitragen kann. Ich schätze, auch du wirst mir nicht sagen, was für Opfer?«

»Vielleicht ist es wirklich an der Zeit, aufrichtig zu sein.«

»Fantastisch. Abwechslung wirkt manchmal Wunder«, erwiderte ich sarkastisch, worauf Maria vergnügt in die Hände klatschte.

Juspinn ignorierte seine Schwester. Sein Blick wurde bohrend. »Frag mich noch einmal«, verlangte er.

»Du willst, dass ich mich wiederhole?«

»Wie es aussieht, haben sich die Dinge geändert. Du bist eine Gezeichnete. Also ... «

Die Chance wollte ich nicht vertun. »Mit Gezeichnete meinst du das Hotu?«, fragte ich schnell.

»Ja.«

Ja ... Es hatte etwas in mir geweckt, als ich es das erste Mal

gesehen hatte, aber ich hatte dem keine Bedeutung beigemessen.
»Was ist damit? Es ist aus dem Asiatischen, richtig? Beinahe wie Yin und Yang.«

»Es ist älter als das. Viel älter. Ein Vorläufer des Yin-Yang. Kaum ein Mensch kennt es, dabei ist es elementar. Weitaus essentieller als alles, was dir bekannt ist.« Juspinn sprach schnell und eindringlich. Ich war mir sicher, nicht im Geringsten die wahre Bedeutung des Symbols zu verstehen.

»Es steht für das Gleichgewicht von Gut und Böse in der Welt«, mischte Maria sich ein. »Wobei wir nicht die gute Seite vertreten.« Sie lächelte, als könnte sie kein Wässerchen trüben.

Ich vermochte nicht zurückzulächeln. »Aber wieso?«

»Die Antwort auf diese Frage ist ausnahmsweise viel einfacher, als du denkst.« Juspinn hielt einen Moment lang inne, vielleicht um mir Gelegenheit zu geben, den Sinn von Gut und Böse alleine zu erkennen. Dabei war ihm wohl nicht bewusst, dass ich kaum noch in der Lage war, überhaupt einen klaren Gedanken zu fassen. »Es muss das extrem Böse geben«, erklärte er schließlich, »damit es auch das extrem Gute geben kann. Sonst haben wir nur eine eintönige graue Mitte und niemand hat einen Grund, sich zu entwickeln. Kein Mensch«, korrigierte er sich.

»Du sagtest doch niemand«, meinte Maria spitzfindig.

Ich schluckte. »Ihr seid also nicht menschlich.«

»*Er* ist noch sterblich, wenn du das meinst, aber dem Menschen trotzdem schon überlegen. Bei Weitem. Was dich zu deiner Kernfrage leiten sollte. Die nach unserem Wesen.«

Hatte ich mich davor gefürchtet oder danach gesehnt, egal wie, nun war es so weit. »Wenn du kein Engel bist, wie ... wie deine Schwester sagte, und du bist das Gegenteil des Hellen, die dunkle Hälfte ... dann ... dann bist du das Böse – der indianische Mntu?«

Juspinn verzog verächtlich die Mundwinkel. »Der Mntu hat viel weniger mit der indianischen Geschichte zu tun als ihnen selbst bekannt ist. Es waren die Christen, die diesen Begriff während ihrer sogenannten Missionierung geschaffen haben. Es gibt einen anderen, dir viel geläufigeren Begriff dafür und du kennst ihn. Sprich ihn aus.«

Ich schluckte. »Dann bist du das Böse«, wiederholte ich bewusst, »der Teufel?« Das Wort ging mir leichter über die Lippen, als ich gedacht hatte. Es schien fast, als gewöhnte ich mich an das eigentlich Unmögliche.

»Nein. Und nein.« Ich fuhr herum. Die leise, einschmeichelnde Stimme mit dem ironischen Unterton war aus dem Nichts heraus direkt hinter mir aufgetaucht. Ebenso wie der Mann, dem sie gehörte. »Das Wort *Böse*«, sagte er besonnen, »wäre eine zu pauschale Charakterisierung für Juspinn, meinen Sohn. Der Teufel, auch wenn mir diese Bezeichnung nicht lieb ist, bin ich.«

12

Ich war wie vom Donner gerührt. In den letzten Wochen hatte ich immer mehr zugelassen, dass es das Böse, seine Inkarnation, den Teufel, geben könnte, nun aber stand er mir gegenüber. Und es war nicht Juspinn. Juspinn war sein Sohn. Sein Sohn! Der Teufel hatte Kinder ...

Mein Körper war in eine Schockstarre gefallen. Nur meine Lider flatterten, während ich den Mann anstarrte. In dem feinen Nadelstreifenanzug und mit seiner geraden Haltung, dem erhobenen Kinn und dem überlegenen Ausdruck auf dem Gesicht wirkte er unendlich selbstsicher. Jemand, der über Macht verfügte. Unfassbar viel Macht. Fragmente aus dem Zeitungsartikel blitzten in meiner Erinnerung auf. *Atterini ... Begehrtester Junggeselle ... aus einer der einflussreichsten Familien der Welt.* Und dies war sein Vater. Der Teufel.

»Oh, ich habe dich erschreckt«, meinte er mit unbewegter Miene, »du bist ja weiß wie ein Laken. Vielleicht solltest du dich hinsetzen.« Ein Stuhl schlidderte über den Boden, direkt zu mir.

»Nicht nötig«, hörte ich mich selbst wie aus weiter Ferne sagen, dann gaben meine Knie endgültig nach und ich sackte auf dem Boden – neben dem Stuhl – zusammen. Niemand machte Anstalten, mir aufzuhelfen. Die Knie umschlungen merkte ich, wie ich nicht aufhören konnte, den Kopf zu schütteln. Das konnte nicht real sein. Niemals war das der Teufel! Es gab ... es gab keinen Teufel ... Bilder, die ich unter der Wirkung von Catoris Tee bereits gesehen hatte, schossen mir wieder durch den Kopf. Der Satan mit seiner gehässigen Fratze; der rote Teufel, Luzifer, mit lodernden Augen, Pferdefuß, Dreizack und gezwirbelten schwarzen Hörnern ...

Sein Lachen holte mich in die Realität zurück. »Diese Darstellung ist nicht ganz zutreffend, mein Kind«, beantwortete er meine unausgesprochene Frage, zog grüßend und mit leichter Verbeugung seinen Hut. »Keine Hörner. Und ja, ich bin es höchstpersönlich und leibhaftig. Freunde der Familie nennen mich allerdings Samael Asmodi Mephistophelis, kurz Sam.«

In drei Teufels Namen, schoss es mir durch den Kopf.

»In drei Teufels Namen!« Der Teufel lachte herzlich. »Das ist gut, wirklich gut.«

Er konnte meine Gedanken lesen ...

»Vater.« Juspinn. Er ging zu ihm, neigte demütig den Kopf zum Gruß und der alte Mann ... der Teufel ... umarmte ihn väterlich. Juspinn warf Maria einen Blick über dessen Schulter zu. Er schien von dem freundlichen Auftreten genauso überrascht zu sein wie sie. Danach begrüßte er seine Tochter auf die gleiche Weise. Von Marias anmaßender Art keine Spur mehr. Nun war sie beinahe unterwürfig – nein, untertänig. Wie es schien, wagte sie kaum, ihren Vater anzusehen, ich hingegen konnte nichts anderes tun.

Seine Augen richteten sich wieder auf mich, während er mit Juspinn sprach. »Du hast versagt. Ihre Seele ist noch ebenso rein, das Hotu weiß.« Seine Stimme war jetzt schneidend.

»Vater, ich ...«, setzte Juspinn an, doch der Teufel hob die Hand und Juspinn verstummte, senkte den Kopf, nur um ihn gleich darauf wieder zu heben, genauso wie seine Stimme: »Du wusstest von Anfang an, dass sie eine Gezeichnete ist!«

Wieder dieses Lachen, das mit jedem Mal an Freundlichkeit verlor. »Aber selbstverständlich. Ich habe fast zwei Jahrzehnte darauf gewartet, die Gezeichnete mit eigenen Augen sehen zu können«, bestätigte er Juspinns Vermutung, ohne ein Anzeichen von Reue. »Als ich dich in der Gosse tief in Puerto Ricos Armenviertel fand, halb verhungert und vollkommen verwahrlost, entdeckte ich unter all dem verkrusteten Dreck auf deiner Haut, dass dein Hotu anders war als das meiner bisherigen Ziehkinder. Es zeigte nur die schwarze Hälfte. Da wusste ich nicht nur, wie machtvoll du einst sein würdest, sondern auch, dass es irgendwann, irgendwo ein Gegenstück zu dir geben musste. Eine reine Seele, die allein mit der weißen Hälfte geboren würde.« Er steckte die Arme zu beiden Seiten, seine Hände zu Schalen geformt wie bei einer Waage. »Denn darum geht es, nicht wahr? Schwarz und Weiß. Und die immerwährende Frage, zu welcher Seite die Waage letztendlich kippt. Als sie genau heute vor achtzehn Jahren zurückkippte, wusste ich, es war so weit. Dein Gegengewicht, mein Sohn, ein Kind mit einem weißen Hotu, musste geboren worden sein. Die reinste aller Seelen, besser als alle Gezeichneten zuvor. Nun ... kurz dachte ich, ich hätte Glück gehabt und das Kind hätte die kluge Entscheidung getroffen, von sich aus die Welt gleich wieder zu verlassen, denn die Waage schwankte. Dann aber neigte sie sich weg von mir. Du hattest scheinbar überlebt«, meinte er mit bedauernder Geste.

»Es war sehr knapp«, murmelte ich. Worte, die ich von Mom schon tausend Mal gehört hatte.

»Und eine Tatsache, die ich so nicht zulassen konnte. Das Dumme war nur, ich vermochte dich nicht zu finden. Zu rein muss dein Hotu gewesen sein. Also musste ich warten, bis Juspinns prophezeite Gabe, das Schlechte wie Gute zu erkennen und zu finden, stark genug war.« Er sah zu seinem Sohn. »Vielleicht begreifst du jetzt, wo du dein Gegenstück siehst, weshalb du genau diese Gabe hast? Und dass diese Gabe entgegen deiner Meinung äußerst nützlich ist. Nur so konntest du die andere Hälfte des Hotus finden.«

Juspinn schien unversöhnlich. »Und du meinst nicht, ich hätte ein Recht darauf gehabt, es zu wissen, bevor du mich ins offene Messer laufen lässt?«

»Ich würde sie nicht als offenes Messer bezeichnen. Er meint es nicht so, da bin ich mir sicher«, fügte er an mich gewandt hinzu. Der Teufel klang nun wieder wie ein Gentleman der britischen Oberklasse aus dem neunzehnten Jahrhundert. Ich fragte mich unwillkürlich, wie alt er war. »So alt, wie das Leben selbst«, beantwortete er beiläufig meine unausgesprochene Frage und sah wieder zu Juspinn. »Nun, ich hatte tatsächlich nicht vor, dich in meine Pläne einzuweihen, das stimmt. Ich wollte dich nicht in die Verlegenheit bringen, über etwas nachzusinnen, was keinen Bestand hat. Zwar seid ihr miteinander verbunden, aber der Plan war, sie zu meiner Gebundenen zu machen.«

Zur Gebundenen? In was war ich da nur hineingeraten? In mir breitete sich eine erlösende Dumpfheit aus, die sich wie ein Schutzmantel über meine Seele legte. Zwar hörte ich, was die beiden sagten, begriff es jedoch nicht. Und wenn ich meinte, doch etwas zu verstehen, war es, als würde es mich nichts angehen. Als wäre ich nicht mehr dabei. Mein Verstand hatte sich tief in mir verkrochen. Er wollte das alles genauso wenig wahrhaben wie ich.

Juspinn rieb sich nachdenklich das Kinn, wobei er mich betrachtete wie ein verloren gegangenes Kind, mit dem er nicht so recht etwas anzufangen wusste. »Ihre Bindung könnte die Waage zum Kippen bringen.«

»Könnte sie, aber ihr Hotu ist viel zu hell!«

»Ihre Aura hat sich verändert, ihr Hotu dürfte nicht mehr reinweiß sein.«

»Reinweiß? Das sind Nuancen. Ich müsste wie eine verdammte Braut zwischen Weiß und Eierschalenfarben unterscheiden.« Der Teufel sah nach oben. »Wie sehr hatte ich gehofft, ihm endlich ein Schnippchen schlagen zu können. Aber wie es aussieht, kann ich nicht mehr tun, als die helle Seite der Waage von ihrem Gewicht zu befreien.«

Noch nie in meinem Leben hatte ich mich so hilflos und nackt gefühlt. Ich verschränkte die Arme vor der Brust, zitterte vor Angst und Kälte.

»Dann wirst du sie also töten«, stellte Juspinn fest.

Oh Gott! Herr, bitte schick mir wenigstens einen Engel, der mich rettet! Einer muss doch Zeit für mich haben ...

»Ja, sie wird sterben.« Juspinns Vater wandte sich mir zu. »Nimm es bitte nicht persönlich. Es mag dich erstaunen, aber niemand in unserer Familie tötet gern. Normalerweise rufen wir nur den Wunsch danach in Menschen hervor und vergreifen uns nicht selbst am Leben.« Er hob die Hand. »Wenn du deinem Schöpfer begegnest, richte es ihm bitte aus«, meinte er augenzwinkernd.

»Bitte! Bitte nicht«, krächzte ich. Tränen flossen über mein Gesicht. Sie verschleierten meinen Blick, der Juspinn suchte. Er stand zwei Schritte hinter seinem Vater, die Arme vor der Brust verschränkt, seine Miene kalt und unnahbar. Seine Augen waren starr auf mich gerichtet, aber in ihnen tobte ein Kampf. Ich konnte es sehen – und spüren.

Auch der Teufel schien es bemerkt zu haben. Er musterte Juspinn. »Nehme ich da einen gewissen ... Hang zur Rebellion wahr? Es liegt dir etwas an dem Mädchen. Verständlich. Sie ist dein Gegenstück. Es muss faszinierend sein, der anderen Hälfte seines Ichs gegenüberzutreten. Fast so, als würden sich Gott und Teufel begegnen.«

»Das ist es nicht«, erwiderte Juspinn augenblicklich. »Ich dachte nur ... vielleicht ist sie dir lebendig doch nützlicher.«

»So?« Der Teufel hob auf die gleiche Weise eine Braue, wie Juspinn es tat, immer, wenn ich mich wiederholte. In dieser Geste lag die Warnung, bloß keinen Fehler zu begehen. Eine verzweifelte Hoffnung keimte in mir auf, mein Leben wäre wirklich zu etwas nütze, und ich schickte ein Stoßgebet zum Himmel. Der Teufel antwortete mit wissendem Lächeln.

»Sie verfügt über mindestens eine Gabe«, erklärte Juspinn meinen Mehrwert.

»Nein! Was du nicht sagst.« Sein Vater rieb sich verzückt die Hände. Jetzt erkannte ich Marias theatralisches Gehabe in ihm. Er hockte sich vor mich und musterte mich – fast liebevoll. Wie ein Juwel, das er lange gesucht und endlich in Besitz genommen hatte ... »Ich muss gestehen, ich bin verblüfft«, sagte er und so klang es auch. »Bislang war ich der Meinung, die Kraft der Gaben läge im schwarzen Teil des Hotus.« Tadelnd schnalzte er mit der Zunge. »Aber mein Sohn hat vor mir erkannt, dass du über sie verfügst, und doch nicht den Schluss gezogen, dass du seinesgleichen bist. Bis auf diesen lästigen Farbunterschied im Hotu zumindest.«

»Was für ...«, setzte ich an.

»Gaben? Als hättest du *meine* Gedanken gelesen. Was für Gaben, Juspinn?«

»Der Ring hat das fühlende Auge gezeigt.«

»Ach so?« Juspinns Vater sah kurz zu ihm hoch, dann wieder zu mir. »Ja, diese Gabe ist überaus nützlich. Aber ist sie auch dein Überleben wert?« Er war sehr nah. Alles an ihm wirkte menschlich. Das dunkelblonde Haar war grau meliert, er trug einen teuer aussehenden, vermutlich maßgeschneiderten Anzug. Seine Größe und Statur waren durchschnittlich, ein leicht faltiges Gesicht, vielleicht fünfundsechzig Jahre alt, aber es fehlte die Perfektion wie bei seinen Kindern. Dennoch erschien mir sein Gesicht wie eine Maske ... oder eine Illusion. Ich fürchtete mich plötzlich vor seinem wahren Antlitz. Seine Augen verrieten ihn. Sie waren tiefschwarz und matt wie der Onyx an Juspinns Ring, ohne einen Funken Leben darin, vielleicht weil er keine Seele besaß. Seine Pupillen waren kaum zu erkennen, dennoch schienen sie sich zu verengen. »Du kannst also nicht nur mir in die Augen sehen, sondern ihm auch in seine Seele.«

In seine Seele ... Juspinn besaß also eine. Ich spürte, wie mir ein Stein vom Herzen fiel, von dem ich nicht bemerkt hatte, dass er da gewesen war.

»Sag mir, was du bei ihm erspürt hast. Was ist seine größte Sehnsucht? Sein größter Wunsch?«

In Juspinns Gesicht zuckte es kurz.

»Ich weiß nicht, was Sie meinen«, flüsterte ich, obwohl mir sofort klar war, was er von mir hören wollte. Dann war das also eine Gabe, dieses Erkennen, bei Mom, Eyota und Juspinn. Juspinn ... Er sehnte sich so sehr nach Geborgenheit.

»Geborgenheit?«, sprach der Teufel laut aus, kaum dass ich es gedacht hatte. Er stand auf und ging zu Juspinn. »Mehr nicht, mein Sohn? Das ist alles, was dir fehlt?« Er lachte. Teuflisch. Es brach sich an den metallenen Wänden und schmerzte in meinen Ohren. Seine scheinbare Heiterkeit tat mir ebenso weh wie Juspinn, der seine Miene jedoch im Griff hatte. Aber ich wusste es auch so. Schlagartig verschwand das Lachen und eine unausgesprochene Drohung lag in der Stimme des Mannes. »Sind noch andere Gaben in ihr erwacht?«

Juspinn schüttelte ohne erkennbare Emotion den Kopf. »Nein. Ich konnte keine weiteren erkennen. Sie hatte den Ring zu kurz an.«

»Gib ihn ihr«, befahl der Teufel.

Unwillkürlich griff ich nach dem Fetisch an meinem Handgelenk. Ich zählte die Tierchen ab, ohne hinzuschauen. Ich brauchte unbedingt etwas Vertrautes!

Juspinn ging auf mich zu, löste meine Hand von den Tieren und steckte mir den Ring an. Dann schloss er meine Hand und drehte sie, sodass wir auf den Onyx schauen konnten. »*Gnothi seauton*«, sagte er leise.

Erwartungsvolle Stille breitete sich aus. Ich spürte erneut die Wärme, die Energie, die von dem Ring ausging, hoffte, betete, er möge irgendwie zu meiner Rettung beitragen ...

Nichts geschah. Kein Symbol zeigte sich.

»Du hast dich getäuscht! Sie ist eine hohle Frucht«, meinte Juspinns Vater erbarmungslos. Es klang wie ein Todesurteil.

Bitte. Bitte! Der Ring musste etwas zeigen.

»Das Armband«, sagte Juspinn knapp.

»Ach, wie übermütig. Als wollte man mit nicht mehr als einem Messer in den Krieg ziehen«, antwortete der Teufel mit falschem Lächeln und schnitt mit der Hand durch die Luft. Das Fetisch riss, die Perlen und Tiere verteilten sich auf dem Boden um mich herum. Und tatsächlich. Sekunden später bildeten sich Symbole. Erst das Auge, mit den kleiner werdenden Kreisen als Pupille.

»Die erwachte Gabe wird zuerst angezeigt«, erklärte Juspinn so ruhig, als stände nicht gerade mein Leben auf dem Spiel. Ich registrierte es mit der gleichen Dumpfheit, die dafür sorgte, dass ich mein Bewusstsein nicht verlor.

Langsam verblasste das Auge wieder, aber dann erschienen neue Symbole, wechselten in schneller Folge. Mal waren es Kreise, mal Rauten, eine Sichel war dabei, Kreuze. Die Symbole sahen aus wie die ganze Bandbreite der Webding-Schriftart. Entschlüsseln konnte ich keines von ihnen.

Der Teufel anscheinend schon. »Langweilig ... unnütz ... hab ich schon ... na ja ...«, urteilte er. Mir kam das Bild eines verwöhnten Kindes in den Sinn, welches das Papier seiner Weihnachtsgeschenke abriss und sie in die Ecke feuerte. »Uninteressant ... nein ... nein ... nein ... na gut ... vielleicht ... stopp!« Das

Symbol auf dem Ring fror ein. Was war das, was der Ring da zeigte? Zwei gekreuzte Schlüssel? Wie sollte mir das helfen?

»Juspinn. Sieh dir das an!« Sein Vater wirkte plötzlich regelrecht aufgeregt. »Was denkst du darüber?«

»Ich denke, größeres Glück kannst du kaum haben.«

»Dem stimme ich voll und ganz zu. Ich kann mich wahrlich einen Glückpilz nennen. Und dich auch.« Der Teufel zog den Ring von meinem Finger und der Stein wurde schwarz.

Hieß das, ich würde weiterleben? Jetzt spürte ich mein Herz wieder, es schlug hart durch den schwindenden Schutzmantel, der es bislang eingehüllt hatte.

»Also wirst du sie verschonen.«

Ich hielt die Luft an.

»Es scheint, als sei ihr Schicksal klüger als wir. Nun könnte sie lebendig kaum wertvoller sein.«

»Wieso empfinde ich das in keinster Weise beruhigend?« Hatte ich das gesagt? Meine Stimme klang vollkommen fremd in meinen Ohren.

Juspinn schlang die Decke um mich, als wäre eine medizinische Untersuchung abgeschlossen und er würde nun die weitere Behandlung verkünden. »Vater wird dich ausbilden. Deine Fähigkeiten wecken, verstärken und sich einverleiben, sobald du so weit bist.«

»Vater«, betonte der Teufel das Wort mit triefendem Sarkasmus. »Das war nur der Wunsch, der deine Gedanken beflügelt hat. Ich werde nichts dergleichen tun. Du wirst es.«

»Aber ... das könnte Monate dauern oder Jahre.« Juspinns unbewegte Maske bröckelte. Er klang entsetzt. »Vater, ich habe dich selten um etwas gebeten, aber ... Bitte entlasse mich aus dieser Pflicht. Ein Gebundener wäre viel geeigneter, sie ...«

»Nein, deren Wirkung ist alles andere als destruktiv. Das ist deine Stärke. Verdirb du sie weiter. Sorg dafür, dass ihr Hotu dunkel genug für die Bindung ist und die Schlüsselgabe bis dahin erwacht!« Sein Blick wanderte zu mir, seine Mundwinkel verzogen sich und ich verstand plötzlich, was man unter einem satanischen Grinsen verstand. Kalt lief es mir den Rücken herunter. »Mach sie zu meinem Gottesgeschenk.«

Irgendwie schaffte ich es, die Schultern zu straffen und dem Teufel in die Augen zu schauen. »Ich mach da nicht mit.« Es war meine Seele, die er da wollte, und Teufel hin oder her, er würde sie niemals freiwillig von mir bekommen!

»Wie erfrischend. Du gibst dich der irren Annahme hin, du hättest eine Wahl«, meinte er scheinbar vergnügt. Noch war die Situation erheiternd für ihn, aber das würde kippen. Ich spürte es deutlich. »Sie hat Courage, das muss ich anerkennen.«

»Sie hat Courage, die ich nicht kontrollieren kann«, presste Juspinn heraus. »Sie ist wie ein verdammter Heiligenschein, durch den man hindurchgreift. Nirgends zu packen! Ich ...« Juspinn verstummte. Der Teufel hatte wieder eine Braue gehoben.

»Vielleicht wird es einfacher, wenn sie isoliert von ihrer Familie ist. Womöglich ...« Er brach den Satz ab und massierte sich das Kinn. Ich hatte bei den Worten *Familie* und *Isoliert* die Hand vor den Mund gepresst. Alles, nur das nicht! Der Teufel lächelte wissend und blickte zu Juspinn. »Womöglich bist auch du hier zu sehr abgelenkt ... von all den Menschen und ihrer Vernarrtheit in dich. Ich bin mir sicher, etwas mehr Abgeschiedenheit wird der Sache dienlich sein. In diesem Moment fällt mir sogar der ideale Ort ein.« Selbstzufrieden zog er seine Mundwinkel nach oben. »Wie hieß Marias Gespielin gleich?«

Was meinte er damit? Ich sah zu Juspinn, der den Kopf schüttelte.

»Nicht Grönland! Vater bitte, wir könnten in Rom ...«

»Glücklicherweise bin ich in der Position, nicht diskutieren zu müssen«, fuhr er ihm über den Mund. Sein entrücktes Lächeln war wie abgestellt. »Ihr geht nach Grönland. Maria wird mir über deine Fortschritte Bericht erstatten.« Dann sah er mich an, auf eine Weise, dass ich zu allem Entsetzen bis ins Mark erschauerte. »Ich freue mich schon auf unser nächstes Wiedersehen.«

Teil 2

13

Juspinn hatte mich entführt! Von meiner Familie weggerissen, meinen Freunden, meiner zweiten Heimat Acadia. Ich wusste nicht einmal, wie er das gemacht hatte. Nur dass er in dem Leuchtturm seine Arme um mich geschlungen, sein Körper meinen wie eine Siegesfahne eingewickelt und ich gleich darauf das Gefühl gehabt hatte, mich zu verlieren. Mein Körper hatte geprickelt. Innen und außen wie Brausepulver, das sich im Wasser auflöst. Es war das absolut Fürchterlichste, was ich je gefühlt hatte! Gleich darauf hatte ich mich hier befunden und mich eine gefühlte halbe Stunde lang übergeben.

Ich sah mich um, in meinem eisigen Gefängnis. Die mir vertraute Welt hatte ich hinter mir gelassen. Seit nunmehr vier Nächten und drei Tagen saß ich auf dieser winzigen Insel fest, die wohl die meiste Zeit des Jahres von Schnee und Eis bedeckt war. Genau wie die große vor meinen Augen am Horizont: Grönland. Soweit das Auge reichte, sah ich nur Felsen, die von dem immer wiederkehrenden Eis, dem Schnee und dem Wasser rund gespült worden waren. Dahinter breitete sich verschwommen der bleigraue Ozean aus. Eisschollen trieben darauf. Weiter hinten Eisberge im offenen Meer.

Hatte ich mich nicht noch vor wenigen Tagen wie das verloren gegangene FedEx-Paket aus *Cast Away* gefühlt? Immerhin, Tom Hanks hatte es auf seiner Insel warm und sonnig gehabt. Hier herrschte ein eisiger, trockener Wind mit sommerlichen Temperaturen um die zehn Grad, wie ich schätzte. Seit unserer Ankunft fror ich. Ich wusste, die Kälte kam aus meinem Inneren. Ich hätte mich auf einer Tropeninsel genauso mies gefühlt.

Ich kannte noch nicht einmal den Namen dieses Fleckchens Erde. Dafür kannte ich mittlerweile wohl jeden seiner Quadratmeter. Ich war die Insel abgeschritten. Mehrfach. Zigfach! Sie war fünfeinhalb Kilometer lang und zweieinhalb Kilometer breit, an einzelnen Stellen vielleicht um die einhundert Meter erhoben. Kein Baum, kaum ein Strauch standen auf ihr. Der größte Teil war von struppigem gelbem Gras mit pelzigen weißen Blüten überzogen, das allen Widrigkeiten trotzte. Ich befand mich am Ende der Welt. Wäre sie tatsächlich eine Scheibe gewesen, wie man einst geglaubt hatte, wäre hier mit Sicherheit der Rand gewesen. Nein, Flucht war unmöglich. Hier gab es keine Menschenseele außer uns. Kein Boot, kein Telefon, kein Garnichts!

Ich musste den Tatsachen ins Auge sehen: Juspinn war der Ziehsohn des Teufels. Beide wollten meine Seele. Doch Juspinn war auch die andere Hälfte meiner Seele, so wie ich von seiner. Gut und Böse, Schwarz und Weiß. Untrennbar miteinander verbunden.

Allerdings verweigerte ich mich ihm. Sollte Juspinn doch daran verzweifeln, mich nicht im Griff zu haben.

14

Es war furchtbar. Ich hatte sämtliches Gefühl für mein zweites Zuhause, Acadia, verloren. Genau wie für Mom und Dad und Virginia. Die Verbindung war abgerissen. Sosehr ich auch in mich hineinhorchte, ich fand nur Leere. Nicht einmal Virginias Hass ließ sich erspüren. Den Schmerz meiner Eltern konnte ich nur erahnen, ebenso ihre Angst. Und das hatte nichts mit der Distanz zwischen uns zu tun. Es war etwas anderes, etwas viel Schlimmeres: Ich spürte ihre Liebe nicht mehr. Ein Gefühl, das mich mein Leben lang begleitet hatte, aber wie alles, was man ständig hat, nicht mehr gesondert wahrnimmt. Jetzt erkannte ich, die Liebe meiner Eltern war immer wie eine warme, kuschelige Wolldecke gewesen, die sie mir zärtlich über die Schultern gelegt und mich darin eingewickelt hatten. Seit ich hier war, fühlte ich sie nicht mehr. Ich fror.

Die Verbindung zu Juspinn hingegen war stärker als jemals zuvor. Gestern hatte er seine Taktik geändert. Statt mir abwechselnd harsch oder mit verhaltener Freundlichkeit zu befehlen, ich solle mit dem *Training* beginnen, hatte er mir mit einem geknurrten »Wie du meinst« den Rücken zugekehrt und war im Haus verschwunden. Bereits diese Nichtbeachtung machte mich nervös, offenbarte sich als Prickeln in meinem Magen. Als es plötzlich nicht mehr nur prickelte, sondern sich ein ganzer Haufen Ameisen in meinem Leib eingenistet zu haben schien, verdrängte ein Gedanke alle anderen: *Juspinn ist fort!* Hatte er mich etwa hier allein zurückgelassen? Panik überkam mich.

Ich unterbrach meine nutzlose Erkundung der Umgebung und lief zurück. Das Haus stand fast im Zentrum der Insel, eine halbe Stunde entfernt. Meine Füße konnten mich gar nicht schnell genug über das Grasland tragen. Bald kam die Holzhütte in Sicht: winzige Fenster, wohl damit die Kälte nicht eindrang; die Bretter morsch, die weiße Farbe fast vollständig abgeblättert; im Schieferdach fehlten zwei schwarze Platten; die Veranda weggefault, Reste davon lagen zwischen Plumpsklo und Schafstall. Das Schaf war längst ausgezogen, wie sein Herr. Mit zitternden Knien ging ich zur Tür und riss sie auf. Ein kurzer Blick in die zwei kleinen Zimmer genügte. Daneben die winzige Küche mit Kohleofen und Feuerstelle. Elektrizität gab es nur über einen Generator. Kein Juspinn. Dafür der Ameisenhaufen in meinem Magen und Panik statt Verstand. Verdammt!

Ich ging in das Zimmer, in dem ich schlief, und ließ mich voller Hilflosigkeit aufs Bett sinken. Ein einfaches Metallgestell mit Matratze und Wolldecken, unter die ich mich nur in Kleidung legen mochte. Die gerafften Gardinen mit Motiven von Weintrauben, die dunkel getäfelte Decke, die schief gerahmten Bilder ... sie zeigten, wo es den einstigen Inselbewohner mit seinem Schaf hingezogen hatte: Strände, verblichene Palmen und vergilbtes Meer.

Mich zog es nur zu meiner Familie. Sie im Ungewissen zu lassen, es selbst zu sein, war das Schlimmste, das Juspinn mir hatte antun können. Und ich konnte ihn noch nicht einmal dafür hassen. Dafür hasste ich das Hotu, das an meinen Gefühlen schuld war. Am liebsten hätte ich mir das Zeichen von der Schulter gekratzt. Für mich hatte es jeden Zauber verloren. Es war keine Engelsträne mehr, sondern das Mal. Ein Geschwür, eine weiße Geschwulst, etwas, das mit dem Teufel zu tun hatte. Es allein war schuld daran, wie ich für Juspinn empfand. Zwar war ich so wütend, dass ich ihn auf eine Eisscholle setzen und bis zum gegenüberliegenden Pol hätte stoßen können, doch sehnte ich mich gleichzeitig nach ihm, sobald ich ihn nicht sah. Auch nachts.

Juspinn nächtigte in dem anderen Raum, wenn er überhaupt schlief. Dort standen ein ausgeklapptes braunes Cordsofa, ein abgewetzter orangener Clubsessel, eine dunkle Schrankwand mit zerlesenen Büchern in eigenartiger Sprache, ein kleiner Röhrenfernseher mit Antenne und eine Schublade voller Kerzen. Davor lag ein grün-brauner Perserteppich. Der Einrichtung nach war das Haus in den Siebzigerjahren zuletzt bewohnt gewesen.

Wieso hatte Juspinn nichts gesagt, bevor er gegangen war? *Sei nicht albern, Abby!* Der Sohn des Teufels war niemand, der sich irgendwo abmeldete. Schon gar nicht bei mir. Aber was, wenn er nun nicht wiederkam? Würde er mich hier verhungern lassen? Ich spielte mit meinen Fingern.

Als die Sonne im Zenit stand und die Ameisen in meinem Bauch anscheinend eine Party feierten, verließ ich das Drecksloch von Hütte. Mich zog es zurück an die klare Luft, zurück an die Küste der Insel, von wo aus man das Festland sehen konnte.

Ich nahm den Trampelpfad zwischen den Gräsern und mannshohen Felsen hindurch, als Weg konnte man ihn kaum bezeichnen. Ich ging schnell. Bald wurde der Wind kräftiger und ich konnte die salzige Seeluft riechen, die den Geruch der weißlichen Blüten zu meinen Füßen überdeckte. Tief atmete ich durch, doch den einen Duft, den ich so sehr vermisste, fand ich nicht. Keinen Zimt und keine Orangenschalen. Dafür hörte ich Möwen und andere mir unbekannte Vogelarten schreien. Die größten Tiere, die ich bisher gesehen hatte, waren einige Robben auf einer Eisscholle gewesen, ziemlich weit draußen auf dem Ozean.

Nach schätzungsweise etwas mehr als einer halben Stunde erreichte ich die Bucht. Neben einem Steg an der Ostseite der Insel war hier die einzig zugängliche Stelle zum Meer. Ein zerfetztes Fischernetz hing an einem hölzernen Gestänge, vermutlich zum Trocknen. Was seinen Besitzer wohl von der Insel vertrieben hatte? Zu gerne wäre ich ihm zurück in die Zivilisation gefolgt.

Und da sah ich es: Durch den spiegelglatten Fjord zwischen dem Festland und der Insel glitt ein Boot. Es war schnell. Sehr schnell sogar. Gischt bestäubte den weiß glänzenden Lack, wobei der spitz zulaufende Bug kaum die Wasseroberfläche berührte. Und je näher es kam, desto klarer wurde Juspinns Umriss. Er stand am Steuer.

»Oh, Gott sei Dank! Er ist da«, flüsterte ich und hätte vor Erleichterung heulen können. Oder lachen. Oder ihm freudestrahlend zuwinken. Ich unterdrückte jede Regung, versagte ihm die Genugtuung.

Juspinn drosselte kaum das Tempo. Er steuerte das Boot geschickt zwischen den Eisschollen hindurch, ohne mich aus den Augen zu lassen. Mir wurde schon vom Zusehen flau im Magen. Endlich war er nah genug, dass ich in seinem Gesicht lesen konnte. Ein überlegener, umwerfender Ausdruck lag darin. Und schon war es wieder da, dieses blöde, blöde Herzflattern, das alle guten Vorsätze zum Teufel jagte. Im wahrsten Sinne. Ich hob die Hand und deutete ein Winken an.

»Du bist also froh, mich zu sehen«, meinte Juspinn. Er war an Land teleportiert und täute das Boot an einem rostigen Pfahl an.

»Habe ich das behauptet?«, gab ich zurück.

Juspinn hob eine Braue. Ich tat es ihm gleich.

»Oh, Gott sei Dank! Er ist da«, wiederholte er meinen erleichterten Ausstoß, wobei seine Augen herausfordernd blitzten.

Oh Gott! Wie konnte er das gehört haben? Mir stieg das Blut in die Wangen. »Reden wir lieber über das da.« Ich deutete auf das Boot.

»Du lenkst ab.«

»Und du hast jemanden gezwungen, dir sein Boot zu geben«, warf ich ihm vor. Vielleicht war meine Moral kleinlich, aber ich konnte nicht anders.

Juspinn krempelte seine schwarze Hose hoch. »Ich habe es gekauft.«

»Was, wirklich?«

»Eine Wiederholung macht eine Aussage nicht wahrer.«

»Entschuldige«, murmelte ich geknickt. Seine erneute Rüge und auch der Reichtum seiner Familie flößten mir immer noch Respekt ein. »Das war bestimmt nicht billig.«

»Es war nur Geld.« Plötzlich verschwand er vor meinen Augen und war gleich darauf auf dem Schiff, eine Kiste in der Hand. »Komm und hilf mir.«

Ich wich zurück. »Ins kalte Wasser? Niemals!« Meine letzte Erfahrung hatte mir gereicht.

»Ich habe dich schon mal bis zur Hüfte hineingehen sehen. Nur um zu mir zu kommen.« Er grinste süffisant.

»Da hat mich der Teufel geritten«, pfefferte ich zurück, was Juspinn ein leises Lachen entlockte. Das verjagte auch die letzte Ameise mit ihrem Partyhütchen aus meinem Bauch.

Er schwang sich mit einer geschmeidigen Bewegung ins Wasser, die Kiste über seinen Kopf gehoben. »Na los, rein mit dir!«

»Kannst du das Zeug nicht teleportieren? Was immer es ist.«

»Lebensmittel. Die Konserven waren ungenießbar.« Er schüttelte sich. »Und ja, ich könnte es teleportieren, aber bei so viel Materie wäre das wesentlich anstrengender, als sie zu tragen.«

»Du hast mich teleportiert.«

»Und es war mehr als unangenehm.« Er stellte die dritte Kiste neben mich.

»Ich habe dich nicht drum gebeten.« Plötzlich kam mir ein Gedanke. Ein Rettungsanker. »Da wir gerade davon sprechen ... Könnte ich auch lernen zu teleportieren? Als Gezeichnete?« Ich versuchte, meiner Stimme etwas Beiläufiges zu geben, aber Juspinns Augen funkelten wachsam. Schnell sah ich zu Boden.

»Das könntest du. Wenn du trainieren würdest.« Er trat nah an mich heran und umfasste mein Kinn, um meinen Kopf nach oben zu zwingen. »In zwei bis drei Jahren wirst du mit Sicherheit so weit sein, um zum Festland zu gelangen. Und in zehn könntest du den ersten transatlantischen Sprung wagen. Denn das ist es, was du willst, nicht wahr, Abigale?« Ich schluckte trocken. Er betrachtete aufmerksam mein Gesicht. »Vorher jedoch würdest du dich mit an Sicherheit grenzender Wahrscheinlichkeit im

Ozean manifestieren und da willst du ja nicht hin, wenn ich dich richtig verstanden habe.«

»Hast du«, zischte ich und ruckte mit dem Kopf. Mein Kinn brannte, wo seine Finger es umfasst hatten. »Wieso blitzdingst es nicht mehr?«, schleuderte ich hinterher, als würde ich es vermissen und als es wäre seine Schuld.

Er musterte mich nachdenklich. »Das lag wohl an unseren Energien. Stell es dir wie einen Magneten vor, dessen Pole in die falsche Richtung zeigen und sich abstoßen.«

»Ach, und erst jetzt ziehen sie sich an?«, fragte ich ironisch. Ich hatte da von meiner Seite aus keine Veränderung bemerkt.

Er wandte sich ab und brachte eine weitere Kiste an Land. »Du bist eine Gezeichnete. Das zu erkennen, war vermutlich der Auslöser.«

Das brachte mich zu den Gaben zurück. Wow! Ich könnte mich irgendwann, nach viel Training, an einen anderen Ort beamen. Der Gedanke war unfassbar cool. Fantastisch geradezu, aber er erschreckte mich auch. Ich hatte nicht vergessen, wie furchtbar es sich angefühlt hatte. Doch all das gehörte zu der dunklen Hälfte und ich besaß nur das helle Gegenstück dazu.

Während ich darüber nachdachte, hatte Juspinn vier prall gefüllte Taschen an Land gebracht, die nun an den Kisten lehnten.

»Du wirst einen Karton nehmen und drei der Tüten. In der einen ist Bettwäsche, in den anderen Kleidung.«

Trotzig verschränkte ich die Arme. »Und was trägst du? Die Last des Lebens?« Es war lächerlich, aber ich würde seinen Befehlen nicht gehorchen, nicht mal diesem, so sinnig er auch war.

Er seufzte und bedachte mich mit einem Blick, als würde er ein kleines Kind vor sich haben. Was mich noch ärgerlicher machte.

»Du willst essen. Du willst in einem sauberen Bett schlafen. Du willst etwas Warmes anziehen. Wenn nicht, dann lass die Sachen einfach hier stehen.«

»Also brauchst du Hilfe. Von einem Menschen, großer Thor? Hat Papa dir den Hammer weggenommen?«, fragte ich voller Hohn.

Er zog die Brauen zusammen. »Du vergleichst mich mit einem Gott?«

Ich zuckte mit den Schultern. »Ist ja nur ein Halbgott, oder?«

»Ich bin alles andere als göttlich. Es tut mir leid, dich enttäuschen zu müssen.« Ich erkannte kein Bedauern in seinem Gesicht, sondern ausschließlich Ironie.

»Ich bin nur etwas enttäuscht«, erwiderte ich mit einem ähnlich ironischen Lächeln. Ich konnte seinem Charme nicht widerstehen. »Schließlich hast du ja auch das mit Blitz und Donner drauf.«

»Ja, ich hab's drauf«, murmelte er schmunzelnd, wobei er die Hand hob und sie langsam gen Horizont führte. Es sah aus wie eine Yoga-Übung. Und mit seiner Bewegung zog sich das Meer zurück. Leise, als wollte es kein Aufsehen erregen. Innerhalb weniger Sekunden kam das Boot etwas schräg im Sand zum Liegen, umgeben von glänzenden Steinen, als stumme Zeugen, dass dort eben noch der Ozean geendet hatte.

Der Anblick war ein Schock für mich. Ich starrte auf die Meereskante, die sich gut zwanzig Meter zurückgezogen hatte. Mir war zwar klar gewesen, dass Juspinn Wind und auch Wasser beeinflussen konnte. Aber das Meer verdrängen ... Es hatte etwas

Unbegreifliches. Unwillkürlich fragte ich mich, ob Moses auch ein Gezeichneter gewesen war.

»Und das habe ich auch drauf«, meinte er mit einem Zwinkern, welches zeigte, dass er ganz genau wusste, wie sehr er mich beeindruckt hatte.

»Angeber«, brummelte ich.

Er grinste. Dann ging ein Ruck durch ihn. »Komm, ich möchte dich jemandem vorstellen.«

»Was? Wem denn?«, kiekste ich. Die letzte Vorstellung hatte das Erscheinen des Teufels höchstpersönlich bedeutet.

»Es ist kein Wasser mehr da, also ...« Juspinn ging, ohne sich noch einmal nach mir umzusehen, über den steinigen Grund zum Boot. Er zog sich über die Reling, gleich darauf verschwand er aus meinem Blickfeld.

Zögernd folgte ich ihm.

»Kom tag min hånd, Berrit«,[1] hörte ich ihn sagen. Seine Stimme klang weich und zugewandt und ich wünschte, er spräche so mit mir.

Gleich darauf tauchte er wieder auf, um einer Frau die steile Bordleiter hinunterzuhelfen. Sie erinnerte mich an das Bild einer Hunnin. Mit ihrem breiten, aber flachen Gesicht und dem struppigen Haar, das unter einer violetten Strickmütze hervorguckte. Als Nächstes fielen mir ihre Ohrringe auf, große Kreolen, dann ihr altersloses Gesicht. Wie alt mochte sie sein? Fünfzig? Sechzig? Siebzig? Unsere Blicke trafen sich. Ihrer war durchdringend und voller Mitleid und ich spürte, wie sie sich eine Meinung von mir gebildet hatte, noch bevor ich wusste, wer sie war oder was

---

1 Komm, nimm meine Hand, Berrit.

sie wollte. Sie wusste, ich hatte Juspinn nichts entgegenzusetzen.

Juspinn half der Frau die letzte Stiege hinunter. Sie trug einen dicken dunklen Rock, wollene Kniestrümpfe und feste Schuhe. Erst als sie neben ihm stand, wurde mir klar, wie groß sie war. Groß und massiv wie ein Fels.

»Berrit kommt vom Festland. Sie wird die nächsten Monate für uns kochen und das Haus sauber halten«, stellte Juspinn sie mir vor.

»Monate?«, flüsterte ich entsetzt.

»Ja, Monate«, bestätigte er. »Berrit, der er hende, Abigale.«[1]

Als ich meinen Namen hörte, streckte ich die Hand aus, aber die Frau legte ihre auf mein Gesicht. Die schwielige Innenfläche kratzte auf meiner vom Klima gereizten Haut. Trotzdem war diese Geste tröstlich. »Das mit dem Putzen ist nicht nötig«, murmelte ich. »Ich kann mich darum kümmern.«

»Doch, das ist es«, wies Juspinn mich barsch zurecht. »Denn du wirst alle Zeit und Energie dafür aufbringen, zu trainieren und nicht zu putzen oder zu kochen.«

Niemals! Wann verstand er es endlich? Ich hob das Kinn. »Eher verhungere ich oder ersticke im Dreck.«

»Sie ist so stur wie eine sizilianische Ziege. Vaffanculo!«, zischte Juspinn und winkte wütend ab. Das Letzte war unverkennbar ein Fluch gewesen. Ich lächelte zufrieden in mich hinein. Er drehte sich zu der Einheimischen, wobei seine Gesichtszüge sich wandelten, verbindlicher wurden. Wieder sagte er etwas in dieser hart klingenden Sprache. Fließend, ohne nach Worten zu

---
1 Berrit, das ist sie, Abigale.

suchen. Sie nickte bejahend. Wie unterhielt man sich hier? Ich wusste es nicht. Nur dass ich Juspinn wohl gerade die fünfte Sprache fließend hatte sprechen hören.

Gleich darauf kam auch das Wasser zurück. Nicht so sanft wie bei seinem Rückzug. Hart schwappte es gegen das Boot, das daraufhin knirschend über die Steine glitt. Wie hatte Juspinn gesagt? Es war ja nur Geld.

»Ist sie freiwillig hier?«, fragte ich ihn, als wir, beladen mit den Vorräten, über das Ödland zurückmarschierten, Berrit – trotz der Lasten – gut zwanzig Meter vor uns. Er presste die Lippen aufeinander. »Du zwingst ihr also deinen Willen auf«, mutmaßte ich.

»Das habe ich nicht gesagt.«

»Und woher kennt sie dann den Weg zum Haus?« Ich beschleunigte meine Schritte. Juspinn hatte sich gute zehn Meter weiterteleportiert. »Was war das für eine Sprache vorhin? Wieso sprichst du sie? Warst du schon einmal hier?«, fragte ich leicht keuchend.

Abrupt blieb er stehen. »Wirst du trainieren?«

Mir wurde schlagartig klar, worauf das hinauslief. Wir hatten dieses *Spiel* schon einmal in seiner Hütte gespielt. Nur andersherum. »Wirst du mir meine Fragen beantworten?«

»Nein.«

»Dann kennst du meine Antwort«, fauchte ich.

»Da täuschst du dich. Letztendlich wirst du tun, was ich von dir verlange. Es ist nur die Frage, wie viel Mühe es mich kosten wird.«

»Niemals!«

»Das wirst du schon sehen«, knurrte er.

Ich fühlte mich schrecklich, als ich erkannte, wie verärgert er war. Dieses gottverfluchte Hotu!

15

Den Rest des Tages verbrachte ich im Haus. Nach dem Schock vom Morgen war ich nicht in der Lage, Juspinn den Rücken zuzukehren. Er war nach unserer Ankunft in dem halb zerfallenen Schafstall verschwunden, in den ich durch das Küchenfenster blicken konnte. Ab und an sah ich seinen sehnigen Rücken, was mich ungemein beruhigte. Was auch immer er dort tat, er vermied es, in meine Richtung zu schauen, sodass ich ihn unbeobachtet anstarren konnte.

Mein Magen knurrte inzwischen lauter als der von jedem Eisbären. Berrit hörte es und machte mir ein Sandwich, aber als ich nach dem Wischtuch greifen wollte, um die Krümel zu entsorgen, scheuchte sie mich davon und verbot sich jede Hilfe. Nebenbei brachte sie das Haus mit einer Entschlossenheit in Ordnung, als würde ihr Seelenheil davon abhängen. Ich wünschte, es wäre so gewesen. Dann hätte ich etwas tun können, um auch meine Seele zu retten. So aber blieb mir nichts anderes, als die Hände unter die Achseln zu klemmen, um sie ruhig zu halten. Dabei lehnte ich an der Spüle, einem Trog aus Steingut mit einem Abfluss nach draußen. Fließendes Wasser gab es nicht, der Tank auf der Rückseite des Hauses war durchgerostet und leer. Berrit schleppte in regelmäßigen Abständen Wasser aus den heißen Quellen in die Küche.

Nach einem halben Tag festigte sich mein Bild. Berrit wirkte grob, aber nur äußerlich. Vielleicht lag es an ihrer derben Kleidung, ihrem breiten Gesicht oder ihrer maskulinen Statur. Das Herz hatte sie trotzdem am rechten Fleck. Das zu erkennen, brauchte es keine Gaben.

Wann immer sie in die Küche kam, lag in ihrem Blick Mitgefühl. Sie redete nicht mit mir, aber sie schob mir ständig Essen zu, bereitete einen Tee oder strich mir über den Rücken und murmelte dabei etwas in ihrer eigenartigen Sprache. Allein diese Anteilnahme machte sie zu meiner geheimen Verbündeten.

Aus dem Augenwinkel sah ich Berrit am Herd hantieren. »Vi skal bruge mere kul«,[1] sagte sie harsch. Ich war sicher, sie meinte es nicht unfreundlich, es war die Sprache, die so klang.

Ich nahm meinen Blick vom Schafstall und hob die Hände. »Meinen Sie mich? Es tut mir leid, ich verstehe nicht.« Was hätte ich darum gegeben, mit ihr sprechen zu können.

»Mere kul«,[2] wiederholte sie überdeutlich, beugte sich ächzend runter und öffnete eine Tür am Ofen. In dem dunklen Loch glomm kaum noch Asche.

»Mehr Kohle? Sie wollen wissen, wo mehr Kohle ist?«

Berrit deutete nickend auf den Stall.

»Suchen Sie Juspinn? Er ist dort drin.« Ich wollte auf keinen Fall zu ihm gehen, sodass er denken konnte, ich würde seine Nähe suchen. »Gehen Sie ruhig. Er versteht Sie besser als ich. Ich ... es tut mir so leid, aber ich verstehe, ehrlich gesagt, gar nichts.«

---

1 Wir brauchen mehr Kohle.
2 Mehr Kohle.

Berrit stemmte die Arme in die Seite. »Ikke mig. Dig. Gå.«[1] Ihre Stimme war herrisch. »Gå! Gå! Gå!«[2]

»Wer ich?« Ich sah zum Stall. »Nein, ich ...« In diesem Augenblick erschien Juspinn im Türrahmen des Stalls und starrte mir direkt in die Augen. Sein Gesicht war schwarz verschmiert wie von Motorenöl, er hatte seinen Pullover ausgezogen und sein nackter Oberkörper glänzte nass. Von Schweiß, wie ich annahm. Ich spürte, wie mein Unterleib sich zusammenzog, und stöhnte vor Verlangen und zugleich Ärger.

»Du kämpfst mit unfairen Mitteln«, raunte ich. Er grinste, als hätte er meine Worte gehört. Schnell wendete ich mich ab.

»Gå!«, verlangte Berrit wieder.

»Ist ja gut, ich geh ja schon.«

Sie nickte zufrieden und ich schob mich mit nervös flatterndem Herzen an ihrer riesenhaften Statur vorbei.

Als ich in den Stall kam, wischte Juspinn sich gerade die Hände an seiner schwarzen Jeans ab.

»Die Kohle ist in der Kammer dort«, meinte er, mir den Rücken zugewandt. Ich hörte kaum hin, konnte nicht anders, als dahin zu sehen, wo die Jeans ihre Taschen hatte. »Du vergisst zu atmen.«

Na toll! Hatte er auch hinten Augen? »Tu ich nicht«, keuchte ich und zog begierig Luft in meine Lungen, was meine Aussage Lügen strafte.

»Weißt du, ich höre weitaus besser als jeder normale Mensch«, meinte er beiläufig, was blankes Entsetzen in mir auslöste.

---

1 Nicht ich. Du. Geh.
2 Geh! Geh! Geh!

»Wie viel besser?« Deshalb hatte er meinen Ausruf am Morgen bei seiner Rückkehr trotz des Motorenlärms hören können! Mir wurde klar, dass er mein Aufstöhnen beim Anblick seines nackten Oberkörpers ebenfalls gehört haben musste. Sein selbstgefälliges Grinsen war also kein Zufall gewesen.

Er drehte sich um und legte den Kopf schräg. »Ich höre dein Herz schlagen. So viel besser. Und es schlägt jetzt gerade sehr schnell.«

»Oh.« Zu mehr war ich nicht in der Lage.

Juspinn sah mich mit verschränkten Armen abwartend an. Seine Hände starrten vor Öl und Dreck. Er hatte den Ring abgenommen. Es dauerte einen Moment, bis mir aufging, was mich an ihm so verwirrte: Seine Perfektion fehlte. Lag das nur am Schmutz? »Was ... was tust du da eigentlich?«

Er trat zur Seite. »Der verfluchte Generator springt nicht an. Gestern lief er noch.«

Ich blickte auf den schwarz-gelben Kasten, der ausgeweidet auf der Seite lag. Daneben Kabel, Zündkerze, Filter und Dinge, deren Namen ich nicht kannte. »Kannst du keinen neuen kaufen?«

»Könnte ich. Aber ich will dich nicht mehr als nötig aus den Augen lassen.« Seine glitzerten gefährlich.

»Angst, dass ich davonschwimme?«

»Nein. Du würdest bei den Wassertemperaturen nicht weit kommen.«

»Du könntest mich ja mitnehmen«, konterte ich.

»Das Risiko wäre noch größer«, erwiderte er sarkastisch. »Hör zu, Abigale«, sagte er gleich darauf barsch wie eh und je. »Für mich ist das Ganze hier auch kein Vergnügen. Ich habe keine Freude daran, dich leiden zu sehen. Oder überhaupt meine Zeit mit dir zu verbringen. Aber ich werde diesen Auftrag erfüllen. Es gibt keine Alternative.«

Alles zog sich in mir zusammen. Es war furchtbar, die Aussichtslosigkeit so klar vor Augen geführt zu bekommen. »Das sollest du besser heute als morgen einsehen«, fuhr Juspinn mit der gleichen erschreckenden Ernsthaftigkeit fort. »Und das meine ich genau so. Besser heute als morgen. Denn nur zwei Dinge halten dich am Leben: Erstens deine Gaben, die zu deinem Glück überaus interessant für meinen Vater sind. Und zweitens ich, der dich hierhergebracht hat. Das musst du endlich begreifen.«

»Und du solltest endlich begreifen, dass ich nichts tue, bis du mich zurück zu meiner Familie bringst.«

»Du wirst morgen früh mit dem Training beginnen, dich von mir leiten und ausbilden lassen, sonst ...« Er biss sich auf die Lippe.

»Sonst was?«, fauchte ich zurück. »Folterst du mich oder was ihr Teufel sonst so in eurer Freizeit tut?«

»Nein.«

»Also?«, fragte ich provokant. Aus irgendeinem Grund hatte ich das Gefühl, Oberhand zu gewinnen. Gleich darauf erkannte ich es. »Du weißt nicht, was sonst, richtig? Es gab noch nie ein Sonst für dich. Da ja jeder tut, was du willst, ohne dass du es auch nur aussprechen musst. Wie Berrit zum Beispiel.«

Für ein, zwei Sekunden entgleisten Juspinn die Gesichtszüge. Um nichts auf der Welt wollte ich diesen kleinen Sieg in eine

Niederlage verwandeln. Ich wandte mich ab, um ins Haus zu stolzieren, aber etwas packte mich, ohne mich dabei zu berühren, an der Hüfte und Schulter und drehte mich wieder zurück.

»Hey! Lass deine telekinetischen Finger von mir!«

»Ich foltere niemanden«, grollte er leise. »Ich bin ein Gezeichneter wie du und noch nicht an den Teufel gebunden. Und Berrit ist freiwillig hier. Sie ist eine alte ... Freundin.«

»Eine Freundin«, wiederholte ich mit offenem Sarkasmus.

Juspinn atmete tief durch und strich sich mit der Hand über die Stirn, was ein Streifenmuster in der Ölschmiere hinterließ. Nein, er wirkte überhaupt nicht mehr makellos. Leider machte ihn das für mich noch anziehender. Ich atmete ebenfalls tief durch, wenn auch aus einem anderen Grund.

»Die Einheimischen haben eine andere Einstellung zu uns als die ach so zivilisierte westliche Welt«, erklärte er zu meinem Erstaunen, statt mich wegen seiner lächerlichen Abneigung gegen Wiederholungen zurechtzuweisen. »Sie akzeptieren uns. Weswegen mir Berrit bei meinem letzten Besuch Hilfe angeboten hat. So wie dieses Haus, das ihrem Neffen gehörte und der jetzt auf dem Festland lebt. Sie weiß, wie sehr ich die Einsamkeit schätze.«

Ich war mehr als verdutzt. Ich war entsetzt! »Dann weiß sie, wer du bist?« Ich konnte kaum glauben, dass sie trotzdem freiwillig hier war und den Sohn des Teufels auch noch bekochte. Schließlich sah sie nicht wie eine Satanistin aus.

»Sie weiß um meine Familie, aber sie wertet nicht. Für sie und ihre Kultur gehören beide Extreme, Gut und Böse, zum Leben dazu. Und so sollte es auch sein.«

»Wie kannst du so etwas sagen?«, regte ich mich auf und erinnerte mich an Dutzende ausgezehrte und hoffnungslose Gesichter der Obdachlosen in der Suppenküche, die Bilder der verwahrlosten Straßenkinder in Rio. Wozu hätte ich dann helfen sollen, wenn ihr Elend einen Sinn machte? Er regte mich auf. »Ach, komm schon, Juspinn, das ist doch Quatsch! Du meinst, du wertest nie, bist immer objektiv, ja? Das gilt dann aber nicht für meine Person, oder? Für mich hat das Böse zumindest keinen Platz in dieser Welt. Es bringt nur Kummer und Leid. Ich kann sehr gut darauf verzichten! Vielen Dank. Und der Rest der Welt auch!«

Juspinn umklammerte den Schraubendreher und ich sah unverhohlene Wut in seinen Augen. »Ihr mit euren eingefahrenen Moralvorstellungen. Immer schön Ja und Amen sagen, mit dem Hut unterm Arm den Jupp an den Latten begrüßen, aber hintenherum ... da wird gelästert und werden verdrehte Moralvorstellungen verteufelt, doch niemand hält sich daran, da kann dein Vater noch so viel predigen. Oh ja, wie war das noch mit diesem Typen, der sich an deine Mutter herangemacht hat? Dieser ...«

»Roger«, giftete ich zurück.

»Roger, richtig. Sind das etwa christliche Werte, die Roger, der Rammler, da lebt? Oder deine Mutter? Aber Hauptsache, sich in Gottes Namen ein Kreuz an die Wand nageln und den Saubermann mimen!«

Ich hatte Juspinn noch nie so aufgewühlt erlebt. Bislang war er immer Herr seiner Gefühle gewesen, jetzt aber war seine Wut alles andere als beherrscht. In diesem Moment machte er mir Angst, wenn ich ehrlich war, was ich ihm gegenüber nicht sein würde. »Natürlich gibt es schlechte Menschen, aber jeder kann sich ändern ... zum Guten!«, warf ich viel zu zaghaft ein.

»Glaubst du das wirklich?«, fragte er immer noch wütend.

»Kein Mensch ist nur böse«, beharrte ich und dachte: *Du doch auch nicht.*

Er schüttelte den Kopf. »Und wenn es nichts Böses gäbe, wie könntest du das Gute dann überhaupt erkennen? Wie kannst du das Böse verteufeln, ohne das es dir nicht möglich wäre, gut zu sein?« Er schloss kurz die Lider und legte den Schraubendreher aus der Hand. Dann schüttelte er erneut den Kopf und blickte mich ohne Wut, dafür jedoch mit Resignation an, was noch schlimmer war. »Aber man kann dem Blinden keine Vorwürfe machen. Der hat nun mal keine Vorstellung von Farben. Das ist wie mit der Ameise und der Kaffeemaschine.«

Juspinn öffnete die Hand und eine Ratsche erhob sich, glitt hinein. Dann legte er die Seitenplatte wieder auf den Generator und zog sie fest, während ich versuchte, ihn zu verstehen.

Schließlich kam er wieder hoch und betrachtete sein Werk. »Jetzt müsste alles wieder da sein, wo es hingehört.«

»Also gut«, sagte ich. Ich würde sonst eh die ganze Nacht darüber nachdenken. »Was ist das mit dieser Ameise und der Kaffeemaschine?«

Ein kaum wahrnehmbares Lächeln zog über sein Gesicht. »Das ist ganz einfach, Abigale. Ich kann mir die aufgeschlossenste Ameise heraussuchen und ihr das Konzept der Kaffeemaschine erläutern. Sie wird es nicht verstehen. Und so ist es mit den meisten Menschen. Sie können das Prinzip von Gut und Böse nicht verstehen und werden weiter blind durchs Leben stolpern und nachdenken, was andere vorgedacht haben. Sie haben ihre Augen weit, weit geschlossen.«

»Das ist ein Filmtitel«, erinnerte ich mich. »*Eyes Wide Shut.*« Wieso fiel mir das jetzt ein?

»Einer der wenigen Filme, die ich gesehen habe. *Eyes Wide Shut* ist zumindest in Teilen autobiografisch. Ein Freund der Familie war an der Produktion beteiligt.«

Unpassend zum Titel weiteten sich meine Augen.

»Er war einer der stillen Geldgeber des Films«, erklärte Juspinn, ohne dass ich fragen musste. »Und ein geschätzter Gast auf unserem Maskenball, an den eine der Szenen stark angelehnt ist.«

»Ein Maskenball, genau wie im Film?« Der Kreis schloss sich zwar, aber ich musste an die Orgie denken, die im Film an den Ball anschloss. Herrje. Hatten wir nicht gerade noch über Gut und Böse gesprochen?

»Ja, ist das ein Problem?«

»Nö«, log ich. Ich hatte den Film nur gesehen, weil wir das Buch in der Schule gelesen hatten, aber die Ballszene ließ mich jetzt noch erröten. »Heißt das, auf diesem Ball, da ... da ...« Verzweifelt suchte ich nach Worten. Ich wusste nicht, wie ich die Frage stellen sollte, ohne das Wort Sex in den Mund zu nehmen.

»Eine Orgie?«, half Juspinn aus. Er wirkte belustigt. Ich nickte stumm. »Sagen wir mal, die Orgie stand so nicht in der Buchvorlage, der Traumnovelle von Schnitzler. Aber es kam dazu, weil ich mich auf den Ball schlich. Ja, ich fürchte, ich war schuld an diesen Ausschweifungen. Jedenfalls nahm dieser Freund das Vorkommnis als Grundlage zu der Orgienszene im Film.« Er wartete auf eine Reaktion, aber ich hatte genug damit zu tun, mir

Juspinn nicht so wie in der Filmszene vorzustellen: Männer in Kutten und Frauen hinter Masken, die in jedem Winkel des Ballsaals übereinander herfielen.

»Ich war damals erst acht«, fuhr Juspinn fort, was das Bild in meinem Kopf von ihm mit einer anderen Frau zerspringen ließ. »In unserem Haus gab es viel Platz, aber wenig Freiheiten, und eine lange Liste mit Regeln und Verboten. Eines der absolut verbotenen Dinge war, mich in Gesellschaft zu begeben«, meinte er bedrückt. »Mir war damals noch nicht klar, was mein Geruch bei Menschen auslöst.« Er richtete seine dunklen Augen auf mich. »Meistens zumindest.« Ich fühlte die Hitze in meinen Wangen, noch bevor ich etwas dazu sagen konnte. Juspinn interpretierte sie richtig. »Ich habe viele Dinge mit acht gesehen, die andere ihr Leben lang nicht sehen werden.«

»Und seither feiert ihr Orgien.« Meine Frage sollte den Anschein von Spott haben, was misslang. Sie klang neugierig.

»Nein, das war eine einmalige Sache. Der Ball ist der jährliche Höhepunkt der Zusammenkunft der Elite. Menschen, die die Geschicke der Welt lenken«, erklärte er. »Er dient dazu, ihre Loyalität unter Beweis zu stellen und gegenseitiges Vertrauen zu bekunden. Denn um Mitternacht nehmen die Mächtigen ihre Masken ab und offenbaren ihre wahre Identität.«

»Aber ... wie kann man freiwillig dem Teufel vertrauen?« Ich wollte es wirklich verstehen.

Er schenkte mir ein schiefes Lächeln. »Wer sagt denn, dass sie wissen, wer er ist? Sie wollen einfach Teil seiner Macht sein. Das ist alles.«

»Verstehe«, sagte ich so gleichgültig wie möglich, innerlich aber fragte ich mich, was mich in Juspinns Welt erwarten würde. Ich musste mir eingestehen, sie faszinierte mich. Juspinn musterte mich so aufmerksam, dass ich fürchtete, mein Herz oder mein Atem wären wieder mal viel zu schnell und laut. Ich fuhr mir verlegen durchs Haar. »Deswegen kannst du so gut tanzen. Ihr habt also wirklich einen Ballsaal«, resümierte ich, als hätte ich nur darüber nachgedacht.

»Ja. Doch es hat sich herausgestellt, dass meine Anwesenheit auf einem Ball nicht zu lange dauern sollte.« Juspinn klang sarkastisch. Aber ganz leise – wie ein Flüstern im Sturm – klang eine Sehnsucht mit. Diesmal nach Gesellschaft. Mir wurde plötzlich klar, wie unendlich einsam er sein musste, obwohl, nein, gerade weil er so begehrenswert war.

Hatte er als Kind Freunde gehabt? Sie mussten sich doch ebenso verändert haben, wenn sie mit ihm gespielt hatten. Wütend werden und zerstörerisch. Wie musste es sein, ausschließlich einen negativen Einfluss auf alle Menschen zu haben? Ich konnte es nicht im Geringsten nachempfinden, bei mir war es mein Leben lang andersherum gewesen. Meine Mitmenschen fühlten sich wohl, wurden ruhiger und freundlicher in meiner Nähe. Oft sagte man mir, ich wäre ein Sonnenschein. Bei mir schien die Sonne, er ließ es regnen. Eigenartig. Nie hätte ich einen tieferen Sinn dahinter vermutet.

Auch Juspinn schien seinen Gedanken nachzuhängen. Sein Blick war unfokussiert und leicht glasig. Eine mir inzwischen bitter vertraute Einsamkeit lag darin. Ich beschloss, trotz allem, Verständnis aufzubringen. Mich in ihn hineinzuversetzen. Denn das war es, was meine Familie mir immer beigebracht hatte. Wollte ich ihr nahe sein, war dies ein Weg. Meine Form der Loyalität. Irgendwie zumindest.

Sein Blick wurde wieder klar und richtete sich auf mich. »Zweifelst du nie an deiner Familie?«, fragte er unvermittelt. Darum also waren seine Gedanken gekreist.

»Nein, nie«, erwiderte ich. Natürlich nicht. »Meine Familie ist mir wichtiger als alles andere, egal was passiert!« Ich spürte in jeder Faser, wie wahr meine Worte waren, aber Juspinn wiegte zweifelnd den Kopf. Anscheinend konnte er nicht nachvollziehen, was es bedeutete, eine Familie zu sein. Schon weil er Wiederholungen so liebte, erklärte ich es ihm. Erneut. »Solange ich nicht weiß, wie es ihnen geht, werde ich deswegen nicht bei eurem Ding mitmachen.«

Eine steile Falte durchzog seine Stirn. »Und ich kann nicht anders, als dich von ihnen fernzuhalten, damit du bei *unserem Ding* mitmachst. Wäre ich jedoch an deiner Stelle und wollte wissen, wie es um meine Familie bestellt ist, würde ich alles tun, um die Gabe des fühlenden Auges zu trainieren.«

»Wie meinst du das?« Ich begriff nicht vollständig, was er mir sagen wollte, doch ich witterte eine Chance.

»Wenn deine Gabe stark genug ist, du diszipliniert und konzentriert bist, kannst du es schon in kurzer Zeit schaffen. Du ...« Er stockte und sein Ausdruck wandelte sich. Eben noch war er düster und nachdenklich gewesen, jetzt lachte er laut auf. »Berrit hat eben geschworen, uns rohes Rentier zu servieren, wenn ich ihr nicht bald die Kohlen bringe.«

»Rentier? Wirklich?« Der Gedanke, das Haustier des Weihnachtsmanns essen zu sollen, verwirrte mich in diesem Augenblick mehr als Juspinns Supergehör.

»Eine Delikatesse. Du wirst sehen.«

»Mit weit geöffneten Augen«, meinte ich zynisch. Ich konnte es mir nicht verkneifen. In Juspinns Pupillen blitzte etwas bei meiner Antwort. Es waren nicht die tausend Teufelchen wie sonst. Es war neu und löste ein Kribbeln in meinem Magen aus und wärmte mich ein wenig. Verlegen wandte ich den Blick ab.

Juspinn räusperte sich und riss an der Leine, die den Generator starten sollte, der kurz stotterte, dann aber wieder ausging.

»Merda!«,[1] fluchte er vernehmlich.

Der Zauber des vorherigen Moments war erloschen und ich zog mich in mein Schneckenhaus zurück. Den Sarkasmus. »Noch jemand, der sich deinem Willen nicht beugt? Reicht da kein Fingerschnipsen, um den zum Laufen zu bringen?«

»Widerstand greift scheinbar wie ein Virus um sich«, erwiderte er schroff.

»Kul! Kul!«,[2] hörte ich Berrits herrische Stimme vom Haus aus nach der Kohle brüllen. Das zu verstehen, brauchte kein Supergehör.

Juspinn schloss kurz entnervt die Augen. »Sag Berrit, ich komme gleich.«

Ich lehnte mich nach hinten und sah sie mit grimmigem Gesicht Tüten ausräumen. »Und das heißt übersetzt?«

Er überlegte kurz. »Han har en meget god røv.«[3]

---

1 Scheiße!
2 Kohle! Kohle!
3 Er hat einen sehr schönen Hintern.

»Okay. Han har meget ...«

»... god røv«, ergänzte Juspinn, wobei sich zu meiner Erleichterung kleine Fältchen um seine Augen andeuteten. Ich konnte es nicht ertragen, wenn er verstimmt war.

»Alles klar.«

Während ich zum Haus hinüberging, wiederholte ich den Satz immer wieder, bis ich ihn in der Küche an Berrit richten konnte. »Han har en meget god røv, Berrit.«

»Ja?«, fragte sie und wiegte zweifelnd den Kopf.

»Ja«, bestätigte ich. »Er kommt gleich mit der Kohle.«

Berrit schob einen Bräter beiseite und stemmte ihre Arme auf die Arbeitsplatte, wobei sie zu Juspinn hinaussah, der eben rittlings und in gebückter Haltung eine Plastikkiste randvoll beladen mit Kohle aus dem Schafstall zog.

Gleich darauf kam er damit in die Küche. »Der Generator läuft und wir haben wieder Licht.« Er betätigte den Lichtschalter und die schmucklose Deckenlampe leuchtete auf. »Habt ihr beide euch gut unterhalten?«

»Sie hat mich verstanden.«

»Wirklich?« Diesmal bildeten sich unzählige Lachfältchen um seine Augen, was mich misstrauisch machte. »Han har en meget god røv. Genau so?«

»Genau so«, sagte ich zögerlich. Ich sah zu Berrit, die vergnügt nickte, dann wieder zu Juspinn. Oh nein. »Moment mal. Was hast du mich sagen lassen?«

Er feixte. »Du hast mir ein recht nettes Kompliment über meine Kehrseite gemacht.«

»Was?« Ich stöhnte auf, Blut schoss mir ins Gesicht. Gleichzeitig versuchte ich, nach Juspinn zu schlagen. Doch er hatte die Bewegung schon wahrgenommen und stand draußen, vor dem Küchenfenster. Meine Hand schlug ins Leere und Berrit lachte dröhnend. Wie es aussah, kannte sie Juspinns Fähigkeiten. »Schön, dass ich so maßlos zu eurer Belustigung beitragen konnte«, grummelte ich und funkelte Juspinn mit zusammengekniffenen Augen durch das Fenster hindurch an.

Er machte eine Unschuldsmine. »Du hast Talent fürs Dänische«, rief er zurück und zwinkerte mir vertraulich zu, was meine Wut in meine Knie rutschen ließ, die ganz weich davon wurden. Ich senkte meinen Blick und flüsterte: »Nicht annähernd so viele Talente wie du.«

»Ich kann dich hören. Schon vergessen?«, rief Juspinn.

»Verdammt – ich – Herrgott!« Ich stapfte auf und drehte mich weg, nur um ihm gleich wieder ins Gesicht zu sehen. Er stand mir gegenüber in der Küche, was mich schon wieder vollkommen durcheinanderbrachte, Berrit jedoch nicht weiter interessierte. Sie legte Kohlen nach, zog ihre Schürze aus und hängte sie an einen rostigen Nagel an der Wand. »Jeg er færdig for i dag. Stegen kan tages du af ovnen om en time.«[1]

»Berrit kommt morgen früh wieder«, erklärte Juspinn, ohne, dass ich nachfragen musste. »Sie schläft und isst auf dem Boot.« Er legte seine Hand auf ihren Rücken und lächelte gewinnend. »Godnat. Vi ses i morgen«,[2] hörte ich ihn sagen. Es klang vertraut. Er brachte sie zur Tür.

Ich erkannte wieder echte Wertschätzung, was mir einen un-

---

1 Ich bin für heute fertig. Das Fleisch kann in einer Stunde aus dem Ofen.
2 Dann gute Nacht. Wir sehen uns morgen.

erwarteten Stich versetzte und mich aufseufzen ließ. Konnte er mich nicht auch auf diese Weise behandeln? Es ließ sich nicht leugnen. Nach wie vor wollte ich unbedingt von ihm geliebt werden. Egal ob das Hotu schuld daran war oder ich unter dem Stockholm-Syndrom litt, ich konnte nichts daran ändern.

»Ich werde jetzt baden gehen.« Juspinn stand plötzlich wieder im Türrahmen.

»Kannst du das bitte lassen?«, bat ich.

»Könnte ich, aber ich starre vor Schmutz.«

Ich verdrehte die Augen. »Du weißt genau, was ich meine.«

»Abigale ...« Juspinns Heiterkeit war verflogen. Er klang jetzt wieder derart ernst, dass sich alles in mir anspannte. Was mochte jetzt kommen? »Ich werde nicht lange fort sein. Ich springe nur eben in eine der Quellen, die kleine, die keinen halben Kilometer Richtung Bucht liegt.«

Ich wusste, von welcher er sprach. Ein kleines Loch, nicht mehr als zwei, drei Meter im Durchmesser, aus dem es immerzu weiß dampfte und das von zarten violetten Blüten bekränzt war. Die Tatsache, dass er fort sein würde, war es, was mich störte. Es ließ die Ameisen zurück in meinen Bauch krabbeln. Unruhig trat ich von einem Bein aufs andere.

»In einer Viertelstunde bin ich wieder da. Höchstens«, versprach er und in seiner Stimme lag plötzlich dieselbe Vertrautheit und Wertschätzung, die er Berrit entgegengebracht hatte.

Wieder seufzte ich, diesmal aus Erleichterung, und blieb zurück mit einem Herzen voll zerrissener Gefühle. Ein Fetzen davon, und es war ein viel zu großer, gehörte meiner ständigen, unbefriedigten Sehnsucht nach Juspinn. Das Gefühl, wir könnten irgendwann ein Paar sein, wollte sich einfach nicht zum Schweigen bringen lassen, so klar mein Verstand auch dagegen rebellierte: Wie sollte das möglich sein?

Ein anderer, ebenso großer Teil sorgte sich um meine Familie und Freunde. Hatte Juspinns Einfluss auf die Menschen in Acadia bereits nachgelassen? Normalisierten sich die Zustände wieder? Wie ging es Eyota und Catori? Lebten sie noch in der Kommune oder hatte Catori tatsächlich ihr über alles geliebtes Land verlassen?

Um Dad machte ich mir in erster Linie Sorgen, vielleicht weil seine Veränderung mir am größten erschienen war. Für Mom konnte ich nur hoffen, ihr Verhältnis mit Roger war ein genauso einmaliges Experiment wie die Ziegen in unserem Vorgarten gewesen. Virginia würde sich behaupten. In jeder Lebenslage.

Virginia ... sie hatte versucht, mich zu töten. Ich musste davon ausgehen, sie hatte meinen Eltern erzählt, ich wäre ins Meer gestürzt, ein Unfall. Meine Eltern, nein, ganz Acadia würde mich für tot halten. Ich musste an den Wanderer denken, der vor vielen Jahren am Kliff den Tod gefunden hatte. Sie hatten die Hoffnung sicher längst aufgegeben, mich lebend wiederzusehen. Der Gedanke machte mich wahnsinnig und jetzt hasste ich Juspinn wieder für das, was er mir antat.

Andererseits ... wenn er die Wahrheit gesagt hatte, konnte ich die Verbindung zu meinen Eltern wiederherstellen, sobald ich meine Gabe des fühlenden Auges beherrschte. Jetzt verstand ich, was Juspinn mir vorhin hatte sagen wollen. Und ich verwarf meine Verweigerungstaktik: Nicht für den Teufel oder für Juspinn würde ich mit dem Training beginnen, sondern für meine Familie. Um sie wieder zu spüren, um zu wissen, wie es ihnen ging. Für sie hätte ich fliegen gelernt.

Mit diesem Training würde ein neues Leben für mich beginnen. Es war nicht so, dass ich mein altes als beendet betrachtete. Ich würde meine Familie und mein Zuhause nie aufgeben, aber mir war bewusst, dass morgen der Anfang eines anderen Lebens war. Eines Lebens, in dem sich mir eine neue Welt mit all ihren Geheimnissen öffnete. Mir, Abigale Dupont, die sich sogar vor offenen Dosen fürchtete und die mit Veränderungen nicht zurechtkam.

Die Ameisen in meinem Bauch veranstalteten mittlerweile eine Polonaise. Ich konnte nicht mehr starr in der Küche stehen, eilte in Juspinns Zimmer, schlang seine Decke um mich, deren betörender Geruch mir beinahe den Atem raubte, und ging damit nach draußen in die einbrechende Nacht. Ich legte meinen Kopf in den Nacken. Der Himmel würde nur kurz dunkler werden. Vielleicht vier oder fünf Stunden und nicht finster genug, um Sterne sehen zu können.

Juspinn ... Er hatte sich verändert. Ab und an in kleinen Dingen. In einem aufrichtigen Blick, in seinem heiteren Lachen, das immer mal wieder Spott und Sarkasmus ersetzte. Und in noch einer Geste, wurde mir bewusst: dem Umstand, dass er sich abgemeldet hatte, damit ich mich nicht sorgte. Wow. Ich ließ die Erkenntnis einige Sekunden auf mich wirken und lächelte.

Aber was veränderte ihn? Es musste einen Grund geben. Meine Finger spielten mit den Fransen der Decke. Ein Gedanke kam mir. Er war genauso naheliegend wie unglaublich. Vielleicht vermochte er, nicht nur mich in winzigen Schritten zu ändern, sondern ich auch ihn? Vielleicht war ich wirklich der Sonnenschein, der Licht in seinen Regentag brachte. Aber ... wenn ich ihn so stark veränderte, dann musste für ihn ebenso vieles neu sein. In seinem Inneren musste es genauso wirr aussehen wie in meinem, nur konnte er es viel besser verstecken.

»Abigale?«, hörte ich plötzlich seine Stimme. Sie klang ... besorgt.

»Ich bin draußen.«

»Gut.« In diesem kleinen Wort schwang Erleichterung mit, die mir ein Lächeln auf die Lippen zauberte.

16

Ich war kein Morgenmuffel, aber Juspinn hatte mich zu einer unmöglichen Tages-, eher Nachtzeit geweckt, sodass selbst ich grummelig und wortkarg war. Zwar war auch er nicht gerade gesprächig, dafür aber voller Tatendrang. Er schien kaum Schlaf zu brauchen und beim Essen überaus zurückhaltend zu sein, als wären diese Dinge nicht wichtig genug, um ihnen Zeit zu widmen. Zum Glück hatte ich ihn am Abend zuvor essen und auch schon mal im Plumpsklo verschwinden sehen, was ihn ein beruhigendes Stück menschlicher machte. Berrit war in dem Moment aufgetaucht, als Juspinn zum Aufbruch drängte, und sie hatte darauf bestanden, dass ich zumindest eine Scheibe Brot aß und ein Glas Orangensaft trank.

Als wir das Haus verließen, nahm Juspinn eine fellbesetzte Jacke von der Garderobe und legte sie mir über. Eine Geste, die mich erwärmte, auch wenn es zu so früher Stunde empfindlich kalt war und der Boden mit frostigem Reif bedeckt. Juspinn trug zu seiner Jeans nur einen eng anliegenden schwarzen Pullover und einen langen, ebenso schwarzen Schal. Er schien nie zu frieren. Kein Wunder bei der Wärme, die sein Körper ausstrahlte.

Wir überquerten die Insel in der Breite, gen Osten, der aufgehenden Sonne entgegen. Meine Augen hatten sich an die Kargheit der Natur gewöhnt und nun begann ich, ihre Schönheit zu sehen, die im Morgenlicht von einem zerbrechlichen Zauber war. So wie Juspinns Freundlichkeit.

»Also, wohin gehen wir?«, fragte ich in Höhe des Geysirs, in dem er am Abend zuvor gebadet hatte.

»Wo weniger los ist.«

Ich sah in den heller werdenden Himmel und erwiderte: »Noch weniger? Zum Mond?« Ich kicherte über meine Bemerkung.

Er blieb wie so oft ernst. Es war zum Verrücktwerden. »Wir fahren mit dem Boot zu einer Nachbarinsel. Berrits Gegenwart würde dich zu sehr ablenken. Zu Beginn sollte nichts deine Konzentration stören.«

»Als wenn Berrit das Problem wäre«, murmelte ich.

Sein Unterkiefer verhärtete sich. »Du wirst lernen, mich auszublenden.« Als er meinen schockierten Gesichtsausdruck sah, wurde sein Mienenspiel wieder weicher. »Aber ich werde es dir so leicht wie möglich machen und nichts tun, das dich ablenkt. Zumindest zu Beginn.«

»Dann müsstest du dich unsichtbar machen«, seufzte ich.

»Sich unsichtbar machen kann nur Maria.«

»Wirklich?«, staunte ich.

»Eine ihrer Gaben. Es ist mehr eine Tarnung als ein wirkliches Unsichtbarsein. Sie war anwesend, als du mich in meinem Cottage besucht hast und wir uns über die Skulptur unterhielten, wenn du dich erinnerst.«

Und ob ich das tat, auch dass ich mich umgezogen hatte. »Dann hat sie alles gehört und ... äh ... gesehen?«

Er lächelte entschuldigend. »Nun, sie stand die ganze Zeit neben ihrer Skulptur.«

Ach du meine Güte! Jetzt erinnerte ich mich, mir ein leises Knurren eingebildet zu haben, als ich über das kalte Metall gestrichen hatte. Es war also eine reale Warnung gewesen. »Sie ist sehr talentiert.« Damit meinte ich nicht nur ihre Tarnung. »Und das Künstlerische ... ist es ein Talent oder ...« Ich zögerte.

»Eine Gabe. Sag es ruhig. Es ist schließlich kein Hexenwerk.«

»Ich schätze, das sieht nicht jeder so.«

»Nur die Ameisen«, meinte Juspinn schulterzuckend und diesmal wusste ich, was er damit andeutete. Der Weg gabelte sich. Juspinn folgte dem linken. »Es ist so«, setzte er zur Erklärung an, wobei seine Augen leuchteten. Es war zu spüren, dass er sich in seiner Welt, auf sicherem Terrain bewegte. »Der Grat zwischen Talent und Gabe ist manchmal sehr schmal. Vor allem bei Dingen, die ein normaler Mensch auch durch jahrzehntelanges Üben erreichen kann.«

»Also ist es Talent bei ihr.« Ich versuchte, den feinen Unterschied zu verstehen, auch um meine eigene Sensibilität zu begreifen.

»Nein. Genauso könnte man denken, dass ich ein Talent für Sprachen hätte. Aber im Unterschied zu anderen brauche ich keine Monate, um sie zu lernen.«

Ich fand, Monate waren ein kurzer Zeitraum, um eine Sprache zu erlernen. »Sondern?«

»Stunden.«

»Stunden!«, wiederholte ich entsetzt, was Juspinn ein Knurren entlockte. »Aber ... wie viele Sprachen sprichst du?«

»Siebenundneunzig.«

»Mehr nicht?« Ich versuchte, unbeeindruckt zu klingen.

»Es tut mir leid, dich enttäuschen zu müssen.« Mir war nicht klar, ob er die letzten Worte ernst meinte. »Aber du hast vollkommen recht. Weltweit existieren etwa 6.500 Sprachen, die sich in fast 300 genetische Einheiten einteilen lassen. Das sind etwa 180 eigentliche Sprachfamilien mit mehr als einer Sprache und 120 isolierte Sprachen. Viele sind vom Aussterben bedroht. Ich sollte mir also mehr Zeit zum Lernen nehmen«, meinte er verdrossen. Er war stehen geblieben. »Da ist es.«

»Nanu.« Ich hatte nicht auf den Weg geachtet. Zu meinem Erstaunen sah ich das Boot. Es lag jetzt an der Ostseite der Insel, an einem Steg, den ich bereits an die zwanzig Mal hoch- und runtergelaufen war. Fest vertäut und unbewegt ruhte es im glatten Meer. In diesem Moment schob sich die Sonne über den Horizont, in ihrem orangenen Licht schienen die Eisschollen und Mini-Eisberge zu glühen und ich erwartete fast, sie durch die Hitze in einem Eisregen zerplatzen zu sehen. Aber es war nur eine wunderschöne Illusion der Natur.

»Berrit hat das Boot hierhergebracht«, erklärte er.

»Wahrscheinlich weniger umständlich, als ständig darauf zu warten, dass jemand das Meer teilt«, erwiderte ich und endlich schmunzelte er.

Ich musste mir eingestehen, dass er mich beeindruckte. Juspinn steuerte die Jacht mit einer Hand ins offene Meer hinaus, dann legte er den Hebel um und wir jagten über das Wasser. Er schien sich weder über Eisschollen noch über die Eisberge Gedanken zu machen, die hier und da aus dem Wasser ragten. Im Gegenteil.

Er genoss das irrsinnige Tempo sichtlich, wohingegen ich mich in den gepolsterten Kunstledersitz drückte und mit Schrecken an die Titanic dachte.

Nach wenigen Minuten war das Festland nur noch ein graugrüner Streifen, der sich von den schneebedeckten Bergen abhob und unsere kleine Insel ein nichtssagender Tupfen im Meer. Langsam wurde ich ruhiger.

Mein Blick lag auf Juspinns Hand, die locker auf dem Steuerrad ruhte, und blieb an dem Familienring hängen. »Wie soll ich meine Gaben trainieren?«

»Indem du tust, was ich dir sage.« Er zog den Hebel mit einem Ruck zurück, sodass das Boot seine Schnauze hob und über das Meer peitschte. Juspinns immer wiederkehrende Schroffheit löste Beklemmungen in mir aus. Ich hielt mein Gesicht in den Wind, um sie nicht zu spüren.

Wenig später hatten wir das Ziel erreicht. Grönland lag weit hinter mir, als wir an Land gingen. Wie groß die Insel war, ließ sich nur schlecht ausmachen. Wir standen auf einer ihrer Landzungen, die sich schmal und weit in das graue Meer hineinstreckte. Der Boden war mit steiniger Erde bedeckt, zwei rostige Pfähle ragten neben einem morschen Steg aus dem Wasser, daran befestigte Juspinn das Boot. Mehr gab es nicht. Nie hatte ich einen trostloseren Ort gesehen. Nicht mal in Filmen. Unsere Insel war dagegen der Inbegriff der menschlichen Zivilisation. Hier fehlte nur noch das Schild an dem Pfahl: »Achtung! Ende der Welt.« Ich stieß mit leisem Pfeifen die Luft aus. Es war bedrückend.

»Fangen wir zunächst mit dem leichten Teil an und konzentrieren uns nur auf das fühlende Auge. Schließe die Augen«, befahl Juspinn.

»Jetzt?«

»Ja.«

»Okay ... dann ...« Ich tat es kurz, blickte aber gleich darauf wieder zu ihm hoch, woraufhin er stöhnte.

»Was?«

»Was genau bedeutet dieses Symbol mit dem Auge und den Kreisen, das ich auf dem Ring gesehen habe?«

Er zog erstaunt die Brauen hoch. »Dass du in die Seele deiner Mitmenschen blicken kannst. Ich nahm an, das wäre dir klar, da diese Gabe bereits erwacht ist.«

»Nein«, gestand ich leise. »Bislang hielt ich es für Zufall ... oder für ... ich weiß auch nicht. Ich dachte einfach, ich bin sensibler als andere. Für mich ist es normal zu ahnen, was sie fühlen. Ich meine, das merkt man doch, oder?«

»Nicht auf diese Weise. Nicht so exakt und nicht so differenziert. Und nicht bei mir«, fügte er düster hinzu. Das konnte ich mir vorstellen, so beherrscht wie Juspinn war. Sein Gesicht war auch jetzt eine wunderschöne, aber harte Maske.

»Du hast gelernt, deine Gefühle gut zu verstecken, oder?« Ich erschrak über meine unbedachte Offenheit und erntete sofort die Reaktion, die ich bereits einen Sekundenbruchteil zuvor verspürt hatte: Zorn. Seine Seele wurde zunehmend zum offenen Buch für mich. Blitzartig umfasste er mein Handgelenk. Ich jaulte auf, er ignorierte es. »Tu das nie wieder«, warnte er stattdessen. »Egal was geschieht, meine Seele ist tabu für dich!« Dann ließ er mich los, wobei ich merkte, dass er mich am liebsten weggestoßen hätte.

»Ich kann nichts dafür! Ich kann es nicht steuern«, schmetterte ich ihm entgegen. Es war ungerecht, etwas anderes zu erwarten.

»Deshalb sollst du trainieren«, knurrte er. »Du wirst es lernen. Das als Erstes.«

Ich hatte eine Grenze überschritten, vielleicht weil er mir zu vertraut geworden war. Ich hatte vergessen, wer er war. Keine vom Teufel gepeinigte Seele, sondern sein Sohn.

Juspinn zog sich den Schal vom Hals. »Komm her.«

Ich ließ seinen harschen Befehlston unkommentiert und ging zu ihm. Aber ihn wütend anzufunkeln, konnte ich nicht lassen. »Und jetzt?«

»Du wirst hier stehen bleiben«, befahl er, trat hinter mich, legte den Schal um meine Augen und zog ihn fest.

»Auf keinen –«

»Genau so«, hauchte er in mein Ohr und mein Widerstand brach in sich zusammen. Ich nickte ergeben. »Brav.« Beinahe hörte ich ihn lächeln. Wie leicht er mich doch über meine Gefühle für ihn beeinflussen konnte. Meine Immunität gegenüber seiner Gabe nützte mir da gar nichts. »Irgendwann in den nächsten Stunden wird eine weitere Seele erscheinen«, erklärte er. »Den Zeitpunkt bestimme ich. Deine Aufgabe ist es, diese Seele auszumachen und mich augenblicklich zu rufen. Dabei musst du dich fokussieren, du ...«

Juspinn stand noch immer so dicht hinter mir, dass es mir schwerfiel, ihm zuzuhören. Immer wieder verlor ich mich in der samtweichen Melodie seiner Stimme. Jetzt, da sein teuflisch gutes Aussehen mich nicht mehr ablenken konnte, fiel mir wieder auf, wie einnehmend sie war. Eine Verlockung, der ich kaum widerstehen konnte. Wenn Juspinn der Meinung gewesen war, diese Augenbinde würde mir helfen, mich auf nichts anderes als meine Gabe zu konzentrieren, konnte er kaum falscher liegen. Sie ließ mich ihn nur noch viel intensiver wahrnehmen. Seine Stimme, seinen Geruch, der an dem Schal haftete, und die ungewöhnliche Wärme, die sein Körper abstrahlte. Das Verlangen, mich umzudrehen und seine bronzefarbene Haut zu berühren, war beinahe übermächtig. Mein Atem ging schneller.

»Abigale!«, riss mich seine schneidende Stimme aus meinen Tagträumen.

Ich zuckte zusammen. »Ja?«

»Ab wann hast du mir nicht mehr zugehört?«

»Ich ... ich weiß nicht«, meinte ich genauso hilf- wie atemlos, was ihm ohne Frage verriet, wohin meine Gedanken abgeschweift waren. »Ab dem Fokussieren vielleicht?«

»Also zwingst du mich zur Wiederholung.«

»Es tut mir leid.« Tränen füllten meine Augen und benetzten den Schal. Er erwartete zu viel.

»Zum - verflucht! Weinst du?« Ich schüttelte den Kopf, nicht in der Lage, ihm zu antworten, und konzentrierte mich darauf, dass kein Geräusch meinen Kummer verriet. Er hatte es jedoch längst gehört. Sein Ton wurde weicher, blieb dabei aber sachlich. »Hör zu. Du darfst diese Anziehung zwischen uns nicht überbewerten. Ich tue es auch nicht. Sie ist dem Hotu geschuldet. Mehr nicht.«

»Du hast leicht reden«, beschwerte ich mich und unterdrückte ein Schniefen. »Ich stürze dich ja auch nicht in so ein furchtbares Gefühlschaos wie du mich.« Jetzt war ich dankbar für die Augenbinde. Dies hätte ich ihm nie ins Gesicht sagen können, so offensichtlich es auch war.

»Das glaubst du wirklich?«

»Ist es denn nicht so?« Mein Atem stockte.

»Natürlich nicht! Zum Teufel, Abigale.« Mein Name war ein Aufstöhnen und Seufzen zugleich. »Das Hotu wirkt doch nicht nur in eine Richtung.«

»Nicht?«

Er bemerkte meine Wiederholung nicht. »So, wie ich attraktiv für dich bin, bist du es für mich. So, wie du meinen Geruch anziehend findest, wirkt deiner auf mich.«

Ich war vollkommen fassungslos.

»Der Geruch, wenn du deine Haare öffnest«, setzte er fort, »wie ich dich da begehre ...« Er schnaubte. »Ebenso wenn ich in deine großen, unschuldigen Augen sehe, die nicht im Geringsten erahnen lassen, wie viel Starrsinn hinter ihnen steckt. Beides treibt mich in den Wahnsinn!«

»Du hältst mich für ... begehrenswert?«, hauchte ich. Niemand außer ihm hätte meine Stimme noch hören können.

»Es ist schlimmer geworden, seit wir hier alleine sind, nichts mich ablenkt. Niemand dich überlagert.« Mühsam beherrschte Wut schwang in seinem Ton mit. Er verfluchte es ebenso, Sklave des Hotus zu sein wie ich. Trotzdem war die Stimme seiner tiefsten Sehnsucht lauter: Er wollte mich.

»Wie schlimm?«, fragte ich daher und voller Hoffnung.

Er legte seine heißen Fingerspitzen von hinten auf meine

Schläfe und strich mir eine Strähne hinter das Ohr. Ich versteinerte unter seiner Berührung, aus nackter Angst, eine Bewegung könnte ihn verschrecken. »Du riechst wie ein Frühlingsmorgen östlich des Tiber auf den Hügeln Roms.« Ich hatte nie etwas Kitschigeres in meinem Leben gehört. Wenn auch gleichzeitig viel Missbehagen in Juspinns Stimme lag. »Nach süßem Flieder, nach Buttermilch und den ersten reifen Zitronen. Aber das nur, wenn du schläfst.«

»Du hast mich beim Schlafen beobachtet?« Ich schluckte, schaffte es nicht, meiner Stimme die nötige Entrüstung zu verleihen. Juspinns Geständnis war mehr Glück, als ich mir hätte erhoffen können.

»Das ist nicht nötig«, schnaubte er. »Dein Geruch drängt sich auch durch zwei geschlossene Türen auf.« Er machte eine Pause, in der er mein rasendes Herz hören musste. Ich war mir sicher. »Aber als wenn das nicht schlimm genug wäre, ist es beinahe unerträglich, wenn du wach bist, besonders wenn du aufgeregt bist, so wie jetzt«, presste er heraus, wobei seine Finger ganz langsam über die Kontur meines Kiefers zu meiner Wange glitten. Natürlich glühte sie, wie immer, wenn er mich verunsicherte. Aber ich war – ebenfalls wie immer – unfähig, etwas dagegen zu tun.

»Wenn, so wie jetzt, dein Herz schneller schlägt, ich deine Wangen erröten sehe«, seine Fingerspitzen zitterten leicht, »dann riechst du nach einem glutheißen sizilianischen Sommertag. Nach verdorrtem Gras, nach heißem Sand und Meer, nach Straßenstaub und Wassermelonen.« Niemand außer ihm hätte solche poetischen Worte mit so viel Abscheu aussprechen können.

Prompt zog er seine Hand zurück und knurrte: »So verdammt anziehend, dass ich jede Faser meines Körpers disziplinieren muss, dich nicht ...«

»Ja?«, krächzte ich.

»Was ich damit sagen will, ist, ich weiß genau, in was für ein Gefühlschaos ich dich stürze«, schloss er den Bogen. »Das Schlimmste daran ist, dass ich das alles noch so lange ertragen muss, bis du deine Gaben beherrschst.« Wieder diese Abscheu in der Stimme. Dann eine Pause. »Ich lasse dich jetzt allein, bis du mich rufst. Sei wachsam.«

Das *Nein!* blieb mir in der Kehle stecken. Er war bereits fort und ließ mich mit so vielen verwirrenden Gefühlen zurück. Ich hätte am liebsten gleichzeitig gebrüllt, geheult und gelacht, aber ich fürchtete, er würde jede noch so kleine Äußerung hören. Und werten. Daher erlaubte ich mir nur ein Lächeln. Na gut, es war ein Grinsen.

Juspinn stand auf mich! Alles andere würde ich lösen können, es sogar mit seinem Vater, dem Teufel aufnehmen. *Ach, zum Teufel mit dem Teufel.* Jetzt lachte ich doch.

Das Hochgefühl rettete mich über die Zeit des Ausharrens, in der ich mir Dinge vorstellte, die mich wieder nach Sommer riechen ließen. Damit wuchs aber auch meine Sehnsucht nach Juspinn und das Nichtstun machte es nicht besser. Und es tat sich zunächst nichts – weniger als nichts. Kein Knirschen von Kies, das eine näher kommende Person verraten hätte, keine Emotion, außer meinen eigenen manischen Gefühlen. Die Augenbinde juckte. Ich zog sie zurecht, worauf – kaum hatte ich meine Hände an den Stoff gelegt – von weit her ein Pfiff ertönte.

»Sklaventreiber«, nuschelte ich.

Keinen Wimpernschlag später stand er neben mir und flüsterte warnend in mein Ohr »Das hab ich gehört!« und war wieder verschwunden.

»Das solltest du auch!« Ich lächelte zufrieden.

Wieder verging eine Weile. Aber dann endlich war ich nicht mehr mutterseelenallein, sondern spürte deutlich die Präsenz eines weiteren Wesens. »Es ist da«, flüsterte ich voller Ehrfurcht.

»Es?« Juspinn war augenblicklich neben mir. Natürlich spürte ich ihn, überdeutlich sogar. Trotzdem konnte ich das andere Wesen gesondert wahrnehmen. Erstaunlich.

»Ja, es ist kein Mensch.« Ich lauschte. Ein animalisches Schnauben bestätigte meine Vermutung. »Was ist es?« Ich legte die Hand an die Binde.

»Warte!«, schritt er ein. »Gehen wir einen Schritt weiter und du sagst mir, was es fühlt.«

Ich horchte tief in mich hinein, ganz auf dieses Wesen konzentriert, schaffte es sogar für kurze Momente, Juspinn auszublenden. Doch was ich wahrnahm, irritierte mich. Nicht nur, weil es sich plötzlich als gefühltes Wissen und nicht mehr als Wispern zeigte. »Ich weiß nicht ...« Ich war unsicher. »Es ist, als ob seine Gefühle überlagert wären oder blockiert. Macht das irgendeinen Sinn?«

»Mach weiter«, meinte er heiser. Es schien, als würde ich meine Sache gar nicht schlecht machen.

»Gut ... also. Die Gefühle sind wie eine große dunkle Wand. Nein, diese Wand ist vor den Gefühlen. Und dahinter ist ... Verwirrung ... und – ja! Verwirrung, aber auch Hilflosigkeit und Angst.«

»Das ist unfassbar«, staunte Juspinn.

»Wunderbar. Darf ich den Schal dann abnehmen?« Zwar wollte ich wissen, was für ein Tier ich gut drei Meter entfernt spürte, noch mehr drängte es mich aber danach, Juspinn wiederzusehen. Ihn nur zu erspüren, war unerträglich.

»Eins noch. Was glaubst du, was für ein Wesen es ist?«

Ich versuchte, durch den Stoff zu blinzeln, und starrte Richtung Meer, wo ich das Tier vermutete. »Es ist groß. Und stark, ein Raubtier. Und es mag Gesellschaft nicht, ist ein Einzelgänger.« Meine Charakterisierung war Juspinns Wesen so ähnlich, dass ich mir nicht mehr sicher war, ob ich da nicht doch etwas durcheinanderbrachte. Doch da sagte er das erlösende Wort: »Perfekt.« Und die Binde fiel von meinem Gesicht.

Ich musste etliche Male blinzeln, bis ich den Eisbären sah, der starr auf einer Scholle, nur wenige Meter entfernt, saß. Ich erschrak und erstarrte. »Juspinn ...«, flüsterte ich nur.

Er grinste, hob die Hand und das Tier stellte sich auf seine mächtigen Hinterbeine, baute sich zur ganzen Größe auf. Eine weitere Bewegung seiner Hand und es drehte sich einmal im Kreis, bevor es auf seinen vier Pfoten wieder zum Stehen kam.

»Er wird dir nichts tun. Er kann nicht.«

»Das bewirkst du?«

»Ja.«

Fasziniert musterte ich das Tier. »Er ist riesig.« Aufgerichtet sicher zweieinhalb Meter. Dabei wirkte er nicht im Mindesten gefährlich. Eher wie ein zu groß geratener Teddybär, mit dem man knuddeln wollte. »Und er scheint so ... harmlos.«

»Nur jetzt«, meinte Juspinn.

Ich sah in die tiefschwarzen Augen des Bären und fühlte mich mit dem Tier verbunden. Ich spürte seine Furcht, seine Wut. Gleichzeitig die Angst vor dem Menschen und den erwachten Jagdinstinkt nach einem Leckerbissen. Seinen Hunger. Er würde augenblicklich über uns herfallen, sollte Juspinn die Kontrolle lösen. Erneut hob dieser die Hand und das Tier trottete durch das seichte Wasser auf uns zu. Ich sah zu Juspinn. »Kann ich ihn ... anfassen?«

Er lächelte. »Geh nur.«

Ich tat es, im blinden Vertrauen, Juspinn würde auf mich aufpassen. Der Eisbär blähte die Nüstern und zuckte kaum merklich zusammen.

»Berühr ihn«, verlangte Juspinn. »Du wirst weitaus mehr in ihm erkennen, wenn ihr Körperkontakt habt.«

»Er würde mir am liebsten die Hand abbeißen, das weiß ich, auch ohne meine Gabe einzusetzen. Nicht wahr, mein Großer?« Ich strich sanft über das lange Fell. Es fühlte sich borstig und fettig an. »Ich tu dir nichts«, flüsterte ich.

Juspinn hüstelte. »Abby, du bist es nicht, den er fürchtet.«

Nie hatte ich Juspinns Einfluss so deutlich zu sehen und auch zu spüren bekommen. Und während ich dem Tier über die Schnauze strich, spiegelten sich alle Regungen, zu denen es fähig war, in meinem Inneren. Angst, Verwirrung und Hilflosigkeit, Jagdlust, Neugier, der Paarungstrieb und der stärkste, der Überlebensinstinkt. Mitleid überkam mich. »Lass ihn frei!«, verlangte ich, strich noch einmal über das Fell und erlebte die Emotionen des Tieres noch stärker. Trotz Juspinns Bann. Hatte es mich ebenso wahrgenommen? Mein Mitleid?

»Komm her!« Juspinn hob den Arm. Ich ging zu ihm, während der Eisbär zurück zu seiner Scholle trottete. Kaum stand er darauf, schob sie sich zurück aufs offene Meer, bis der Bär nur noch ein ungefährlicher kleiner Punkt war.

»Wahnsinn ...«, flüsterte ich.

Juspinn kletterte zurück aufs Boot. Ich folgte ihm, noch ganz versunken in dem eben Erlebten. Erstaunt über meinen eigenen Mut. Und meine Gabe. Noch immer konnte ich dem Bären hinterherspüren, aber das Echo wurde mit jedem Meter, den wir uns voneinander entfernten, schwächer. Er war wieder frei, wild und unkontrollierbar.

»Das war ... brillant«, hörte ich Juspinn nach einer Weile fast widerwillig sagen. »Erstaunlich gut für den ersten Versuch.«

Das Blut schoss mir ins Gesicht. Und Stolz. »Danke!«

Den Rest der Rückfahrt schoss das Boot im höchsten Tempo über das Wasser. Der Fahrtwind betäubte feucht meine Haut und zwang mich, die Augen zu schließen. Ohnehin beschäftigte mich nur eine Sache: Täuschte ich mich oder hatte er mich vorhin Abby genannt?

17

Berrit war bereits gegangen. Das Haus war wahrscheinlich sauberer als bei seiner Errichtung. Hätte sie noch mehr geputzt, wäre es mit Sicherheit auseinandergefallen, denn ich hatte den Eindruck, dass Dreck das Einzige war, was es noch zusammenhielt. Zwischen Schafstall und Schornstein hatte Berrit eine Leine gespannt, auf der unsere Wäsche hing und die Gardinen. Juspinn hatte sich bücken müssen, um darunter hinwegzutauchen. Wieder war mir aufgefallen, wie groß er war, und ich stellte mir vor, dass ich mich auf Zehenspitzen stellen und emporstrecken müsste, um ihn zu küssen.

Ich war verliebt. Keine Frage. Aber es war noch mehr als das. Unwillkürlich fragte ich mich, ob es wirklich Liebe war. Wie fühlte sie sich an? Woran konnte man sie erkennen?

Meine Euphorie wich Traurigkeit. Wie sehr hätte ich Mom jetzt gebraucht. Sie hätte mir sagen können, ob es die wahre Liebe war, für die es sich lohnte, zu leiden und zu kämpfen.

Zumindest war alles anders, als ich es mir früher vorgestellt hatte: Meine Gefühle für Juspinn waren voll quälender Sehnsucht, wenn er nicht da war, und zermürbender Angst, zurückgewiesen zu werden, sobald er wiederkam, und nervösem Zweifel, wie lange er bleiben würde, wenn er bei mir war. Wenn das Liebe war, war sie ganz schön kompliziert. Und trotzdem wollte ich um keinen Preis auf sie verzichten.

Aus dem Haus roch es köstlich, nach Knoblauch und Fett und süßen Beeren. Ich folgte Juspinn mit knurrendem Magen in die Küche. Er fluchte laut, kaum dass er den Raum betreten hatte. Berrit hatte einige der violett blühenden Blumen in eine Vase gestellt und sie auf einem gebügelten weißen Tischtuch neben zwei Kerzen drapiert. Juspinn stellte sie zur Seite und las mit verkniffenem Mund einen Zettel, der auf einem der Teller lag.

»Was schreibt sie?«, fragte ich beiläufig, wobei ich in den Kochtopf linste, in dem ein herrlich duftender Eintopf köchelte. Der Topf war aus Schmiedeeisen und glühte fast.

»Wir sollen es uns schmecken lassen und – nicht wichtig.«

»Komm schon«, maulte ich.

»Und nichts tun, was sie nicht auch tun würde«, grummelte er.

Ich grinste in mich hinein.

Er nahm ein Brett von einem der Hochschränke, legte es auf den Tisch und stellte den glutheißen Kochtopf darauf. Ich verfolgte aufmerksam seine Schritte und registrierte erneut zwei Dinge: zum einen, er kannte sich in diesem Haus aus. Er war nicht zum ersten Mal hier. Zum anderen, er fasste schon wieder einen glühend heißen Gegenstand an, den jeder andere sofort fallen gelassen hätte. Zu meinem Glück bemerkte ich gleich darauf noch eine neue Anwandlung: Er zog den Stuhl zurück und setzte sich an den Tisch, statt wie gestern Abend mit dem Essen in seinem Raum zu verschwinden.

Sein Löffel verharrte über dem Suppenteller. »Setzt du dich nicht?«

»Doch«, beeilte ich mich zu sagen und schob mich hastig auf den Stuhl.

»Du bist weitaus talentierter, als ich dachte.«

»War das diesmal ein Kompliment?«, erwiderte ich provokant. »Oder hast du dich wieder falsch ausgedrückt?«

Fast lächelte er. »Es war ein Kompliment.«

»Oh ... dann ... danke.«

»Du hast es dir verdient. Jeder von uns hätte Tage des Trainings gebraucht, den Eisbären so schnell wahrzunehmen, und Wochen, um seine Natur zu erkennen.« Er schaute zum Fenster hinaus auf den Schafstall und überlegte. »Vielleicht liegt es daran, dass dein Hotu weiß ist. Womöglich ist diese Seite die stärkere. Wir dachten bisher, die Gaben wären im schwarzen Teil des Hotus angelegt, ähnlich wie die Gehirnhälften unterschiedliche Aufgaben haben.«

»Aber Maria sagte doch, das Hotu hat eine schwarze und eine weiße Hälfte. Ihres ist dann doch auch nicht nur schwarz.«

»Jetzt schon.« Er ließ seinen schlanken Finger über das Wasserglas gleiten, wobei sich sein Blick in der Weite verlor. Ich wartete. »Ich nehme an, dass es in Ordnung ist, wenn ich dir auf diese Frage antworte«, meinte er schließlich. Das Ergebnis seiner Überlegungen. »Es ist so. Der weiße Teil wird dunkel über die Jahre unserer Ausbildung oder durch ...« Er unterbrach sich. »Bei Maria zumindest ist er fast schwarz, auch wenn sie einst mit einem vollständigen Hotu geboren wurde. Bei allen anderen verhält es sich genauso.«

»Du hast noch mehr ... Geschwister?«

»Ja einige, zu denen ich aber wenig Kontakt habe. Raphael ist der Älteste von uns. Das heißt, ihn hat Vater zuerst gefunden. Er kam wohl irgendwo im Senegal zur Welt.«

Das klang aber vage. »Was war passiert?«

Juspinn zuckte mit der Schulter. »Das, was immer geschieht. Auf die eine oder andere Weise. In Raphaels Fall ließ ihn seine Mutter in der ausgedörrten Savanne zurück, inmitten eines Dornengeheges, in dem sie zuvor ihre Ziegen gehalten hatte. Als es unerträglich trocken wurde, zog die Familie mit den Tieren weiter. Raphael blieb in der Ziegenscheiße liegen, wo Vater ihn schreiend und fast verdurstet fand.«

Er erzählte es ohne die Verachtung, die ich sofort für die herzlose Mutter empfand. »Aber hat euer Vater die Tat der Mutter nicht gerächt ... oder belohnt?«

»Nein, so sind wir nicht.«

Irgendwie beruhigte mich das.

»Wir üben keine Rache, wir urteilen noch nicht einmal. Wir erfüllen nur unsere Aufgaben.«

»Dann sucht der Teufel also Kinder, die mit einem Hotu geboren werden, und nimmt sie ihren Eltern weg«, urteilte ich, unfähig, die Taten wertfrei zu sehen. »Und nun will er mich –«

Juspinn ließ seinen Löffel sinken und sah mich streng an. »Unser Vater nimmt niemandem das Kind weg. Im Gegenteil. Er hat uns alle gerettet. Unsere leiblichen Eltern stoßen uns Gezeichnete instinktiv ab, zumindest wenn wir den schwarzen Teil des Hotus tragen.«

Ich ließ das Gesagte auf mich wirken. Und während Juspinn seinen Teller leer löffelte, rührte ich nur gedankenverloren durch den Eintopf. »Wie ist Maria aufgewachsen?«

»Sie wurde in Florenz geboren und auf die Stufen eines Klosters gelegt, noch bevor die Nabelschnur abgefallen war. Ein silberner Beißring lag bei ihr und sie war in Seide gehüllt. Du siehst, sie muss in einer wohlhabenden Familie geboren worden sein und wurde trotzdem verstoßen. Meinen Bruder Nicolai fand Vater irgendwo bei Wladiwostok auf einem Schlachthof zwischen den Fleischabfällen.«

Ich war entsetzt. »Und dich?«

Er sah auf meinem Suppenteller. »Du hast noch nichts gegessen.«

»Ich mag nicht«, antwortete ich nur. »Ich habe deinen Vater sagen gehört, er hätte dich in Puerto Ricos Armenviertel gefunden.«

»Wenn du dort gelebt hättest, würdest du deinen Teller leer essen und ablecken.«

Ich musste an meinen Job in Boston in der Suppenküche denken, zwei Blocks von unserer Kirche entfernt, wo selbst Familien Stunden für einen Eintopf wie diesen anstanden. »Du hast recht«, murmelte ich und versenkte meinen Löffel. Ich aß. Jedoch ohne Appetit, schon weil Juspinn jede meiner Bewegungen mit verkniffener Miene verfolgte.

Erst als ich den letzten Bissen heruntergewürgt hatte, antwortete er regungslos. »Ich habe auf einer Müllhalde gehaust. Zusammen mit unzähligen Hunden und über hundert anderen Kindern. Die meisten waren älter. Und stärker. Sie hatten sich zu Gangs zusammengeschlossen.«

Die Stille zog sich in die Länge. Ich konnte nicht verhindern, seine jahrzehntealte Verzweiflung, Angst und von nagendem Hunger getriebene Gier mitzuempfinden, achtete aber peinlich genau darauf, dass sich nichts davon in meinem Gesicht spiegelte, auch wenn ich am liebsten geweint hätte. Es dauerte lange, bis er weitersprach: »Jedes Mal, wenn ein Laster neuen Müll abkippte, rannten wir zu ihm, um Essensreste aus der Pampe verkoteter Windeln, sich in Kadavern windenden Maden und Unmengen von Plastiktüten zu klauben.« Er schob den Teller von sich. »Das, was für mich übrig blieb, wenn die anderen mit der Ladung fertig waren, fraßen nicht mal die Hunde. Aber es gab Tage, wo ich es essen musste.«

»Die Hunde?« Zu meinem Entsetzen nickte er. Wie gern hätte ich nach seiner Hand gegriffen. »Wieso erzählst du mir das alles?«, meinte ich stattdessen.

Er lächelte matt. »Du hast gefragt.«

»Ja, aber weshalb bist du so ehrlich zu mir?«

»Du bist eine Gezeichnete, Abigale. Dein Leben hat einen höheren Zweck, deine Gaben dienen dazu, diesen Zweck zu erfüllen.«

»Welchen Zweck?«, fragte ich mit stockendem Atem.

»Die Waage zu beeinflussen. Darum geht es immer ...« Er schaute mir in die Augen. »Welche Waage, fragst du dich nun?«

Ich bekam den Eindruck, Juspinn hatte schon länger auf den passenden Augenblick gewartet, mit mir darüber zu sprechen und nickte. »Die Waage von Gut und Böse. Mein Vater ist ihr Wächter auf Erden.«

»Wow.« Meine Fantasie überschlug sich. Ich sah sich windende Skelette in großen Waagschalen, die Arme flehend nach oben gestreckt, um Gnade winselnd. »Aber was genau wiegt sie?«, fragte ich mit Schaudern. Ich hoffte inständig, es waren keine Seelen.

Er antwortete erst nach einer Weile, schien seine Worte mit Sorgfalt zu wählen. »Sie zeigt, wie es um das Gleichgewicht in der Welt bestellt ist. Nie ist sie vollkommen im Lot. Mal kippt sie zur guten, mal zur bösen Seite. Wir bemühen uns um Letzteres.«

»Die Waage wiegt also, wie gut oder schlecht die Menschheit ist?«

»Ja. Deshalb trägt sie den Namen.«

»Gut ... oder auch nicht gut, also schlecht ...«, stammelte ich. »Aber ich meine ... eine echte Waage?«

»Ja.« Er belächelte meine Verwirrung, ohne Bosheit, eher wie man ein Hundebaby belächelt, weil es aus lauter Unerfahrenheit seinen Schwanz jagt. »Die Waage steht zurzeit in Rom. Und du, als Gezeichnete, gehörst nun zu unserer Familie, da ist es keine Frage, ob ich ehrlich zu dir bin, sondern nur, wann du so weit bist, zu verstehen und zu verkraften, was ich dir mitteile.«

Ich knüllte meine Serviette zusammen. »Eure Waage interessiert mich nicht! Ich habe meine Familie. Ich brauche keine zweite.«

»Irgendwann wirst du das anders sehen.«

Ich spürte die Verzweiflung und die Sehnsucht zurückkehren und wie sie die Glückseligkeit über Juspinns Geständnis vom Morgen verdrängten. »Und wann werde ich meine wiedersehen?«

»Das entscheide nicht ich. Es tut mir leid.«

»Tut es dir nicht. Das ist eine Lüge«, flüsterte ich und fragte mich, wie ich so für ihn empfinden konnte, wie ich es tat. Ja, ich liebte ihn! Dabei sollte ich ihn hassen.

Juspinn schob den Stuhl geräuschlos zurück. In allem, was er tat, sogar seinen Bewegungen, lag Disziplin. Das Gleiche erwartete er anscheinend auch von mir. »Ich habe dir gesagt, meine Seele ist tabu. Gleich morgen früh wirst du weitertrainieren, bis du dich im Griff hast!« Seine Augen funkelten gefährlich. »Und enttäusche mich nicht.«

»Und wenn doch?« Es sollte zornig klingen, verkam aber zu einem Jammern. Ich wollte ihn nicht enttäuschen. Um nichts in der Welt.

»Sorge, dass ich nicht mit dir zufrieden bin?«

Er hatte mich ertappt, was mich nicht gerade sanftmütiger stimmte. Bloß wusste ich nichts Geistreiches zu erwidern, dabei schäumte ich vor Wut. Ich räumte das Geschirr in die Spüle. Abwaschen war super, wenn man wütend war. Gleich darauf schäumte nicht nur ich, sondern auch das Becken mit kaltem Wasser. »Mir doch egal«, sagte ich mit erstickter Stimme. »Ich hasse dich!«

»Und jetzt lügst du«, vernahm ich ihn hinter mir. Er war so nah, dass sein Brustkorb meinen Rücken berührte, ließ seinen Teller in das Wasser gleiten und umfasste meine Hand. Ich erstarrte. »Wenn du wütend bist, ist es am schlimmsten.« Diesmal klang seine Stimme nicht verächtlich, sondern wie eine melodische Verlockung, die meinen vermeintlichen Hass in Sehnsucht verwandelte. »Dann riechst du wie ein Sommergewitter und dunkle Schokolade.« Seine Finger glitten über meinen Arm, sein Atem wurde schneller und traf mich heiß am Nacken. »Das macht mich derart wahnsinnig, dass es mein ständig größtes Bestreben ist, dich erröten zu lassen. Ob vor Wut oder Scham. Auch wenn die Qual, dich nicht haben zu dürfen, fast unerträglich ist.«

Die Wut hatte sich in Luft aufgelöst. Mir war schwindelig.

Furchtbar, wunderbar schwindelig. Vielleicht weil er meinen Arm in die Höhe führte und mich wie eine Ballerina auf einer Spieluhr zu sich drehte. Dann zwang er mich zur Regungslosigkeit, fixierte meinen Körper mit nicht mehr als seinem Blick. Vielleicht konnte er meinen Geist nicht beeinflussen, seinen telekinetischen Kräften jedoch widerstand ich nicht. Ihn nicht berühren zu können, gleichgültig ob ich mich überhaupt getraut hätte oder nicht, brachte nun auch mich um den Verstand. Ich war noch nicht mal in der Lage, die Lippen zu öffnen, dabei waren seine so nah.

»Was soll ich bloß mit dir anstellen?« Ein Knurren entwich seiner Kehle und er schloss die Augen. Gleich darauf fielen meine Arme nach unten.

»Wieso tust du's nicht einfach?«, keuchte ich.

»Weil ich nicht so mit dir zusammen sein darf, wie ich es mir wünsche!«

»Weshalb nicht?«, fragte ich gequält.

Er biss sich auf die Unterlippe, so stark, dass Blut herausquoll. Aber er schien keinen Schmerz zu spüren. Nur Begierde. Seine dunklen Augen waren voller Verlangen auf mich gerichtet. Gleich darauf war er verschwunden.

Zum Teufel mit ihm! Ich schlug in das Spülwasser.

18

Ich hatte das Gefühl, mein Kopf hätte eben erst das Kissen berührt, als Juspinn gegen meine Tür pochte.

»Zieh dir etwas Leichtes an. Wir teleportieren nach Singapur.«

Jetzt war ich hellwach. »Teleportieren?« Das Gefühl, sich aufzulösen wie Brausepulver, war mir noch gut in Erinnerung und ich hasste es nach wie vor. Erst danach fragte ich mich, wo genau Singapur lag und, was um alles in der Welt, wir dort sollten. Bevor ich die Tür aufriss, zog ich meinen Bademantel über. Es war empfindlich kalt so früh am Morgen.

Juspinn stand im Flur. Er trug nur ein schwarzes T-Shirt, dazu eine dunkle Chinohose. Mich beschlich das Gefühl, dass er nachts in irgendeinen Klamottenladen teleportiert war, um sich etwas Neues zum Anziehen zu besorgen. Zumindest hatte ich keinen Koffer bei ihm gesehen. Er blickte an mir herab.

»Du musst dich umziehen.« Seit seinem Geständnis am Abend zuvor hatte ich ihn nicht mehr gesehen. Heute Morgen konnte man ihn wieder mal gut mit einem der Eisberge da draußen verwechseln.

»Erst Mal guten Morgen. Und – ich lasse mich nicht teleportieren«, sagte ich mit aller Entschlossenheit.

»Guten Morgen – und –, das ist nichts, wogegen du etwas tun könntest«, erwiderte Juspinn unterkühlt.

Fast hatte ich den Eindruck, er wollte mich dafür bestrafen, dass er mich begehrte. Umso leichter fiel es mir, mich gegen ihn aufzulehnen. »Wenn du mich zwangsteleportierst, trainiere ich nie wieder. *Das* kann ich nämlich tun.«

Juspinn musterte mich mit ärgerlich gefurchter Stirn, ich entgegnete seinem Blick voller Starrsinn.

Schließlich blinzelte er. »Wir brauchen einen Ort, an dem viele Personen sind. Dass du deine Gabe bei einem einzelnen Menschen beherrschst, ist mir klar. Aber ich will sehen, was geschieht, wenn es mehrere Hundert sind, und Grönland, liebe Abigale, gehört nicht gerade zu den dicht besiedelten Ländern. Deshalb Singapur.«

Ich überhörte, mit welcher Gereiztheit er meinen Namen aussprach. »Aber gibt es denn keine Kirche auf dem Festland? Oder ... Was ist mit einem Wochenmarkt?«

Juspinn legte den Kopf schräg. Ich hatte ihn wohl auf eine Idee gebracht. »Es gibt einen Fischmarkt ... Mit dem Boot etwa zwei Stunden, was verschwendete Zeit –«

»Den nehme ich«, fiel ich ihm ins Wort und stürzte sofort zurück in mein Zimmer, um mich umzuziehen und ihm keine Chance zu lassen, widersprechen zu können. Teleportieren war furchtbar, aber das Bootfahren gestern hatte mir durchaus gefallen.

Der Hafen von Fisken kam endlich in Sichtweite. Emotionslos sah Juspinn über den Führerstand hin zu unserem Ziel. Die Fahrt über hatten wir kaum miteinander geredet und ich war erleichtert, gleich von Bord gehen zu können. Juspinn drosselte erst im letzten Moment das Tempo. Wir glitten beängstigend schnell auf die Docks mit ihren Lastenkränen und Schiffen zu. Das Boot war zum Glück wendig und Juspinn wusste, was er tat. Trotzdem atmete ich durch, als wir endlich zwischen den unzähligen großen Fischerbooten ankerten.

Ich staunte über die enormen Netze, die an der Seite zum Trocknen hingen. Sie konnten sicher Tonnen von Fisch aus dem Meer ziehen. Fischer hingegen sah ich nur wenige. Wahrscheinlich boten sie ihren Fang schon seit Stunden auf dem Markt an. Es musste immer noch früh am Morgen sein. Sicher war ich aber nicht. Die Sonne ging hier kaum unter. So nahe am Nordpol war es fast immer hell. Und kalt.

Kaum dass das Boot den Steg berührt hatte, kletterte ich von Bord und stakste über die blanken Holzbohlen. Nach der langen Fahrt war ich durchgefroren und noch ziemlich unsicher auf den Füßen. Teleportieren wäre vielleicht doch keine so schlechte Idee gewesen. Aber ich hätte mir eher die Zunge abgebissen, als das zuzugeben.

Die Landschaft am Festland bot keine große Überraschung. Sie war, wie anscheinend überall hier, felsig, rau und von widerspenstigem gelbem Gras durchsetzt. Jedoch gab es hier ganz klare Zeichen von Zivilisation: bunte Holzhäuser, asphaltierte Straßen, ein paar Bänke, die direkt am Wasser standen, für den Fall, dass jemand tatsächlich noch nicht die Nase voll von dem ewigen Eis hatte und den Ausblick darauf genießen wollte. Rechts von mir, zwischen zwei ziemlich verrotteten Häusern, befand sich ein Supermarkt, so klein, es hätte noch nicht einmal die Cornflakes-Abteilung von Wallmart hineingepasst. Davor blähte eine verblichene Häagen-Dazs-Fahne. Ich lachte auf. Eis war wohl das Letzte, das ich mir hier gewünscht hätte.

Juspinn hinterfragte mein Lachen nicht. Er hatte das Boot vertäut und nickte nach links. »Da ist der Fischmarkt.«

»Sag bloß.« Bevor Juspinn die Führung übernehmen konnte, stapfte ich auf das einzig größere Gebäude zu. Es bestand aus zwei aneinandergrenzenden Hallen. Sie waren grau, aus Metall, sehr lang und zweckmäßig hässlich. Aber es drangen Musik und Lachen heraus und ein großes Holzschild mit einem Fischerboot als Symbol hieß Besucher willkommen.

Nun, Fisken war vielleicht nicht gerade das Highlight, das ich mir gewünscht hatte, aber besser als alles, was ich in den letzten Tagen zu sehen bekommen hatte. Abgesehen von Juspinn natürlich, auch wenn er gerade ein ziemlicher Stinkstiefel war.

Kurz vor der Doppeltür hielt er mich zurück. »Abigale!«

»Ja?«, giftete ich zurück und griff zur Klinke.

Er versperrte mir den Weg. »Dadrinnen geht es ziemlich rau zu.«

»Ich hab mal in der Suppenküche gearbeitet«, erinnerte ich ihn.

»Die Leute essen hier nicht nur oder fluchen manchmal ...«

Ich hob mein Kinn. »Nein, ich nehme an, sie sind hier, um Fisch zu kaufen.«

»Sie sind hier, um zu vergessen, wie einsam es sonst ist. Mit klaren Worten, sie betrinken sich, manche suchen Streit ...« Er schüttelte den Kopf. »Ich hätte dich an einen anderen Ort bringen sollen –«

»Aber ich wollte ja nicht teleportiert werden?«

»Eigentlich wollte ich sagen, wir sollten nicht zu lange hierbleiben.«

Ups. Er machte sich Sorgen. Ich wusste nicht, was ich erwidern sollte. Also schob ich mich wortlos an Juspinn vorbei und drückte die Tür auf. Gleich darauf hatte ich das Gefühl, alle Einwohner Grönlands hätten sich in diesen Hallen versammelt. Es war brechend voll. Und laut. Die Atmosphäre war spürbar aufgeheizt, bedrohlich erschien sie mir jedoch in keiner Weise. Eine vierköpfige Band sorgte für die Musik, die ich draußen gehört hatte, und einige der Gäste tanzten zwischen den Bierzeltbänken, andere auf ihnen.

Der Rest schob sich mit über den Kopf erhobenen Bierkrügen oder Einkaufstaschen von den Getränke- und Fressbuden zu den Fischständen. Dort lagen die Tiere in großen, mit Eis gekühlten Styroporboxen oder hingen an Haken.

Mit plötzlich eintretender Beklemmung sah ich zu Juspinn. »Was genau soll ich machen?«

Nicht die Andeutung eines Lächelns zeigte sich auf seinem Gesicht. »Ich will von dir wissen, was die Menschen empfinden. Möglichst genau. Lass uns ...« Juspinn blickte über die Köpfe der anderen hinweg. »Dort hinten ist es ruhiger.«

Wie sich herausstellte, war es das nicht lange. Kaum dass wir in einer Ecke stehen geblieben waren, kamen die ersten Frauen näher.

Juspinn stöhnte hörbar. »Lass uns beginnen.«

Ich verstand das Problem, nickte. »Okay, also ... wer soll's sein?«

Juspinn hatte sich dicht hinter mir positioniert. Ich meinte zu spüren, wie sein Blick über die Menschen glitt, und hielt die Luft an. Wen würde er wählen?

In unserer Nähe machte ein knutschendes Pärchen auf sich aufmerksam. Einige der wenigen jüngeren Gäste. Etwas weiter entfernt regte sich ein Kunde an einem Fischstand wild gestikulierend auf. Es war offensichtlich, dass er wütend war. Vielleicht würde Juspinn aber auch eine der Frauen nehmen, die ihm gefolgt waren. Sie verhielt sich mehr als auffällig mit ihrem Kichern und wie sie sich durch die Haare fuhr.

»Der Mann mit der roten Wollmütze und dem karierten Flanellhemd«, raunte Juspinn, »links von dir, bei den großen Lachsen ...«

»Ich sehe ihn.« Leichte Nervosität befiel mich. Wie vor einer Prüfung.

»Dann sag mir, was er empfindet.«

Mich wunderte nicht, dass Juspinn ihn ausgesucht hatte. Das Außergewöhnlichste an dem Mann war seine rote Wollmütze, ansonsten war er der Typ Familienvater mit Bierbauch. Unmöglich zu erkennen, was in ihm vorging. »Gib mir einen Moment ...«, bat ich.

»Versuch, dich zu konzentrieren.«

»Keine Sorge ...« Ich hatte die Augen schon geschlossen. Den Mann in der Menge auszumachen, war jedoch schwerer, als die berühmte Nadel im Heuhaufen zu finden, und das war noch maßlos untertrieben. Kaum dass ich mich den Emotionen öffnete, schlugen sie mir mit Wucht entgegen. Sie waren um so vieles stärker, als ich erwartet hatte! Und so viel ... gemeiner! Voller

Gier und Hass und Rachsucht, Neid, Aggression ... Ich riss die Augen auf. »Moment noch ...«

»Lass sie offen«, riet Juspinn. Er hatte gut reden.

»Dann funktioniert es nicht.« Mein Magen schien sich zu verknoten. Ich war es gewohnt, dass mir die Dinge zuflogen.

»Du verkrampfst dich.«

»Deine Kommentare sind nicht gerade hilfreich«, grummelte ich, versuchte es aber trotzdem mit offenen Augen. Wenn nur all die Frauen uns nicht so anstarren würden. Mit verengten Lidern fixierte ich die rote Mütze. Starrte angestrengt darauf, bis die Ränder meines Blickfelds und damit auch die Frauen verschwammen.

Beim dritten Versuch nahm ich endlich mehr wahr als mit bloßem Auge: einen Brei aus Emotionen, der sich dort, wo die Umgebung unscharf wurde, aufhäufte. Die Gefühle waren nicht mehr auseinanderzuhalten, trotzdem furchtbar schwer zu ertragen. Vor allem die Gier nach Juspinn.

Der Mann mit der Wollmütze rückte einen Schritt weiter. Anscheinend stand er an. Ich ließ ihn nicht aus den Augen, versuchte, meine Wahrnehmung zu verlängern, sie irgendwie vorauszuschicken, eine Angel nach ihm auszuwerfen ... Über diesen Gedanken kamen mir die Fischernetze an den Booten wieder in den Sinn und aus einer plötzlichen Eingebung heraus stellte ich mir vor, wie ich eines nach dem Mann warf. Doch statt ihm spürte ich auf einmal Juspinn hinter mir. Er wurde nervös. Es war zum Verrücktwerden! Juspinns Emotionen überlagerten einfach alles. Das Netz war längst zerfallen. Ich stöhnte. »Das wird nichts! Hier sind zu viele Menschen.«

»Dann beginnen wir einfacher. Eine simple Frage: Ist er ein guter oder schlechter Mensch?«

Juspinns Ungeduld setzte mich unter Druck. »Keine Ahnung ...« Mein Blick wanderte zu seinem Gesicht. Es war rund, die Nase knollig, das Kinn fliehend, sein Ausdruck abwesend. Bestimmt hatte er Kinder. Vielleicht dachte er an sie. »Er ist ein guter Mensch«, urteilte ich.

»Woher weißt du das?«, hakte Juspinn sofort nach.

»Das sieht man.«

Juspinn lachte rau.

Ich war verunsichert. »Oder nicht?«

»Dieser Mann hat die schwärzeste Seele von allen hier.«

Mir lief es kalt den Rücken runter. »Und woher weißt du das?«

»Im Gegensatz zu dir sehe ich es den Menschen tatsächlich an.«

»Tust du nicht.«

»Doch, tue ich. Ich kann ihre Aura sehen. Und seine ist tiefschwarz.«

Jetzt lachte ich beinahe auf. Das klang absurd. »Eine Aura?«

Juspinn war neben mich getreten. Er nickte ernst. »Sie umspielt die Menschen. Stell dir vor, du würdest einen Ball vor eine Schreibtischlampe halten, dann würde das Licht daran vorbeischeinen, den Ball einhüllen. Genau so sehe ich die Menschen.«

Ich schüttelte fassungslos den Kopf. »Das ist unglaublich.«

»Lange nicht so unglaublich wie deine Gabe. Ich sehe nur hell oder dunkel, manchmal leuchtet die Aura farbig, selten sprüht sie. Aber im Grunde sagt mir das alles bloß, welche guten oder schlechten Anlagen der Mensch hat«, erklärte Juspinn. »Nun ja, und wie verdorben seine Seele ist. Du aber weißt, wonach sich der Mensch sehnt, was ihn –« Juspinn zog die Brauen zusammen.

Sofort war ich beunruhigt. »Was ist?«

Er schüttelte den Kopf. »Nichts, bis auf ... Ich habe wirklich selten eine so ungetrübt schwarze Aura gesehen.« Mit schmalen Augen starrte er zu dem Mann mit der roten Mütze. Er hatte seinen Fisch erhalten und bezahlte gerade. Mir schien er nach wie vor harmlos.

Juspinn schüttelte sich leicht. Er wirkte für einen Moment seltsam irritiert. »Vielleicht war es gut, dass du ihn nicht gespürt hast«, meinte er schließlich.

Ich zuckte mit den Schultern. »Mag sein.«

»Nun, dann ...« Er senkte seine Stimme. »Versuch, dich auf das Mädchen zu konzentrieren, mit dem bunten Halstuch hier vorn.«

Sie gehörte zu der Gruppe von Frauen, die schon die ganze Zeit über zu Juspinn starrten. Als er sie unverwandt ansah, kam sie näher und es wurde offensichtlich, dass sie seinem Willen unterlag. Genau wie die anderen, die eine imaginäre Linie, etwa fünf Meter von uns, nicht übertraten. Es war unheimlich.

Ich atmete trotzdem tief durch, kniff die Augen zusammen und öffnete mich ihren Empfindungen. Augenblicklich kam der Gefühlsbrei zurück. Und mit ihm all die Aggression, die Wut, der Hass und die Gier ... Wie konnten nur derart viele Menschen so empfinden? Wo war die Liebe oder zumindest Zuneigung?

Mir wurde zunehmend unwohl. Ich musste mich zwingen, mich nur auf die Frau vor mir zu konzentrieren. Sie wirkte freundlich. Vielleicht ein wenig einfältig, aber harmlos. Diesmal jedoch vertraute ich nicht dem Äußeren. Ich urteilte nicht, sondern ließ mich einfach auf sie ein und nach einer Weile meinte ich, etwas wie Sehnsucht zu spüren. Oder war es Schmerz? Ihre Gefühle waren genauso heftig wie sprunghaft. Gleich darauf war ich mir sicher, sie wollte Besitz von mir ergreifen. Nein, von ihm! Dann traf mich ihr Hass.

»Ich kann das nicht!«, keuchte ich, mitgenommen von all den Emotionen. Ich drehte mich zu Juspinn.

»Was hast du gespürt?«

»Keine Ahnung ... Vieles. Sehnsucht, ich schätze Begierde, Schmerz ... Am stärksten war der Hass.« Ich schauderte.

Juspinn nickte zur Bestätigung.

»Aber wieso ... Weshalb hasst sie mich?« Noch immer konnte ich ihren Blick in meinem Rücken spüren.

»Ich fürchte, sie sieht dich als Rivalin. Jedoch nur, weil sie triebhaft reagiert, animalisch. Es ist ...«, Juspinn seufzte, »wie es immer ist in geschlossenen Räumen.«

Ich dachte an Acadia zurück. Dort hatten die Menschen sich über Tage verändert, nicht binnen einer Stunde. »Aber der ganze Raum hier ist voller Hass und ... und ... Gier«, flüsterte ich immer noch mitgenommen. Ich hatte das Bedürfnis, mich zu verkriechen.

»Sie verändern sich sehr schnell«, meinte Juspinn düster. »Wir sollten uns beeilen.«

Ich sah mit flatternden Lidern zu ihm hoch und merkte, wie ich es bei seinem Ausdruck mit der Angst bekam. »Können wir nicht gehen?«

»Noch nicht. Wir gehen, bevor die Gefahr besteht, dass ich die Kontrolle verliere«, sagte er bestimmt. »Machen wir weiter.«

»Du bringst das Schlechteste in den Menschen zum Vorschein«, erwiderte ich vorwurfsvoll, »aber ich muss es aushalten.«

Juspinn verdrehte die Augen. »Konzentrier dich einfach, umso schneller bist du hier fertig.«

Genauso gut hätte er sagen können: *Du stellst dich an wie ein Mädchen.* Ich biss die Zähne zusammen.

Als ich mich wieder umdrehte, begriff ich Juspinns Macht das erste Mal in ihrer ganzen Bedeutung. Die Stimmung in der Halle schien auf einen Schlag noch aufgeheizter zu sein. Zwar verstand ich kein Wort von dem, was die Leute sich zuriefen, aber ihr Ton hatte sich verändert. Sie schrien, brüllten, drohten ... Gleich an zwei Fischständen schien Streit über die Ware ausgebrochen zu sein und die Traube an Frauen war auf sicherlich zwanzig angewachsen. Verrückt! Sie sahen so aus, als würden sie Juspinn am liebsten anspringen, aber eine unsichtbare Wand hielt sie zurück. Auf der einen Seite spürte ich Erleichterung darüber, auf der anderen Angst. Die ganze Situation war gespenstisch.

Auf Juspinns Fingerzeig reihte sich die Frau mit dem Halstuch wieder unter den anderen ein. Er ließ seinen Blick wachsam über die Menge gleiten, und ohne mich anzusehen, meinte er: »Such du dir die nächste Person selbst aus.«

»Irgendeine?«

»Wen immer du willst.«

Ich wollte nur zurück auf unsere kleine, sichere Insel und traf meine Entscheidung aus dem Bauch heraus. Sie fiel auf eine

Frau. Sie war höchstens dreißig, trug eine schwarze Lederjacke mit Pelzkragen und blickte sich unsicher um. Es war schwer zu erklären, was genau es war, aber etwas an ihr weckte meinen Helferinstinkt. »Die dort«, flüsterte ich und beschrieb sie mit wenigen Worten.

»Keine besonders interessante Aura, aber ich bin gespannt.«

Ich kniff die Augen zusammen. Etwas schien mit der Frau nicht zu stimmen, abgesehen davon, dass mit den Reaktionen aller hier etwas nicht stimmte. Angst floss von ihr zu mir. Es erstaunte mich nicht. Sie hatte sich schon eben auffallend verunsichert verhalten. Auch jetzt hielt sie Ausschau, und noch während ich versuchte herauszufinden, wonach, steigerte sich ihre Angst in Panik. Sie übertrug sich auf mich. Mein Herz schlug schneller.

»Sie hat eine Heidenangst«, raunte ich. Es schnürte mir die Kehle zu. »Todesangst. Wir – müssen – helfen. Jetzt!« Ich brachte nur Brocken heraus.

»Wir mischen uns nicht ein, Abigale. Das ist nicht unsere Aufgabe.« Juspinns Stimme drang von weit entfernt an mein Ohr.

»Gleich geschieht etwas ...« Ich wusste es. Sie duckte sich weg.

»Abby, lass es gut sein. Wir gehen. Komm.«

»Nein«, zischte ich.

»Doch! Der Zeitpunkt ist gekommen.« Er legte die Hand auf meine Schulter.

In genau diesem Augenblick sah ich ihn wieder. Den Mann mit der roten Wollmütze und dem Flanellhemd. Er boxte sich mit den Ellenbogen den Weg frei, wobei er ganz sicher jemanden suchte, und ich musste nur eins und eins zusammenzählen, um zu wissen, wen. Als er nur noch gut zehn Meter von uns entfernt war, traf sein Blick auf die Frau. Sie bemerkte ihn im gleichen Moment, sprang aus ihrer kauernden Haltung und stürzte los. Ich konnte unmöglich nur zusehen. Ohne Juspinn noch einen Blick zuzuwerfen, rannte ich ihr nach. Und ohne zu wissen, was um Himmels willen ich tun sollte, sobald ich sie erreicht hatte. Ich vertraute einfach auf Gott.

Die Frau war wendig, schlug einen Haken, bevor sie von Juspinns Anhängerinnen umschlossen wurde. Ich war nicht schnell genug, strauchelte vor ihnen und kam zeitgleich mit ihrem Verfolger zum Stehen. Er beachtete mich nicht, sondern suchte systematisch die Menge ab. Mir schien das unmöglich, denn inzwischen waren es eindeutig zu viele Frauen, die in Juspinns Richtung drängten.

Ich konnte nur hoffen, dass die Fremde durch sie hindurch in die nächste Halle geflüchtet war und von dort in Sicherheit. Halbwegs optimistisch atmete ich durch.

Zu früh.

Ganz plötzlich kam Bewegung in die Menge, wie ein Fischschwarm, der einhellig beschlossen hatte, die Richtung zu ändern. Wo war Jus? War er dafür verantwortlich? Ich stellte mich auf die Zehenspitzen. Noch bevor ich mir einen Überblick verschaffen konnte, sah ich die Frau aus dem Schwarm heraustauchen und in die angrenzende Halle fliehen. Offensichtlich war ihr Überlebensinstinkt stärker als Juspinns Anziehung. Aber nicht nur ich, auch ihr Verfolger hatte sie bemerkt. Die Menge drängte nach links und hatte den Durchgang freigegeben. Der Mann beschleunigte seine Schritte.

Noch einmal suchte ich nach Juspinn. Er blieb verschollen.

Dafür war um mich herum das Chaos ausgebrochen. Die Menschen schrien, drängten, schubsten sich, ein Mann torkelte mit einer Platzwunde auf der Stirn an mir vorbei. Ein Kind weinte und schrie nach seiner Mama. Es stank nach Schweiß. Aus den Augenwinkeln sah ich einen Verkäufer gegen eine Kiste treten. Es war offensichtlich, dass die Situation drohte, außer Kontrolle zu geraten. Ich presste die Hand vor den Mund. *Jus! Verdammt! Wo bist du?*

Ich konnte die Frau doch nicht sich selbst überlassen! Mit einem weiteren Fluch in Gedanken rannte ich ihr nach.

Ich stieß die Metalltür auf, dann war ich in der angrenzenden Halle. Sie war auf den ersten Blick menschenleer und merklich kälter. Ich brauchte einen Augenblick, um mich zu orientieren. Hier gab es keine Marktstände, sondern nur lange Gänge, die zwischen industriellen Hochregalen liefen. Offensichtlich war dies eine Art Lager. Am Ende des Gangs sorgten mächtige Ventilatoren dafür, dass die Luft heruntergekühlt wurde. Die Temperatur musste um den Gefrierpunkt sein. Mich fröstelte und mein Atem kondensierte zu weißen Wölkchen, während ich zwischen den deckenhohen Regalen entlangging. Darin standen Gitterboxen und Styroporkisten. Daneben lagen Werkzeuge, Seile, Netze und gigantische Spulen. Haken in verschiedenen Größen waren an einer Stange aufgereiht. Dazu alles mögliche andere Zeugs, das mit dem Fischfang zu tun hatte.

Nur einen Ausgang sah ich nicht. Mittlerweile war ich am Ende des Gangs angekommen und bog um die Ecke, wobei mir mein Herz bis zum Hals schlug.

Okay ... alles gut. Wieder nur Regale und ganz hinten ein Ventilator, davor ein Gabelstapler. Möglichst leise atmete ich durch, hielt die Luft an, um zu lauschen, aber außer der aufgewühlten Menge in der Nachbarhalle konnte ich niemanden hören. Keine Schritte oder sonst etwas, das mir verriet, ob ich wirklich allein war.

Und wenn nicht?

Plötzlich meinte ich, die Panik der Frau wieder zu spüren. Vielleich war es aber auch meine eigene, denn der Mann, der in meinem Kopf zu einem Monster anwuchs, musste noch irgendwo hier sein ...

Juspinn war es nicht. Ihn würde ich deutlicher spüren als alles andere, wenn er in meiner Nähe wäre. Langsam beschlich mich das ungute Gefühl, er wollte mir eine Lektion erteilen. Immerhin hatte ich nicht auf ihn gehört. Sollte ich zurückgehen? Aber was wurde dann aus der Frau? Ich stöhnte innerlich. Inzwischen war ich mir nicht mehr sicher, ob ich überhaupt noch den Mut aufbringen würde, ihr weiter zu folgen. Insgeheim hatte ich auf Juspinn gezählt. Schön blöd.

Bevor ich eine Entscheidung treffen konnte, zuckte ich zusammen. Da war ein Schaben hinter dem Regal zu hören. Schon wieder! Wie Metall auf Metall. Erneut durchlief mich ein Frösteln, aber diesmal nicht wegen der Ventilatoren.

Ich drehte mich auf den Zehenspitzen dem Regal zu, schob beinahe geräuschlos eine Styroporbox zur Seite und blinzelte ängstlich durch die Lücke. Der Gang auf der anderen Seite glich diesem und dem vorigen. Polierter Betonboden, auf dem sich matt die silbernen Metallregale spiegelten. Darauf weitere Kisten. Dahinter nichts. Trotzdem hatte ich das Gefühl, nicht allein zu sein.

Vielleicht war es besser, es dabei bewenden zu lassen und herauszufinden, warum zur Hölle Juspinn mich im Stich gelassen hatte. Ich redete mir ein, dass es das einzig Vernünftige war, im Grunde jedoch hatte mich nur der Mut verlassen. Mit einem Gefühl von Scham zog ich die Hand zurück, drehte mich um ...

... und erstarrte.

Der Mann stand direkt vor mir. Zwar hatte ich gespürt, nicht allein zu sein, mich aber nicht auf meinen Sinn verlassen.

Ich wollte ausweichen, aber blitzartig stellte er die Arme rechts und links von mir an das Regal. In seiner Hand hielt er einen Haken von der Sorte, wie man sie brauchte, um Lachse unter ihren Kiemen aufzuhängen. Sein Blick war unstet, aus seinen Poren drang der scharfe Geruch von Alkohol. Mir wurde übel.

Weit entfernt hörte ich jetzt flinke Schritte durch die Regale hallen, dann eine Tür zuschlagen. Der Mann grinste hämisch.

Wir waren allein.

»Was wollen Sie?« Ich hatte gedacht, nicht reden zu können, so trocken, wie mein Mund plötzlich war. »Bitte ... lassen Sie mich.«

Er verstand mich nicht. Aber auch wenn er es getan hätte, wären ihm meine Worte herzlich egal gewesen. Ich sah es an seinem Blick. Genauer, in seinen Pupillen. Da flackerte etwas auf, das mir sagte, wenn ich jetzt nicht floh, war ich verloren. Ich wollte mich in die Knie sinken lassen, um unter seinem Arm abzutauchen. Meine Bewegungen aber waren furchtbar steif. Alles an mir war starr. Schon drängte er mich mit seinem massigen Körper an das Regal. Der Metallboden schnitt mir in den Rücken. Ich verzog vor Schmerz das Gesicht, was ihn auf grausame Weise zu freuen schien.

»Bitte ...«, setzte ich erneut an.

Er zischte ärgerlich. Ich sollte schweigen. Und dann fuhr er mit dem Metallhaken in mein Haar, langsam den Nacken hinauf, wo ein Zopfgummi es zusammenhielt. Er zog es hinaus, und als meine Haare sich über meine Schultern ergossen, sah ich Spucke aus einem seiner Mundwinkel laufen. Er hob den Haken auf meine Augenhöhe.

Reflexartig drehte ich mein Gesicht zur Seite. »Ich schreie«, brachte ich wimmernd heraus. Über meine Wange liefen die Tränen.

Grob packte er mein Kinn, zwang mein Gesicht zurück. Er wollte, dass ich ihn ansah. Ich tat es. Nichts erinnerte mehr an einen harmlosen Familienvater. Mir war schleierhaft, wie ich ihn je so hatte sehen können, und schloss die Augen, um seinen Blick nicht mehr ertragen zu müssen.

Sprichwörtlich hieß es, man würde die Augen vor etwas verschließen, wenn man es nicht wahrhaben wollte. Nun, bei mir geschah in diesem Moment das genaue Gegenteil. Ich wollte ihn nicht spüren, aber jetzt tat ich es ...

Und wusste, was er wollte.

Dieser Mann war ein Sadist. Er liebte es, Menschen zu quälen. Die Erkenntnis löste nacktes Entsetzen bei mir aus. Plötzlich war ich mir sicher, dass er vorgehabt hatte, die Fremde umzubringen, und dass es nicht sein erstes Mal war! Vielleicht hatte er sie vor mir in eine ähnliche Lage gebracht, allerdings war es ihr gelungen zu fliehen. Und ich hatte auf Gott vertraut ... was musste der für einen grausigen Humor haben.

Ich war mir sicher, dass der Mann mich beobachtete, während

ich mit fest zusammengekniffenen Augen darauf wartete, dass er den Haken irgendwo ansetzte, ihn in mein Fleisch bohrte. Er genoss es, diesen Moment in die Länge zu ziehen.

Aus der Markthalle hörte ich die Menge in ihrer Wut grässlich lärmen. Es war unfassbar, wie Juspinns Anwesenheit sie so schnell außer Kontrolle gebracht hatte.

Der Sadist entschied sich für eine Stelle. Er drückte den Haken an meinen Hals. Die Spitze stach durch die ersten Hautschichten. Zwar hatte ich damit gerechnet, mein Entsetzen kannte trotzdem keine Grenzen. Ich spürte mich kaum noch ...

Wenn es nur einen Sinn gehabt hätte zu schreien. Wenn irgendjemand mich hätte hören können! Wenn Juspinn mich ...

Ich riss die Augen auf. Oh, mein Gott! Jus! Er konnte mich trotz des Höllenlärms hören, wenn ich nur laut genug rief ... Er war sogar der Einzige, der es konnte!

Der Mann merkte, dass etwas mich gewappnet hatte. Er kniff misstrauisch die Lider zusammen. Ich holte Luft, noch während er versuchte zu verstehen, was es war. Dann brüllte ich wie noch nie in meinem Leben zuvor: »JUUUUSPIII...«

Mein Schrei erstarb unter seinem Schlag. Er traf mich mit ungeheurer Härte am Mund und nahm mir augenblicklich den Mut. Ich schmeckte Blut, schluchzte und er holte erneut aus. Aber dann – urplötzlich – weiteten sich seine Pupillen. Bevor ich begriff, flog er mit Wucht rückwärts gegen das gegenüberliegende Regal. Es schepperte. Er sank energielos zusammen, Kisten fielen auf ihn.

»Abigale!« Mein Blick flog nach links. Juspinn stand mit auseinandergestellten Beinen, die Hand ausgestreckt im Gang.

»Schließ die Augen!«, befahl er zornig.

Ich sah zurück zu dem Mann am Boden.

Dort lag nur noch sein Flanellhemd. Er selbst war fort.

»Schließ verdammt noch mal die Augen!« Juspinns Stimme schäumte vor Wut. Während er mit schnellen Schritten den Gang durchquerte, stieß er die Hand nach oben. Auch ich sah dorthin. Mein Peiniger hing in der Luft, kurz unter der Decke, wo Metallstreben das Hallendach hielten. Sein Gesicht war bleich vor Fassungslosigkeit und vor Schmerz verzerrt. Der große Fischhaken steckte in seinem nackten Rücken und zog die Haut zwischen den Schulterblättern in die Länge.

Ich keuchte. »Oh, mein Gott.«

»ABIGALE! Tu es!«

»Tut mir leid.« Ich gehorchte ohne weiteren Widerspruch, aber das Bild von dem Haken und der grauenhafte Schrei, den der Mann ausstieß, reichten, um zu wissen, dass Juspinn ihn eben an seiner Haut unter das Dach gehängt hatte und er nun sein eigenes Gewicht tragen musste.

Als Jus mich umschloss, zitterte ich; als er mich wenige Sekunden später auf sein Boot teleportiert hatte, bebte mein ganzer Körper. Kalter Schweiß brach mir aus den Poren. Ich konnte kaum begreifen, dass ich in Sicherheit war.

Juspinn ließ mich nicht los, schob mich jedoch ein Stück von sich, um mich mit einer Mischung aus Wut und Sorge zu mustern. »Deine Haut ist bleich, kalter Schweiß, deine Lippen sind blau ... Du hast einen Schock.«

Ich hob die Hand an die Lippe. Sie war geschwollen. »Er hat mich geschlagen. Er ... er war ein Frauenhasser. Er hat ... hat ... er wollte ...« Ich schluchzte heftig.

»Er erfährt gerade am eigenen Leib, was Schmerz bedeutet«, sagte Juspinn mit mühsam kontrollierter Wut.

»Ist er nicht tot?«

»Nein, ist er nicht. Scheiße, Abby! Aber du hättest tot sein können! Es hätte dein Körper sein können, der jetzt an diesem Haken hängt.«

»Und wo warst du die ganze Zeit?«, presste ich hervor.

»Ich ...« Er drückte die Lippen aufeinander und schüttelte den Kopf. »Ich habe zu lange gezögert, die Situation war ... Es ist noch nie vorgekommen, nur ... diesmal habe ich sie unterschätzt ... und die Kontrolle verloren.« Er schluckte. »Es ist unverzeihlich.«

»Ich begreif das nicht. Wieso?«

Juspinn ließ mich los, um das Polster einer Bank zu heben. Darunter befand sich Stauraum, aus dem er eine grüne Decke zog. Er wickelte sie fest um meinen Körper, setzte mich in einen der weich gepolsterten Sitze, während er zögernd gestand, dass er genug damit zu tun gehabt hatte, sich die Frauen vom Leib zu halten. Die unkontrollierbare Heftigkeit ihrer Gefühle konnte er sich nur so erklären, dass die Situation ohnehin schon aufgeheizt gewesen war. Vielleicht hatte es auch am Alkohol gelegen, der die Hemmungen der Menschen herabsetzte.

Was auch immer ... Die ganze Zeit über hatte er mich in der Markthalle vermutet und dort gesucht, was beinahe unmöglich gewesen war, denn die Frauen schienen ihn in Stücke reißen zu wollen. Unter den Männern war indessen eine Massenschlägerei ausgebrochen. Juspinn hatte gefürchtet, dass ich dort hineingeraten war, aber dann hörte er plötzlich seinen Namen ...

Wir verließen das Hafenbecken. Als ich zu Juspinn an den Führerstand trat, war das Festland nur noch ein heller Strich. Er verlangsamte das Tempo. »Deine Haut nimmt langsam wieder eine normale Farbe an. Das ist gut.« Die Schroffheit in seinem Ton war hörbarer Erleichterung gewichen. Ich blinzelte zu ihm hoch.

»Jedes Mal, wenn du mir das Leben rettest, wickelst du mich in eine Decke.«

»Ich habe dich erst in Gefahr gebracht.« Er sah zu Boden, dann mit gefurchter Stirn mir in die Augen. Reue zeichnete sich in seinem Gesicht ab.

»Das warst nicht du«, stellte ich klar. »Er hat mir diesen Haken an den Hals gesetzt, Jus.«

»Es ist vorbei.« Er strich zärtlich über die kleine Einstichwunde. »Oder es fängt gerade erst an ...« Seine Finger hoben mein Kinn, sein Blick lag auf meinen Lippen und wirkte verklärt. Ein paar Funken stoben plötzlich in seinen Augen.

Mein Körper reagierte auf seine Berührung mit einem wohligen Schauer, der tief aus meiner Mitte kam. *Küss mich doch endlich,* dachte ich, und als hätte er meinen Gedanken gehört, beugte er sich herab und hauchte einen sanften Kuss auf die unverletzte Seite meines Mundes. Bevor ich ihn erwidern konnte, zog er sich zurück und musterte mich.

»Wieso ...«, flüsterte ich fast tonlos.

Eine steile Furche erschien auf seiner Stirn. Er strich mir über die Wange. »Ich will dir nicht wehtun.«

»Tust du nicht.« Ich war sicher, ich würde auf der Stelle tot umfallen, wenn er mich nicht weiterküsste. Meine Hormone spielten komplett verrückt.

Er lachte leise, seine Hand glitt hinter mein Ohr, den Hals hinunter. Ich schmiegte mich hinein und versuchte zu verstehen, was ihn zum Lachen brachte, während ich dachte, sterben zu müssen. »Deine Lippe, Abby. Diesen Schmerz meinte ich.«

»Oh!« Erleichtert atmete ich tief durch und grinste schief, was ich sofort bereute. »Aua ...« Ich griff mir an die aufgeplatzte Lippe.

»Siehst du«, meinte Jus schmunzelnd. »Vielleicht sollten wir warten, bis es verheilt –«

»Nein!«, kiekste ich und schob mich in seine Arme, selbst überrascht von meinem Mut.

Juspinns Hand fuhr sachte über meinen Hinterkopf und er beugte sich zu mir herunter. Na endlich! Wie beim ersten Versuch berührten seine Lippen kaum meinen Mund, doch dann wanderten sie weiter über meine Wange, Kuss für Kuss, zu meinem Ohr. Er knabberte an meinem Ohrläppchen und küsste die Stelle dahinter. Und noch einmal. Und noch einmal ...

Ich konnte mich kaum noch auf den Beinen halten und klammerte mich an ihn. Ob ich es wollte oder nicht, ich spürte seine Gefühle ebenso stark wie meine und ich konnte später nicht mehr sagen, wem sie gehörten. Und das war das Beste daran. Wir beide empfanden gleich.

19

Als ich die Augen aufschlug, schien die Sonne kraftvoll durch den Spalt der Gardinen und warf einen hellen Streifen über den Holzfußboden.

Ich sprang aus dem Bett und schlüpfte hastig in Jeans und Pullover. Zumindest über die Kleiderauswahl musste ich mir keine Gedanken machen. In den Tüten waren je drei perfekt passende Hosen, Pullover und Unterwäsche gewesen, allesamt praktisch und vollkommen gleich. Marias Kleiderwahl war exklusiver, aber leider auch komplett ungeeignet für grönländische Verhältnisse gewesen.

Danach setzte ich meinen Haaren, die durch das kalte Wasser und mangels Pflegeprodukte widerspenstig geworden waren, mit einer Bürste zu. Während ich einen Knoten attackierte, dachte ich darüber nach, dass ich nicht aus Erschöpfung so lange geschlafen hatte, sondern weil ich begann, mich wohlzufühlen. Obwohl ich wusste, dass meine Eltern nach wie vor im Unklaren waren, und obwohl ich gestern erneut beinahe umgebracht worden wäre und obwohl, nein, wegen Juspinn. Was mir wie Verrat vorkam.

So beendete ich die erste Woche meines Exils mit einem konfusen Brei aus Schuldgefühlen, Herzklopfen, Verunsicherung, Verlangen und Glückseligkeit und einem Heuhaufen von Haaren. Ich band sie zu einem Dutt zusammen, schnappte mir Shampoo und ein Handtuch, schlich mich an Berrit vorbei, die summend den Küchenboden wischte, und verließ ungesehen die Hütte. Von Juspinn keine Spur. Zum Glück. Ich wollte so hübsch aussehen, wie es die Umstände hier zuließen, wenn ich ihm begegnete.

Auf der Insel hatte ich sieben heiße Quellen entdeckt. Einige waren nicht breiter als meine Armspanne, durch andere konnte ich schwimmen. Meistens benutzten wir zum Baden eine Quelle, um die violette Blumen wie ein weiches Polster wucherten. Sie lag in der Nähe der Bucht, leicht erhaben, sodass man von dort die schmelzenden Eisberge im Ozean sehen konnte, und das Knirschen hörte, wenn wieder ein Stück ins Meer brach. Ich liebte diesen Platz!

Die Quellen waren ein Geschenk des Himmels. Das Wasser klar wie ein Bergsee, aber nicht so tief und heller, beinahe türkis. Und sie waren wunderbar warm. Ich ließ mich hineingleiten und genoss, wie meine Muskeln sich entkrampften. Das Shampoo roch nach Pfirsich und ich fühlte mich wie ein fast normaler Mensch in einer fast normalen Situation. Ich seufzte behaglich und schloss die Augen, obwohl es außer Blumen, Eisbergen und einem perfekten Himmel mit Schäfchenwolken nicht viel auszublenden gab.

Abgesehen von Juspinn. Gestern Abend hatte er mich geküsst und danach wortlos nach Hause gebracht. Sein Verhalten gab mir genauso viele Rätsel auf wie meine angeblichen Fähigkeiten. Eine hatte ich geweckt, was es mit der anderen auf sich hatte, wusste ich immer noch nicht.

Das fühlende Auge machte mir seit gestern mehr Angst, als dass es mich faszinierte. Für den Moment wischte ich die Gedanken an den Übergriff beiseite. Trotzdem musste ich von nun an mit dieser Fähigkeit leben. Deshalb war es wichtig, dass ich sie in den Griff bekam und mich nicht von ihr überrennen ließ, je eher, desto besser. Durch die Erkenntnis hatte ich eine Tür geöffnet, durch die nun immer mehr Seelen zu mir fanden. Ob ich wollte oder nicht. Ich atmete tief durch und versuchte, alles auszublenden.

Dennoch fühlte ich sie. Als erste, überall und überlaut, Juspinn. Ich wollte mich immer noch nicht mit ihm befassen, aber er war stets präsent. Jetzt gerade schien er im höchsten Maße und auf beunruhigende Weise angespannt. Das löste auch bei mir Nervosität aus, die es mir verdammt schwer machte, ihn beiseitezuschieben. Es war, wie die Augen nicht öffnen zu dürfen, obwohl jemand vor einem stand und mit Rasseln und Hupen und Tröten auf sich aufmerksam machte. Also versuchte ich, Juspinn als einen Teil von mir anzuerkennen, dessen Lärmen ich nicht mehr wahrnahm. So, wie mich das Läuten von Kirchenglocken nie aufschrecken würde. Es gelang. Wenigstens etwas.

Doch ich vernahm noch andere Emotionen. Die meisten waren wie ein Flüstern aus Tausenden Stimmen. Unspezifisch fremd und instinktgetrieben. Ich nahm an, dass Tiere sie aussandten, deren Gefühle ich kaum nachempfinden konnte. Wer konnte schon wissen, ob ich nicht vielleicht gerade eine Ameisenkolonie belauschte. Oder die Fliege, die die ganze Zeit um meinen Kopf schwirrte.

Sehr viel deutlicher war Berrit. Ich erkannte sie sofort. Ihr Innenleben war einfach, aber ehrlich. Jetzt gerade war sie zufrieden und vollkommen in sich ruhend. Ich hatte das Gefühl, sie würde ein Lied summen und dabei etwas sehr Monotones tun. Vielleicht abwaschen. Eine Weile gab ich mich ihrem inneren Frieden hin, badete darin wie in der Quelle.

Doch je ruhiger ich wurde, desto mehr Stimmen säuselten um mich herum. Sie kamen vom Festland und waren eindeutig menschlich. Nicht so aggressiv wie gestern, aber immer noch überwogen die negativen Emotionen. Ich fröstelte trotz des warmen Wassers. »Nein!«, sagte ich schließlich laut und schlug gedanklich eine Tür zu, um die Empfindungen auszusperren. Es gelang zumindest so weit, dass die Gefühle unspezifisch wurden. Erleichtert lehnte ich mich zurück und schloss die Augen. Mit der Zeit verstummten die Stimmen.

Nur die Fliege ließ mich nicht in Frieden. Mit dem Handrücken scheuchte ich sie weg und tauchte unter. Ich wusch das Shampoo aus meinem Haar, tauchte wieder auf, schlang das Handtuch wie einen Turban um meinen Kopf und atmete tief durch. Ich seufzte. Vielleicht war jetzt der richtige Moment, um die zu erspüren, die mir am wichtigsten waren: meine Eltern. Und es war egal, in welcher Richtung ich sie vermutete oder wie weit sie entfernt waren, denn sie wohnten in meinem Herzen. Ich würde sie überall finden. So wie Juspinn vorausgesagt hatte. Ein aufgeregtes Kribbeln lief durch meinen Körper und ich horchte in mich hinein.

»Mom«, flüsterte ich und sah ihr ansteckendes Lachen vor mir, ihre krausen Haare, roch ihren Duft nach Lavendel.

Engelchen ... Wir lieben dich ... Alles wird gut ...

Ich war versucht, die Augen aufzureißen, so real kam mir ihre Antwort vor. Auch wenn ich sie nicht hörte, sondern glaubte zu fühlen. »Mom?«, schluchzte ich. »Mir geht es gut«, flüsterte ich erstickt, wohl wissend, dass ich mir diese Unterhaltung nur einbildete. Wenn ich wirklich etwas von meinen Eltern empfangen hätte, wäre es wohl viel mehr Leid gewesen, Sorge, Panik, tiefe Trauer. Sie mussten mittlerweile davon ausgehen, dass ich tot war. Die Verzweiflung über das, was sie durchmachen mussten, ließ die Tränen in Strömen fließen.

Nach einer gefühlten Ewigkeit versiegten sie. Stattdessen kam durch Hilflosigkeit verursachte Wut in mir auf. Ich schlug nach der Fliege, die mich einfach nicht in Ruhe lassen wollte. Beim ersten Schlag erwischte ich die Shampooflasche, die ins Wasser fiel. Beim zweiten die Fliege. Selber schuld. Sie taumelte leblos in den Geysir, wo eine Seifenblase sie empfing und davontrug. Während ich die Flasche herausfischte und wieder ans Ufer stellte, fiel mein Blick auf meine Schulter und mein Ärger wich jetzt Entsetzen.

Oh Gott! Nein! Meine Engelsträne! Ich verdrehte den Kopf und zerrte die Haut zu mir. Statt fast schneeweiß wirkte das Hotu angegraut. Ich rubbelte wie wild daran herum, doch der schmutzige Farbton ließ sich nicht abwaschen.

Erneut schossen mir Tränen in die Augen. Ein einziges Gefühlschaos! Ich wollte doch Juspinn zum Guten verändern ... und nun veränderte ich mich genauso. Verdammtes Hotu!

Erst als ich meine Emotionen im Griff hatte, ging ich zurück und spürte Juspinns Präsenz überdeutlich im Haus. Mit ihm machte die eine Frage, die ich hervorragend verdrängt hatte, wieder rasselnd, hupend und trötend auf sich aufmerksam. Wie konnte es zwischen einem rettungslos verwirrten Engelchen und einem teuflisch anziehenden Dämon funktionieren? So leise wie möglich öffnete ich die Tür.

»Hallo, Abby.« Shit. Er war nicht im Flur, aber die Tür seines Zimmers stand einen Spalt offen.

Ich gefror in der Bewegung. »Hey ... Hi.«

»Ich möchte dir etwas zeigen. Komm her.« Er klang nicht, als hätte er auf mich gewartet, sondern als wäre ich genau im richtigen Moment zurückgekehrt.

Was auch immer er mir zeigen wollte, eines war wichtiger ... Ich sah in den fleckigen Garderobenspiegel. Nur noch ein kleiner blauer Fleck zeugte von dem Schlag ins Gesicht. Dazu verstrubbelte Haare und ... Aaaah! Hatte ich mir etwa einen Sonnenbrand zugezogen? Auf Grönland?

»Abigale?«

»Äh ... ja. Augenblick!« Ich hängte eilig meine Jacke an der Garderobe auf, stürmte in mein Zimmer und warf mein Waschzeug in die Schublade. In aller Schnelle bürstete ich mein Haar, jedoch lange genug, dass es in glänzenden Wellen über meine Schulter fiel, und betrachtete mich noch einmal kritisch im Spiegel. Jetzt hätte ich sehr viel für ein bisschen Make-up gegeben, doch Maria hatte nur für Klamotten gesorgt. Kurz entschlossen riss ich mir den blauen Pullover vom Leib und zog aus der Prada-Tüte die himbeerrote, schmal geschnittene Seidenbluse. Sie fühlte sich himmlisch auf der Haut an.

Als ich kurz darauf in sein Zimmer trat, versuchte ich, nicht atemlos zu klingen. »Hallo ... Noch mal. Hi.«

Ich lächelte schüchtern, aber er sah nicht auf. Vollkommen

vertieft saß er mit nackten Füßen auf dem Sofa, die Beine lang ausgestreckt, die Knöchel übereinandergeschlagen und ein Fotoalbum in der Hand. Seine dunklen Haare fielen dabei über die kraus gezogene Stirn. Zu verführerisch. Ich hätte ihn ewig betrachten können, wenn sich auf dem niedrigen Tisch nicht ein Löffel von selbst in einem Becher Kaffee gedreht hätte.

»Wen siehst du auf dem Foto?«

Ich starrte auf den Löffel, dessen Stiel beim Drehen ein schabendes Geräusch auf der Keramik hinterließ. »Äh ...«

Er sah auf. Sein Blick glitt über meinen Körper, wobei sich der Löffel schneller drehte. »Apart«, urteilte er.

»Danke«, nuschelte ich und setzte mich neben ihn auf die Sofakante, eine halben Meter Abstand zwischen uns.

»Und passt zu deiner Gesichtsfarbe.« Er grinste.

»Ich bin nicht ...« Herrje! »Es ist ein Sonnenbrand«, klärte ich ihn auf, auch wenn sich jetzt Schamesröte dazugesellte.

»In Grönland? Das ist auch eine Gabe.« Er presste die Lippen aufeinander, um nicht lachen zu müssen, aber der Löffel in der Tasse zuckte verräterisch und Kaffee schwappte heraus. »Telekinese war immer meine schlechteste Disziplin«, erklärte er mit schiefem Grinsen.

»Dann solltest du trainieren.« *Bätsch*.

Er seufzte. »Das tue ich, aber sich gleichzeitig auf dich und irgendetwas anderes zu konzentrieren, ist, als würde ich mich mit der linken Hand kratzen und dabei versuchen, mit der rechten einen perfekten Kreis zu malen.«

War ich der Kreis in diesem Gleichnis oder das Kratzen? Wie

auch immer, er hatte mir ein Kompliment gemacht. Glaubte ich zumindest. Verlegen betrachtete ich die Maserung des Holzfußbodens, dabei spürte ich Juspinns Blick auf mir ruhen. »Wenn du nicht annähernd so gut siehst wie Maria, solltest du näher kommen.«

Zögernd rutschte ich näher, ließ aber immer noch eine Handbreit Abstand zwischen uns. Sollte er doch zu mir kommen. Schließlich hatte er mich gestern auch einfach so geküsst.

Das Album musste recht alt sein, das Transparentpapier war vergilbt, die Bilder jedoch glänzten in der Farbpracht der fortschrittlichen Fotografie. Juspinn blätterte weiter, wobei sein Finger meinen Arm berührte. War das Zufall? Wieder bebte ich innerlich. Ich warf einen zweiten Blick auf die Fotos, zu denen er wohl eine Reaktion erwartete. Sie zeigten eine Reihe von Aufnahmen einer heißen Quelle. Darin saß aufrecht und furchtbar ernst ein Junge mit dunklem Haar. Neugierig beugte ich mich tiefer über das Album. »Bist du das?«

Er nickte. »Hier bin ich fünf Jahre alt. Das war mein erster Aufenthalt hier.«

»Du bist ziemlich braun auf dem Foto, dafür dass du deinen Sommer hier verbracht hast.« Na super. Volltreffer. Es gab ungefähr eine Millionen wichtigerer Fragen. Zum Beispiel, warum er sich gerade so eigenartig benahm, und drängender als alle anderen: Konnte es mit uns funktionieren?

»Vater hatte mich erst kurz zuvor von Puerto Rico nach Europa gebracht. Die ersten Wochen verbrachte ich im Palazzo, danach war ich im schnellen Wechsel auf anderen Anwesen untergebracht. Aber egal wo ich mich aufhielt, es zeigte sich, dass unser

Personal in meiner Nähe bald nicht mehr arbeitsfähig war. Du hast es ja gestern selbst erlebt.«

Noch nie hatte ich Juspinn so eigenartig reden hören. Es war nicht, was er sagte, sondern, wie er es tat. Eben noch war er selbstsicher und entspannt gewesen, jetzt wirkte alles – seine Körperhaltung, seine Stimme und die Wahl seiner Worte – gezwungen. Beinahe förmlich. Gleichzeitig spürte ich Nervosität. Ich konzentrierte mich wieder auf das Bild. »Dann hast du hier deine Kindheit verbracht?«

»Damals nur einige Tage, später jeden Sommer«, antwortete er augenblicklich. »Unser Vater suchte nach mehr Abgeschiedenheit und einer vertrauenswürdigen Person, die immun gegen meine ... sagen wir, Ausstrahlung war.«

Verblüffung ersetzte meine Verwirrung. »Das heißt, Berrit ist immun gegen dich?«

»Ja. Oft sind es Naturvölker, die sich auf einer anderen Ebene der Entwicklung befinden. Wir beschreiben sie meist als weniger zivilisiert. Aber sie sind der Natur näher und damit auch ihrem Verständnis von Gut und Böse.«

»Sie sind weiter.« Ich musste einen Moment an Eyota und Catori denken.

»Es verhält sich eher umgekehrt. Wir, mit all unseren selbst auferlegten Zwängen, Normen und Moralvorstellungen, haben uns weit von einem unvoreingenommenen Umgang mit dem scheinbar Übernatürlichen entfernt. Die Naturvölker aber akzeptieren diese Kräfte als gegeben. Diese Lebensart immunisiert sie. Angst machen einem nur Dinge, die man nicht kennt oder leugnet. Das macht angreifbar.«

»Aber ... ich kapier das nicht. Weshalb bin ich dann – fast – immun gegen dich?«

Er zuckte die Schultern. »Du bist anders als alle anderen Gezeichneten, die ich kenne. Ich habe noch nie erlebt, dass sich eine Gabe so schnell entwickelt.«

»Wirklich?«, überlegte ich. »Na ja, lernen fiel mir schon immer leicht ...«

»Außerdem mögen dich alle, du warst nie krank, hast dich nie verletzt, und wenn doch, heilen deine Wunden sehr schnell. Wie deine aufgeplatzte Lippe oder der Schnitt in deinem Gesicht.«

Ich griff mir an die Schläfe. Er hatte recht. Ich hatte es eben im Spiegel selbst gesehen: Die Narbe war kaum mehr als ein feiner weißer Strich, der durch das Rot des Sonnenbrandes schimmerte.

»Deshalb war auch die Wunde an deiner Seite so schnell verheilt«, wurde mir nun bewusst. »Und das ist bei mir genauso? Was noch?«

»So weit sind wir noch nicht«, erwiderte Juspinn. Wieder diese Angespanntheit, die sich auch an seinem verhärteten Kiefer zeigte. »Du musst mir jetzt etwas über dich erzählen.«

»Wieso?«, widersprach ich. Es gefiel mir überhaupt nicht, ihn nicht mehr einschätzen zu können. »Du wirkst irgendwie ... nervös. Nicht, dass ich meine Gabe eingesetzt hätte, man sieht es«, log ich, ohne zu stottern.

»Ist das derart offensichtlich?«

»Als würdest du eine Liste mit Tagesordnungspunkten abarbeiten«, versuchte ich, die Situation aufzulockern. Es gelang. Sein Kiefer entspannte sich unter einem unsicheren Lächeln.

»Ich schätze, ich bin furchtbar ungeübt in derartiger Konservation.« Er stützte den Kopf in die Hände.

»In welcher Art von Konversation?«, fragte ich unruhig. Was nur war los mit ihm?

Einen Moment lang blieb er stumm. Vielleicht lauschte er meinem wild pumpenden Herzen. »Ich habe mich die ganze Zeit gefragt, wie das zwischen uns funktionieren soll. Und um ehrlich zu sein, ich weiß es nicht. Ich dachte, so läuft das, wenn man sich kennenlernen will. Man stellt Fragen.« Er schielte zu mir und zog die Stirn dabei kraus.

Sein Blick war zu viel für meine Selbstkontrolle. Von seinem Ausdruck vollkommen um den Verstand gebracht, sank ich zu ihm hinab und meine Lippen suchten seine, die kühl waren und nach Minz-Zahnpasta schmeckten. Mit der Zunge strich ich über sie hinweg und nahm voller Befriedigung wahr, dass sein Atem schneller ging.

»Erst die Fragen«, murmelte er unter meinen drängenden Küssen. Er ließ sie zu, erwiderte sie aber nicht.

»Bitte ...«, flehte ich, um Erlösung bettelnd.

»Abby – nein.« Er schob mich mit Nachdruck zurück. »Mach es mir nicht schwerer.«

»Ich dir?«, stöhnte ich, verschränkte die Hände und schlug die Fußgelenke übereinander, um nicht herumzuzappeln und meine Finger von ihm zu lassen.

»Ich will das hier richtig machen. Es ist das erste Mal, dass ich ...« Er stockte. »... dass mich ein Mensch über seinen Nutzen hinaus, den er für mich oder meine Familie oder die Waage hat, interessiert. Begreifst du das? Ich habe keine Lösung, wie das mit uns funktionieren könnte, und ich weiß, dass es falsch ist, sogar widernatürlich, und uns einen Haufen Probleme einbringen wird. Vater wird niemals ...«

Einige Sekunden vergingen, in denen ich darauf wartete, dass er weitersprach. »Was?«

Er schluckte. »Es ist irrational, aber ich möchte diese Erfahrung machen, bevor ich gebunden werde. Ich weiß nicht, ob ich es nicht irgendwann als den größten Fehler ansehen würde, wenn ich es nicht tue. Verstehst du das?«

»Ich glaube schon ...« Immerhin – er gab uns eine Chance.

»Gut.« Der Anflug eines Lächelns umspielte seine Lippen. »Dann lass es uns bitte so angehen, wie es sein sollte. Ich will, dass du brav bist und dich zurücklehnst und mir etwas über dich erzählst.«

Widerwillig ließ ich mich gegen die Sofalehne sinken. Ich mochte es nicht, mich von ihm zu entfernen. »Dann musst du fragen. So läuft das normalerweise.«

»Ist notiert«, meinte er und tippte sich schelmisch lächelnd an die Stirn. Dann sah er mich mit offenem Interesse an. »Also, gut ... Was kannst du nicht ausstehen?«

»Das ist deine erste Frage?«

»War sie unangemessen?« Er klang ehrlich besorgt.

»Nein. Überhaupt nicht, nur ... Ich hätte mit meiner Lieblingsfarbe gerechnet oder so was.«

»Dann bin ich froh, doch noch nicht vollkommen berechenbar für dich zu sein.« Er lachte in sich hinein, ohne zu ahnen, wie gut ich meine Gabe inzwischen beherrsche. Nur jetzt gerade war ich zu aufgeregt, mich auf sie zu konzentrieren.

»Was glaubst du?«, spielte ich den Ball stattdessen zurück. »Mal sehen, wie gut du mich einschätzen kannst.« Ich machte ein Pokerface.

»Das ist einfach«, meinte er lächelnd. »Du magst keine Ungerechtigkeiten, keine Vorurteile und keine Spinnen.«

»Jede Frau verabscheut Spinnen«, protestierte ich. »Und der Rest war so was von vorhersehbar.«

»Dann überrasch mich.« Seine hypnotischen Augen blitzten herausfordernd, was es mir beinahe unmöglich machte, einen klaren Gedanken zu fassen.

»Oh Gott! Lass mich überlegen ... Na ja, ich ...«

»Was?«

»Ich mag keine Primzahlen.« Er lachte auf, ich guckte grimmig. »Sie sind schrecklich! Unästhetisch und einseitig«, beharrte ich. »Außerdem hasse ich es, wenn Dinge offen stehen, Türen zum Beispiel, oder wenn ich sehe, dass jemand seine Schnürsenkel nicht ordentlich gebunden hat und ein Hasenohr heraushängt.«

Juspinn zog die Brauen zusammen. »Du meinst nicht das Ohr eines Hasens.«

»Nein, nur den Schlaufenteil der Schleife«, erwiderte ich gedehnt.

»Du nennst die Schleife Hasenohren?«, fragte er hoch amüsiert und stützte das Kinn auf seinen Handballen, die Finger vor dem Mund. Um seine Augen explodierten die Lachfältchen.

»Und ich mag keine altklugen Besserwisser«, grummelte ich.

Er nahm die Hand vom Mund und presste reuevoll die Lippen aufeinander, wobei das Sofa unter seinem stummen Lachen bebte. »Und weiter?«, brachte er mühsam beherrscht heraus.

»Weiter?«, wiederholte ich, was sein Lachen prompt erstickte.

»Du hast drei Dinge aufgezählt, was eine Primzahl ist. Auch wenn wir bei Aufzählungen drei oder fünf als abgeschlossen empfinden, müsste dir das doch widerstreben.«

»Viertens«, sagte ich überbetont, »verabscheue ich diese Aufkleber auf Äpfeln, die man erst abknibbeln muss, was nie geht, ohne eine Druckstelle zu hinterlassen.« Ich schüttelte mich. »Das vermiest einem den ganzen Apfel.«

»Hm ...«, meinte er nachdenklich und betrachtete mich eine viel zu lange Weile. »Du bist wirklich eine faszinierende ...«

»Ja?«, japste ich.

»... etwas zwanghafte Frau«, urteilte er schließlich.

»Ich hab nur das Erste gehört.« Ich strahlte.

»Es kann nicht jeder so gut hören wie ich. Das ist verzeihlich«, meinte er gönnerhaft. »Du bist dran.«

Ich war in Hochstimmung. »Nun, du hasst Wiederholungen, Ineffizienz, du magst keine Kinofilme und künstliche Dramen, was oftmals dasselbe ist.«

»Stimmt, stimmt, stimmt und stimmt.« Er wirkte zufrieden. »Und nun die gegenteilige Frage. Was magst du?«

Da brauchte ich nicht lange zu überlegen. »Schokolade, Eis, Karamell, Cookies –«

Er lachte. »Kann es sein, dass du Hunger hast?«

»Nein«, log ich, denn tatsächlich hatte ich heute noch nichts gegessen. Verliebtsein und seine Nebenwirkungen und so. »Ich mag auch nicht essbare Dinge«, stellte ich klar.

»Das zeigt Vielseitigkeit«, neckte er mich. »Welche zum Beispiel?«

»Na ja, Dinge wie Märchen und Hüpfburgen und ... und wie dich«, nuschelte ich kaum hörbar.

»Ich bin froh, dass du mich nicht zu essen gedenkst«, meinte er verschmitzt und deutete mit den Fingern ein Kreuz an, als wäre ich diejenige mit dem dämonischen Stammbaum. Ich war ein bisschen enttäuscht, dass er mein Zugeständnis so wenig ernst nahm.

»Weshalb Hüpfburgen?«, knüpfte er an.

Ich zuckte mit den Schultern. »Meine erste Kindheitserinnerung. Sie stand ganz am Ende eines Piers. Groß und bunt und überall Luftballonschlangen. Ich hatte noch nie zuvor so etwas gesehen und habe Dad wohl förmlich über den Steg gezerrt. Er konnte mir nie etwas abschlagen ...« Ich schluckte, um nicht in Tränen auszubrechen. »Auf jeden Fall dachte ich, ich könnte bis in den Himmel hüpfen und Gott Hallo sagen.« Nun lächelte ich bei der Erinnerung. »Wenn ich traurig bin, denke ich manchmal an die Farben ... an dieses Blau und Rot und Gelb, und dann meine ich, die Möwen über dem Pier kreischen zu hören, und bin glücklich.«

»Du musst eine schöne Kindheit gehabt haben.«

»Die schönste.« Die dunkle Schrankwand verschwamm vor meinem verklärten Blick und ich dachte an Weihnachten zu Hause, den Geruch von Zimtsternen und die große Tanne in unserer Kirche.

»Möchtest du noch ein Familienfoto sehen?«, holte Juspinn mich zurück. Er ließ mich stückweise in sein Leben. Ich nickte beglückt. Er lächelte. »Mal sehen ...«

Vier Fotos klebten auf der Seite, die er als nächste aufschlug, wobei drei davon die Insel im Sommer zeigten. Die Natur hatte sich nicht verändert. Maria, die auf einem der Bilder zu sehen war, allerdings auch nicht. Sie trug eine Wildlederhose mit Schlag und oben herum – nichts! Ihr kupferfarbenes Haar war zwar viel länger und wurde von einem Lederband aus der Stirn gehalten, ansonsten sah sie aber genauso aus, wie ich sie kennengelernt hatte. Zwischen Daumen und Zeigefinger klemmte ein Joint. Nicht weniger irritierend war die groß gewachsene Frau, die hinter ihr stand. Ihre Haare waren kurz, dunkel und zerzaust, ihr Kreuz breit wie bei einer Schwimmerin und ihre tellergroßen Hände lagen auf Marias Brüsten. Ich erkannte sie wieder. Die Hände, nicht die Brüste. »Das sind Berrits Hände.«

»Der Rest davon ist ebenfalls Berrit«, meinte Juspinn schmunzelnd.

»Aber wieso ... ist das ...? Warte – weshalb ...?« Ich wusste nicht, welche Frage ich zuerst stellen sollte.

Juspinns Gesichtsausdruck nach genoss er es, mich derart aus der Fassung gebracht zu haben. »Du willst wissen, weshalb meine Schwester ihre Haare länger trägt?«

Ich verdrehte die Augen. »Genau, das ist das Verwirrende an dem Bild.«

»Eine ihrer Phasen«, meinte er vergnügt. »Sie ließ sich die Haare wachsen und kehrte Rom und den Machenschaften unseres Vaters den Rücken. In dieser Zeit lehnte sie das Establishment genauso ab wie das männliche Geschlecht. Berrit war damals Marias große Leidenschaft«, meinte Juspinn beiläufig.

»Aber ... da ist Berrit ja jung.«

»Ich nehme an, etwa Anfang zwanzig.«

Fragend schaute ich ihn an. Er erwiderte meinen Blick, bis ich zögerlich meinte: »Wie alt ist Maria denn da?«

»Sie sieht nicht älter als achtundzwanzig aus, oder?«

»Aber dann ...« Ich starrte kurz zur Decke, um nachdenken zu können. »Maria ... sie ist nicht älter geworden.«

Er lächelte spitzbübisch. »Vater fand später heraus, ihr voller Name ist Maria-Grazia-Viktoria de' Medici. Eine Großnichte von Piero de' Medici. Der Name sagt dir etwas?«

»Nur dass die Familie sehr mächtig war.«

»Zweifellos. Ohne das Hotu hätte Maria ein kurzes, aber zufriedenes Leben in der zweiteinflussreichsten Familie Italiens bevorgestanden. So wurde es ein Leben in Unsterblichkeit bei der einflussreichsten Familie der Welt, das 1480 begann.«

Die Zahl hing als etwas Unbegreifliches in der Luft. Es dauerte, bis ich sie fassen und den nächsten Schluss ziehen konnte.

»Dann ist sie schon unsterblich?« Mir lief ein Schauer über den Nacken, die Arme hinunter.

Juspinn lächelte. »Deshalb habe ich dir das Foto gezeigt. Unsterblichkeit ist etwas, das viele sich wünschen, jedoch die wenigsten begreifen können.«

»Ich bekomme eine Ahnung davon«, hauchte ich.

»Du erinnerst dich an das Engelsbild?« Ich nickte stumm. »Ein persönliches Geschenk von Raffaello Santi. Er und Michelangelo Buonarroti warben gleichermaßen um meine Schwester.« Juspinn klang stolz. »Sie genoss dieses Spiel. Jahre, in denen beide Künstler versuchten, sich in ihrem Werben und Schaffen zu übertreffen. Ein erbitterter Wettkampf, der sie schließlich nach Rom an den päpstlichen Hof führte, nur um in Marias Nähe sein zu können. Schließlich gab Maria Michelangelo den Vorzug. Von ihm konnte sie mehr lernen.«

»Was geschah mit Raffaello?«

»Oh, Raffaello stürzte sich daraufhin in zahllose Affären und zog sich bald eine unschöne Krankheit zu, die er durch Aderlass zu heilen versuchte und wobei er etwas zu gründlich vorging.« Juspinn zuckte mit den Schultern. »Er soll ein Narzist gewesen sein, dessen größte Liebe er selbst war. Ich denke, Maria hat die richtige Entscheidung getroffen.«

»Puh ...« Ich massierte mir die Nasenwurzel.

»Es muss schwer sein, die, die man liebt, sterben zu sehen. Immer wieder.«

Juspinn schüttelte den Kopf. »Maria gab sich den unterschiedlichsten Menschen hin, aber sie war und ist unfähig, einen davon zu lieben.« Er hielt inne. Ich spürte, dass er etwas vor mir verbarg. »Umso wichtiger ist es, dass wir es anders machen«, meinte er. »Bevor ...«

Auf Juspinns Gesicht zeigte sich ein Ausdruck, den ich nicht zu deuten wusste, und konnte nicht anders, als mich seinen Gefühlen zu öffnen. Es war Verzweiflung, die er empfand. »Bevor was?«, hakte ich nervös nach.

»Nichts«, meinte er und lehnte sich zurück. »Jetzt bist du wieder dran, mir von dir zu erzählen.« Er lächelte spitzbübisch, streckte seinen Arm aus und fuhr mit seiner Fingerkuppe die Kontur meines Kiefers nach, bis zu meinen Lippen. Wieder ein Stimmungsumschwung. »Also. Wie viele Jungs haben dich vor mir gefragt, ob sie dich küssen dürfen?«

»Du hast mich nicht gefragt.«

Er grinste. »Stimmt. Nicht meine Art.«

»Und du bist kein Junge.«

»Stimmt ebenfalls.«

»Und du hast meine Frage nicht beantwortet. Wieso müssen wir was genau anders machen?«

»Das«, flüsterte Juspinn und beugte sich zu mir. Seine Lippen berührten kurz und federleicht meine, die vor Verlangen zu zittern begannen.

Unter Aufbietung all meiner Disziplin schaffte ich es, mich nicht von ihm um den Rest meines Verstandes bringen zu lassen. »Wieso ist Maria unfähig zu lieben?« Juspinns Küsse wanderten an meinem Hals entlang. »Weshalb hast –«, setzte ich halbherzig an.

Er zog sich zurück und ich stöhnte auf. »Also, wie viele Jungs waren es?«

»Einer«, keuchte ich, woraufhin er weitermachte.

»Das war doch gar nicht so schwer.« Er biss in die Kuhle zwischen Hals und Schulter. Ich seufzte lustvoll und schlang meine Beine um seine Hüfte. Er presste mich aufs Sofa, fixierte meine Hände und ließ mir keinen Spielraum, die Kontrolle zu übernehmen. »Was hat er falsch gemacht?«

»Nicht reden«, japste ich.

»Ich muss es wissen.«

Ich drängte mein Becken gegen seines.

»Nicht«, knurrte er und zwang mich mit dem Gewicht seines Körpers zur Starre. Jetzt konnte ich nur noch meinen Kopf bewegen. Aber ich tat es nicht, gebändigt von seinem Blick. Eine nicht fassbare Zeitspanne musterte er mich, eine Braue erhoben, jedoch mit vor Verlangen glitzernden Augen.

»Ich kann schreien«, flüsterte ich.

»Da bin ich dann wohl der Einzige, der das hört.« Er strich mit seinen Lippen über meine. »Was hat der Kerl falsch gemacht?«

»Wer sagt, dass er etwas falsch gemacht hat?«

Juspinn verdrehte die Augen. »Menschen wollen sich nicht von dir trennen. Dafür ist dein Hotu verantwortlich. Antworte jetzt.«

Ich hatte die Situation ausgereizt. Wenn ich noch einmal von ihm geküsst werden wollte – und das wollte ich in diesem Augenblick mehr als alles andere –, würde ich mich fügen müssen. »Herr Gott! Wir waren erst fünfzehn und ... Es ist albern. Er hat sich über Mr Hopp lustig gemacht.«

»Und der ist?«

»Ein Hase. Na ja, kein echter. Mein erstes Kuscheltier. Eigentlich ist er immer bei mir«, schob ich nuschelnd nach und prompt sammelten sich Tränen in meinen Augen. Ich konnte sie nicht unterdrücken. Juspinn musste mein Verhalten ziemlich lächerlich finden.

Er lockerte seinen Griff und sah mich mit gerunzelter Stirn an. »Es ist nicht nett, sich über etwas lustig zu machen, das Teil deines Lebens ist.«

Ich schniefte aufgewühlt. »Es ist auch nicht nett, mich von dem wichtigsten Teil meines Lebens wegzuteleportieren!« Es war vorbei, ich wollte nicht mehr geküsst werden.

»Abigale ...« Juspinn lehnte sich zurück und meine Beine kippten schlaff zur Seite. »Was wäre deine Alternative gewesen?«

»Mit meiner Familie in glücklicher Unwissenheit weiterzuleben!«, fauchte ich.

»Ist es wirklich das, was du willst?« Seine Nasenflügel bebten.

»Eine Ameise sein?«

»Ich bin lieber eine Ameise in ihrem Kollektiv als wissend und allein!«

»Aber das wäre deine Alternative nicht gewesen und das weißt du.« Plötzlich wirkte er wieder furchtbar kalt und abweisend. Ein falsches Wort von mir und Juspinns Stimmung kippte. Von jetzt auf gleich konnte er wieder derselbe unzugängliche Mistkerl sein, den ich kennengelernt hatte.

Ich schob die Unterlippe vor und starrte wütend auf meine Hände. Was genau hatte ich gesagt, dass er jetzt wieder so abweisend wurde? Ärger mischte sich mit Verzweiflung, was wohl irgendetwas Eigenartiges mit meiner Mimik anstellte und Juspinn zum Schmunzeln brachte. Ich schnaubte wütend.

»Bist du verärgert?«, fragte er.

»Ja. Das bin ich. Stell dir vor.«

»Weshalb?« Ehrliches Interesse, aber auch Verständnislosigkeit schwang in seiner Stimme mit. Er hatte wirklich keine Ahnung.

»Lass mich mal sehen ... Erst stößt du mich weg, dann küsst du mich, nur um mich gleich darauf aufs Sofa zu pressen und mich danach wieder zurechtzuweisen. Ehrlich gesagt, deine Wechsellaunigkeit ist nicht besonders einfach zu verkraften.«

»Ich übe noch«, erinnerte er mich. »Dies ist meine erste ...«, er grinste schief, »... Allianz, die ich eingehe.«

Unter anderen Umständen wäre das Wort *Allianz* furchtbar gewesen, aber es aus Juspinns Mund zu hören, war genauso wunderbar wie Schokoladen-Cookie-Eis mit heißer Karamellsoße auf einer Hüpfburg. Ich ließ mich leise lächelnd in seine

Arme gleiten, die er um mich schloss, und seine Lippen pressten sich auf mein Haar.

»Dass du kein gewöhnliches Leben führen wirst, war vorherbestimmt, in dem Moment, wo du mit dem Hotu geboren wurdest«, murmelte er in meine Haare. »Du hättest nach deiner Geburt, vom ersten Atemzug an, auf diese Bestimmung vorbereitet werden müssen. Aber etwas ist schiefgelaufen.«

»Du meinst, noch mehr, als dass ich durch dieses Zeichen an dich gebunden wurde?« Ich schielte zu ihm hoch.

»Du bist nicht *gebunden*.« Für einen kurzen Moment zeichnete sich Ärger auf seinem Gesicht ab. Ich fühlte ihn Sekundenbruchteile später. Dann fuhr er sich durchs Haar und sein Zorn regulierte sich. »Wir sind durch unsere beiden Hälften miteinander *verbunden,* aber nicht an den anderen *gebunden*«, erklärte er.

»Das ist Wortklauberei«, beharrte ich.

»Du hast keine Ahnung.«

»Und ich schätze, du wirst mich auch nicht aufklären.«

Er atmete tief durch. »Weißt du, nur alle paar Jahrhunderte wird ein Kind mit einem Hotu geboren. Aber wenn das der Fall ist, kommt Bewegung ins alte Getriebe.«

»Ich frage mich die ganze Zeit, ob ihr euch nicht vertut. Ob mein Hotu nicht einfach nur ein Mal ist, das zufällig so aussieht.«

»Du hast Gaben.«

»Ich bin vielleicht nur sensibler als andere«, gab ich zu bedenken. Juspinn lächelte, wobei seine Finger über mein Haar strichen.

»Was ich immer noch nicht verstanden habe: Was ist deine

Aufgabe als Gezeichneter? Ich meine, was tust du, wenn du nicht gerade ...«

»Pastorentöchter verführst?« Er verzog die Mundwinkel zu einem Grinsen und ich verdrehte die Augen. Dann wurde er wieder ernst. »*Unsere* Aufgabe ist es, der einen oder anderen Seite der Waage zu dienen. Aber erst als Gebundener. Bis zu unserer Bindung befinden wir uns in der Ausbildung und Prägung. Das Ziel meines Vaters ist es, die weiße Seite des Hotus erlöschen zu lassen, damit eine Bindung mit ihm überhaupt möglich ist.«

»Wow«, flüsterte ich. Ich wusste nicht, was ich dazu sagen sollte. Juspinns geheimnisumwitterte Welt blieb immer noch nebulös für mich. Vermutlich so lange, bis ich sie mit eigenen Augen sah.

Er schüttelte den Kopf und ich spürte, dass ihm nicht alles an diesen Gedanken gefiel. »Dafür werden wir mit Unsterblichkeit belohnt – und mit Liebe«, sprach er seine Zweifel mit Bitterkeit im Unterton aus.

Ich konnte sie nicht nachvollziehen. Meiner Erfahrung nach waren Unsterblichkeit und Liebe zwei der drei Dinge, die sich Menschen am sehnlichsten wünschten. Geld war das dritte. Aber da schien es bei ihm keinen Mangel zu geben. »Das bedeutet, du bist noch sterblich.«

»Du könntest mich vergiften und ich wäre tot.«

»Das ist gut.«

»Wieso sehnst du mein Ende herbei?«, neckte er mich.

»Nein ... na ja, ich ... Herrje! Ich werde älter werden und du nicht«, nuschelte ich, so schnell ich konnte.

Er lachte unbeschwert, was seiner verwirrenden Perfektion die Krone aufsetzte. »Dann kannst du mit deinem jungen, teuflisch gut aussehenden Lover angeben.«

Bedeutete das, auch er konnte sich eine Zukunft vorstellen? »Das mit dem teuflisch würde ich lieber weglassen«, neckte ich zurück. Der Rest des Vorschlags versetzte mich in einen Glücksrausch.

Schon wieder wurde er ernst. »Ich will ehrlich zu dir sein, Abigale. Dazu wird es nicht kommen.«

Verunsichert schaute ich ihn an. »Weil wir nicht auf der gleichen Seite stehen?«, fragte ich und versuchte, meine unbedachte Aussage gleich zu entkräften: »Du bist nicht so schlecht, wie du meinst. Du hast dich verändert!«

Er verzog das Gesicht. »Das ist nicht der Grund. Du ... du hast es gestern erlebt. Du willst lieber nicht wissen, wie ich sein kann ... was ich noch tun werde, nach meiner Bindung.«

»Doch! Genau das will ich wissen«, verlangte ich, aber eigentlich wollte ich nur eine Erklärung: Warum meinte er *Dazu wird es nicht kommen?*

»Willst du nicht«, entschied er und lehnte sich nach hinten. »Aber darum geht es auch nicht.«

»Sondern?« Mir war schlecht.

»Unsere Bindung bringt nicht nur Unsterblichkeit mit sich, sondern auch die Tatsache, dass wir bedingungslose Liebe füreinander empfinden. Und ich meine bedingungslos. Eine Liebe, die nie hinterfragt oder schwächer wird, die nicht urteilt und vor allem keine Bedingungen stellt. Aber auch eine Liebe, die keine andere zulässt.«

»Das bedeutet, dass du deine Familie mehr lieben wirst als ...«
Ich traute mich nicht, den Satz zu Ende zu sprechen.

»Ich werde meine Familie nicht nur mehr lieben, sondern dich überhaupt nicht, Abigale«, meinte er hart.

Das waren die Worte, die ich so sehr gefürchtet hatte. Es fühlte sich an, als hätte jemand mein Todesurteil ausgesprochen, und ich spürte mich das erste Mal in seiner Gegenwart blass statt rot werden.

Er blickte mich mit gerunzelter Stirn an. »Ich werde nicht in der Lage sein, irgendjemanden zu lieben«, erklärte er milder, »außer die, die ebenfalls an den Teufel gebunden sind. Ja, wir werden bald eine große, glückliche und sehr langlebige Familie sein«, höhnte er.

Ich war unfähig, dem Ganzen etwas Spöttisches abzugewinnen oder auch nur zu antworten. Eine Weile starrte ich auf den rauen Stoff des Cordsofas, meine Haare wie ein schützender Vorhang vor meinem Gesicht, und versuchte zu verarbeiten, was er gesagt hatte. Der Teufel übte also so lange Einfluss auf die Gezeichneten aus, bis die weiße Seite des Hotus bei ihnen erloschen war und damit alles Gute. Erst dann konnte er sie an sich binden, wobei die Gezeichneten mit ungeteilter Liebe und Unsterblichkeit entschädigt wurden.

Juspinn nahm eine meiner Haarsträhnen zwischen seine Finger und wickelte sie auf und wieder ab und wieder auf. »Ich habe noch nie erfahren, was Liebe ist, wie sie sich anfühlt«, meinte er sehr, sehr leise.

»Nie?« Ich strich mir die Haare aus dem Gesicht und sah entsetzt in seine dunklen Augen. Keine Funken sprühten, keine

Teufelchen tanzten darin. »Aber ... was ist denn mit deinem Vater?«

»Dem Teufel?« Er lachte trostlos.

»Deiner Schwester?«, wisperte ich fassungslos.

»Ich war immer das Lieblingsspielzeug meiner Schwester. Vielleicht kommt das einer Form von Liebe nahe.«

»Ganz sicher nicht.« Wieder sammelten sich Tränen in meinen Augen. Diesmal aus Mitgefühl. »Was ist mit einer Freundin?«

Er schüttelte den Kopf. »Wenn es diese Art von Beziehungen gab, dann nur, um meine Bedürfnisse zu befriedigen.«

»Aber jeder verliebt sich doch mal.«

»Nicht, wenn du ohne dieses Gefühl aufwächst.«

Ich war ohne Worte. Sprachlos. »Oder wird geliebt, ohne selbst zu lieben?«, fragte ich, als ich meine Stimme endlich wiedergefunden hatte.

»Menschen begegnen mir im Normalfall mit Hingabe oder Besessenheit, nicht mit Liebe«, antwortete er rau. »Und selbst wenn sie Liebe empfänden, würde mein destruktiver Einfluss ein solches Gefühl bald vernichten. Außer bei dir.« Er bedachte mich mit einem verwunderten Kopfschütteln. »Du bist meiner zersetzenden Art nicht erlegen und immer noch voller Güte und Liebe.«

Er lächelte. Und ich biss mir auf die Zunge. Eben wollte ich ihm gestehen, dass mein Hotu dunkler geworden war.

»Aber ich würde gern die Erfahrung machen, was menschliche Liebe bedeutet, bevor ich zum Gebundenen werde und es unmöglich wird. Das ist der Grund, weshalb ich mich entschlossen habe, mich auf uns einzulassen.« Er lächelte immer noch, aber bei seinem nächsten Satz empfing ich eine Unsicherheit, die nicht zu ihm passte: »Sofern du mich noch lässt.« Er öffnete seine Hand.

»Wann wirst du gebunden?«, fragte ich tonlos.

»Bald.«

»Wie bald?«

»In drei Monaten etwa.«

Seine Worte waren der weitaus größte Schock für mich unter all denen, die ich in den letzten Wochen erlitten hatte. Ich verstand in diesem Augenblick nicht, was das für mich bedeutete, meine Gaben, die der Teufel sich anzueignen gedachte, für meine Eltern, meine Bestimmung als Gezeichnete, meine Rolle zwischen den stärksten Mächten, die sich in einer Waage spiegelten ...

Ich begriff nur, dass Juspinn und mir nur noch drei Monate blieben und ich seine Liebe dann für immer verlieren würde, es sei denn, ich konnte ihn davon abhalten oder auch ich würde mich an den Teufel binden. Was ich plötzlich und zu meinem tiefen Schrecken nicht mehr ausschließen konnte.

Ich zögerte, nahm dann aber seine angebotene Hand. Er machte kurz die Augen zu, drückte meine Hand und atmete durch. Als er sie wieder öffnete, schwammen silberne Splitter darin.

Diesmal kam sein Kuss nicht überraschend. Er beugte sich zu mir und ich kam ihm entgegen, bis sich unsere Lippen berührten. Dieser Kuss war sanft und kribbelnd und schmeckte nach Liebe.

20

Juspinn und ich haben eine Beziehung. Das war der erste Gedanke, der mich nach dem Aufwachen kam. Der zweite war: *Das ist nichts, was mich glücklich machen sollte.* Er und ich, wir standen immer noch nicht auf derselben Seite. Doch ich war glücklich.

Als ich die Augen aufschlug, gesellte sich Fassungslosigkeit dazu. Ein paar glänzende Knopfaugen blickten zurück, die in einem grauen, platt gedrückten Gesicht mit Hasenohren lagen. »Mr Hopp?« Ich blinzelte. Zweimal, dreimal. Mr Hopp war immer noch da, auch wenn sich seine Wiedersehensfreude in Grenzen hielt. »Mr Hopp!« Ich küsste ihn auf die Nase und sprang aus dem Bett.

Im Flur stürmte ich an Berrit vorbei, die eben einen Regenmantel an die Garderobe hängte. »Godmorgen«, sagte sie kopfschüttelnd. In der Küche machte ich kehrt, rannte zurück und gab auch Berrit einen Kuss auf die Nase. »Godmorgen.« Und stürzte in Juspinns Zimmer. Dort war er nicht. Ich schloss die Augen. Er war in der Nähe ... im Schafstall. Inzwischen war ich richtig gut darin, ihn zu erspüren, wie jeden anderen auch.

Ich riss die Haustür auf. Regen floss über das Vordach und spülte Erde den Hügel hinunter, auf dem das Haus stand. Mit nackten Füßen hüpfte ich in den Stall. Juspinn füllte gerade den Generator mit Diesel auf und lachte kopfschüttelnd.

»Du hast Mr Hopp geholt!«, jubelte ich.

»Ich dachte, dass er dich glücklich stimmen würde«, freute er sich über meine offensichtliche Begeisterung, wenn auch mit leichtem Tadel im Blick, der meinen Körper herunterwanderte.

»Es regnet in Strömen«, entschuldigte ich meine matschverschmierten Füße.

»Oh, das tut mir leid«, entgegnete er zerknirscht. »Das hatte ich gar nicht bemerkt.« Er hob die Hand. »Jetzt hat es aufgehört.«

Tatsächlich prasselte es jetzt nicht mehr auf das Blechdach.

»Klar. Ich kümmere mich dann später um die Sonne«, grinste ich.

Er sah mich versunken an, statt über meine, wie ich fand, sehr treffende Entgegnung zu lächeln. Prompt war ich verunsichert. »Was ist?«

In seinem Blick stand Verlangen. »Du siehst so unschuldig aus, in deinem Pyjama, mit den zerzausten Haaren und dem Hasen in deiner Hand.«

Seine Worte machten mich verlegen und ich zwang mich, meinen Blick von seinen glitzernden Augen loszureißen, um ins Haus zu gehen und mich umzuziehen. Da wurde mir plötzlich klar, dass er Mr Hopp von meinen Eltern geholt haben musste.

»Du warst letzte Nacht in Acadia«, sagte ich heiser.

»Zunächst«, gab er unumwunden zu. »Es gab noch einige persönliche Dinge von mir im Cottage, die ich längst nach Hause schaffen wollte.«

»Hast du meine Eltern gesehen?« Ich bekam kaum Luft, als ich sah, wie er sich auf die Lippe biss.

»Es war Nacht, ich habe mit niemandem gesprochen«, meinte er ausweichend.

»Ich muss es wissen!« Mit Mr Hopp waren alle Ängste um meine Familie zurückgekehrt. »Egal was du mir sagst, ich verkrafte es«, versicherte ich. Eine Lüge, was mir aber gleichgültig war.

Juspinn sah mir lange in die Augen. Sein Gesichtsausduck war unergründlich. Schließlich sagte er: »Euer Cottage war verlassen, also war ich in deinem Elternhaus in Boston. Ich fürchte, sie halten dich für tot.«

Also doch! Ich hatte es befürchtet, war mir manchmal sogar sicher gewesen, dass sie keinen anderen Schluss ziehen konnten, aber jetzt wollte ich es trotzdem nicht wahrhaben. In mir fühlte sich alles taub an. »Woher weißt du das?« Ich zitterte.

Juspinn kam zu mir und nahm mich in seine Arme. »Auf dem Küchentisch lagen Trauerkarten«, sagte er leise. »Die Zeremonie war vorgestern.«

Ich verbarg mein Gesicht an seiner Schulter und murmelte: »So schnell haben sie mich aufgegeben.«

»Ich kenne mich in diesen Dingen nicht aus, Abby, ich bin unfähig, deine Trauer nachzuvollziehen. Aber ich bin mir sicher, dass es richtig ist loszulassen. Auch für dich. Es macht den Abschied vermutlich leichter.«

»Bedeutet das, ich werde meine Eltern nie wiedersehen?«

Er presste seine Lippen auf meinen Kopf. »Ich kann es dir nicht sagen«, murmelte er und löste sie wieder. »Es ist besser, wenn du sie nicht hoffen lässt.«

»Ja«, hörte ich mich tonlos sagen. Ich wartete auf Tränen, die nicht kamen. Mein Gesicht lag trocken und starr an Juspinns warmer Brust.

»Wie fühlst du dich?«, fragte er nach einer Weile.

»Gar nicht«, antwortete ich kraftlos.

Wieder schwiegen wir. Ich atmete seinen Duft ein und wieder aus und wieder ein, in meinem Kopf nur Leere.

»Ich habe meine Schwester in Rom gesehen«, durchbrach Juspinn irgendwann die Stille. Er wartete auf eine Reaktion von mir. Da ich nichts sagte, sprach er weiter. »Sie wird kommen, um sich von deinen Fortschritten zu überzeugen und Vater Bericht zu erstatten.«

»Ja.«

Er seufzte. »Abigale, dies ist keine normale Situation, in der es Raum für Abschiede gibt. Wir müssen beginnen, an deiner zweiten Gabe zu arbeiten, dem Schlüssel. Auch wenn du die erste in einem eigentlich unmöglichen Tempo erlernt hast, wird Vater mir keine Verzögerung durchgehen lassen und sich die Mühe nicht selbst machen wollen.«

»Natürlich«, flüsterte ich.

Juspinn schob mich sanft von sich und hob mein Kinn mit seinem Finger. »Ich wünschte wirklich, ich wäre anders, ich wünschte, alles wäre anders, aber so bin ich nicht. Ich kann dich nicht trösten.«

Ich schluckte. »Warum hast du dann Mr Hopp geholt?«

»Du lässt dich auf mich ein, damit ich diese menschliche Erfahrung machen kann, und schenkst mir deine Zuneigung. Wenn sich also nur die geringste Gelegenheit ergibt, dir etwas zurückzugeben, dann tue ich das.« Er strich mit dem Daumen über die Kontur meines Kiefers, bevor er die Hand zurückzog. Ein bedrückter Ausdruck trat in sein Gesicht. »Ich fürchte nur, ich werde nicht viel tun können, um dein Opfer zu entschädigen.«

Für einen Moment fehlten mir die Worte. Wie konnte er nur annehmen, dass es eine Last für mich war, mit ihm zusammen zu sein? »Es ist kein Opfer«, stellte ich klar. »Es –«

Er ließ mich nicht ausreden. »Doch, Abigale. Es wird eines sein. In dem Augenblick, da ich zum Gebundenen aufsteige, wirst du mir nicht mehr bedeuten als eine streunende Katze, aber du wirst mich noch immer lieben.«

»Das würde ich auch tun, wenn ich mich nicht auf dich einlasse«, argumentierte ich. Das Gespräch gefiel mir nicht.

»Ich will dir keine Hoffnung machen. Das ist alles. Ich will keinen Zweifel daran lassen, dass es keine Zukunft geben wird.«

»Du schaffst es echt, einen aufzubauen«, murmelte ich und mochte ihn kaum ansehen.

»Ich bin überaus egoistisch, das ist mir bewusst.« Er musterte mich noch eine Weile, womöglich um zu sehen, wie ich die Hiobsbotschaften verkraftete. Aber er wirkte furchtbar sachlich dabei.

Immer wieder kam ich in die Versuchung, Juspinn als normales menschliches Wesen zu sehen, das zu Mitmenschlichkeit imstande war. Aber das täuschte. Juspinn war höchstens interessiert. Wie ein Wissenschaftler an seinem Versuchstier.

»Bist du okay?«, fragte er jetzt. Es war Interesse, keine Sorge. Das war der Unterschied, wurde mir bewusst. Meine Antwort würde nichts ändern. Ob es mir gut oder schlecht ging ... Juspinns Reaktion wäre dieselbe. Er war eben kein normales menschliches Wesen.

»Ich weiß es nicht«, antwortete ich, was der Wahrheit entsprach.

»Wir müssen trotzdem mit dem Training der Schlüsselgabe beginnen. Auch wenn ich keine Ahnung habe, wie. Ich hatte gehofft, sie erwacht von selbst in dir.« Juspinn brachte den Generator zum Laufen, eine Glühbirne im Schafstall flackerte auf.

»Was genau bedeutet diese Schlüsselgabe überhaupt?«, erkundigte ich mich, während wir zum Haus hinübergingen.

»Ich habe mich bereits gefragt, wann du mir diese Frage stellst.«

»Na ja, ich hatte noch ein bis zwei Millionen andere«, gab ich zu bedenken. An der Türschwelle blieb ich stehen. Berrit hatte den Flur gewischt und meine Füße waren immer noch dreckig. »Warte kurz, bis ich –«

»Nicht nötig.« Juspinns Augen blitzten auf. Schnurstracks griff er mir unter Kniekehlen und Schulterblatt und trug mich mühelos in sein Zimmer. Ich quietschte vor Schreck, aber er ignorierte es und setzte mich auf das Sofa. »Das war ein Punkt auf meiner Liste.«

»Du hast eine Liste?«

»Keine richtige, aber ich möchte möglichst viele Dinge mit dir machen, die zu einer normalen Beziehung gehören.«

»Das Über-die-Schwelle-Tragen ist aber mehr ein Hochzeits- als ein Beziehungs-Ding.«

Er wickelte mich in eine Decke. »Ach so? Ganz sicher?«

Ich guckte streng. »Meine Antwort wird nicht wahrer, nur, weil ich sie wiederhole.«

Kurz war er sprachlos, dann stemmte er mit gespieltem Vorwurf die Arme in die Seite. »Du hast einen wirklich schlechten Einfluss auf mich.«

»Ich wette, das sagst du jedem Mädchen«, entgegnete ich und

zog eine Schnute. Er hatte es geschafft, dass ich innerlich wieder lächelte.

Als die Tür aufging und Berrit mit einem Tablett voller Marmeladensandwiches und zwei Gläsern Saft hereinkam, setzte Juspinn sich neben mich und legte ganz selbstverständlich den Arm um meine Schultern. Sie quittierte das mit einem höchst zufriedenen Lächeln, das sich zu einem Grinsen ausweitete, als sie rückwärts den Raum verließ.

Juspinn gab mir ein Sandwich und nahm sich selbst auch eins. »Kommen wir zurück zu deiner Frage.«

»Die Schlüsselgabe«, erinnerte ich mich, während ich an dem Sandwich knabberte.

»Sie ist äußerst selten. Wer den Schlüssel in sich trägt, hat einen Zugang zum Gottesreich.«

Ich verschluckte mich und hustete. »Was?«

Juspinn reichte mir mein Glas. »Noch nie hat Vater einen Gezeichneten mit der Schlüsselgabe gefunden. Bislang ist Gott ihm da immer zuvorgekommen.« Juspinns Augen blitzten auf. »Und nichts interessiert den Teufel mehr, als Gott in die Karten schauen zu können.«

Ich folgte meinem ersten Impuls und wies auch nur die entfernteste Möglichkeit, einen besonderen Zugang zu Gott zu haben, von mir. »Du spinnst doch!« Zugegeben, auf nicht sehr diplomatische Weise.

Ungehalten furchte er die Stirn. »Das, Abigale, steht nicht infrage.« Er hielt die Hand mit dem Ring hoch. »Er irrt sich nicht. Nie.«

Ich schüttelte den Kopf. »Dann wird er sich jetzt das erste Mal geirrt haben. Ich ... ich habe noch nie etwas von dort oben empfangen oder wo auch immer er sein mag. Ehrlich gesagt, könnte unsere Beziehung nicht einseitiger sein. Ich bete ihn an und er ignoriert mich.« Ein wenig wie die ersten Tage zwischen Juspinn und mir, ging mir auf.

»Höre ich da einen gewissen Zynismus?«

»Sieht ganz so aus.« Ich verschränkte die Arme und lehnte mich zurück.

Eine Weile sagten wir nichts. Wie konnte ich ihm diesen Blödsinn nur ausreden? *Einen Zugang zum Gottesreich.* Ich schnaubte verärgert. Wenn ich ehrlich zu mir selbst war, wusste ich noch nicht einmal, ob ich überhaupt noch glaubte. Oder was ich glauben sollte, nachdem ich den Teufel kennengelernt hatte. Seitdem hatte ich zumindest nicht mehr zu Gott gebetet ... »Wie soll das funktionieren?« Ich sah zu Juspinn.

Er hatte seine Augen längst wieder geöffnet und musterte mich aufmerksam. »Ich nahm an, das wüsstest du.«

»Woher sollte ich? Ich glaube noch nicht mal an diese Schlüsselsache«, stellte ich mit Nachdruck klar. »Wenn dein Vater jemanden sucht, der Gott besonders nahesteht, würde ich an seiner Stelle mal das Haus verlassen und nebenan beim Petersdom klopfen.«

»Nun, einige Päpste hatten die Schlüssel zum Himmel in ihrem Ring, Pius der II. zum Beispiel, und sie zieren das Stadtwappen des Vatikans«, merkte Juspinn gelassen an. Anscheinend hatte er sich entschlossen, meinen Kommentar ernst zu nehmen. »Aber so herum funktioniert das Ganze nicht. Es reicht nicht, sich einen Ring mit diesem Symbol aufzusetzen und schon öffnet sich die Pforte. Es ist genau umgekehrt wie bei den meisten anderen Gaben. Der Ring zeigt den Schlüssel nur dann, wenn die Pforte bereits offen steht.«

»Bullshit!« Ich fuhr hoch. Das Thema wühlte mich viel zu sehr auf, um weiter ruhig sitzen zu bleiben. »Gott hat bislang keinen Kontakt zu mir aufgenommen und das wird er auch weiterhin nicht tun!«, fauchte ich. Ich hatte schon genug damit zu tun, mich ausgerechnet in den Sohn des Teufels verliebt zu haben, eine weitere Beziehung, selbst die zu Gott, war zu viel, und abgesehen davon, ausgemachter Blödsinn.

Mein wütender Blick funkelte ins Leere. Juspinn stand plötzlich neben mir. »Vielleicht hat er es bereits versucht«, meinte er provokant.

»Indem er dich geschickt hat?« Ich drehte mich weg.

»Nein, das war mein Vater. Indem er dich geholt hat«, erwiderte er und sah mir wieder in die Augen, ohne mich umrundet zu haben.

»Ach so, du meinst letzte Woche«, entgegnete ich bissig. »Als er die Limousine geschickt hat. Die Einladung hatte ich ganz vergessen.« Ich war nicht in der Lage, normal zu reagieren, Juspinn zu erklären, dass er mir mit dieser ungeheuren Mutmaßung das letzte Stück meiner Sicherheit nahm. Meinen Glauben an einen uneigennützigen, unbefangenen, unfehlbaren, vor allem aber unerreichbaren Gott, der die Dinge schon richten würde.

Vielleicht erkannte Juspinn meine Traurigkeit hinter dem Sarkasmus. Er nahm meine Hände, seine Augen ruhten auf meinem Gesicht. »Ich rede von der Geschichte, die deine Mutter mir erzählt hat. Dass du bei deiner Geburt beinahe gestorben wärst.«

»Du meinst, dass Gott mich damals zu sich holen wollte?« Jetzt war ich eher entsetzt als wütend.

Juspinn nickte. »Was aber nicht heißt, dass du sterben sollst«, beeilte er sich zu sagen und ich spürte Angst in mir hochsteigen. Seine Gelassenheit war verschwunden, aber seine Miene verriet nichts davon. »Nur bitte frag mich nicht, wie du Gott sonst erreichen sollst. Ich bin da wohl nicht der beste Ratgeber, fürchte ich.«

Ich entzog Juspinn meine Hände. Im gleichen Moment wunderte ich mich darüber, dazu fähig zu sein. Seine hypnotische Wirkung auf mich hatte anscheinend und sonderbarerweise nachgelassen, was meiner Liebe zu ihm jedoch keinen Abbruch tat. »Selbst wenn du recht hast –«

»Das steht außer Frage.«

Ich ließ mich nicht beirren. »Selbst wenn du recht hast, und das hast du nicht«, stellte ich klar, denn ich wollte mir Gottes Zorn nicht zuziehen, indem ich mir anmaß, einen besonderen Draht zu ihm zu haben, »dann ist es jetzt ohnehin zu spät.«

»Wieso glaubst du das?« Er musterte mich eindringlich.

»Weil ich schlecht bin.« Ich schaute auf den Boden. »Na ja, schlechter zumindest.« Juspinn wartete schweigend auf meine Erklärung. Ich gab sie ihm schließlich. »Ich habe gestern eine Fliege erschlagen, nur, weil sie mich genervt hat.« Und schaute wieder auf.

»Bei jedem anderen wäre dieses Geständnis zum Lachen.« Er lachte nicht. Im Gegenteil. Tiefe Sorge stand in seinem Gesicht geschrieben. »Dann ist dein Hotu dunkler geworden.«

Ich nickte beklommen. »Solltest du dich nicht darüber freuen?«

Juspinns Finger strichen über meinen Rücken und verweilten auf meinem Hotu. »Du wirst dich weiter verändern.«

»Aber nur langsam.«

Traurig schüttelte er den Kopf. »Nein, es geht schneller, wenn deine Seele erst Schaden genommen hat.«

»Wie viel schneller?«

»Ich weiß es nicht. Monate oder Wochen ... Es kommt auch auf dich an. Wenn du den Impulsen nachgibst und dich von den immer stärker werdenden, zerstörerischen Gefühlen leiten lässt, dann wird es schneller gehen. Wenn du es aber schaffen solltest, standhaft zu bleiben –« Mutlos brach er den Satz ab. »Früher oder später wirst du etwas Unverzeihliches tun«, meinte er resigniert, »und dann wird dein Hotu schwarz sein und mein Vater dich zur Gebundenen machen können.«

»Ich kann standhaft bleiben«, versicherte ich ihm. »Ich würde nie etwas Unverzeihliches tun.«

»Tatsächlich?« Ein bitterer Zug trat in sein Gesicht. »Vor Kurzem hättest du noch geschworen, nie achtlos eine Fliege zu töten.«

»Es war nur eine Fliege!«, begehrte ich auf, eine Sekunde später wurde mir bewusst, was ich da gesagt hatte.

»Und irgendwann wird es *nur ein Mensch* sein«, brachte es Juspinn auf den Punkt. Er ließ die Hand sinken, die immer noch auf meiner Schulter geruht hatte. Ich wankte kraftlos gegen die Schrankwand. Würde Juspinn recht behalten und ich wäre irgendwann zu keiner Selbstkontrolle mehr fähig? Oder schlimmer noch, sie wäre mir gleichgültig?

»Es gibt eine Alternative«, meinte er gefasst. Ich war mir trotzdem sicher, sie nicht hören zu wollen. »Meine Schwester könnte dir helfen, die Schlüsselgabe zu wecken. Ihre Aura wirkt nicht zerstörerisch, im Gegenteil, auf viele eher euphorisierend und inspirierend. Wie auf Michelangelo. Ich würde dafür Sorge tragen, dass sie dich gut behandelt, und du hättest zusätzliche Wochen, wenn nicht Monate –«

Juspinn hatte sehr schnell gesprochen, vielleicht, um seinen Vorschlag überhaupt über die Lippen bringen zu können. Ich hatte jedoch bereits bei dem Wort Alternative begonnen, den Kopf zu schütteln. Plötzlich hielt ich inne, weil sich die Atmosphäre in dem kleinen, altmodischen Zimmer schlagartig verändert hatte. Es war, als wäre eine Konfettibombe hochgegangen, tonlos zwar, aber mit dem gleichen Effekt, und ich erkannte auch, wo. Juspinn kniff die Augen zusammen.

Ich blickte zu dem schäbigen Clubsessel, der vor dem Sprossenfenster stand, und seufzte. Unsere Zweisamkeit war vorbei. »Als hätte sie ihren Namen gehört«, murmelte ich. Ich versuchte erst gar nicht zu lächeln.

Einige Sekunden vergingen in Stille, dann gab sie sich zu erkennen. »Abigale!« Maria strahlte mich an, nichts ahnend, dass ich genau spürte, wie verärgert sie darüber war, enttarnt worden zu sein. Sie hätte zu gern Mäuschen gespielt. »Wie schön, dich wiederzusehen«, flötete sie stattdessen und tänzelte zu mir, um mir links und rechts einen Kuss aufzuhauchen.

»Ja, ich könnte ausflippen vor Freude«, erwiderte ich mit unverhohlener Ironie.

Maria überging sie. Sie hielt mich an den Armen und musterte mich kopfschüttelnd. »Du siehst furchtbar aus!«

Da hatte sie recht. Ich musste wie ein Weihnachtswichtel wirken, im Gegensatz zu Maria, die nicht perfekter für diesen Ort gekleidet sein konnte. Sie trug eine hautenge dunkelblaue Jeans, wahrscheinlich aus irgendeiner Doppel- oder Unter-Null-Kollektion. Darüber perfekt geschnittene Lederstiefel mit hohem Schaft. Ihre Hände bedeckten weiße Wildleder-Handschuhe, die unter einem ebenso weißen Kaschmirpullover verschwanden, dessen großer, runder Ausschnitt ihre blassen Alabaster-Schultern freiließ. Ihren langen Hals umschlang ein helles Fell.

»Das ist das Sommerfell eines Polarfuchses«, erklärte Maria, die meinen Blick sah, und nahm die Stola ab, um sie mir um den Hals zu legen. »Er macht keinen Schwan aus dir, aber es ist ein Anfang«, entschied sie. Die Stola fühlte sich weich an und ich ließ sie, wo sie war. Der Polarfuchs hatte ohnehin schon sein Leben opfern müssen, da konnte er mich auch wärmen.

Juspinn mischte sich ein. »Nun, ich schätze, wir haben genug über Kleidung gesprochen. Kommen wir zum Punkt.«

»Über Mode kann man nie genug sprechen, auch wenn das«, Maria warf mir einen Seitenblick zu, »nicht viel mit Mode zu tun hat. Aber das werden wir ändern.« Sie zwinkerte mir verschwörerisch zu. »Sobald mein Bruder sein unbarmherziges Training beendet hat, werden wir beide deine Metamorphose feiern und auf der Via Condotti shoppen gehen. Chanel und Gucci sind zwar Pflicht, aber ich kenne Designer in den kleinen Seitenstraßen, die bald auf der Mailänder Mo-«

»Das Thema hat sich erschöpft, Maria.« Juspinns Augen funkelten warnend.

»Ich versuche nur, hilfsbereit zu sein«, rechtfertigte sie sich. Auf ihrem Gesicht zeigte sich Trotz.

»Ich glaube, *hilfsbereit zu sein,* ist nichts, was ich mit dir in Zusammenhang bringen würde.«

»Wie feindselig du heute bist, Jus.«

»Ich bin nur um Effizienz bemüht.«

»Mir drängt sich der Eindruck auf, du möchtest mich loswerden.« Maria zupfte an ihren Handschuhen, bis sie sie abgestreift hatte, und legte sie über die Lehne des Sessels. Dann ließ sie sich elfenhaft auf das Polster hinabsinken und schlug ihre für ihre Größe ungewöhnlich langen Beine übereinander. »Nein«, entschied sie. »Du hast dich verändert.«

Juspinn überging ihren Einwurf. »Abby?« Ich sah verunsichert zu ihm hoch und er zog sanft die Stola von meinen Schultern. »Zeig meiner Schwester dein Hotu. Dann wird sie gehen.«

»Abby also. Nicht mehr nur *die Pastorentochter*«, stellte Maria fest. Sie legte den Kopf schräg und betrachtete mich. »Was ist mit dem fühlenden Auge?«

»Sie hat dich erkannt, bevor ich es tat, oder?« Wieder war es Juspinn, der antwortete.

»Und der Schlüssel?«

»Wir arbeiten daran«, wich Juspinn aus.

»Mit anderen Worten, Gott hat noch nicht mit dir geplaudert.« Maria richtete ihre braunen Pupillen auf mich.

Ich wollte mich nicht von ihrer Perfektion und Selbstsicherheit einschüchtern lassen, aber es gelang mir nicht. Ich schlug meine Augen nieder. »Nein«, flüsterte ich. »Ich denke, der Ring hat sich geirrt. Ich habe keine besondere Verbindung zu Gott.«

»Der Ring hat sich geirrt?«, wiederholte Maria und gluckste, bevor sie in Lachen ausbrach. Es klang melodisch und verlockend und ließ mich wieder in ihr Gesicht blicken. Ihre Zähne waren wie Juspinns weiß, einfach perfekt aneinandergereiht. Ob man mit der Bindung an den Teufel auch schöner wurde? Oder war es ihre absolute Überlegenheit, die sie so anziehend werden ließ? Ein Teil von mir wollte genauso wie Maria sein und zu ihrem Leben gehören.

Wie eine Warnung brach ihr Lachen ab und ihre Augen verdüsterten sich. »Der Ring irrt sich nicht. Es liegt an etwas anderem«, schloss sie messerscharf und fügte gleich darauf lauernd hinzu: »Vielleicht bemühst du dich nicht genug.«

»Sie ist nicht für ihre Ausbildung verantwortlich. Das bin ich.« Juspinn trat dicht hinter mich, und als ich einen zaghaften Blick über die Schulter warf, küsste er mich sanft und alles andere als flüchtig auf den Mund. Ich unterdrückte ein Lächeln, als ich wieder zu Maria sah.

Die saß jetzt kerzengerade im Sessel. »Dann habe ich also recht behalten. Ihr habt eurer Anziehung nachgegeben und ich bin in eurem kleinen Liebesnest eingefallen, ohne anzuklopfen. Wie unangenehm das hätte werden können«, meinte sie mit Unschuldsmiene, aber ihr Bedauern, uns bei nichts Skandalösen erwischt zu haben, war deutlich spürbar. »Romeo und Julia«, stichelte sie weiter und war wie aus dem Nichts vom Sessel bei mir. »Was würde nur Papá Montague dazu sagen?« Sie stieß einen tadelnden Schnalzlaut aus.

»Möchtest du jetzt das Hotu sehen?«, fragte ich so sachlich wie möglich.

»Warte noch.« Juspinn drückte kurz meine Schulter und positionierte sich zwischen Maria und mir. »Begreife eins«, verlangte er mit grimmiger Miene. »Noch gehört mein Leben mir. Ich bin nicht gebunden und ich werde diese Beziehung führen, so lange, bis ich es bin. Es gibt nichts, was mich davon abhalten könnte.«

»Eine Beziehung?« Maria stand der hübsche Mund offen. Juspinn hatte seine Schwester schockiert, das war offensichtlich. »Ich bin sprachlos.«

Juspinn verzog das Gesicht. »Ich vermute, du wirst nicht allzu lange sprachlos bleiben.« Eins zu null für ihn, merkte ich innerlich an und unterdrückte ein Kichern.

Er sollte recht behalten. »Meinst du, dafür in den Himmel zu kommen?«, fauchte Maria.

»Hier geht es ausnahmsweise nicht um Himmel oder Hölle.«

»Sondern?« Marias Stimme war eine Oktave höher gerutscht.

»Etwas Irdisches.«

»Etwas Irdisches«, höhnte sie. Im Gegensatz zu Juspinn schien sie eine Vorliebe für Wiederholungen zu haben. »Und wie stellst du dir das vor? Willst du auf der Ponte Milvio ein Liebesschloss anbringen oder eine Münze in den Trevi-Brunnen werfen, um euch vier Bambinis und ein langes Leben zu wünschen? Oder mit ihr im Kino in der letzten Reihe rumknutschen?« Marias hasserfüllter Blick hing plötzlich an mir, durchbohrte mich und ich ahnte, was sie so aufbrachte. Ich hatte ihr das Lieblingsspielzeug weggenommen. Juspinn. Keineswegs war ich mir sicher, ob ihr Blick nicht töten konnte. Von irgendwoher musste die Redewendung ja kommen.

»Du sprichst mit mir, Maria. Sieh mich an«, knurrte Juspinn.

Er hielt die Arme verschränkt, seine Miene war angespannt. Unwillkürlich streckte ich die Hand nach ihm aus und er löste seine Klammer, um sie zu nehmen.

Maria ließ ihren Blick langsam wieder zu Juspinn wandern. »Dann wollt ihr Turteltäubchen also so tun, als ob ihr ein normales Pärchen seid. Und von Sonnenuntergang bis zum Sonnenaufgang die Nacht durchquatschen und euch gegenseitig ins Ohr säuseln, wie viele Gemeinsamkeiten ihr doch habt? Oder ... Oh!« Sie strich provokant über Juspinns Unterarm. »Womöglich wollt ihr euch sogar ein Tattoo mit dem Namen des anderen stechen lassen?«

»Si«, erwiderte er trocken.

»Si? Was meinst du mit *Ja?*«

»Ja ist kein allzu kompliziertes Wort, oder? Das ist genau, was wir tun werden. Exakt diese Dinge.« Juspinn beugte sich zu mir und presste seine Lippen auf mein Ohrläppchen, murmelte kaum hörbar: »Sie ist nicht immer so, sie kann auch nett sein. Nur ... als Gebundene ist sie Vater verpflichtet. Zeig einfach keine Schwäche.«

»Was soll sie mir zeigen?«, fragte Maria misstrauisch.

»Ihr Hotu. Ich nehme an, du willst gehen und Vater Bericht erstatten.«

»Meine Augen sind gut genug, um durch fadenscheinigen Flanell zu erkennen, dass ihr Hotu hellgrau geworden ist«, meinte Maria frostig. »Es ist deins, um das ich mich sorge, Romeo.«

»Ist es dein Auftrag, dich darum zu sorgen?« Juspinn hob eine Braue. »Maria?«

»Zeig es mir«, verlangte sie mit gerecktem Kinn.

»Nein.«

»Dann werde ich Vater damit behelligen.«

»Wenn du ihm seine Zeit stehlen willst«, erwiderte Juspinn. Seine Reaktion war eigenartig. Weniger gelassen als sonst, ganz im Gegensatz zu Marias.

»Zeit hat der Teufel genug«, meinte sie gleichgültig. »Nur nicht Gezeichnete, deren Hotu dunkel genug ist.« Sie nahm ihre Handschuhe und sah noch einmal zu mir. »Wir werden also schneller über die Via Condotti flanieren, als ich dachte.« Dann war sie fort.

Ich spürte Maria noch nach, bis ich sicher war, sie nicht mehr wahrzunehmen, und blickte dann zu Juspinn. »Sie ist faszinierend.«

»Für mich genauso faszinierend wie ein Eimer«, meinte er verstimmt.

Ich lächelte. »Was für ein Problem hat sie mit deinem Hotu?«

»Keines.«

»Keines?«

»Verflucht, Abby. Lass du wenigstens diese Wiederholungen«, stieß er verärgert aus. »Ich bin Maria keine Rechenschaft schuldig, das ist alles.«

»Du hast dich aber wirklich verändert«, gab ich seiner Schwester recht. »Du bist nicht mehr so ...« Mir fehlte das passende Wort.

»Diabolisch ist das Wort, nach dem du suchst«, fiel Juspinn ungeduldig ein. »Aber das bin ich nur hier, Abigale. Hier und allein mit dir kann ich anders sein.«

»Woanders nicht?«

»Nicht immer.« Seine Pupillen schienen sich verdunkelt zu haben, die Teufelchen darin sprühten nicht mehr orange, sondern schimmerten in kaltem Silber. Ich folgte seinem Blick aus dem Fenster nach draußen über die großflächigen grauen Steine und das gelbe, struppige Gras, in dem Berrit stand und Wäsche auf eine Leine hängte. Sie sah nicht zu uns.

»Maria hat Berrit nicht einmal begrüßt«, stellte ich fest. »Wie lange sie sich wohl nicht mehr gesehen haben?«

»An die fünfzig Jahre, soweit ich weiß.«

»Das ist traurig. Und kaltherzig«, urteilte ich.

»Abigale, sie ist gebunden. Maria kann kein Mitgefühl oder gar Liebe empfinden, außer für andere Gebundene. Vor allem aber für sich selbst.«

Ich sah zu ihm hoch. »Ich kann mir nicht vorstellen, dass du genauso werden wirst.«

»Die Realität wird dich eines Besseren belehren«, antwortete er verdrossen. Voller Beklemmung folgte ich seinem Blick zu Berrit nach draußen, die den Wäschekorb nahm und aus dem Karree des Fensters verschwand. Dann waren wir gänzlich allein.

»Und jetzt?«, fragte ich Juspinn.

»Jetzt wirst du in ein neues Leben eintreten.«

»Wirst du dazugehören?« Ich wusste nicht genau, wovon er sprach, aber ich war nach wie vor nicht scharf auf Veränderungen.

Juspinn lächelte wieder zuversichtlich, als er meinen verängstigten Ausdruck sah. »Natürlich werde ich das.« Gleich darauf seufzte er. »Nur wird Vater uns unter seiner Kontrolle haben wollen.«

Ich begriff das alles nicht. »Du meinst, er vertraut dir nicht mehr?«

»Sagen wir so: Stell dich besser darauf ein, dass Maria ihre Drohung wahrmachen wird und du sehr bald mit ihr shoppen gehen musst.« Er sah mir beinahe feierlich in die Augen. »Nicht lange und du wirst den verborgensten, sagenumwobensten, machtvollsten Ort der Welt kennenlernen.«

»Die Hölle.«

»Mein Zuhause.« Juspinn grinste lausbübisch, was mich regelmäßig und zielsicher die Welt um mich vergessen ließ, egal wie machtvoll oder sagenumwoben sie sein sollte.

»Komm mit.« Er nahm meine Hand.

»Wohin? Was hast du vor?« Ich bewegte mich keinen Zentimeter, auch wenn ich wusste, dass Juspinn mich nur aus Höflichkeit nicht erneut wegteleportierte.

»Punkt eins auf Marias Liste. Wir quatschen die Nacht durch. Oder besser den Tag und die Nacht.«

»Um uns ins Ohr zu säuseln, wie viele Gemeinsamkeiten wir haben?« Ich runzelte zweifelnd die Stirn.

Er fuhr mit dem Finger darüber, um sie glatt zu streichen. »Das wäre wenig überzeugend, oder? Nein, erzähl mir von deiner Familie. Wie war es, bei einem Reverend aufzuwachsen und einer Mutter, die an Engel glaubt?«

Es ging bereits auf den Abend zu, als ich von Juspinns Armen umschlungen auf dem Bootssteg saß, wir auf das glitzernde eisblaue Meer sahen und ich endlich seine Frage beantwortete. Sein ungewöhnlich warmer Körper ummantelte mich dabei. »Meine

Kindheit war voller Liebe und Geborgenheit, aber auch ziemlich chaotisch. Vor allem wegen Mom. Habe ich dir von ihren Ziegen erzählt?«

Er lachte. »Das hätte ich in Erinnerung behalten.«

Ich erzählte ihm nicht nur von den Ziegen oder Moms Idee, unser Haus rosarot zu streichen, was es wie einen Puff hatte aussehen lassen, sondern auch vom Geruch der Zimtsterne an Weihnachten, der diesen Puff erfüllte. Ich erzählte, dass ich mich als Kind gemeinsam mit Mr Hopp, dem besten Beschützer-Hasen der Welt, unter dem Altar versteckt hatte, wenn ich Angst gehabt hatte. Von all den wundersamen und wunderbaren Momenten meiner Kindheit, von der Magie, die die Sterne für mich hatten, aber auch von meinen Ängsten.

In dieser Nacht weinte und lachte ich mehr als in meinem ganzen Leben zuvor. Mit jeder Träne und jeder glücklichen Erinnerung ließ ich meine Eltern mehr los ...

Aus Juspinns Vermutung, der Teufel wolle uns in seiner Nähe haben, wurde am Morgen Gewissheit, als Maria mit einer Einladung zu dem jährlichen Maskenball zurückkam. Auf ihr stand mein Name. Sie war auf hellem Büttenpapier, mit großer, geschwungener Schrift handgeschrieben. Unterschrieben war sie mit Samael Asmodi Mephistophelis Atterini.

Wir verließen Grönland elf Tage nach meinem Geburtstag und drei Tage vor dem Ball und ohne von Berrit Abschied genommen zu haben. Ich wünschte, ich könnte sagen, mir fehlte der Mut dazu. Aber es war wohl das Bedürfnis.

21

Meine Vorstellung, wo Juspinn uns hingebracht hatte, war verschwommen. Irgendwo ins Zentrum Roms, nur so viel wusste ich. Zu meinem Erstaunen war das Teleportieren diesmal nicht so schlimm gewesen. Ich fühlte mich vielleicht noch wie Wackelpudding, aber nicht mehr wie Brausepulver.

»Willkommen in der Hölle«, meinte Juspinn mit gezwungenem Lächeln.

»Genau so hab ich sie mir immer vorgestellt.« Auch ich probierte zu lächeln und durchschritt das unscheinbare Tor, das eher zum Paradies zu führen schien. Ein Park öffnete sich dahinter. Zwar streng geometrisch angelegt, aber mit uralten Bäumen, die ihr Astwerk wie Fächer über die Wege spannten, um sie zu überschatten. Ich spielte mit meinen Fingern, während wir auf den eigentlichen Palast zugingen.

»Bist du sehr nervös?«, fragte Juspinn mich.

»Ich würde sagen, angemessen nervös, wenn man berücksichtigt, wohin wir gehen.«

Juspinn lächelte aufmunternd. »Keine Sorge, du bist hier willkommen.«

»Keine Ahnung, ob ich mich darüber freuen soll«, murmelte ich, worauf Juspinn zu meinem Erstaunen meine Hand ergriff und nicht mehr losließ.

Der Park war unvermutet weitläufig, dafür dass wir uns dem

Anschein nach im Herzen Roms befanden. Bei einem Brunnen, der das Zentrum darstellte, blieben wir stehen. Er war groß, überladen und von der Skulptur zweier Liebender beherrscht. Ich strich über den glatten Stein. »Sie sehen so aus, als gäbe es für sie keine Zweifel«, sagte ich sehnsuchtsvoll.

»Abigale.« Juspinns Stimme klang gequält. Ich sah verunsichert in seine dunklen Augen, aus denen die Teufelchen gewichen waren und in denen jetzt graue Sprenkel schwebten. »Ich wünschte, ich könnte wie jeder andere Mann sein Mädchen nach Hause bringen.«

»Du meinst, ohne dass der Vater die Seele des Mädchens verderben will?«

Er verzog den Mund. »Genau genommen ist es der Sohn, der das versucht.«

Ich stellte mich auf die Zehenspitzen und küsste ihn, ohne nachzudenken. »Das schafft ihr nicht.«

»Wieso glaubst du das?«, fragte er düster.

»Weil das Gute immer siegt«, antwortete ich so unbeschwert wie möglich, froh, dass Juspinn nicht in mein Inneres blicken konnte, denn sonst hätte er erkannt, wie unsicher ich mir inzwischen war.

Die Türen zum Inneren des Palazzos standen weit offen. Ich trat über die Schwelle auf dunkelgrünen Marmorboden und stieß leise pfeifend Luft aus. Alles andere in diesem Saal, der ein normales amerikanisches Einfamilienhaus hätte verschlucken können, glänzte in Gold. Die Wände waren behangen mit goldenen Vorhängen, denen sich vergoldeter Stuck anschloss, darüber meterhohe goldene Bilderrahmen, die von vergoldeten Engeln gehalten wurden, und dann weit darüber eine gewölbte Decke. Ein überladenes Fresko mit halb nackten Menschen, Streitwagen, fliegenden Engeln und mehrköpfigen Ziegen. »Wow.«

Ich hörte Juspinn lachen. »Es beeindruckt dich?«

Ich riss meinen Blick von der Decke los. »Einschüchtern wäre wohl die passendere Bezeichnung.«

»Das haben alte Paläste an sich. Sie sollen Macht demonstrieren.« Seine Augen blitzten auf. »Also, Lust auf eine private Führung?«

»Auf den Spuren deiner Kindheit? Sofort!«

»Also schön«, begann Juspinn. Er hielt noch immer meine Hand. »Der Palazzo ist aus dem frühen sechzehnten Jahrhundert. Erbaut wurde er von einer römischen Familie, die schnell an die Macht kam und genauso schnell wieder fiel.«

Wir durchquerten den Saal und dann noch einen und noch einen, einer überladener und prunkvoller als der andere. Ich ächzte leise, als Juspinn mich auf verschiedene Baumaterialien, Stuckaturen und Skulpturen aufmerksam machte und mit Namen italienischer Päpste, politischer Machthaber und großen Künstlern um sich warf, die hier ein- und ausgegangen waren und ihre Spuren hinterlassen hatten. Aber ich musste zugeben, ich war beeindruckt.

»In den unteren zwei Stockwerken liegen nur offizielle Räumlichkeiten. Wie die Ballsäle, das Theater und der Opernsaal. Du wirst dich bald zurechtfinden.«

»Natürlich. Ein Opernsaal«, murmelte ich, während Juspinn mich über noch einen Innenhof zog, der – nach all dem Prunk – wie eine Oase auf mich wirkte.

Wir orientierten uns nach rechts und Juspinn öffnete eine weitere Tür und ließ mich hindurchgehen. Ich stand in einer unheimlich großen Bibliothek, in der sich die Leihbücherei meines Colleges hätte verstecken können. Bis unter die Decke war der Raum mit edlen Holzregalen verkleidet, in denen Tausende Bücher stehen mussten, die meisten offensichtlich sehr alt. Dieser Raum war der erste, der Wärme ausstrahlte, auch wegen des ausladenden Kronleuchters, in dessen Kristall-Facetten sich das Licht brach.

»Du wolltest sehen, wo ich meine Kindheit verbracht habe«, meinte Juspinn lächelnd.

»Richtig.«

»Einen großen Teil davon in diesem Raum.« Er strich mit den Fingerspitzen über eine Buchreihe mit ledernen Rücken. »Ich habe nie eine normale Schule besucht, aber alles gelesen. Von Aristoteles über Edgar Allan Poe bis Stephen King. Am liebsten Biografien, weil ich wissen wollte, wie normale Menschen ihr Leben verbringen.«

»Du musst sehr einsam gewesen sein ...«

Juspinn rang sich ein Lächeln ab. »Einsamkeit habe ich nur empfunden, wenn ich unter Menschen war.« Der Schmerz, der ihn bei diesem Gedanken erfasste, tat auch mir weh.

»Armer Jus! Das muss schrecklich sein, immer das Schlimmste im Menschen auszulösen«, flüsterte ich, legte mein Gesicht auf seinen warmen Rücken und umfasste seine Brust.

Eine Weile sagten wir nichts. Sein regelmäßiger Herzschlag war ohnehin das schönste Geräusch auf Erden. Plötzlich geriet es aus dem Rhythmus und schlug schneller.

Juspinn drehte sich um, wobei er verlegen lächelte. »Woher weiß man, dass es Liebe ist, Abby?«

Ich sah ihn ungläubig an, suchte nach Sarkasmus in seinem Gesicht. Er ließ sich nicht finden. »Ich ... ich denke, wenn man alles opfert, um beieinander zu sein«, erwiderte ich schließlich. Ich hatte mir vor einiger Zeit selbst die Frage gestellt. Endlich kannte ich die Antwort.

Juspinn nickte bedächtig. Dann atmete er tief durch. »Ich schätze, du willst noch den Rest des Hauses sehen.«

Ich nickte verwirrt und folgte ihm in eine große Halle, in deren Rundbögen perfekte Statuen standen. In ihrer Vollkommenheit erinnerten sie mich an Maria und Juspinn.

»Im Grunde ist dies der erste Saal, den man durch den Haupteingang betritt. Wir kamen von der Rückseite. Von hier aus erreichst du die verschiedenen Salons, die rechter Hand liegen, und die Speisezimmer. Dort essen wir allerdings nie.«

Wenn mich der Hintereingang schon so erschlug, hätte ich den Vordereingang wohl gar nicht überlebt, dachte ich und sah mich noch einmal in dem weiten Saal um. Zwei Skulpturen, die eine mächtige Tür flankierten, zogen meinen Blick an. Es waren Männer, beide nur mit einem Tuch umwickelt, der eine mit wallendem langem Haar, dem anderen wuchsen gedrehte Hörner aus dem Kopf wie bei einer Ziege. Er trug die Gesichtszüge von Juspinns Vater. Beide Figuren sahen auf die Mitte der Tür, in der schwarz und weiß das Zeichen des Hotus eingelegt war. Ich ging nahe heran. »Meinst du, Gott sieht wirklich so aus?«, fragte ich nachdenklich.

»So sah Michelangelo ihn. Er hat die Skulpturen erschaffen.«

Juspinn ließ meine Hand los. »Du kannst dir denken, was hinter der Tür ist.«

»Die Waage«, hauchte ich.

Juspinn nickte.

»Kann ich sie sehen?«

»Wir dürfen den Raum nur mit Vaters Erlaubnis betreten.«

Ich war enttäuscht. »Darfst du mir denn sagen, wie sie funktioniert?«

»Das solltest du sogar wissen.« Juspinn deutete auf die Skulpturen von Michelangelo. »Wenn einer von den beiden alten Herren die Menschen dazu gebracht hat, etwas besonders Gutes oder Schlechtes zu tun, neigt sie sich. Manchmal mehr, manchmal weniger. Je nach Ausmaß.«

Ich versuchte, es mir vorzustellen. »Also, ein Mann schlägt seine Frau und die Waage bewegt sich?«

»Denk in größeren Maßstäben.«

»Okay ... ein Mann ermordet seine Frau?«

»Noch größer.«

»Ein Mann ... ein Diktator –«

»Wieso muss es immer ein Mann sein?«

Ich verdrehte die Augen. »Weil Frauen zu so etwas nicht fähig sind.«

»Ameise.«

»Emanze.«

Er lachte auf. »Touché.«

Ich musste meinen Blick von seinem Mund lösen, um weitersprechen zu können. »Also gut. Eine Frau ... eine Diktatorin ...

Diktatorin«, wiederholte ich verächtlich. »Siehst du, es gibt noch nicht mal ein vernünftig klingendes Wort dafür.«

»Was tut sie?«

»Zettelt einen Krieg an.«

»Typisch Frau.«

Ich boxte ihm mit gespielter Verärgerung aber echter Kraft auf den Arm. Au! Leise fluchend rieb ich mir die Knöchel. Er musste einen verdammten Körper aus Stahl haben.

Seine Augen funkelten belustigt. »Womit eure Neigung zur Gewalt bestätigt wäre.«

»Okay, meinetwegen. Also, diese überaus gewalttätige Frau, wenn die einen Krieg anzetteln würde, in dem Tausende von Menschen sterben ...«

»Dann würde es sich auf der Waage bemerkbar machen.«

Das machte meine Verwirrung nicht kleiner. Vor allem, da es noch eine Sache gab, die mich persönlich mehr betraf als alles andere: »Der Teufel meinte, er hätte von meiner Geburt gewusst, weil die Waage sich in dem Moment neigte.«

»Gut aufgepasst.«

»Aber ich bin keine Diktatorin.«

Der Schalk aus seinen Augen verschwand. »Wir müssen keine Kriege befehligen, Abigale. Wir Gezeichneten können allein durch unsere Gaben so unvorstellbar viel bewirken. In die eine oder andere Richtung. Unsere Existenz wiegt daher schwerer. Wenn ich es will, dann wird jeder Aggressor zum Pazifist und umgekehrt. Jeder von uns Gezeichneten hat eine Aufgabe. Menschen ...« Er suchte nach dem richtigen Wort. »... umzustimmen, wird nach der Bindung meine Aufgabe sein.«

»Aber ... was ist dann meine?«

Juspinn seufzte. »Was deine ursprüngliche Aufgabe für Gott gewesen wäre, kann ich dir nicht sagen, für meinen Vater ist es, die Schlüsselgabe anzuwenden.«

Eine Gänsehaut überlief meinen Körper. Und sie fühlte sich nicht gut an. »Mein angeblich guter Draht zu Gott?« Es auszusprechen, war nach wie vor absurd.

»Ja, Vater will seinen Vorteil daraus ziehen. Er ist mehr als interessiert daran, Gottes Pläne zu kennen. Und ich nehme an, dass er meint, dies früher oder später durch dich zu erreichen.« Einige Sekunden sah er zu der Statue neben der Tür, dann blickte er wieder zu mir. »Habe ich dich jetzt schockiert?«

»Ich weiß nicht. Ich denke eher verwirrt. Ziemlich sogar.« Ich atmete durch. »Es ist nicht einfach, das, was ich bislang geglaubt habe, zu vergessen und durch eine Waage zu ersetzen, verstehst du. Das alles ist nicht gerade das, was in der Kirche gepredigt wird.«

»Bald wirst du nicht mehr verstehen, wie du je an etwas anderes glauben konntest.« Juspinn lächelte leicht. »Gut, also ... auf der anderen Seite sind die Arbeitsräume«, nahm er seine Führung wieder auf und drehte sich zurück. »Die Wäscherei, Küche, die Zimmer der Bediensteten und einstige Stallungen, in denen jetzt die Autos stehen. Wobei mein Vater da einen großen Bogen drum macht. Schnelle Autos sind wohl eher mein Faible. Der alte Herr hat nie gelernt, sie zu fahren.«

»Ähm ... nur für die Akten: Der Teufel kann kein Auto fahren?«

Juspinn grinste. »Nein, kann er nicht. Er ist wohl etwas altmodisch in diesen Dingen.«

Ich hing an Juspinns Lippen. Ob er sich bewusst war, was allein seine Stimme für eine Wirkung auf mich hatte? Ich hatte, ohne es zu merken, an seiner Seite den Saal verlassen und stand plötzlich vor einem modernen Fahrstuhl. »Unser Leben spielt sich im dritten und vierten Stock ab. Dort ist es weit weniger förmlich und –«

»Erdrückend? Exorbitant, furchterregend übertrieben?«

»Repräsentativ.« Juspinn bedeutete mir, den Fahrstuhl zu betreten.

»Weshalb sind wir nicht gleich dorthin teleportiert?«

»Ich wollte, dass du den Palast kennenlernst und du dich zurechtfindest in ... für die nächste Zeit.«

Ich ersparte uns die Frage, wie lange das wohl sein würde. Juspinn konnte nicht hellsehen. So viel ich wusste zumindest.

»Hier wohnst du also«, meinte ich grübelnd.

»Nein, Abigale. Das ist der Fahrstuhl«, erwiderte er mit strengem Tadel.

»Was? Ich ... nein. So meinte ich das nicht.« War er jetzt beleidigt? Verärgert? Unsicher suchte ich nach Absolution in seinem Gesicht. Ein flüchtiges Lächeln zuckte darin und tief in seinen Augen, da funkelte der Schalk.

»Es war nur Spaß, Abby.« Juspinn lachte jetzt ungehemmt und küsste mich auf die Nasenspitze.

Dann öffnete sich die Fahrstuhltür und sein Lachen erstarb. »Maria ...« Er nickte seiner Schwester frostig zu, die ihn genauso kühl betrachtete. Die Beziehung zwischen den beiden hatte sich verändert, ohne dass ich verstand, weshalb.

Umso herzlicher sah sie mich an. »Ciao, Abby. Endlich bist

du bei uns.« Maria küsste mich auf die Wangen. Ihre Haut war noch wärmer als Juspinns. »Wo ward ihr nur so lange?«, fragte sie an ihn gewandt.

»Juspinn hat mir den Palazzo gezeigt«, beeilte ich mich zu sagen. Hinter uns schloss sich die Fahrstuhltür.

Juspinn verkrampfte. »Wo ist Vater? Ich dachte, er erwartet uns.«

»Und da du das dachtest, lässt du dir alle Zeit der Welt?«, meinte Maria spitz.

»Ich denke, du hast vergessen, dass ich eigene Entscheidungen fällen kann.«

Maria lächelte selbstgefällig. »Genieße deine Freiheit.« Ich hatte das Gefühl, sie ließ den Satz unvollendet. »Vater ist in seinem Arbeitszimmer. Er hat noch Besuch ...«

»Ein Bekannter?«

Maria hob ihre schmalen Schultern, die von einer schlichten weißen Bluse bedeckt waren. An ihr wirkte sie wie ein Designerstück. »Ein Amerikaner. Du sollst hier warten. Ich werde Abby solange ihre Räume zeigen.« Sie sah zu mir. »Du hast keine Ahnung, wie aufgeregt ich deswegen bin«, gestand sie und fächerte sich Luft mit der Hand zu. »Seit ich weiß, dass du irgendwann zu unserer Familie gehören wirst, überlege ich, welchen Stil du magst. Eher schlicht oder romantisch ...« Maria hakte sich bei mir unter und dirigierte mich über einen breiten Flur.

Wie aus dem Nichts war Juspinn wieder vor uns. »Halte Abstand zu ihr«, knurrte er.

»Meiner zukünftigen Schwester? Ach, Jus. Wir alle werden sie lieben.« Sie hob meine Haare. »Er will nicht, dass ich dich verderbe«, raunte sie mir ins Ohr, als ob Juspinn dies nicht auch am anderen Ende des Palazzo hätte hören können. »Das ist ihm vorbehalten.«

»Ich meine es ernst, Maria.«

Ich sah, wie Juspinns Pupillen sich vor meinen Augen verdüsterten, auch wenn ich nicht für möglich gehalten hätte, dass sie noch dunkler werden konnten. Und ich spürte die Warnung, die darin lag, worauf eine Gänsehaut mich überlief. »Ist schon okay, Juspinn«, beschwichtigte ich.

Er fuhr unvermittelt herum. Hinter uns war eine Tür aufgegangen. Wir blickten den langen Gang hinunter, mit seinen hohen Decken und den modernen Gemälden. Ganz am Ende trat jemand aus einem Raum.

Ich kniff die Augen zusammen. »Ist das ...?«

»Irgendein Gouverneur«, meinte Maria. »Texas, glaube ich.«

Der Mann machte eine Verbeugung und drehte sich nun vollständig zu uns. Kurz trafen sich unsere Blicke. Maria hatte recht. Das Gesicht des Gouverneurs hatte ich oft genug im Fernsehen gesehen. Er war bekannt für seine konservative Politik und seine Liebe zu Waffen und ganz offensichtlich war er außerdem in der Hand des Teufels. Zumindest ein Klischee, das sich bestätigte.

Juspinn küsste mich auf die Stirn. »Wir sehen uns später.« In der nächsten Sekunde war er am Ende des Gangs, gut dreißig Meter entfernt.

Maria bugsierte mich in die andere Richtung, noch bevor ich Juspinn oder den Gouverneur verschwinden sah. »Deine Räume liegen über dem großen Ballsaal. Juspinns ein Stockwerk höher«, meinte sie mit einem Zwinkern.

Wir bogen links ab. Hier dominierten farbenfrohe Gemälde die Wände. Ich stutzte, blieb stehen und ging ein paar Schritte zurück. Das Tupfengemälde kam mir bekannt vor. Ja, tatsächlich, es war das gleiche wie in Juspinns Hütte in Acadia. Nur, wie es aussah, war dies das Original.

»Kommst du?« Maria winkte mir ungeduldig und ich eilte zu ihr. Ein großer heller Raum öffnete sich. Durch die überdimensionierten Bleiglasfenster konnte ich den Brunnen mit den Liebenden wiederentdecken. Ein Pfau stolzierte jetzt um ihn herum. Ansonsten stand in dem Raum nur eine Sitzgruppe.

»Hier wartet Besuch, falls du jemals welchen empfängst. Deine Gemächer liegen hierhinter ...« Auf ihren Wink öffnete sich eine hohe, hell gebeizte Holztür. »Und dies sind deine Zimmer.« Maria ging voraus. Eine junge Hausangestellte, vermutlich eine Native American, mit weißer Schürze und altmodischem Häubchen schüttelte eben ein Sofakissen auf und beeilte sich, an uns vorbeizuschlüpfen, als wir den Raum betraten. »Die Bediensteten sollten die Fähigkeit haben, unsichtbar zu sein, nicht ich.«

Unwillkürlich lachte ich. Maria, so exzentrisch sie auch war, hatte wirklich einen euphorisierenden Einfluss, wie Juspinn es vorausgesagt hatte. Aufgeregte Freude ergriff mich, als ich mich umsah. Der Raum war hell. Eine Seite komplett verglast, ebenfalls mit Blick auf den Park. Der gesamte Raum war in Champagnertönen eingerichtet und strahlte Wärme und Eleganz aus. Ein Mix aus modernen Elementen und wenigen historischen Möbeln, die den Glanz des Palastes widerspiegelten.

Maria sah mich durch ihre großen Augen erwartungsvoll an. »Und? Gefällt es dir?«

Ich schnappte nach Luft. »Es ist fantastisch. Ich wünschte, ich hätte so eine Gabe.«

»Aber das hast du doch. Ganz viele sogar. Und mach dir keine Gedanken, dass erst eine erwacht ist, das ist vollkommen normal nach so kurzer Zeit. Wir verbringen unser ganzes Leben damit, unsere Gaben zu perfektionieren. Na ja, unser Leben bis zur Bindung.«

»Was geschieht dann?« Bei dem Gedanken an eine Bindung mit dem Teufel lief es mir nach wie vor kalt den Rücken runter. Aber noch ein zweites Gefühl machte sich in meinem Körper bemerkbar: neugieriges Prickeln.

»Nun, wir verändern uns nicht mehr. Äußerlich nicht und innerlich auch nicht. Unsere Gaben gehen dann auf Sam über.«

»Aber ... ihr verliert sie nicht«, versuchte ich zu begreifen.

»Nein, wir teilen sie. Vater kann sie weiterentwickeln, wir nicht. Aus diesem Grund hat er es gern, wenn wir sie vor unserer Bindung vervollkommnet haben. Sonst muss er sich die ganze Arbeit machen. Nun ja, dank mir verfügt der Teufel jetzt über einen dezidierten Geschmack, ist künstlerisch äußerst talentiert und spielt sechsundvierzig verschiedene Instrumente.« Maria stieß einen tiefen Seufzer aus. »Theoretisch zumindest, bei ihm sind meine Gaben wie Perlen vor die Säue. Da wir gerade beim Thema sind ...« Sie stieß eine Tür auf, die sich an der hinteren Wand befand. Dahinter war ein Schlafzimmer, ebenso hell und gemütlich, mit einem Himmelbett als Mittelpunkt, und auf dem Nachttisch eine edle Flasche Wasser und einige Modemagazine.

Zwei weitere Türen gingen von dem Raum ab und zwischen ihnen stand eine barocke Anrichte auf zierlichen, geschwungenen Beinen. »Hier liegen Dinge, die du brauchen könntest. Wir waren uns nicht sicher, also haben wir verschiedene Devotionalien ...« Maria unterbrach sich und ich sah übermäßige Abneigung in ihrem Gesicht. »Wie auch immer. Hier sind Rosenkränze, Bibeln, Neues und Altes Testament, Kreuze, eine Gebetsbank, Marienbilder, Weihrauch ... Wenn dir etwas fehlt ...«

Ich trat neben sie und streckte stirnrunzelnd die Hand nach einer Bibel aus. »Das alles, damit die Schlüsselgabe geweckt wird?«

»Wenn du etwas anderes brauchst. Oder mehr ... keine Ahnung, mehr Bibeln vielleicht, dann sag Bescheid.«

Ich schüttelte den Kopf und zog die Hand zurück. »Ich fürchte, ich werde euch enttäuschen, der Ring hat sich geirrt. Ich hab nie weniger Verbindung zu Gott gehabt als jetzt.«

»Der Ring irrt sich nicht, Schwesterchen in spe.« Maria lächelte milde. Sie nahm meine Hände in ihre und ihr Ausdruck wandelte sich. Nun sah sie mich mit vor Aufregung glänzenden Augen an. »So, und jetzt wenden wir uns einem erfreulicheren Thema zu. Das setzt dem Trauerspiel, das deinen Körper umhüllt, ein für alle Mal ein Ende.« Die rechte Tür neben der Anrichte flog auf. »Tadaaaa! Dein Ankleidezimmer.«

Maria tänzelte hinein und ich folgte ihr mit großen Augen. Der Raum war größer als mein Zimmer in Boston und voller weiß lackierter Schubladen, Fächer und Stangen, auf denen sorgfältig drapiert Jeans, Blusen, Kleider, Jacken, Schals, Schuhe, Uhren, Schmuck und sogar Hüte und Caps lagen. Ich merkte, wie mir der Mund aufklappte.

Maria registrierte es mit zufriedenem Lächeln. »Ich habe dir für jede Gelegenheit mehrere passende Outfits zusammengestellt, aber für den Ball werden wir morgen gemeinsam ein sensationelles Kleid für dich aussuchen.«

Ich erwiderte nichts, sondern drehte mich nur ungläubig im Kreis. In einer Schachtel entdeckte ich sogar eine Anzahl Haarkämme, die mit Perlen und Steinen verziert waren, von denen ich nicht annahm, dass sie aus Glas waren.

»Überraschung gelungen«, meinte Maria und zog die schweren Vorhänge im Schlafzimmer zu. »Und jetzt, kleine Abigale, ruh dich aus. Sobald ich nicht mehr in deiner Nähe bin, wirst du dich weniger belebt fühlen. Schlaf ein wenig. Ich lasse dir rechtzeitig zum Abendessen Bescheid geben.«

Maria sollte recht behalten. Kurz nachdem sie fort war, erfüllte mich eine plötzliche und ungeahnte Schwere, die mich in das Himmelbett zog. Die ganze Nacht mit Juspinn geredet zu haben, die vielen kolossalen Eindrücke ... das forderte vermutlich seinen Tribut.

Ich schaffte es noch eben, meine Kleidung abzustreifen und sie über einer Fußbank fallen zu lassen, dann sank ich in einen Schlaf, in den sich das paradiesische Anwesen des Teufels mit all seinen Verlockungen mischte. Es war einer dieser seltenen Träume, die einen tief im Inneren berühren und einem wie eine Offenbarung aufzeigen, was die Essenz des Lebens sein sollte. Als ich aufwachte, begehrte ich all dies so sehr, dass ich mich fragte, wofür ich bislang geatmet hatte.

Jemand hatte meine Kleidung von der Fußbank entfernt und durch einen edlen Morgenmantel ersetzt. Die Vorhänge waren einen Spalt aufgezogen und durch sie fiel das satte Licht des

Nachmittags in einem hellen Streifen über das Bett. Ich war gerade in den Morgenmantel geschlüpft, als die Tür aufging und die Hausangestellte mit gesenktem Kopf hineinhuschte. Woher wusste sie, dass ich wach war?

»Hi«, sagte ich verunsichert.

Sie lächelte mir scheu zu und öffnete die Tür links von der barocken Anrichte. Gleich darauf hörte ich Wasser rauschen und ging neugierig näher. Das Badezimmer glich mehr einem römischen Badehaus, so wie ich es aus Filmen über Cäsar kannte. Nun ja, ich war in Rom, in einem alten Palazzo. Was sonst hatte ich erwartet?

Ein großer Rundbogen umschloss die Wanne, die als Becken in den Boden eingelassen war und sich jetzt schnell mit Wasser füllte. Der Raum war mit bernsteinfarbenem und weißem Marmor ausgekleidet und die Wände mit dem Landschafts-Mosaik eines Weinbergs verziert. Der Kontrast zu den Wasserlöchern in Grönland hätte nicht größer sein können.

Das Hausmädchen winkte mich heran und bedeutete mir mit einer Verbeugung, dass ich jetzt in die Wanne steigen konnte. Ich suchte nach etwas Bösem in ihrem Gesicht, immerhin arbeitete sie für den Teufel. Aber es war freundlich, jung und wirkte bescheiden. Auch das, was ihre Seele berührte, war schlicht und unverdorben. Da fiel mir wieder ein, was Juspinn mir über die Hausangestellten erzählt hatte: Sie alle entstammten Naturvölkern, weil diese, wie er mir schon an Beritt erklärt hatte, eine andere Einstellung zum Bösen hatten.

Der Bademantel wurde mir von den Schultern genommen.

»Das ist nett«, bedankte ich mich mit einem Blick über die

Schulter. Ihrer huschte in diesem Moment zu meinem Hotu, das ich auf einmal sehr viel dringender bedecken wollte als den Rest meines nackten Körpers. Schnell ließ ich mich ins Badwasser gleiten. Es war perfekt temperiert. Aus Düsen stiegen feine Luftblasen auf wie Perlen in einem Champagnerglas. Das Mädchen griff nach einem Flacon und ließ duftendes Öl in das Wasser fließen. Bald erfüllten die Aromen den ganzen Raum und ich schloss die Augen und seufzte genüsslich.

Nach einer Weile legten sich warme, kleine Hände auf meine Schultern und ich zuckte zusammen, weil ich geglaubt hatte, wieder alleine zu sein. Aber als ich den Kopf in den Nacken legte, war es das Mädchen, auf deren Gesicht sich ein Lächeln andeutete. Ihre Hände massierten meine Kopfhaut, ließen dann warmes Wasser aus einer Schale über mein Haar fließen und gaben schließlich noch etwas Öl hinein. Ihre Massage war genauso wohltuend wie ungewohnt.

»Ich bin Abby«, meinte ich nicht ganz unbefangen. »Und du bist ...?« Ich wollte sie nicht *das Mädchen* nennen.

Kurz nahm sie ihre Finger fort, eine Pause entstand, dann fuhr sie mit ihnen meinen Hals hinunter über den Ansatz meiner Brüste, strich sanft über die kleine Kuhle zwischen ihnen. Ich hielt die Luft an, aber mein Körper konnte nicht verbergen, dass ihm die Berührung behagte. Ich starrte auf meine Brustwarzen, dann auf die Hände darüber. Sie waren plötzlich hell wie Alabaster. Gleichzeitig flutete eine ungeheure Energie den Raum, die verriet, zu wem die Hände gehörten.

»Maria ...« Ich fühlte mich ertappt, fuhr herum. »Wie lange bist du schon hier?«

»Du hast das Mädchen in Verlegenheit gebracht. Sie ist es nicht gewohnt, beachtet zu werden.«

»Das wusste ich nicht.«

»Wie noch so vieles. Aber du hast Zeit, du wirst lernen«, meinte Maria gönnerhaft und griff zu einer Kupferschale, die sie mit Wasser füllte und es über mein Haar laufen ließ. Schaum wurde ins Wasser gespült, es roch betörend nach Mandarinen und Mandeln. Maria wiederholte die Prozedur, während sie eine einfache, kleine Melodie summte, die mich vollkommen gefangen nahm. Ihre Stimmbänder mussten aus Engelshaar sein, ganz egal wie teuflisch der Rest sein mochte.

»Du singst wunderbar«, meinte ich, als sie geendet hatte.

Sie ging nicht auf mein Kompliment ein. Wahrscheinlich hatte sie es schon eine Million Mal gehört. Stattdessen machte sie mir eins: »Dein Hotu hat sich weiterentwickelt. Du machst das sehr gut, Abby.«

»Das mache ich doch nicht mit Absicht!«, stieß ich aus, erst dann kam die Angst. »Welche Farbe hat es?«

Maria zeichnete seine Kontur nach, die unter ihren heißen Fingerspitzen brannte. »Irgendwo zwischen Mausgrau und Steingrau, würde ich sagen.« Ihrer Stimme nach war sie zufrieden mit dem Ergebnis, während ich den Schock zu verkraften versuchte. Juspinn hatte also recht behalten. Die Veränderung ging jetzt schneller.

»Und jetzt verspürst du Angst, weil es so rasant vonstattengeht«, erriet Maria meine Gedanken. »Und du fragst dich, ob du dabei bist, dich vom Teufel verführen zu lassen.«

»Bestimmt nicht.« Ich schüttelte Marias Hände ab.

»Nein?«, fragte sie mit kindlich klingender Unschuld. »Weshalb bist du dann hier, wenn nicht, um die Last deines furchtbar schwer wiegenden Heiligenscheins abzustreifen?«

»Ich bin nicht freiwillig hier«, zischte ich.

»Aber natürlich bist du das! Vater hat dir lediglich eine Einladung zukommen lassen, zu einem Ball. Du hättest sie ausschlagen können.«

»Das ist doch totaler Blödsinn«, wehrte ich mich. »Dein Vater hat gesagt, ich hätte keine Wahl.«

»Der Teufel ist ein Blender, Kindchen. Ein Illusionist. Und das meine ich nicht despektierlich.«

Ein Illusionist. Juspinn hatte seinen Vater so genannt, während des Barbecues auf Acadia, eine Ewigkeit her, eine Unendlichkeit entfernt.

Maria klatschte in die Hände, worauf das Mädchen zurückgehuscht kam. »Wenn du mir nicht glaubst, versuche es doch«, forderte sie mich heraus. »Steig aus der Wanne, nimm dir etwas Hübsches zum Anziehen und verlass den Palazzo. Von innen sind die Türen nicht gesichert.« Sie reckte ihr Kinn. Das Mädchen hielt ein großes, verführerisch weich wirkendes Handtuch für mich auf. »Also?«, meinte Maria.

Für einen Moment war ich sprachlos. War es tatsächlich so? Konnte ich einfach aus dem Palazzo hinausspazieren, den Fängen des Teufels und seiner paradiesischen Hölle entkommen? »Wenn das so ist, dann –«, setzte ich an, da war mir bereits klar, dass ich den Palazzo nicht mit Juspinn verlassen würde, und ich stieß eine Verwünschung aus.

Maria lächelte wissend. »Du bist nicht die Erste, die seinem Charme erlegen ist.«

»Darum geht es nicht«, stellte ich klar. Es war verflucht schwer, sich Maria gegenüber zu behaupten, erst recht, wenn man nackt in einer zu groß geratenen Badewanne lag. Ich stieg hinaus. »Ich habe deinem Bruder versprochen, bei ihm zu bleiben, bis er gebunden ist.«

»Ach ja, um ihn vor seiner Bindung die wichtigste menschliche Erfahrung machen zu lassen, die der Liebe? Glaubst du etwa, seine düstere Seele durch dieses alberne Gefühlsdrama retten zu können?«

Jetzt war ich es, die das Kinn reckte. »Ja.«

»Dann solltest du dich beeilen.« Wieder so eine Andeutung. Schon bei meiner Ankunft hatte ich vermutet, Maria hätte etwas unausgesprochen gelassen. Sie stand auf, wobei ihr Blick über meinen Körper glitt. »Etwas knabenhaft, aber du hast deine Reize«, urteilte sie und beugte sich vor, um mich blitzschnell auf den Mund zu küssen. »Ich freue mich darauf, dich bald als liebendes Familienmitglied zu begrüßen. Wir sehen uns beim Dinner, Abby.« Dann war sie fort.

Ich ließ mich mehr als verstört in das Handtuch einwickeln und versuchte, das Mädchen wegzuschicken, aber sie begann, sich an meinen Haaren zu schaffen zu machen, frottierte und kämmte sie, schloss einen Föhn an, holte die Spangenschachtel aus dem Ankleideraum. Schließlich hörte ich auf zu protestieren und gab mich ihr schicksalsergeben hin. Dabei stellte ich mir vor, ich wäre beim Friseur und nicht in einem Palast, in dem ich mir scheinbar nicht allein die Haare zusammenbinden durfte.

Ich glaubte nicht wirklich daran, Juspinns düstere Seele durch Liebe retten zu können. Vielleicht hätte ich es noch vor ein paar

Wochen getan, aber inzwischen wusste ich nicht mal mehr, ob ich noch an Gott glaubte, der von einer Verbindung zwischen uns scheinbar weitaus weniger hielt als ich. Nein, ich war hier, weil ich Juspinn ganz und gar und unwiderruflich verfallen war, so sehr, dass ich ihm bereitwillig in den Kreis seines Vaters gefolgt war. Er hatte mich nicht zwingen müssen, er hätte es können, ohne Frage, aber es war gar nicht nötig gewesen.

Den halben Tag hatte ich Juspinn nicht gesehen, was sich in meiner steigenden Nervosität bemerkbar machte. Ich verkraftete es nicht gut, von ihm getrennt zu sein. Als das Mädchen mir einen Handspiegel vorhielt, sah ich nur kurz hinein: Mein Gesicht wurde gerahmt von einer Flechtfrisur, aus der einzelne Strähnen gezogen worden waren und jetzt meine Wangen umspielten. Dahinter ihr erwartungsvoller, wenn auch scheuer Blick. »Das sieht hübsch aus«, versicherte ich ihr.

Sie lächelte und begann aufzuräumen. Schnell hielt ich den Spiegel so, dass ich mein Hotu vollkommen sehen konnte. Das erste Mal, seit ich wusste, dass es nichts, aber auch gar nichts mit einem Engel zu tun hatte. Es zeigte sich jetzt im hässlichen, unnatürlichen Grau. *Wie Rattenhaut,* dachte ich voller Ekel und unterdrückte mühsam den Wunsch, mich zu kratzen. Hatte ich mich innerlich auch so verändert? Nur, weil ich eine Fliege erschlagen hatte? Oder weil ich nicht einmal versuchte, mich von Juspinn und seiner teuflischen Familie zu befreien?

Maria hatte mir ein romantisches Kleid in Sonnengelb herausgehängt und passende zarte Pumps mit Riemchen dazugestellt. Ich schlüpfte alleine hinein und folgte dem namenlosen Mädchen durch die vielen Räume des verworrenen Palastes. Mit jedem Schritt wuchs meine Aufregung.

Erst nach einer kleinen Ewigkeit sah ich Juspinn wieder. Er saß an einem Tisch in einem der Innenhöfe, sein Gesicht überschattet von einem beeindruckend großen Olivenbaum, durch dessen Blätterdach die Abendsonne funkelnde Flecken schickte. Tauben gurrten und es roch nach Zitronen. Doch die italienische Leichtigkeit konnte seine Anspannung nicht verbergen. Ich suchte seinen Blick, aber er sah an mir vorbei zu seiner Schwester. Sie war es, die mir zulächelte, während ihr Vater sich sofort erhob, als er mich entdeckte. Er trug einen hellen Leinenanzug.

»Ciao, Abigale – mio regalo divino,[1] endlich kann ich dich in meine Arme schließen.« Er umrundete den Tisch und küsste mich auf die Wange, als wäre ich ein alter Freund der Familie. Erst jetzt wurde mir bewusst, dass ich die Begegnung mit ihm, dem Teufel, nicht gefürchtet hatte. Auch jetzt spürte ich keine Angst oder Nervosität. Er lachte gewinnend und deutete auf den Tisch. »Ein toskanischer Chianti, der beste Parmesan Italiens, Oliven und Brot. Wenn ich dir sage, mehr braucht es nicht, um das vollkommene Glück zu finden, dann koste und du wirst verstehen, was ich meine. Setz dich zu uns und genieße die Süße des Lebens.«

»Danke«, erwiderte ich leise. Von Juspinns Passivität immer noch verunsichert, stakste ich zum Tisch. Ein Korbstuhl schob sich zurück.

»Du siehst besonders bezaubernd aus in diesem Kleid«, meinte Maria, als ich mich setzte. »Wie eine Elfe oder ein Engel, fin-

---
1 Hallo, Abigale, mein Gottesgeschenk.

dest du nicht, Jus?« Sie zwinkerte mir mit einem angedeuteten Lächeln zu.

Juspinn reagierte nicht. Er hatte sich ebenfalls umgezogen, trug nun ein schwarzes, eng anliegendes Shirt mit großem Halsausschnitt und einen anthrazitfarbenen Schal, lässig und doch wie aus einem Modemagazin. Aber mit der Kühle, die er ausstrahlte, war er wieder in unerreichbare Perfektion abgeglitten. Gut, er hatte mich gewarnt, in Gegenwart seines Vaters würde er nicht derselbe sein können, trotzdem erwischte er mich kalt.

»Jus, alles okay?«, flüsterte ich, so leise, dass nur er es hören konnte. Meine Lippen bewegten sich kaum dabei. Verzweifelt suchte ich nach irgendeinem Zeichen, dass er eine Maske trug, die er ablegen würde, sobald wir alleine waren.

»Möchtest du Wein?«, fragte mich dafür sein Vater.

Als ich beklommen nickte, ergoss sich auf seinen Wink die Flasche in mein Kristallglas. Ich trank ein paar Schlucke.

»Mundet er dir?«, erkundigte sich der Teufel.

»Danke, sehr gut«, antwortete ich durchaus verblüfft. Jetzt verstand ich die Vorliebe meines Vaters für Rotwein. Ich trank das Glas leer.

»Schön, schön.« Der Teufel ließ die Weinflasche in die Luft steigen und ihr Inhalt füllte erneut mein Glas. »Hat Maria deine Gemächer zu deiner Zufriedenheit eingerichtet?«, fragte er verbindlich. »Sie kann es ändern, wenn du möchtest. In unserem Leben gibt es keine Grenzen. Einer der vielen Vorzüge ...«

»Sie könnten nicht schöner sein.«

Maria warf mir eine kleine Kusshand zu. Eine Geste, die bei jedem anderen kindlich gewirkt hätte, bei ihr jedoch anmutig.

»Also gefällt es dir bei uns, Abigale.« Der Teufel betrachtete mich eingehend, während er zurückgelehnt in einem Korbsessel sein Weinglas drehte.

Ich spürte, wie ich unter seinem durchdringenden Blick verkrampfte. »Ich ... ich weiß nicht. Äh ...« Ich war versucht zu lügen. Meine Lider flatterten. Aber es hatte keinen Sinn, jemanden anzulügen, der Gedanken lesen konnte. »Ja, eigentlich schon«, antwortete ich ehrlich, erstaunt darüber, dass ich tatsächlich so empfand.

Der Teufel nahm meine Überlegung schmunzelnd zur Kenntnis. »Und deine Garderobe? Ist die Auswahl angemessen?«

»Mehr als das«, versicherte ich schnell.

»Auch für den Ball übermorgen? Hast du etwas Passendes finden können?«

»Das Kleid für den Ball werden wir erst morgen kaufen, Papa«, mischte Maria sich mit dem liebreizenden Tonfall einer wohlerzogenen Tochter ein. Wie beim ersten Mal, als der Teufel zugegen war, erlebte ich sie mit plötzlicher Untertänigkeit. »Ich möchte Abigale Rom zeigen, wenn es dir genehm ist.«

»Sollten wir sie diesen Turbulenzen aussetzen, wo das Kind so vieles zu verkraften hat?« Der Teufel fuhr sich über sein Kinn und schien für einen Augenblick nachzudenken. »Nein, besser nicht«, entschied er. »Lass eine Auswahl in den Palazzo liefern, cara mia[1].«

»Ja, Papa.« Maria senkte den Blick und spielte mit einer Olive, die sie per Telekinese immer schneller über den Teller jagte.

»Iss sie!«, verlangte ihr Vater.

---

1 Meine Liebe.

Auf Marias Wangen zeigte sich urplötzliche Röte, vor Wut, wie ich spürte. Ich hielt den Atem an. Bei Maria war es kaum vorstellbar, dass sie gehorchte. Zu meiner Verblüffung jedoch schürzte sie ihre vollendeten Lippen, steckte die Olive mit ihren Fingern in den Mund und schluckte. Ihr Vater nickte zufrieden.

Ich war verwirrt. War das die bedingungslose Liebe unter den Gebundenen, von der Juspinn gesprochen hatte? Mir erschien sie eher wie blinde Ergebenheit. Die Vorstellung, auch irgendwann so zu sein, willenlos ... ohne eine Wahl, wie es schien, war mir unerträglich. Ich goss den Wein hinunter, froh über seine betäubende Wirkung.

»Da du gerade über den Chianti nachsinnst ... Ich habe dich noch nicht in meiner Familie willkommen geheißen, mein Gottesgeschenk.« Der Teufel prostete mir zu. »Salute!«

»Salute«, erwiderte ich beschwingt vom Alkohol.

»Wein hilft über so manchen Verlust hinweg, nicht wahr?« Er nickte mitfühlend. »Du tust gut daran, nicht so streng mit dir selbst zu sein. Wer leidet schon gerne?«

Da hatte er einen wunden Punkt getroffen. »Vielleicht halten mich meine Eltern für tot, aber für mich existieren sie noch.« Es tat gut, das auszusprechen, wenn auch der Wein meinen Mut beflügelt hatte.

Der Teufel ließ sich nicht provozieren. »Wie auch immer, deine Eltern werden deinen vermeintlichen Tod verkraften.«

»Werden sie nicht.«

»Doch werden sie.« Jetzt beugte er sich über den Tisch zu mir. Seine Stimme wurde leiser und schärfer. »Weil ihre Liebe nichts ist gegen das, was wir füreinander empfinden. Ihre Gefühle sind vergänglich«, sagte er mit unverhohlener Verachtung. Er lehnte sich wieder zurück und griff nach einem Stück Brot, welches er zerbrach. Ein Vogel pickte die Krümel vom Tisch. »Außerdem ... Zeit heilt alle Wunden, so heißt es doch, oder?«

»Ja, so heißt es.« Ich knirschte mit den Zähnen.

»Nun, nicht in unserer Welt. Wir würden einander nie vergessen. Wir beschützen unsere Familie. Immer.«

Worauf wollte er eigentlich hinaus? Fragend sah ich zu Juspinn. Sein Blick war unfokussiert, glasig. Sein Ausdruck jagte einen unangenehmen Schauer über meinen Körper. Etwas war geschehen, aber sosehr ich es versuchte, ich konnte nicht erspüren, was es in Juspinn ausgelöst hatte. Vielleicht trug der Wein Schuld daran. Ich schob ihn von mir. »Was ist los?«, formten meine Lippen beinahe lautlos die Worte. Zu meiner unendlichen Bestürzung sah ich eine Träne über sein Gesicht laufen. Er wischte sie nicht weg.

»Du bist so gewöhnlich geworden, Jus«, urteilte Maria verächtlich. Ihr war es nicht entgangen, und wenn sie es sah, hatte es auch der Teufel bemerkt.

»Nicht mehr lange«, winkte er ab, schob die Finger ineinander, streckte die Arme durch, sodass seine Gelenke knackten. Er ächzte. »Nun, Abigale ... Meine Tochter hatte mich gewarnt, dass die Hälften eures Hotus eine zu große Anziehung aufeinander ausüben würden. Ich alter Narr aber glaubte, nur du würdest meinem Sohn erliegen, er jedoch sei gefeit vor deinem Einfluss.« Er machte eine Pause. »Wie es aussieht, hätte ich mich gründlicher nicht irren können.«

Ich riss mich von Juspinns tiefer Traurigkeit los und wurde

kämpferisch: »Dann haben Sie also entdeckt, dass Ihr Sohn ein Herz hat.«

»Seine Achillesferse, die ihn beinahe verdorben hätte. Sein –« Er brach ab und schaute zu Maria. »Komm, zeig ihr, was sie aus deinem Bruder gemacht hat.«

Maria stand auf, umrundete Juspinn und dehnte mit theatralischem Seufzen den Ausschnitt seines Shirts. Ich merkte, wie ich einen erstaunten Laut ausstieß und nicht weil Juspinn sich wie eine Schaufensterpuppe verhielt. Sein Hotu war nicht mehr ungetrübt schwarz, sondern ebenso dunkelgrau wie sein Schal. Etwas war geschehen, an das ich nicht mehr geglaubt hatte. Mein Einfluss, meine Gefühle für ihn, hatten Juspinn tatsächlich verändert. Und nicht von heute auf morgen, wurde mir jäh bewusst. In den vergangenen Wochen hatte er immer mehr zugelassen, was ihm in seinem Leben zuvor verwehrt geblieben war: Liebe.

Maria ließ den Stoff los, wobei sie mit angewidertem Gesicht etwas auf Italienisch ausstieß. Ich hingegen hätte allen Grund zum Jubeln gehabt, aber Juspinns Teilnahmslosigkeit ließ mich auf der Hut sein.

»Jus?« Er reagierte nicht. Ich stand auf, ging vor ihm in die Hocke und legte ihm meine Hand aufs Gesicht. Seine Haut war kühler als sonst. »Komm schon, Juspinn. Rede mit mir!« Er blieb stumm. Ich warf dem Teufel einen zornigen Blick zu. »Was habt ihr mit ihm gemacht?«

»Sagen wir, mein Sohn ist in Wartestellung«, meinte sein Vater mit triumphalem Lächeln, das in mir eine schreckliche Vorahnung aufsteigen und meinen Kampfgeist kraftlos werden ließ.

»Worauf?«, fragte ich erstickt.

»Dass wir übermorgen nicht nur ein großes Fest feiern, sondern Zeuge sein werden, wie ein Sohn und sein Vater zueinanderfinden.« Er zwinkerte mir zu. »Für immer.«

Einen Augenblick war ich wie erstarrt, dann begriff ich. Der Teufel würde Juspinn binden. Schon übermorgen. Ich warf ihm einen flehenden Blick zu. »Nein!«

»Aber ja doch.«

»Sag, dass das nicht wahr ist!« Ich schüttelte Juspinn. Meine Stimme überschlug sich. »Du hast gesagt, wir hätten noch Monate!«

»Dann wäre sein Hotu zu hell«, mischte Maria sich ein. »Jetzt ist es schon grenzwertig.«

»Habt ihr etwa eine Scheiß-Farbtabelle dafür?« Ich schrie Maria an, ließ Juspinn aber nicht aus den Augen. »Scheiße, Jus. Komm zurück! Sag mir, dass du das nicht zulässt!« Ich bedeckte sein Gesicht mit Küssen. »Du musst das nicht tun, du hast immer eine Wahl!«, flüsterte ich verzweifelt. Ebenso gut hätte ich eine Statue anflehen können. Und dann verstand ich. Unter Tränen blinzelte ich zum Teufel. »Was wollt ihr von mir?«

»Nun, wir wollen dir in Ruhe etwas vorschlagen«, antwortete er, erhob sich und umrundete langsam den Tisch, bis er vor mir stand.

Ich stand ebenfalls auf, wich aber nicht zurück. »Und was, einen Teufelspakt?« Meiner Stimme triefte vor Sarkasmus.

»Genau das.«

Ich lachte kehlig. »Was auch sonst.«

Eine Weile sah er an mir vorbei auf Juspinn hinab, ohne dass er Anstalten machte weiterzusprechen. Dann richtete er seine

Aufmerksamkeit auf mich. »Mein Sohn weiß noch nichts von seiner baldigen Bindung, denn ich kenne seinen Hang zur Revolte und bin versucht, ihn die verbleibenden zwei Tage in genau diesem Zustand zu belassen.« Er seufzte schwer. »Aber damit würde ich ihm seinen Wunsch verwehren, einmal *Liebe* zu spielen und gewisse Dinge mit dir zu tun, die ich auf einer Art Liste in seinen Gedanken gesehen habe. Der Trevi-Brunnen spielt eine Rolle dabei. Ich nehme an, du weißt, wovon ich spreche.« Noch bevor ich es bejahen konnte, meinte der Teufel: »Du weißt es also. Sehr schön.«

Ich blickte zu Juspinn und merkte, wie es mir das Herz zuschnürte, ihn so vollkommen teilnahmslos zu sehen. Er hatte immer wieder betont, dass er noch einen freien Willen hatte. Unter keinen Umständen hätte er die letzten achtundvierzig Stunden seiner Ungebundenheit so verleben wollen, da war ich mir sicher. Aber der Preis dafür würde hoch sein. Ich stöhnte leise.

»Und was wäre mein Teil des Paktes?«

Der Teufel schien auf die Frage gewartet zu haben. »Nun, mein Sohn hat dir gesagt, dass er nach seiner Bindung unfähig sein wird, jemand außerhalb der Gebundenen zu lieben.«

»Das hat er.«

»Und kannst du dir auch vorstellen, was das bedeutet? Begreifst du, dass er in dir bereits übermorgen nicht mehr sehen wird als in jedem räudigen Straßenköter?«

Ich nickte stumm.

»Irgendwann, wenn dein Hotu mindestens so dunkel ist wie seins, werde ich dich binden können.« Der Teufel verzog seinen Mund zu der Andeutung eines Lächelns. »Und dann wirst du wieder in den Genuss seiner Liebe kommen. Sogar mehr von ihm geliebt werden als jemals von einem Menschen.«

»Nicht nur von ihm«, meinte Maria, hörbar entzückt von der Vorstellung.

»Aber dann wirst du vielleicht fünfzig oder sechzig sein, während Juspinn immer noch derselbe Jüngling sein wird, wie du ihn hier siehst.« Der Teufel strich über sein glänzendes Haar, wie ein Herr seinen Hund streichelte.

»Juspinn hat gesagt, es würde schneller gehen«, meinte ich gepresst.

Maria lachte auf. »Jetzt kann sie's gar nicht abwarten.« Sie hatte recht, ein Teil von mir sehnte sich nach dieser Bindung, einer Liebe, die nie etwas infrage stellte.

Der Teufel hob die Hände. »Vielleicht geht es schneller, vielleicht auch nicht. Voraussagen kann das niemand, aber du kannst es beeinflussen, Abigale.«

Mir stockte der Atem. »Wie?«

»Indem du etwas Unverzeihliches tust«, antwortete Maria mit samtweicher Stimme, die mich umschmeichelte. »Eine Todsünde, bei der deine Seele großen Schaden nimmt und dein Hotu mit der Tat schwarz wird.«

»Vergleiche dieses Phänomen mit einem Menschen, dessen Haare über Nacht vor Kummer weiß werden.« Etwas loderte in den toten Augen des Teufels auf. »Ich will nur, dass du diese Möglichkeit in Erwägung ziehst.«

»Niemals«, sagte ich. Aber es klang erbärmlich schwach.

»Du musst dich nicht jetzt entscheiden, nur darüber nachdenken, und ich schenke Juspinn die letzten Stunden mit dir in Freiheit. Allein. Tut, was immer ihr tun wollt. Das ist mein Angebot.«

Ich schüttelte den Kopf. Der Teufel legte seine heiße Hand auf ihn. »Je länger du den Kopf schüttelst, desto weniger Zeit bleibt euch.«

Ruckartig drehte ich mich unter seiner Berührung raus. »Ich will jetzt zurück in mein Zimmer.«

»Selbstverständlich.«

Das Mädchen tauchte auf und der Teufel bedeutete ihr, mich zurückzubegleiten. Ich blickte noch einmal zu seinem Sohn, der teilnahmslos durch mich hindurchsah. Dann folgte ich dem Hausmädchen in meine Räume.

Über mir spannte sich die helle Seide des Himmelbetts. Ich starrte auf ihre Falten, so lange, bis ich das Gefühl hatte, sie würden sich in meine Netzhaut einbrennen.

War das von Beginn an Sams Plan gewesen? Uns in Grönland den Raum zu geben, einander vollkommen zu verfallen, damit ich Juspinn freiwillig in die Bindung folgte? Hatte der Teufel womöglich davon gewusst, dass das Hotu seines Sohnes durch meinen Einfluss heller werden würde? Hatte er dieses Risiko einkalkuliert, um schneller zu bekommen, was er so sehr begehrte? Meine Schlüsselgabe? Ich schnaubte verächtlich, schloss die Augen und stellte mir vor, wie enttäuscht er sein würde, wenn er feststellen musste, dass es kein rotes Telefon zwischen Gott und mir gab.

Eine Weile lag ich so da und ließ meine Gedanken im Kreis wandern, mir sehr wohl bewusst, dass mich das nicht weiterbrachte. Dann schoben sich meine Hände aus einer alten, beinahe vergessenen Gewohnheit ineinander und ich begann mein Gebet, mit dem ich früher jeden Tag abgeschlossen hatte: *Lieber Vater im Himmel ...*

Ich betete die halbe Nacht, weinte, schüttete ihm mein Herz aus. Ich flehte um ein Zeichen. Gott musste doch mitbekommen haben, wie es um mich stand, dass ich seine Hilfe mehr brauchte als jeder andere Mensch auf seinem Planeten. Zwischendrin glitt ich in einen traumlosen Schlaf und erwachte mit immer noch gefalteten Händen. Ich ließ Gott jede Chance, holte sogar Bibel, Gebetskette und Jesusbild in mein Bett, drapierte die Dinge um mich herum, auch wenn es lächerlich war. Ich kannte Gott ja nicht, vielleicht brauchte er ein Medium wie die Bibel, um sich mir zu öffnen. Ich betete das *Vaterunser*. Unzählige Male sogar.

Mitten in der Nacht packte mich die Wut und ich forderte Gott heraus, beschimpfte ihn, drohte ihm, dass ich etwas Unverzeihliches tun würde, um mich freiwillig an den Teufel zu binden, wenn er nicht mit mir Kontakt aufnahm. Es musste noch nicht mal er selbst sein, ich war da nicht wählerisch. Ein Abgesandter, wie der Teufel sie in seinen Kindern auch hatte, hätte mir vollkommen gereicht, ein Bote ... ein Engel!

Irgendwann wusste ich, dass es nur eine Frage der Zeit war, bis ich das Gefühl haben würde, Gott genug Chancen gegeben zu haben. Eine immer größere Leere breitete sich in mir aus. Ich war erschöpft. Noch zwei Mal glitt ich in den Schlaf ab, eine Schonfrist, die ich ihm gab ...

Mit dem ersten Vogelzwitschern jedoch war sie abgelaufen und ich stand auf, um dem Teufel meine Antwort zu überbringen.

22

Mein Motiv, mit dem Teufel zu paktieren, war nicht besonders edel. Ich schob Gott die Schuld in die Schuhe, immerhin hatte er mich im Stich gelassen, aber im Grunde war es so: In Satans Arme trieb mich allein meine egoistische Sucht nach Juspinn. Der Gedanke, Jus an seinen Vater zu verlieren, ohne mich von ihm verabschiedet zu haben, war unerträglich. So würden uns mit etwas Glück bis zum Maskenball dreißig Stunden bleiben, von denen ich jede Sekunde in mein Herz einzuschließen gedachte.

Ein Mädchen wartete bereits hinter der Schlafzimmertür. Der Teufel musste sie geschickt haben, weil er meinen Gedanken gefolgt war, womöglich die ganze Nacht. Mir war es egal. Genauso dass ich noch immer das gelbe Sommerkleid trug. Mich quälten keine Gewissensbisse oder Bedenken mehr. Vielleicht wäre eine gewisse Furcht angemessen gewesen – immerhin schloss man nicht jeden Tag einen Teufelspakt –, aber ich wollte ihn einfach nur hinter mich bringen und folgte dem Mädchen auf nackten Füßen und mit aller Gleichgültigkeit, die ich für den Teufel aufzubringen imstande war, durch den Palast.

Zu meiner Verblüffung brachte sie mich in die große Eingangshalle und deutete auf die Tür mit dem Hotu, hinter der die Waage stand. Kaum war sie fort, teilte sich das Zeichen und die Tür schwang auf. »Komm herein, Abigale«, hörte ich seine schmeichelnde Stimme von innen.

Ich atmete tief durch. »Also dann ...«

Als ich die Schwelle überschritt, erfasste mich doch Nervosität. Nicht weil ich ein Rendezvous mit Satan hatte oder gleich zum ersten Mal die Waage sehen würde oder bereit war, über etwas Schreckliches nachzudenken. Sondern weil ich Juspinn bald wiedersehen würde. Es war furchtbar gewesen, ihn so willenlos zu erleben, und noch furchtbarer, die Verbindung zu seinem Inneren verloren zu haben. Auch jetzt. Es lag also nicht an dem Wein, sondern an dem Bann, den der Teufel über seinen Sohn gelegt hatte.

Der Raum war fensterlos und erinnerte mich an ein Museum, dessen kühle, schlichte Ausstattung den Objekten Platz zum Wirken geben sollte. Und dieses Objekt brauchte Platz. In meiner Vorstellung war die Waage viel kleiner gewesen, mehr wie diese antiken Dinger, die man in Historienfilmen auf Tresen stehen sah. Diese Waage jedoch war größer als ein Familien-Van. Zwei gewaltige Schalen, eine aus Ebenholz, die andere wohl aus Elfenbein – ich war da wahrhaftig kein Experte –, hingen an filigranen Ästen, welche zu dem Stamm eines Baumes führten. Unwillkürlich dachte ich an den Baum im Paradies, von dem Eva den Apfel gegessen hatte. Die gute Seite wog schwerer.

Ich merkte, dass ich damit nicht gerechnet hatte. Vielleicht waren die vielen Filme schuld, aber stand in Situationen wie dieser die Welt nicht normalerweise kurz vor der Apokalypse? Aber wie es schien, sah es ziemlich gut für die Menschheit aus. In einem plötzlichen Anfall von Übermut zog ich mit beiden Händen an der Waagschale des Guten, aber sie ließ sich nicht bewegen.

»Hast du wirklich erwartet, dass der Schwanz mit dem Hund wedeln würde?« Der Teufel trat aus dem Dunkel in den Schein der beleuchteten Waage. Er trug einen schwarzen Satin-Morgenmantel. »Ansonsten liegst du richtig, Abigale. Der Baum der Erkenntnis von Gut und Böse. Und, wie es aussieht, neigt er sich zurzeit gegen mich.«

Ich lächelte herausfordernd. »Meine Mannschaft ist am Gewinnen.«

»Es ist mir neu, dass du noch in dieser Mannschaft spielst«, antwortete er. »Bist du nicht gekommen, um mir zu sagen, dass du bereit bist, in Erwägung zu ziehen, etwas Unverzeihliches zu tun?«

Ich starrte den Teufel an und versuchte herauszufinden, ob er recht hatte. Hatte ich die Seiten bereits gewechselt? Weil ich den Pakt einging? Es war eigenartig. Im Grunde hatte ich nicht das Gefühl, etwas Schrecklichem zuzustimmen. Ich würde doch nur darüber nachdenken. Abwägen – was wir sowieso ständig taten. Doch meine zugeschnürte Brust sagte mir, dass selbst darüber nachzudenken nicht so harmlos war. Plötzlich waren die Zweifel so groß, dass ich kurz davor war, einen Rückzieher zu machen.

»Wie ich deinen Gedanken bereits entnehmen konnte, hat dir mein Sohn den Nutzen von Gut und Böse erklärt und damit den Sinn unserer Existenz für die Menschheit, deren Zustand sich auf dieser Waage spiegelt«, holte er mich mit harscher Stimme zurück.

Ich nickte.

»Es ist ein altes Spiel ... ein sehr altes zwischen *ihm*«, sein Zeigefinger zeigte bei dem letzten Wort zur Decke und er grinste verschmitzt, »und mir. Ein Machtkampf zwischen Gott und Teufel, wenn man so will. Letztendlich wird die Waage irgendwann zu einer Seite kippen.«

»Die Wette zwischen Gott und Teufel«, entfuhr es mir, oft genug hatte Dad diese in seine Predigten einbezogen. »Also brauchen Sie mich, um sie zum Kippen zu bringen. Damit das Böse endgültig gewinnt und Gott besiegt wird.«

»Du überschätzt dich, wenn du glaubst, das Zünglein an der Waage zu sein. Bei dir, mein Gottesgeschenk, geht es mir einzig und alleine um die Schlüsselgabe.«

»Aber ich habe diese Gabe nicht!« Warum begriff das denn niemand? »Ich habe keine Verbindung zu Gott. Nicht mehr als jeder andere Mensch zumindest.«

Der Teufel seufzte theatralisch. »Nun denkst du zu gering von dir, Abigale. Du bist nicht wie jeder andere. Der durchschnittliche Mensch ist ein ... nun, wie soll ich es dir begreiflich machen ... recht beschränktes Wesen. Er denkt wie die Waage, die du hier siehst. Ein Entweder-oder. Gut oder Böse. Schwarz oder Weiß. All die farbenfrohen Zwischentöne des Lebens versucht er stets, einer Seite zuzuordnen. So wie die Schalen hier, die sich zwar nach oben oder unten neigen, aber nie die Seiten wechseln können.«

»Weil Gut gut bleibt und Schlecht schlecht«, erwiderte ich trotzig, obwohl seine Worte etwas in mir auslösten. Im Prinzip hatte er wohl recht. Manchmal entpuppte sich Böses im Nachhinein als Gutes. War es dann nicht aber von Anfang an etwas Gutes gewesen und wir hatten es nur falsch zugeordnet? Wie oft stecken wir Dinge einfach nur in Schubladen, statt uns mit ihnen auseinanderzusetzen? Sämtliche Vorurteile beruhen auf diesem Prinzip und ich nahm mich davon nicht aus. Doch anders war ein Zusammenleben nicht möglich. »Das nennt man Moral«, setzte ich noch nach, weil er meine Gedanken ohnehin las.

Zur Antwort bekam ich sein teuflisches Lachen. »Abigale ...«, meinte er schließlich mitleidig, »deine geistige Kommode ist ja noch viel kleiner, als ich dachte. Wie schade ... Moral ... der Mensch ist ja so bequem. Stets muss er gezwungen werden, sich der Entwicklung zu stellen.« Er wandte sich der Waage zu und strich mit der Hand über sein Kinn. »Wusstest du, dass die größten Evolutionssprünge des Menschen nur nach Naturkatastrophen oder Kriegen stattfanden und wohl auch immer diesen Anreiz brauchen werden? Wandlung, die aus reinem Schmerz stattfindet. Dabei ist der Mensch mit genug Intelligenz gesegnet, um den Sprung aus der Dualität in die Vielfalt der Dimensionen unbeschadet zu überstehen, auch ohne diesen Schmerz. Rein aus dem Willen zur Veränderung heraus. Aber viel zu selten traut er sich dies zu.« Sein Blick glitt über seine Schulter zu mir. »Wie ist es mit dir?«

Ich hielt seinen kalten, leblosen Augen stand, blinzelte nicht einmal und fühlte mich, als hätte er mich stellvertretend für die gesamte Menschheit herausgefordert. Okay, es ging erst mal nur um das Drübernachdenken. »Was für eine Todsünde müsste es sein?«

Der Teufel streichelte die Schale aus Ebenholz. »Es muss eine himmelschreiende Sünde sein.« Er seufzte. Es klang sehnsuchtsvoll. »Dazu muss sie drei Voraussetzungen erfüllen.«

»Die wären?« Ich machte mich auf das Schlimmste gefasst.

»Erstens«, der Teufel streckte seinen Zeigefinger durch und tippte mit dem anderen darauf, »muss die Sünde schwerwiegend sein, ein Verstoß gegen die Zehn Gebote bietet sich an.« Er streckte den nächsten Finger. »Zum Zweiten muss sie im vollen Bewusstsein begangen werden, du dürftest dich also nicht wie gestern, dem Wein alle Ehre, durch Rauschmittel betäuben, um den Schmerz besser ertragen zu können.« Er machte ein bedauerndes Gesicht. »Und drittens ... und das ist der wichtigste Punkt«, unterbrach er sich, wobei er den Daumen mit dazunahm, »muss die Sünde aus freiem Willen begangen werden.«

»Das heißt, Sie können mich nicht zwingen.«

Er lächelte spöttisch. »Aber natürlich könnte ich das. Jedoch ... würde ich dich zwingen, beginge ich die Sünde und dein Hotu würde sich nicht verfärben.«

»Das klingt ... nachvollziehbar.« Ich biss mir auf die Lippe und stellte mir vor, wie ich einen namenlosen Menschen erschießen sollte. Meine Methode, mich zu wappnen.

»Vielleicht ist er ein schlechter Mensch«, mischte der Teufel sich in meine Gedanken. »Vielleicht hat er selbst versucht, jemanden umzubringen. Würde das deine Entscheidung leichter machen?« Dem Ton nach war er besonders um mein Wohlergehen bemüht.

»Ich weiß nicht ...« Die Schemen des Menschen wurden schärfer. Er nahm Konturen an: ein Mann, mit bösen Augen, der versuchte, seine Frau zu Tode zu prügeln. Ich atmete tief durch. Das machte die Sache tatsächlich weniger quälend. »Vielleicht«, meinte ich bitter.

Der Teufel lächelte breit – zu breit. »Dann sehe ich, was ich tun kann.«

»Es wird nicht dazu kommen«, versicherte ich ihm ... und mir. Ich würde nichts Böses tun, nur so lange mit dem Gedanken spielen, bis Juspinn gebunden war.

Die Verbindlichkeit wich aus seinem Gesicht. Er öffnete die Hand. »Schließt du ihn jetzt?«

»Es geht doch nur ums Drübernachdenken, oder?«, versicherte ich mich ein weiteres Mal.

Der Teufel nickte.

Von diesem Moment würde ich im Nachhinein gerne behaupten, es graute mir vor mir selbst, aber so war es nicht. Mit der idiotischen Vorstellung, ich hätte dem Teufel ein Schnippchen geschlagen, legte ich meine Hand in seine. Sie glühte und ich musste mich zwingen, meine nicht zurückzuziehen. Die Finger des Teufels schlossen sich um sie. Er bedachte mich mit einem Lächeln, das mich trotz seiner glutheißen Hand frösteln ließ. Zumindest hatte ich nicht mit meinem eigenen Blut unterschreiben müssen. Alles halb so schlimm also.

»Dann haben wir also eine Abmachung.« Der Teufel gab mich frei. »Eritis sicut ego scientes, quantum bonum malum sit.«[1]

»Was bedeutet das?« Mein Herz schlug plötzlich unregelmäßig, meine Haut prickelte.

»Nur die Spitzfindigkeit eines ... sehr alten Mannes. Es bedeutet nichts weiter.«

Misstrauisch spürte ich in mich hinein. Ich war unsicher, ob

---

1 Ihr werdet sein wie ich und wissen, was ein großes Gut das Schlechte ist.

ich in jeder Hinsicht noch ich selbst war. Kam dieser Eisklumpen in meiner Brust von mir? »Was geschieht jetzt?«

»Du wirst in deine Räume zurückgebracht werden und dir etwas Hübsches anziehen. Juspinn wird zu dir kommen. Er wird ungestüm wirken, erhitzt, von dem Gedanken besessen, mit dir durchzubrennen. Es wird ihm wie seine Idee vorkommen, es zu tun, du aber bist dafür verantwortlich, dass ihr rechtzeitig zurück seid.«

Es dauerte einen Moment, bis ich antworten konnte. »Wann ist rechtzeitig?«

»Morgen zur Mittagsstunde, nicht länger ... Sag ihm einfach, gegen seinen Vater zu revoltieren, sei eine Sache, aber indem er dem Ball fernbliebe, lehne er sich gegen den Teufel auf. Er wird auf dich hören.« Der Teufel ließ die Tür aufschwingen. »Ach ja ... dieser kleine Pakt bleibt unter uns, versteht sich. Er ist hinfällig, sollte Juspinn davon erfahren. Und jetzt. Husch-husch, eure Zeit läuft.«

Juspinn zwinkerte mir zu und trat das Gaspedal durch. Der Motor heulte auf, dann schoss der rote Sportwagen über das Kopfsteinpflaster die lange Ausfahrt hinunter. Ein großes Tor öffnete gerade noch rechtzeitig seine Flügel, sodass Juspinn das Geschoss auf die öffentliche Straße bringen konnte.

Ich trug nur ein dünnes Sommerkleidchen, marineblau, mit weißen Punkten, kaum knielang, der Rock zipfelig ausgestellt. Es verdiente nur eine Bezeichnung: niedlich. Es war aber das Unauffälligste gewesen, was ich in meinem Kleiderschrank, pardon, Ankleidezimmer gefunden hatte. Ich drückte den für meinen Geschmack viel zu kurzen seidigen Rock, der bei jeder Bewegung fast auf die Hüften rutschte, zurück auf meine Knie, mit der anderen krallte ich mich fest. »Ein Ferrari?«

»Ein Lamborghini Diablo«, erwiderte Juspinn lachend.

Ich lachte auch. »Wie passend.«

Während er uns aus dem historischen Teil der Stadt hinausbrachte, auf immer breiter werdenden Straßen, schwor ich mir, keine trübseligen Gedanken zuzulassen. Darüber, dass dies unsere letzten Stunden sein würden. Ich würde einfach nicht drüber nachdenken. Basta!

Eine Weile fuhren wir parallel zu einem breiten Fluss und ich betrachtete Juspinn von der Seite. Wie wahnsinnig ich ihn vermisst hatte! Obwohl ich mich an seinen Anblick inzwischen gewöhnt hatte, war ich immer noch mit jedem Blick fasziniert. Doch anders als zu Beginn war der Grund für dieses Gefühl meiner Liebe inzwischen nicht mehr seine unnatürliche Anziehungskraft. Und ich spürte auch etwas in ihm – tiefe, tiefe Zuneigung zu mir, die von Herzen kam und echter nicht sein konnte. Dazu eine Zufriedenheit, von der ich wünschte, sie könnte für immer sein. »Du bist glücklich«, sagte ich geradeheraus.

Er sah zu mir, seine Miene zeigte keine Spur von Verärgerung darüber, dass ich in sein Herz geschaut hatte. Im Gegenteil. Freude blitzte in seinen Augen auf. »Wie ich diese Palastmauern satthabe! Ich hätte dich überhaupt nicht hineinbringen sollen.« Er sah mir immer noch in die Augen.

Ich atmete scharf aus, nicht in der Lage, ihn anzulügen. »Kannst du bitte wieder auf die Straße sehen?«

»Nicht nötig, wir sind da.« Juspinn zog das Lenkrad nach

rechts, ging scharf in die Bremse und stellte den Motor ab. Das Auto stand halb auf dem Bürgersteig, halb auf der Fahrbahn. Zu meiner Linken sah ich einige Marktstände, rechts von uns spannte sich eine alte Brücke über den breiten Fluss. Juspinn verschwand und kaum eine Sekunde später wurde die Tür von außen geöffnet, sie klappte hoch wie ein Flügel. Juspinn reichte mir die Hand. »Du musst mir versprechen, dass du mich nicht für schnulzig hältst«, meinte er verlegen.

Ihm war wichtig, was ich von *ihm* hielt! Vielleicht konnte der Schwanz ja doch mit dem Hund wackeln. Ich lachte ungetrübt. »Da wärst du der Letzte.«

Mit gespielter Erleichterung wischte er sich über die Stirn, die eben noch in sorgenvollen Falten gelegen hatte. »Da bin ich unheimlich erleichtert, sonst hätte ich etwas verdammt Böses tun müssen, um mein Renommee wiederherzustellen.«

Ich meinte, das Lachen müsste mir im Hals stecken bleiben. Immerhin sollte ich mir genau darüber Gedanken machen. Tapfer lächelte ich weiter und überquerte an Juspinns Hand die sechsspurige Straße, wobei sämtliche Autos angehalten hatten, niemand hupte oder beschwerte sich über den plötzlichen Stau. »Ist es nicht schrecklich langweilig, wenn alle immer tun, was man will?« Ich blieb stehen.

»Es ist schrecklich anstrengend, wenn *Jemand* nicht tut, was ich will.« Er zog mich gegen meinen Protest weiter auf den Bürgersteig. Dort fuhr er langsam mit seinem Finger über meine Lippen, wobei er sich auf seine eigene biss. »Und schrecklich aufregend.«

Mit weit geöffneten Augen sah ich zu ihm hoch. Ich sehnte

mich nach einem Kuss. Dann zog er die Hand weg und ich presste meine Lippen aufeinander. »Ich finde das nicht gut«, meinte ich fast ein wenig beleidigt, ungeküsst geblieben zu sein. »Dir ist dein freier Wille doch auch unheimlich wichtig.«

»Weißt du, Abby, den Willen der Menschen zu bestimmen, ist normal für mich. Ich wüsste nicht, weshalb ich es ändern sollte.«

Wir tauchten unter großen weißen Schirmen in den Markt ein, Stände voll mit kandierten Früchten, getrocknetem Fisch, Schmuck, bunten Tüchern, frischem Obst und Gewürzen. Ein Genuss für die Sinne, die darüber hinaus voll und ganz auf Juspinn konzentriert waren. Er war vor einem Stand stehen geblieben, an dem an Drahtseilen Hunderte glänzender Liebesschlösser baumelten. »Mir zuliebe«, antwortete ich. Es war eigenartig, aber ich liebte das Menschliche an ihm besonders.

Er machte eins der Schlösser los, beugte sich zu mir runter: »Du meinst, ich soll dieses Schloss bezahlen?«

Ich nickte. »Das wäre die gängige Vorgehensweise.«

»Da gibt es ein Problem«, flüsterte er und hüstelte, »ich habe kein Geld dabei.«

Ich sah zu dem Verkäufer, ein grimmig wirkender Mann, der besser hinter einen Schlachtertresen gepasst hätte. Er hielt die tätowierten Unterarme verschränkt und ließ das Schloss in Juspinns Hand nicht aus den Augen. Offensichtlich war er besorgt, wir könnten – graviert oder nicht – einfach damit davonrennen. »Nur damit ich das richtig verstehe«, wisperte ich zurück. »Soll das etwa heißen, dass einer der reichsten Männer Roms –«

»Italiens«, verbesserte er.

»Italiens ...«

Als ich Luft holte, hob er den Finger. »Na ja, eigentlich Europas.«

Ich rollte mit den Augen. »Der Welt vielleicht?«

»Der Welt, ja.«

»Sehr schön. Dass einer der reichsten Männer der Welt mir kein Metallschloss kaufen kann?«

»Es sieht ganz so aus«, erwiderte er, die Stirn schuldbewusst in Falten gelegt. »Es mag sich unglaubwürdig anhören, aber ich war derart besessen von dem Gedanken, unsere kleine Liste mit dir in die Tat umzusetzen ... da habe ich mein Portemonnaie vergessen.« Es klang aufrichtig.

»Ganz und gar nicht unglaubwürdig«, murmelte ich. Juspinn hatte also wirklich keinen Schimmer, dass er bei dieser Entscheidung unter dem Einfluss seines Vaters gestanden hatte.

Der Verkäufer wurde unruhig. Er forderte etwas auf Italienisch. Der Ton dabei war nicht besonders freundlich, ich zog den Kopf ein. Juspinn aber lächelte gewinnend und stellte eine Gegenfrage. Der Mann hob seine Brauen, schielte an uns vorbei, vergewisserte sich, wie es schien, und löste die Arme. Als Juspinn die Hände hob und dabei nickte, drehte der Mann sich um und schrie einen Namen über das Stimmengewirr des Marktes.

»Was hat er vor?« Ich war verwirrt.

»Er scheint den Rat seiner Frau einzuholen.« Juspinn nickte zu einer typisch italienischen Mama, die sich die Hände an ihrer Schürze abwischte, während sie kurzatmig auf uns zueilte. »Und den einiger Nachbarn, wie es aussieht«, fügte er schmunzelnd hinzu.

Kurz darauf kam ich mir vor wie in einer Filmszene aus *Eat, Pray, Love*. Innerhalb kürzester Zeit hatte sich eine Traube überaus temperamentvoller Menschen um uns versammelt, die aufgeregt gestikulierend durcheinanderschrien. Aber sie schienen nicht wie sonst aggressiv. Immer wieder sahen sie dabei auf den Fluss. Juspinn schien der ganze Tumult höllischen Spaß zu machen, er verfolgte die Szene mit wachsendem Vergnügen, während ich darauf wartete, dass die Situation kippte. Eine Hand steckte in seiner Hosentasche, in der anderen drehte Juspinn das Schloss. Schließlich nahm der Verkäufer es ihm ab.

»I nomi?«, fragte er verbindlich und verzog seine Lippen zu einem gekräuselten Lächeln.

Ich hatte fest damit gerechnet, davongejagt zu werden, und sah Juspinn fragend an. Er bedeutete mir zu warten, während er unsere Namen auf einen Zettel schrieb. Seine Handschrift war schmal, steil und exakt. Mit hohem Bogen setzte er das J seines Namens unter meinen. So aneinandergeschmiegt sahen sie wunderschön aus. Ich lehnte mich an Juspinn, der seine Arme um mich schlang und sein Kinn auf meinen Kopf legte, in der Zwischenzeit verewigte eine kleine Maschine uns auf dem Schloss.

Der Mann polierte es mit seinem Hemdsärmel und überreichte es Juspinn mit breitem Lächeln. Dazu legte er einen winzigen glänzenden Schlüssel. »E le sue chiavi, Signore.«[1]

»Jetzt hast du ihn doch manipuliert«, protestierte ich leise.

»Das sollte ich doch nicht«, murmelte er in mein Haar. Er gab mich frei, zog die Hand aus der Tasche und ließ einen deutlich

---

[1] Und Ihr Schlüssel, mein Herr.

größeren Schlüssel mit einem Stier darauf in die offene Hand des Verkäufers fallen. »E le sue chiavi, Signore«,[1] sagte auch er. Der Verkäufer drückte auf den Stierkopf. Hinter uns hupte es und er fiel in wildes Jubelgeschrei.

Ich fuhr herum, sah die Lichter des Lamborghini aufblinken.

»Du hast ihm das Auto geschenkt?«, kiekste ich.

»Sei nicht albern, Abby«, sagte Juspinn missbilligend. »Ich habe damit bezahlt.«

Die Blicke der Menschen verfolgten uns über den Marktplatz zu einem steinernen Torbogen, aus dem die Wörter Ponte Milvio herausgearbeitet waren. Dahinter lag die Fußgängerbrücke. Jetzt roch es weniger nach Autoabgasen und mehr nach der kühlen Frische fließenden Wassers. An einem Drahtgitter hingen unzählige Schlösser. Alte, halb verrostete, glänzende, runde, welche in Herzform, einige mit falschen Diamanten besetzt ... Selbst, wenn sie echt gewesen wären, kein Schloss war so teuer bezahlt wie unseres, dachte ich bitter und meinte nicht den Lamborghini.

Die Frage, ob irgendetwas eine himmelschreiende Sünde rechtfertigen könnte, wurde immer lauter. Im Grunde verbot mir meine Moral, auch nur darüber nachzudenken, aber ich war einen Pakt eingegangen und der nagte an mir wie ein Krebsgeschwür.

»Wie dunkel muss das Hotu sein, damit man gebunden werden kann?«

Juspinn blieb stehen. »Im Grunde muss es tiefschwarz sein. Zumindest, damit es sich für beide gut anfühlt.«

»Gut anfühlt?«

---

1 Und Ihr Schlüssel, mein Herr.

Gleichgültig zuckte er mit den Schultern. »Laut meiner Schwester verfallen beide in eine Art Rausch, der nur Minuten anhält, aber den kein irdisches Glücksgefühl erreichen kann. Und sie hat da reichlich Vergleiche.« Juspinn stieß ein Schnauben irgendwo zwischen Belustigung und Verachtung aus. »Wie auch immer ... Sie meinte, schon deshalb würde sie sich immer wieder binden, gleichgültig, an wen. Aber es gibt wohl eine Art Grauzone ...« Er grinste. »Im wahrsten Sinne des Wortes.«

»Ach so?«, fragte ich scheinbar erstaunt. »Dann funktioniert es auch, wenn das Hotu noch nicht reinschwarz ist, sondern ... heller?«

Juspinn musterte mich. »Es kommt darauf an, wie viel heller«, sagte er gedehnt.

Ich starrte auf das abgetretene Pflaster der Brücke und flüsterte: »Dunkelgrau.« Dann hörte ich Juspinn erleichtert durchatmen.

»Weißt du, dass ich kurz dachte, du würdest von dir reden? Du würdest in Erwägung ziehen, dich binden zu lassen?«

Ich presste die Lippen aufeinander und schüttelte den Kopf.

»Du redest doch nicht von dir?«, vergewisserte Juspinn sich.

»Nein.«

Er fluchte leise und zwang mein Kinn nach oben. »Ich will, dass du mich ansiehst, wenn ich dir das hier sage.« Juspinn blickte mir so lange prüfend in die Augen, bis ich mir ganz mickrig vorkam und zu blinzeln begann. »Das würde ich dir auch nicht raten, Abigale. Dein Hotu ist noch sehr weit entfernt davon, dunkel genug zu sein. Eine Bindung würde dich ... Sie würde dich ohne Frage umbringen. Selbst bei meinem wird sie höllische Schmerzen bedeuten.«

Ich war schockiert. Nicht weil Juspinn um sein verändertes Hotu wusste, das war zu erwarten gewesen, schon weil die Menschen in seiner Umgebung nicht mehr so heftig auf ihn reagierten. »Aber es wird noch heller werden, wenn du weiterhin so viel Zeit mit mir verbringst.«

»Ich weiß.«

Mit Grauen dachte ich an morgen. »Aber dann wird deine Bindung doch noch qualvol-« Juspinn hatte mir seine Fingerspitzen auf den Mund gepresst. Sie rochen himmlisch.

»Das ist nichts, worüber ich mir jetzt Gedanken mache«, sagte er vollkommen ruhig. »Ich werde es überstehen, wenn es so weit ist.«

»M-mhm«, gab ich meine Zustimmung, aber kaum dass Juspinn seine Hand sinken ließ, setzte ich nach: »Woher weißt du, dass es so qualvoll ist?«

Er stöhnte. »Du wirst es nicht dabei bewenden lassen, oder?«

»Nein.«

Ich wartete, während er zögerte. Schließlich ließ er sich mit einem Seufzen auf den Steinboden sinken.

»Also gut ... Maria war erst Anfang zwanzig«, begann er, ihre Geschichte zu erzählen, nachdem ich mich neben ihn gesetzt hatte. Seine Finger strichen dabei über mein Knie. »Zu dem Zeitpunkt waren ihre Gaben nicht nur allesamt erweckt, nein, meine Schwester hatte sie bereits zur Perfektion gebracht. Sie war wohl immer schon äußerst diszipliniert. Und sie wusste, was sie wollte: ihre Schönheit, die Blüte ihrer Jugend, um jeden Preis erhalten. Unveränderbar, unsterblich sein. Sie bekniete Vater, wie ich hörte, monatelang, bis er schließlich zustimmte, es zu probieren.« Juspinn verzog den Mund. »Da war der weiße Teil ihres Hotus erst ein schmutziges Zementgrau.« Er unterbrach die kreisenden Bewegungen auf meinem Knie und sah mich mahnend an. »Keiner von den beiden hatte mit solchen Qualen gerechnet ... Letztendlich brachen sie den Versuch ab, weil sie beinahe daran gestorben wären.«

»Sie? Beide?« Ich wurde hellhörig.

»Nein, Maria, aber unser Vater war derart geschwächt, dass die Waage sich an diesem Tag – seinem ganz persönlichen schwarzen Freitag – weit gegen ihn neigte. Das von ihm so geliebte finstere Mittelalter wurde damit endgültig beendet«, erklärte Juspinn. »Bis Vater sich wieder erholt hatte, war die Neuzeit längst angebrochen und mit ihr waren Aberglaube, Krankheit, Angst und Schrecken zurückgewichen.« Er verzog einen Mundwinkel. »Seither arbeitet er mit Hochdruck daran, die Waage wieder zu kippen. Bloß zurzeit sieht es für Gott besser aus und das macht Vater rasend, auch wenn er es sich nicht anmerken lässt.«

Ich dachte darüber nach, was Juspinn gesagt hatte. »Und sobald er dich bindet, wird sie weiter in seine Richtung kippen?« So ganz hatte ich es immer noch nicht begriffen.

»Sobald er mich bindet, gehen meine Fähigkeiten und meine dunkle Energie auf ihn über, was ihn wiederum stärker macht und die Waage ein Stück zurückkippen lassen wird. Ein ewiges Armdrücken ...«, meinte er mit halbherzigem Lachen.

Die Geräusche Roms, Hupen, ferne Rufe, Kindergeschrei und Kirchenglocken füllten unser Schweigen. Juspinn spielte mit dem Schloss und schien darauf zu warten, dass ich das Kapitel *Bindung* endlich beendet hatte. Ich hingegen versuchte, meine Fragen zu sortieren. »Aber deine Schwester hätte damals doch etwas Unverzeihliches tun können, damit ihr Hotu komplett schwarz wird.« Ich gab mir alle Mühe, es beiläufig klingen zu lassen.

Juspinn sah mich mit schmalen Augen an.

»Maria hat mir von dieser Möglichkeit erzählt«, beeilte ich mich zu sagen. »Gestern, als sie mir jeden Winkel meines Ankleidezimmers präsentiert hat.« Ich rollte mit den Augen. »Du kennst sie ja.« Wann war es so problemlos für mich geworden zu lügen? Er zweifelte nicht an meinen Worten.

»Dann muss sie dir vertrauen«, meinte er gutgläubig. »Sie gibt nicht gern zu, wie schwierig es für sie war, all das Gute in sich zu bezwingen. Es hat länger gedauert, als Vater es ihr vorausgesagt hatte. Irgendwann dann war sie achtundzwanzig und ihr Hotu immer noch nicht schwarz. Also überwand sie die ihr verbliebene Moral, schob die Werte beiseite, die sie noch abhielten, und erdolchte ein Kind.«

Ich presste die Hand vor den Mund.

»Den Teil der Geschichte hat sie dir nicht erzählt.«

»Sie hat nur von etwas Unverzeihlichem gesprochen«, flüsterte ich. Eine halbe Lüge. Immerhin hatte Maria das Wort wirklich in den Mund genommen.

Juspinn sah durch die Brüstung hinaus auf den Fluss. »Unser Vater kam ihr entgegen. Maria durfte sich den Menschen aussuchen und entschied sich für eins der vergessenen Kinder. Sie lebte damals in Venedig«, erklärte er, »in dessen Lagune eine kleine Insel liegt. Im fünfzehnten Jahrhundert wurden dort die leprakranken Kinder in eine Heilanstalt gebracht, wo sie in Ketten gelegt auf den Tod warteten.« Das Wort Heilanstalt betonte Juspinn mit besonderer Abscheu und ich fragte mich, ob er vor drei Monaten ebenso empfunden hätte. »Nun ja. Maria wird nicht gern daran erinnert«, meinte er und machte Anstalten aufzustehen. Ich spürte die Enttäuschung in ihm. Er hatte sich diesen Moment sicherlich anders vorgestellt.

Trotzdem gab es da eine Sache, die ich noch wissen musste: »Aber wenn sie die Tat als Erlösung für das Kind empfand, war sie dann nicht weniger schlimm?«

»Ja, ein wenig«, meinte Juspinn knapp. »Es hat ihrer Seele trotzdem genug geschadet, um ihr Hotu einzutrüben, aber wenn du heute beide Seiten vergleichst, ist die ehemals weiße Hälfte immer noch eine Nuance heller. Wahrscheinlich der Grund, weshalb Maria ab und an ihre guten Momente hat.« Juspinn hatte zum Schluss immer schneller gesprochen, sein Unterton war genervt. Jetzt musterte er mich mit erhobener Braue und stand auf.

Ich erhob mich ebenfalls hastig. »Vielleicht hatte das Kind Glück. Ich meine, besser ein schneller Tod als langes Leiden, oder?«

Juspinn sah mich finster an. »Meinst du das tatsächlich so oder möchtest du nur eine ethische Diskussion führen?«

»Ich meine es so.«

»Es geht nicht um das Kind, Abigale«, erwiderte er mit verständnislosem Kopfschütteln. »Es geht um dessen Mörder, um seine Seele!«

»Aber es ist doch kein Mord. Es ist –«

»Was ist es denn, wenn du jemanden vorsätzlich und im vollen Bewusstsein umbringst?« In Juspinns Augen schimmerte es dunkel. Er kannte die Regeln für eine himmelschreiende Sünde und musste wissen, dass es eine Lüge war vorzugeben, ich würde sie nicht in Betracht ziehen.

»Ich weiß nicht ... Prävention vielleicht?«, erwiderte ich gereizt. »Ich meine, wenn ein Mann versucht, seine Frau totzuprügeln, er aber selbst getötet wird, bevor er es wieder probieren kann, wäre ich dann ein Mörder?«

»Ach so«, knurrte Juspinn. »Wir sprechen also doch von dir.«

Wütend starrte ich ihn an, unfähig, etwas dagegen vorzubringen. Wann nur hatten wir die Seiten getauscht?

»Du hast dich verändert, Jus. Die Teufelchen in deinen Augen sind erloschen«, meinte ich verdrossen. Es klang auch vorwurfsvoll.

Juspinn schnaubte. »Was für Teufelchen?«

»Ach, ich habe sie nur in Gedanken so genannt. Tausend Teufelchen«, erklärte ich mit plötzlich aufkommender Melancholie. »Am Anfang waren es orangene Funken wie Feuer ... irgendwann wurden sie dann kälter, eher wie silberne Splitter ... Na ja, und jetzt sehe ich in deinen Pupillen nur noch schwebende graue Teilchen«, meinte ich traurig und schaute zur Seite, weil der Anblick der trüben Flecken unerträglich für mich geworden war.

Ich hörte Juspinn trostlos lachen. »Abigale ... das waren keine Teufelchen in meinen Pupillen.«

»Sondern?«

»Sieh mir in die Augen.« Ich schaute zurück, zitterte kaum merklich. »Was siehst du?«, fragte er.

»Graue Teilchen ... immer noch.«

Er schloss die Lider und atmete tief, sehr tief durch, bevor er sie wieder öffnete. »Das ist deine Aura ... So, wie ich sie sehe«, sagte er leise und sah mich lange und ernst an. »Wenn du also in meine Augen siehst, blickst du in den Spiegel deiner Seele.«

Die grauen Scherben schwammen träge in seinen moorschwarzen Pupillen. Ich war absolut unfähig zu sprechen. Nicht mal zu einem Krächzen war ich in der Lage, so bestürzt war ich über seine Erklärung. Sie hatte mir die Kehle zugeschnürt.

»Ach, verdammt! Komm her.« Juspinn zog mich sanft an seine Brust. Ich verbarg mein Gesicht in seiner Armbeuge und begann zu weinen. Er streichelte über meinen Rücken wie bei einem Kind, das Trost brauchte.

Irgendwann war ich wieder zu einem Flüstern fähig, auch wenn meine Stimme mir fremd war. »Ich bin ein schlechter Mensch geworden.«

»Das bist du nicht.«

»Ich habe schlechte Gedanken, böse Gedanken«, gab ich zu.

»Du stehst momentan nur unter sehr vielen, sehr starken Einflüssen«, sagte Juspinn ganz ruhig, und als ich zu ihm hochschielte, lächelte er zuversichtlich.

Wie schön es in seinen Armen war ... Sehr lange blieben wir einfach nur so stehen, versteinert, genau wie die Liebenden-Statue im Park des Palazzo.

»Was meinst du ... Wollen wir das Schloss jetzt anbringen?« Juspinns warmer Atem kitzelte an meinem Ohr.

Ich kicherte leise. »Gleich ...«

Er hingegen lachte, aber ebenso leise, und strich mit seinen Lippen über meinen Hals, knabberte an meiner Haut. »Na komm ...«, murmelte er zwischen den Liebkosungen. »Wir haben noch eine Liste abzuarbeiten.« Ich konnte sein Schmunzeln hören.

»Dann musst du damit aufhören«, protestierte ich. Es klang wenig überzeugend.

Kleine Küsse wanderten höher, über meine Wange, mein Kinn. »Okay«, flüsterte er, seine Lippen bereits auf meinem Mund, »aber zuerst dieser Punkt auf meiner Liste ...« Zart strich seine Zunge über meine Lippen.

Ich bebte. »Wie oft steht der Punkt denn drauf?« Jede Silbe ein sinnliches Streicheln.

»Endlos ...«, murmelte er und küsste mich. Hielt mich, als mir die Knie weich wurden. Mich sein Geruch nach Zimt und Orangenschalen umfing, als würde ich wie dunkle Schokolade durch die Hitze eines Sommergewitters schmelzen.

Bis mein Magen knurrte ...

Juspinn schob mich von sich. »Du hast Hunger!«, stellte er fest.

»Nur mein Körper«, grummelte ich, »er übertreibt gern.«

»Dort hinten ist eine kleine Pasticceria.« Juspinn wies über die Straße. »Sie haben das beste Schokoladeneis der Stadt, sogar Karamellsoße, nur keine Kekse«, meinte er mit Bedauern. »Dafür aber *dolcetto*. Für die Amerikaner unter uns: Das sind Brownies für Feinschmecker.« Er drückte mir unser Schloss in die Hand und gab mir einen Kuss auf die Nasenspitze. »Bin gleich wieder da, Abby. Finde solange den besten Platz für uns!«

Zügig überquerte er die Straße, wobei ihn quietschende Reifen, wütende Schreie und wildes Hupen begleiteten. Anscheinend hatte er keine Ahnung, wie man ohne Manipulation gefahrlos eine viel befahrene Fahrbahn überqueren sollte. Ich lief ihm bis zum Torbogen nach, presste die Hand vor die Augen und schielte durch zwei Finger, bis Juspinn auf sicherem Boden war.

»Und womit willst du diesmal bezahlen?«, murmelte ich.

»Ich trage noch handgefertigte Schuhe für fünftausend Dollar«, rief Juspinn laut.

Ich lachte. »Weshalb hast du damit nicht das Schloss bezahlt?«

Juspinn antwortete, als er mit in Papier eingeschlagenen Köstlichkeiten und auf nackten Füßen zurückkam. »Ich mochte meine Schuhe.«

»Heißt das, ich muss nur weitere Bedürfnisse anmelden, wenn ich dich nackt sehen will?«

»Manchmal reicht auch ein Lächeln, um zu bekommen, was man will«, meinte er und schenkte mir das umwerfendste Lächeln seit Menschengedenken. Mindestens.

Wir verbrachten die letzten Stunden in der Leichtigkeit, die ich mir ersehnt hatte, unbelastet, ohne trübe oder schlechte Gedanken. Unser Schloss hing eingezwängt zwischen unzähligen anderen, als wenn wir ein ganz normales Paar gewesen wären, wie Juspinn es sich gewünscht hatte. Hand in Hand schlenderten wir durch Roms Straßen, ich aus Solidarität ebenso barfuß wie er. Als wir an einem Tattoostudio vorbeikamen, lachten wir bei der Vorstellung, dass wir ja bereits ein Partnertattoo hatten. Wie es einmaliger nicht sein konnte. Wir schlichen uns in ein kleines Kino, knutschten in der letzten Reihe, bis zumindest mir die Lippen brannten, und sahen den Rest der Nacht, dicht aneinandergekuschelt auf den Stufen einer Treppe sitzend, in den sternenklaren Himmel, schwiegen oder küssten uns. Nie hätte ich gedacht, dass Schnulziges so wunderbar sein konnte.

Es war schließlich sein Lächeln, das uns zurück ins Zentrum der Ewigen Stadt brachte. Ausgerechnet eine Nonne nahm uns gegen Mittag des nächsten Tages in ihrem kleinen Stadtwagen mit und lächelte die ganze Fahrt über durch den Innenspiegel zurück. Zum Schluss schenkte sie uns zwei Eurocent-Stücke, die wir in den Trevi-Brunnen warfen, wobei ich vieles dafür gegeben hätte zu erfahren, was Juspinn sich gewünscht hatte.

Ich hingegen hatte nur einen Wunsch: die richtige Entscheidung zu treffen.

23

Der Palast war inzwischen zur Betriebsamkeit erwacht. Türen klappten, Anweisungen wurden auf Italienisch durch den Park gebrüllt, Instrumente stimmten sich in irgendeinem Saal aufeinander ein. Für mich waren all diese Geräusche grauenhafte Missklänge.

Sehr viel besser als ihre Geräusche konnte ich die Empfindungen dieser Menschen ertragen. All ihre Sorgen, Ängste oder Freuden vermengten sich zu einem einheitlichen Brei, der mir herzlich egal war. Mich interessierte nur, wie es Juspinn ging ...

Eine Zeit lang war er aufgekratzt gewesen, genau wie ich noch im Glücksrausch der vergangenen Stunden, dann folgte eine Spanne der Gleichmütigkeit. Ich nahm an, Juspinn schlief und kam selbst etwas zur Ruhe. Ich ließ mir ein Lavendelölbad ein und wartete. Und wartete ...

Juspinns plötzliche Unruhe verriet mir, er war erwacht. Zehn oder zwanzig Minuten vergingen, in denen sie sich zur Hochspannung steigerte ... Zwei Herzschläge lang Taubheit und dann erfüllte mich sein panisches Entsetzen. Ich schrie auf. Juspinn hatte erfahren, dass er noch heute gebunden werden würde.

»Jus«, krächzte ich. Konnte er mich hören? »Jus!« Ich richtete mich auf und lauschte mit geschlossenen Augen seinem Herzen.

Es verkrampfte sich vor Schmerz.

»Du musst das nicht tun!«, sagte ich, ebenso gequält.

Hohn war seine Antwort.

Ich sah Juspinn förmlich vor mir, wie er meine Naivität belächelte, und spürte Wut darüber in mir aufkochen. »Ach, komm schon! Es gibt immer eine Alternative ... Hörst du?«

Ich wartete, spürte plötzliches Aufbegehren. Er dachte darüber nach. »Jus? ... Wie gestern ... Wir hauen ab! Ich bin hier, im Bad«, gab ich ihm zu verstehen. Blitzartig sprang ich aus dem Becken und grabschte nach einem Handtuch. »Jus! Gestern da ...« Irgendwo hatte ich doch ... Da! Ein eisgrauer Hausanzug aus Seide. »Ich habe dich belogen«, rief ich, während ich, auf einem Bein springend, in die Hose stieß. Mein Herz raste. »Als ich dir gesagt habe, du könntest dich gegen deinen Vater auflehnen, aber nicht gegen den Teufel ... Das habe ich nie so gemeint!«

Ich hatte mich angezogen und versuchte, meinen keuchenden Atem zu bändigen, mich zu beruhigen, um Juspinns Gefühle deuten zu können. Sie waren furchtbar verworren ... voller Wut, Zweifel, ich spürte flüchtige Angst, dann Schmerz ... »Scheiße, Juspinn! Worauf wartest du?« Meine Stimme war überspannt. »Wir hauen ab, verstecken uns. Nur so lange, bis dein Hotu hell genug ist ... Er dich nicht mehr binden kann!«

Mir war klar, dass der Teufel längst mitbekommen hatte, wozu ich seinen Sohn aufforderte. Aber Juspinn war nicht wehrlos. »Dein Wille ist stark«, gab ich ihm den verschlüsselten Hinweis. Oder konnte er den Teufel nicht manipulieren?

Plötzlich flachten Juspinns Gefühle ab. Er sortierte sich, wurde mir klar, und ich stöhnte. Also würde ich ihn nicht mehr dazu bekommen, eine spontane Entscheidung zu treffen ... Mir blieb nur zu warten. Ich merkte, wie meine Körperspannung nachließ und sank auf den Toilettendeckel. Starrte auf das Muster des Marmorbodens ... Lauschte Juspinns Emotionen ... Erkannte, wie aus Zweifel langsam Resignation wurde und schließlich Ergebenheit.

Dann war es, als ob eine glühende Hand mich aus seinem Herzen schieben würde, und ich fiel in einen Zustand erdrückender Trauer. Ich war allein – eine Zeit lang zumindest, irgendwann klappte eine Tür. Mit Mühe schaffte ich es hochzukommen und schleppte mich aus dem Bad. Mein Bett war gemacht worden. Wohl eines der Mädchen.

Gerade als ich mich auf die aufgeschüttelte Daunendecke fallen lassen wollte, sank sie ein. Zugleich spürte ich die veränderte Stimmung im Raum und wie mein Herz leichter wurde. Maria ... In diesem Moment war ich ihr unendlich dankbar für ihr euphorisierendes Wesen. Auf einmal war ich sogar zu einem kleinen Lächeln fähig »Hallo, Maria ...«

Juspinns Schwester zeigte sich mir in einem seidenen Morgenmantel mit Kirschblütenmuster. Ein Edelsteindiadem steckte in ihrem Haar und ihr Gesicht war in Teilen geschminkt, woraus ich schloss, dass sie ihre Vorbereitungen zum Ball unterbrochen hatte, um mir etwas mitzuteilen. »Es macht keinen Spaß, dich zu überraschen«, maulte sie und zog eine Schnute mit ihrem hübschen Mund.

»Du kannst mich nicht überraschen«, erwiderte ich mit unnatürlicher Heiterkeit. »Es ist leichter, einen karierten Elefanten zu ignorieren.«

»Welch wenig charmanter Vergleich.« Sie erhob sich elfenhaft. Ich bewunderte Maria für ihre Grazie. »Aber wetten, ich kann dich doch überraschen?« Sie glitt zur Tür. »Ich habe etwas für dich, das dein kleines Lächeln in ein Strahlen verwandeln wird.«

»Das glaube ich kaum.« Oder meinte sie Juspinn? Womöglich hatte er seine Meinung geändert und seine Schwester sollte mich aus dem Palast bringen, spann ich den Gedanken weiter. Voll banger Hoffnung und mit flauem Magen folgte ich Maria ins Wohnzimmer.

»Das, liebe Schwester in spe, ist der Stoff gewordene Traum eines jeden Mädchens.«

Ich hatte das Gefühl zu zerfallen, als ich verstand, dass Maria das rauchschwarze Ballkleid meinte. Nur kurz sah ich hin, dann starrte ich durch das Fenster in den Park, um mir nicht anmerken zu lassen, wie furchtbar enttäuscht ich war. In die Bäume waren in den letzten Stunden Lampions gehängt worden und der Brunnen der Liebenden wurde in dramatischem Violett angestrahlt. Wie sinnbildlich. Ich lachte bitter auf.

»Das Kleid gefällt dir nicht«, meinte Maria gekränkt. Offenbar hatte sie mein Lachen falsch interpretiert.

»Das ist es nicht«, murmelte ich bedrückt.

Sie seufzte. »Du wirst Juspinn doch gar nicht lange vermissen müssen, meine liebe Abigale. Du wirst die richtige Entscheidung treffen, da bin ich sicher.« Ich hörte Maria durch den Raum gehen und sah ihr nach. Sie hielt einen weißen Karton in den Händen, welcher mit breitem schwarzem Satinband umwunden war. »Ein Maskenball wäre keiner ohne eine Maske, nicht wahr?«, zwitscherte sie, reichte mir die Schachtel und das Band löste sich, bevor ich daran gezogen hatte. »Komm schon, mach sie auf! Ich bin so aufgeregt, wie sie dir steht.«

Ich nahm den Deckel ab und blickte irritiert auf zwei Federmasken, eine schwarze und eine weiße. »Welche davon?«

»Das ist die Gretchenfrage!«, rief Maria entzückt aus. »Teufel oder Gott? Schwarz oder Weiß? Nun sag, wie hast du's mit der Religion?«

Ich starrte sie an. »Was?«

»Ach, nur so ein Zitat, das mir vortrefflich zu passen schien. In einfachen Worten: Vater will, dass du dich öffentlich bekennst. Die schwarze Maske bedeutet, dass du bereit bist, eine himmelschreiende Sünde zu begehen, mit der weißen wirst du deinen eigenen Tod wählen.«

»Ich dachte, nur ein lebendiger Gezeichneter ist ein guter Gezeichneter«, meinte ich mit leicht überdrehtem Ton. Marias euphorisierende Wirkung vertrug sich nicht mit meinen angespannten Nerven.

Sie hatte sich auf die Armlehne der Couch gesetzt und zupfte an ihrem Diadem. »Ist das jetzt ein Zitat, das ich nicht kenne?«

»Es bedeutet, der Teufel kann die Schlüsselgabe nicht haben, auf die er so scharf ist, wenn ich tot bin.« Ich nahm die weiße Maske heraus.

»Aber nein, da hast du mich missverstanden. Mein Vater droht dir nicht mit dem Tod! Das würde deine Entscheidung doch furchtbar beeinflussen. Du würdest sie nicht mehr aus freien Stücken treffen, nicht wahr? Damit kann deine Tat unmöglich himmelschreiend sein.« Sie stieß ein dramatisches Seufzen aus, das bedeutete: *Dir muss man aber auch alles erklären.* »Nein, Vater ist sich sicher, du wirst dich eher an dir selbst versündigen, als ohne die Liebe meines Bruders zu leben, und mit der Leere, die du jetzt schon spürst ...«

Für mich war das eine indirekte Drohung, da konnte der Teufel behaupten, was er wollte. Er kannte doch meine Gedanken. Das Letzte, was ich wollte, war, mich umzubringen. »Dann ist das noch ein Punkt, bei dem er falsch liegt«, sagte ich kalt.

»Wie auch immer ...« Maria schaute kurz zu einer antiken Uhr, die auf einem weißen Sideboard stand. »In knapp einer Stunde wird ein Mädchen hier sein, um dich herzurichten. In zwei Stunden wird Vater dich abholen und zum Ball begleiten, sofern du ihm in der richtigen Maske entgegentrittst.«

»Und wenn nicht?«

Maria stand auf und nahm meine Hände in ihre. »Willst du wirklich alleine in dieser Welt zurückbleiben, Abby?« Sie schloss kurz die Augen und drückte meine Finger dabei.

Gleich fühlte ich mich besser, obwohl ich vor ein paar Minuten noch überzeugt gewesen war, nie mehr zu einer anderen Empfindung als Trauer fähig zu sein. Doch Maria hatte in dieser Hinsicht einen viel stärkeren Einfluss auf mich, als Juspinn ihn je gehabt hatte. Gut möglich und sie rettete mich damit vor einem Zusammenbruch. »Ja, das will ich. Wenn ich die Uhr zurückdrehen könnte, würde ich es«, meinte ich aus einer trügerischen Leidenschaft heraus.

Maria zog die Brauen zusammen und ließ mich los. »Das bedeutet, du würdest wieder in dein anachronistisches Denken verfallen, dich an den ganzen pseudomoralischen Werten festkrallen und deine alte Krücke, die Zwanghaftigkeit bemühen, falls deine Welt nur etwas aus den Fugen gerät?«

Manchmal war es schwer, ihr zu folgen. Ich verstand nur, dass sie verärgert war, und runzelte die Stirn. »Wie meinst du das?«

»Andersherum gefragt, wann hast du das letzte Mal etwas abgezählt, um dich zu beruhigen? Etwas gemieden, weil es einer Primzahl entsprach? Oder etwas verschlossen, weil es dir Angst machte?« Sie nahm den Deckel, den ich achtlos zur Seite gelegt hatte, drückte ihn sorgfältig auf die Schachtel und sah mich dabei bedeutungsvoll an. »Das, Abigale, war deine Welt, warst du. Eingezwängt in das Korsett deines Aberglaubens. Willst du abstreiten, wie gut es sich ohne anfühlt?«

Ich war derart perplex, dass ich nicht antworten konnte. Mir war diese Veränderung noch nicht einmal aufgefallen, aber Maria hatte damit ins Schwarze getroffen. Ich dachte daran, was der Preis dafür gewesen war, an mein rattengraues Hotu. Ich suchte Marias Blick. »Darf ich ... Würdest du mir vielleicht dein Hotu zeigen? Ich möchte wissen, wie ich aussehen würde, wenn –« Ich brach den Gedanken ab.

»Warum nicht.« Sie zuckte mit der Schulter und ließ den Morgenmantel heruntergleiten. Der dunkle Kreis mit dem Loch in der Mitte, das für die Welt stand, hob sich auffällig von ihrer weißen Haut ab. Ich überwand unsere Distanz und streckte ganz langsam meine Finger aus, ohne ihr Hotu zu berühren. Es war faszinierend, eine Hälfte tiefschwarz, die andere anthrazitgrau.

Unwillkürlich stellte ich mir vor, was ich dafür tun müsste. Schon längst war ich nicht mehr sicher, standhaft bleiben zu können. »War es schwer, das Kind zu töten?«

»Wenn man erst mal die Entscheidung getroffen hat, ist es leichter, als man denkt.« Maria bedeckte ihre Schulter und drehte sich wieder zu mir. »Du darfst sie nur nicht infrage stellen. Ganz einfach.«

»Und danach? Konntest du damit einfach so weiterleben?«

»In meinem Leben haben Schuldgefühle nie eine besondere Rolle gespielt«, meinte sie gelassen und stand auf. »Teufel auch, es ist nach fünf. Dann lasse ich dich jetzt mit deinen Gedanken allein.« Maria war fort, bevor ich protestieren konnte. Das Letzte, was ich jetzt wollte, war mit meinen Gedanken alleine sein.

Mit schwerer werdendem Herzen legte ich die beiden Masken nebeneinander und starrte darauf, den Kopf in meine Hände gestützt, während der kleine Zeiger der Uhr unaufhaltsam Richtung sieben vorrückte. Meine Deadline. Ausgerechnet jetzt war ich in eine merkwürdige geistige Starre verfallen, wohl weil nachdenken bedeutete, mich der Frage zu stellen, ob Mord ein angemessener Preis für die ewige Liebe war.

Schließlich hatte ich die erste Stunde nutzlos verstreichen lassen und es klopfte an der Tür. Na, großartig. Es war nicht das Mädchen, das sich das letzte Mal um mich gekümmert hatte. Dieses war älter und hatte wohl mexikanische Wurzeln. Ich war froh, nicht mit ihr reden zu müssen, und gab der Versuchung nach, mich in einen Tagtraum zu retten, während sie meine Haare föhnte und dabei über eine große Rundbürste zog.

Ich stellte mir vor, wie ich nach meiner Bindung an den Teufel aus einer Trance erwachte und Juspinn mich mit aller Liebe, die ein Wesen in der Lage ist aufzubringen, willkommen hieß. Wie sie mich geradezu umhaute, einhüllte, durchfloss, wie ich nur noch aus Liebe bestand, die um so vieles stärker war als alles, was ich zuvor erlebt hatte. Ich dachte daran, dass ich dann nie wieder Angst haben musste, von Juspinn zurückgestoßen zu werden, mich ihm in seiner Vollkommenheit gleichwertig fühlen konnte, weil er mich ebenso sah. Ich verlor mich in der Vorstellung, wie er aussprach, dass er mich liebte, und wie ich mich auf die Zehenspitzen stellen musste, um ihn zu küssen.

Und während mir Lidschatten aufgetragen wurde, dachte ich an den Teufel und wie viel leichter es wäre, nicht mehr das Gefühl zu haben, gegen ihn kämpfen zu müssen. Ich dachte daran, dass ich mich dann sogar beschützt fühlen würde und wie gleichgültig manche Dinge werden würden. Geld oder Zeit zum Beispiel ... Und dass ich – da es mir an beidem nicht mangelte – in Harvard würde studieren können.

Als meine Lippen betupft wurden, dachte ich an Maria, wie aufregend die Welt mit ihr zusammen wäre. Und ich ertappte mich dabei, mich darauf zu freuen. Im Grunde war sie doch viel eher die Schwester, die ich mir gewünscht hätte.

Darüber kam ich dazu, an meine Familie zu denken. Wie sehr ich sie vermisste, auch Virginia. Inzwischen hatte ich ihr verziehen. Virginia traf keine Schuld, sie war nicht wie ich vor Juspinns Einfluss geschützt. Es gab keinen Grund, sie nicht wieder in die Arme zu schließen ... Ich würde meine Familie wiedersehen können, auch wenn ich anders für sie empfand ... Ich würde sie von dem schrecklichen Glauben erlösen können, ich wäre tot.

Und schließlich, als etwas Schweres in mein Haar gesteckt wurde, dachte ich an Gott, der mich im Stich gelassen hatte, der mir noch nicht einmal seine verdammte Existenz bewiesen hatte, geschweige denn einen Engel geschickt. Und für den ich mich jetzt opfern sollte? In meinen Gedanken schrie ich.

Das Mädchen drückte kaum merklich meine Schultern. Ich öffnete die Augen und blickte in den Spiegel, den sie mir vorhielt ... und erschauderte. Meine Haut war trotz der Abendsonne blass, meine Augen wirkten riesig, jedoch ohne die Unschuld in ihnen, wegen der mich früher alle Bambi genannt hatten. Sondern weit geöffnet. Der Lidschatten dramatisch wie schwarzer Rauch. Und in meinem hochgesteckten Haar saß ein ebenso schwarzes Diadem.

Nie hatte ich so schön ausgesehen. Und gleichzeitig mir so fremd. Ich hob mein Kinn, lächelte und griff zu der schwarzen Maske.

* * *

Wenn du dich mit dem Teufel einlässt, verändert sich nicht der Teufel, sagt ein altes Sprichwort. Abigale hatte es, was mich anbelangte, auf den Kopf gestellt.

»Vater.« Ich erinnerte mich nicht daran, wann er jemals meine Räume betreten hatte.

»Wie geht es dir, mein Sohn?«

Was wollte er wirklich? Mit Sicherheit ging es nicht um mein Wohlbefinden. »Danke, gut. Was kann ich für dich tun?«

Mein Vater lachte leise. »Gradlinig, wie immer.« Er setzte sich in einen Sessel. »Ich bin gekommen, um dich zum Ball heute Abend einzuladen. Als Begleiter für Abigale.«

Überrascht ließ ich mich ihm gegenüber nieder. »Das ist ... ungewöhnlich«, brachte ich heraus, während ich nach den Hintergründen forschte.

»Trotz meiner Wirkung?«

Er winkte scheinbar gelangweilt ab und seufzte. »Siehst du, ich denke, deine ... Wirkung auf die Gäste wird wesentlich weniger stark ausfallen, als du mir weismachen willst. Du wirst schwach, mein Sohn. Zeig mir, wie schwach.«

Eine Sekunde lang zögerte ich, dann wandte ich mich ihm zu und zog den Ausschnitt meines Pullovers so weit hinab, dass er das Hotu sehen konnte. Es hatte keinen Sinn, so zu tun, als wüsste ich nicht längst, wie hell es geworden war.

»Hm ... bedeutend heller, als ich angenommen habe.« Er mimte den Ahnungslosen. »Das wird für uns beide vermutlich sehr schmerzhaft werden.«

»Das ist mir bewusst, Vater. Aber ich kann es ändern«, beschwichtigte ich ihn. »In fünf oder sechs Wochen, bis zu meiner Bindung, werde ich –«

Er hob die Hand und ein überfreundliches Lächeln glitt über sein Gesicht. »Oh nein, mein Sohn, da irrst du dich ... Deine Bindung wird – zu deinem Wohl – vorgezogen.«

Deswegen war er also hier. Nicht eine Sekunde glaubte ich ihm. Es ging ihm einzig und allein um meinen Wert als Gebundener. Ich unterdrückte jede Regung, wie ich es mein Leben lang gelernt hatte. »Und wann?«

Mein Vater betrachtete seine manikürten Nägel. Ich konzentrierte mich darauf, gefasst zu bleiben. Er wusste längst, wann, spielte nur. »Heute Abend. Auf dem Ball.«

»Nein.« Seine Antwort war wie ein Faustschlag. »Das war nicht so ausgemacht!«

»Jus«, hörte ich Abigale zeitgleich in ihren Räumen flüstern. Sie spürte mich. Natürlich. *Oh, Abby* ... Ihre Stimme weckte den Wunsch in mir, zu ihr zu teleportieren ...

»Du musst das nicht tun!«, rief sie mir zu.

Ach so! Dann wusste sie von meiner heutigen Bindung. Ich spürte Verbitterung in mir, ein Gefühl, das ich lange nicht mehr erfahren hatte. Aber dann musste sie auch wissen, dass unsere Zeit abgelaufen war. Oder glaubte sie tatsächlich, ich könnte mit ihr durchbrennen? Sie selbst hatte mir doch gesagt, ich könnte dem Teufel nicht entkommen ... Ich dachte, sie hätte es auch begriffen gehabt.

Vater betrachtete mich amüsiert. Ich wusste, er verfolgte sowohl meine als auch Abigales Gedanken. »Sie ist noch sehr naiv ... hab ich recht, mein Sohn?«

»Nein, sie ist nicht naiv, sie ist unschuldig«, knurrte ich.

»Und genau das ist es doch, was dich an ihr fasziniert. Ihre Unschuld ... ihre Reinheit. Sie wird beides verlieren ... und dich und deine ... *Liebe.*«

»Ach, komm schon!« Wieder Abigale. Wieso ließ sie mich nicht in Frieden? »Es gibt immer eine Alternative ... Hörst du?«

Die gab es nicht, zum Teufel! Auch wenn mir die letzten Tage mit ihr etwas gegeben hatten, was ich nicht mehr für möglich gehalten hatte – es war vorbei!

Ich schüttelte den Kopf. Abby hatte voll ins Schwarze getroffen. Alles, was ich bisher getan hatte und zu tun gedachte, war aus dieser verfluchten Sehnsucht nach Liebe und Geborgenheit erwachsen. Sie alleine hatte mich zu dem emotionalen Wrack gemacht, das ich heute war. Nur, weil ich zu jemandem gehören, auf diese alberne Weise geliebt werden wollte. Gottverflucht! Alles war so einfach gewesen, bevor ... Zum Teufel auch! Ich war noch nicht bereit, sie aufzugeben.

Wütend funkelte ich meinen Vater an. »Ich verlange mehr Zeit. Ihr Hotu wird sich immer schneller verändern, die Bindung wird dir früher möglich sein. Du musst weder uns noch dir diese Qualen einer frühzeitigen Bindung antun.«

Als er schwer seufzte, kannte ich seine Antwort. »Ach, Juspinn ... du klingst wie ein bockiger kleiner Junge, der noch nicht ins Bett will. Du weißt, ich kann das nicht zulassen. Ihr Einfluss auf dich ist zu groß.«

»Jus?« *Verflucht! Abby!* »Wie gestern ... Wir hauen ab! Ich bin hier, im Bad.«

Ich schnaubte innerlich. Vater musterte mich, eine Augenbraue erhoben.

»Ich habe dich belogen ...« Sie klang verzweifelt. »Als ich dir gesagt habe, du könntest dich gegen deinen Vater auflehnen, aber nicht gegen den Teufel ... Das habe ich nie so gemeint!«

Ach, komm schon ... Das sagst du mir jetzt? Ich zerrte an meinen Haaren. Wenn es nur die geringste Chance gäbe ...

»Versuch es ruhig, mein Junge«, hörte ich meinen Vater, den Teufel, wie durch Watte hindurch sagen. »Entweder du beugst dich meinem Willen oder ... einer von euch wird sterben. Ich bin gnädig ... du kannst dir aussuchen, wer es sein wird.«

»Scheiße, Juspinn! Worauf wartest du?« Sie wurde hysterisch. Ich konnte es ihr nicht einmal verdenken. »Wir hauen ab, verstecken uns. Nur so lange, bis dein Hotu hell genug ist ... Er dich nicht mehr binden kann!« Anscheinend war sie doch naiv. »Dein Wille ist stark!«

Ich sollte den Teufel manipulieren? Fast hätte *ich* hysterisch gelacht. Sie überschätzte mich maßlos. Nein ... sie irrte sich. Es gab keine Alternative ... außer dem Tod. Selbst wenn ich mich Vater verweigern und den Tod vorziehen würde, niemals könnte ich Abigale alleine in seiner *Obhut* lassen. Es gab nur diesen Weg. Ich musste mich binden.

24

Jedes richtige Märchen, auch das düsterste, endet mit einem Ball. Doch normalerweise liegt die Hand des Mädchens dann auf dem gebeugten Arm des Prinzen und nicht auf dem des Teufels ...

Schräg hinter uns stand ein Diener in einem historischen Gewand. Er wartete anscheinend auf das Zeichen, die fast deckenhohe, mit goldenen Blumenranken bestückte Flügeltür zu öffnen. Dahinter gedämpfte Tischmusik, die Stimmen der Gäste, ihr Lachen und Schnattern und all ihre Heiterkeit. Mir war speiübel. Anscheinend wussten sie nicht, dass bald ein Mensch sterben würde. *Bitte, bitte ein schlechter Mensch!*

Der Teufel lächelte mir zu. Ihm war bewusst, wie mies ich mich fühlte, und er tätschelte mir die Hand. Seine war zu meiner Verblüffung kühler als sonst. Vielleicht weil sie in einem Handschuh steckte. Dazu trug er einen schwarzen Frack. Heute erschien er mir weniger böse denn je, obwohl er eine Teufelsmaske trug. Sie passte sich perfekt seinen Zügen an, sah man von den gedrehten mattschwarzen Hörnern ab. Trotzdem. Er machte mir keine Angst. Im Gegenteil, er gab mir Halt.

»Schwarz steht dir ausgezeichnet«, meinte er mit Anerkennung in der Stimme. Ob er log oder die Wahrheit sagte, konnte ich nicht erkennen.

Ich berührte die Federn der Maske mit den Fingerspitzen. »Haben Sie Juspinn gesagt, was die Farbe bedeutet? Zu was ich mich entschieden habe?«

»Über das *Sie* sind wir doch längst hinweg, kleine Abigale. Bis zu deiner Bindung kannst du mich Sam nennen, danach Vater oder Papá, wenn du magst.«

Ich ignorierte, dass der Teufel meine Frage nicht beantwortet hatte. Es war ohnehin nur flüchtige Neugier gewesen und würde meine Entscheidung nicht mehr beeinflussen. Eine andere Frage beschäftigte mich viel mehr. »Wann werden Sie ...« Ich war zu aufgeregt, das *Du* zu verinnerlichen. »Wann ist es so weit? Wann genau werde ich gebunden?«

»Wann möchtest du denn die Liebe meines Sohnes wiedergewinnen?«, fragte der Teufel zurück. Er wusste genau, wonach ich mich sehnte.

»Sofort! Sobald Juspinn gebunden ist.« Meine Antwort kam wie aus der Pistole geschossen – selbst erschrocken davon, zuckte ich zusammen.

»Ich verstehe«, meinte er sichtlich erheitert. »Dann werde ich euch Kinder noch heute vereinen ... Was für ein wunderbarer, wunderbarer Gedanke. Es wird ein erfreulicher Abend werden.«

Er nickte dem Diener zu. In gebeugter Haltung öffnete der die Tür. Ich dagegen straffte die Schultern und atmete tief ein. Jetzt war es also so weit. Ich überschritt an der Seite des Teufels die Schwelle.

Schon die unglaubliche Akustik jagte mir einen Schauer über den Rücken. Als ich dann den ganzen Saal wahrnahm, war mein ganzer Körper von Gänsehaut überzogen. Dies war der Ort für Märchen, wie *Die Schöne und das Biest* oder *Die zertanzten*

Schuhe oder *Cinderella*. Ich hätte mich nicht gewundert, wenn ich einen Glasschuh auf der gold-gelben Marmortreppe gefunden hätte.

Wir blieben oberhalb davon stehen und ich versuchte, regelmäßig zu atmen. Rechts von mir führte eine zweite gegengleich geschwungene Treppe hinunter und verband sich mit unserer auf einem Podest. Von dort aus ging man über breite, abgerundete Stufen in den eigentlichen Ballsaal. Er war riesig, mindestens zwei Stockwerke hoch. An cremefarbenen, mit Stuckelementen überladenen Wänden hingen goldgerahmte barocke Spiegel, in denen sich das Licht unzähliger Kronleuchter, Kerzen und Lampen brach. Stehtische, gedeckte Tafeln, das Orchester, mindestens dreißig Musiker, unzählige Kellner in Livree, Tabletts, Champagnergläser, Wachen in historischen Gewändern, die Türen flankierten, bauschige Kleider, lange Roben, schillernde Kostüme, prunkvolle Masken, schwere Parfums, Zigarrenrauch ... Zu der Übelkeit gesellte sich Schwindel.

»Du machst das ausgezeichnet«, raunte mir der Teufel – Sam – zu. Er führte mich hinab. »Kein Grund zu erschaudern.«

»Ich steh nicht gern im Mittelpunkt ...«, flüsterte ich mit zittriger Stimme. Aber es ließ sich nicht verhindern.

Nach und nach erstarben die Gespräche, das Orchester hörte zu spielen auf, die Gäste drehten uns ihre maskierten Gesichter zu und die ersten klatschten. Auf dem Podest angekommen, waren sie in Beifall ausgebrochen.

»Egal, was du in Zukunft tun wirst, Abigale«, Sam verzog seine Mundwinkel zu einem breiten Lächeln, »die Menschen werden dich stets bewundern und bejubeln.«

Na, großartig ... Daran würde ich mich mit Sicherheit nie gewöhnen. Ich konnte sie noch nicht mal anlächeln, so schlecht war mir. Vom Fuße der Treppe bis weit in den Saal hinein standen wohl an die dreihundert Personen und ich spürte, sie alle beschäftigte nur eine Frage: Wer war die Frau, die am Arm des Teufels ging?

»Wo ist Juspinn?«, fragte ich leise und versuchte, meine aufkommende Hysterie in den Griff zu kriegen.

»Dort hinten.« Der Teufel machte eine deutende Geste. »Ich werde dich zu ihm bringen.«

Ich ließ meinen Blick über seinen gestreckten Arm wandern und fand Juspinn gut fünfzig Meter entfernt, abseits der Menge, am Ende des Saals. Er trug definitiv kein Kostüm, sondern so etwas wie einen schmal geschnittenen Anzug, natürlich schwarz.

»Er war versucht, deinem Flehen nachzugeben, Abigale«, meinte der Teufel mit gesenkter Stimme, während wir auf Jus zugingen. Alle Augen folgten uns. »Aber er hat gelernt, seine Emotionen zu kontrollieren, Entscheidungen mit klarem Verstand zu treffen und sein Herz zu verschließen, wenn es darum geht, seiner Pflicht nachzukommen. Mein Sohn ist der Inbegriff von Selbstdisziplin.« Er sagte es mit hörbarem Stolz. »Du hattest nie eine Chance.« Mit diesen Worten gab er mich frei. Wir hatten Juspinn erreicht. Teile seines Gesichts waren hinter einer dunkel glänzenden Maske verborgen, die genauso wenig Gefühle verriet wie er selbst. Wenn ich raten sollte, wie ihm zumute war, würde ich sagen, er war gefasst.

»Hallo, Jus ...«, sagte ich leise. Mein Körper bebte vor Anspannung.

»Abigale ...« Juspinn nickte mir sehr langsam zu. Sein Vater hatte recht, er hatte sich vollkommen im Griff.

»Nun, es wird erwartet, dass ich die Gäste begrüße. Beruhige unsere Kleine ein wenig«, meinte der Teufel mit einem Zwinkern.

Mir war, als würde der helle Parkettboden unter mir schwanken. Jetzt war es so weit, der Ball wurde eröffnet, der Augenblick meiner Sünde rückte damit in greifbare Nähe. Bald würde ich einen Menschen töten ... »Kannst du mich bitte festhalten? Ich hab das Gefühl, ich pack das hier nicht.« Meine Ohren rauschten.

Juspinn stellte sich halb hinter mich. Sein Körper gab mir Halt. »Du wirst doch keine Dummheiten machen, wenn ich erst gebunden bin?«, vergewisserte er sich.

Ich wusste genau, worauf seine Frage abzielte, er wollte wissen, ob ich mit dem Gedanken spielte, etwas Unverzeihliches zu tun. »Ich komme klar.« Ich biss mir auf die Lippe.

Jus runzelte die Stirn. »Wirklich nicht?«

»Ganz sicher nicht.«

»Gut, denn wenn ich erst gebunden bin, werde ich dich nicht mehr davon abhalten.« Er ließ mich nicht aus den Augen.

Sein Vater rettete mich vor einer Erwiderung. Er war zu dem Podest zurückgekehrt und stand jetzt mit ausgebreiteten Armen da, die Handflächen nach oben gekehrt. Niemand sah mehr zu mir. Auch Jus nicht. Zum Glück.

»Meine Freunde ... es ist ein Jahr vergangen, seit wir uns das letzte Mal zu diesem Ereignis zusammengefunden haben ...« Seine leblosen Augen huschten über die Menge, es war totenstill. »Wie ich sehe, sind meine Lieben ... meine mir verbundenen Kinder, heute ohne Ausnahme erschienen. Was für eine Freude ... für mich ... ihren Vater.«

»Wen meint er damit?«, flüsterte ich.

»Sieh dir die Masken an«, wisperte Juspinn hinter mir.

Scheinbar gelangweilt ließ ich meinen Blick von links nach rechts schweifen. »Sie sehen alle ziemlich aufwendig aus.«

»Darum geht es nicht. Schau ... rechts von dir steht Maria. Sie trägt eine goldene Schnabelmaske.«

Ich drehte meinen Kopf noch ein Stück und suchte nach kupferroten Haaren. Da. Maria. Sie trug einen Traum von einem goldbraunen, figurbetonten Ballkleid mit ausladendem Rock aus glänzender Seide, das nur die Schulter mit dem Hotu verdeckte. Dazu eine schwarze Spitzenstola und ebensolche ellbogenlangen Handschuhe. Ihr Gesicht war dem Teufel zugewandt, bedeckt von einer Maske, die mich an einen Raben erinnerte. Ich fand sie nicht besonders schön. Aber einige der Gäste trugen so eine.

»Und?«

»Die Schnabelmaske steht allein den Gebundenen zu. Nur sie dürfen sie tragen.«

»Was?« Ich starrte Juspinn ungläubig an. »Ich dachte, nur Maria wäre eine Gebundene.«

»Ich habe dir gesagt, ich habe Geschwister. Du erinnerst dich an Raphael? Den seine Mutter in dem Dornengehege zurückließ?«

»Das hatte ich vergessen«, murmelte ich.

»Es sind sechzehn, aber nur Maria lebt noch im Palast«, erklärte Juspinn leise. »Sie ... und ich.« Er bedeutete mir wieder, nach vorn zu schauen. Mit Mühe konzentrierte ich mich auf den Teufel, der etwas über die Tradition der Demaskierung erzählte.

»Haben die Gäste eigentlich eine Ahnung, wer dort oben steht?« Ich sah wieder zu Jus. Er zuckte gleichgültig mit den Schultern. »Vielleicht spüren sie es, aber ihre Ameisensicht schließt aus, die Wahrheit in Betracht zu ziehen.«

»Dann wissen sie auch nichts über die Gebundenen«, schloss ich daraus.

»Aber nein. Wenn etwas von uns nach außen dringt, werden wir als zentraler Kreis einer sehr machtvollen Familie wahrgenommen. Manche denken, wir wären der Kopf der Mafia, andere halten uns für eine Geheimloge.« Juspinn machte eine umfassende Geste. »Für sie ist nur wichtig dazuzugehören.«

»Aber das tun sie doch nicht«, meinte ich verwirrt.

»Nicht annähernd.« Juspinn lächelte kalt, wobei er wieder zu seinem Vater sah, der gerade laut lachte.

»Und nun, liebe Gäste, eröffnen wir den Ball. Möge er auch diesmal unvergessen bleiben!«

Die Gäste waren bei den letzten Worten aus ihrer gespannten Reglosigkeit erwacht, applaudierten, wedelten mit ihren Fächern und lachten ebenfalls. Der Teufel durchquerte, von ihrem Beifall begleitet, mit schnellen Schritten den Saal.

Juspinn wandte mir sein schönes Gesicht zu. »Er wird dich wählen.«

Mein Herz setzte zwei Schläge aus. Meinte er meine Bindung? Seine Lippen waren aufeinandergepresst, das Einzige, das eine Regung verriet.

»Mein Gottesgeschenk ...« Der Teufel hatte uns erreicht. »Wür-

dest du mir die Freude machen, den Ball mit mir zu eröffnen?«
Er hatte seinen Kopf leicht schräg gelegt und betrachtete mich
voller Verlangen. Nicht so, wie Juspinn mich ansah, wenn ich
errötete, sondern wie ein Sammler sein Juwel. Das erste Mal sah
ich Glanz in seinen Augen. Er bot mir seine Hand.
Nicht zweifeln, Abby! Ich ergriff sie. »Sehr gern.«
»Was für eine Freude«, antwortete Sam mit liebenswürdigem
Lächeln. Noch einmal blickte ich zu Juspinn. Er nickte widerstrebend. »Zum Glück haben wir seine Zustimmung«, meinte der
Teufel amüsiert.

Begleitet von dem Gefühl, an meiner Maske würden gut sechshundert Hände zerren, um zu wissen, wer ich war, ließ ich mich
zur Mitte der Tanzfläche führen. Tapfer lächelte ich in die vor
Neugier gespannten Gesichter. Dann setzte das Orchester mit
einem Walzer ein, und bevor ich mich versah, durchtanzten wir
im schnellen Dreivierteltakt den Saal. Ich war froh, dass das
Tempo eine Unterhaltung unmöglich machte, und konzentrierte
mich auf meine Schritte. Im Grunde überflüssig, denn der Teufel
führte mich mit traumhafter Sicherheit. Natürlich, wahrscheinlich war das sein zigtausendster Ball.

Die Gäste klatschten zu der Melodie. Ihre Roben und bunten
Masken zogen in Schlieren an mir vorbei. Schon bald wurde
mir schwindelig, wie von dem Wein zwei Tage zuvor, und ich
hatte die Orientierung verloren. Wo hatte Juspinn zuletzt gestanden? Ich konnte es von Mal zu Mal schwerer ertragen, von
ihm getrennt zu sein. Besonders da ich immer noch nicht wieder erspüren konnte, was in ihm vorging. Mit jeder Drehung
suchte ich den Kreis der Gäste ab und entdeckte ihn schließlich

in möglichst großem Abstand zu den anderen an einer Säule. Aber allein war er nicht. Ich schnaufte verärgert. Kaum war ich nicht mehr an seiner Seite, drängten sich Frauen um ihn. Seine Destruktivität war vielleicht mit dem Schwarz seines Hotus gewichen, die Anziehung, die er auf das weibliche Geschlecht ausübte, war allerdings keineswegs geschwächt. Er wirkte wie ein Magnet auf sie. *Mein Magnet,* dachte ich besitzergreifend.

In diesem Moment wechselte das Orchester übergangslos in einen langsamen Walzer und die Gäste schlossen sich dem Tanz an. Juspinn wurde von einem Mädchen regelrecht auf die Tanzfläche gezerrt. Sie war nicht älter als ich, eine brünette Schönheit, mit perfektem Teint und roten Lippen und überhaupt ... wahrscheinlich Italienerin bei dem Temperament. Er bewahrte Haltung, aber sein Blick suchte mich. Das Mädchen schlang ihre Hände um seinen Nacken. Ich malmte mit dem Kiefer und ertappte mich dabei, mir vorzustellen, ich würde auf ihre grabschenden Finger schlagen. Zu ihrem Glück hielt mich der Teufel gerade in seinen Armen.

Er lachte auf. »Du musst dir doch keine Gedanken über diese Person machen. Mein Sohn verachtet sie. Jetzt noch«, setzte er nach. »Schon bald werden ihm solche Individuen derart gleichgültig sein, dass er sie nicht mal mehr bemerken wird. Er wird nur noch für uns da sein. Im Besonderen für dich«, versprach er. »Bist du bereit dafür?«

War ich das?

Ja, für Juspinns Liebe auf alle Fälle!

Aber war ich auch für das andere bereit? Wieder rief ich mir

Marias Worte in Erinnerung, man solle nicht zweifeln. Mein Herz schlug schneller. »Ja, das bin ich.«

»Hervorragend ...«, meinte er entzückt. »Dann kann ich dir die frohe Kunde überbringen, dass der Delinquent eingetroffen ist.« Er machte es mir leichter, indem er das Wort Opfer vermied. Ich nickte gefasst. »Wann ist es so weit?«

»Weshalb warten? Gleich nach dem Tanz.«

Das hieße, in den nächsten Minuten! Jetzt raste mein Herz. Ich ließ mir meine Angst nicht anmerken. »Ist es denn ein Mörder?«

»Versuchter Mord.« Der Teufel sagte es mit leichtem Bedauern, als würde er sich entschuldigen, nicht das Gewünschte geliefert zu haben.

Ich wollte ihm gerade danken, da entschlüpfte mir ein kleiner, erstaunter Ausruf. Ich spürte Juspinn wieder! Es war so plötzlich passiert, dass es mich schlagartig aus dem Takt brachte. Seine Gefühle, erst Entsetzen, dann Wut, trafen mich mit solcher Wucht, dass ich schwankte.

Der Teufel brach den Walzer ab, den Bruchteil einer Sekunde später stand Juspinn neben uns. »Du wirst also etwas Unverzeihliches tun«, sagte er anklagend. Natürlich hatte er das Gespräch mit seinem Vater verfolgt.

Der Teufel gab mich frei. »Wie es scheint, wollt ihr miteinander plaudern ...«

»Plaudern ist das falsche Wort«, knurrte Juspinn, wobei er mich, nicht seinen Vater ansah.

»Stelle sie ruhig auf die Probe. Je durchdachter ihr Entschluss ist, desto dunkler wird ihr Hotu sein und umso größer der Genuss, sie zu binden.« Der Teufel hatte keine Zweifel, dass ich es tun würde. Und ich wollte nicht darüber nachdenken. Er führte meine Hand zu seinen schmalen Lippen, um einen Kuss anzudeuten. »Wir sehen uns gleich, mein Gottesgeschenk.«

Ich sah ihm nach, wie er der Italienerin seinen Arm bot, die Juspinn mitten auf der Tanzfläche stehen gelassen hatte. Sie verrenkte ihren Hals, um ihn weiter anstarren zu können. Ihre gewöhnliche Begierde war erbärmlich. Kaum zu ertragen.

»Lass uns rausgehen«, sagte ich gereizt und meinte damit, auf den Balkon.

»Gute Idee. Vielleicht bringt dich frische Luft ja wieder zu Verstand.« Juspinn dirigierte mich nach draußen, die Hand auf meinem Rücken. Kurz spürte ich, wie seine Wut etwas anderem Platz machte, er sich fokussierte. Gleich darauf verließen den Balkon gut zwanzig Gäste. Ihre Mienen, besser das, was die Masken unverdeckt ließen, waren vollkommen gleichmütig. Juspinns Einfluss war wirklich unheimlich.

Ich stützte mich auf die Balustrade und sah nach unten, auf einen großen Platz. Er wirkte öffentlich, war aber weitreichend abgesperrt worden, um Luxuskarossen sämtlicher Marken als Parkplatz zu dienen. Eine Gruppe Chauffeure hatte sich zusammengerottet und vertrieb sich die Zeit mit Rauchen und ihren Smartphones.

»Wann hast du die Entscheidung getroffen?«, fragte Juspinn. Sein Ton war schroff. Warum freute er sich nicht?

»Es ist anders, als du denkst ...« Ich drehte mich um, er hatte die Maske abgenommen und ich erkannte die Enttäuschung in seinem Gesicht. »Es wird ein schlechter Mensch sein«, erklärte ich geduldig.

Juspinn verzog das Gesicht. »Jemand, der seine Frau versucht hat totzuprügeln?«

»Jemand, der selbst versucht hat zu töten, ja.«

»Deswegen die ganzen Fragen gestern«, meinte er verdrossen. Ich stöhnte. Das konnte ihm doch egal sein. »Er hat den Tod verdient.«

»Und wer entscheidet, ob er das hat?« Juspinns Augen funkelten wütend. »Du, Abigale? In deiner Gottähnlichkeit?«

Ich funkelte zurück. »Ist das wieder eine Anspielung auf diese bescheuerte Schlüsselgabe?« Gott wurde langsam zum Reizwort für mich.

»Es ist eine Bitte. Eine Bitte, es nicht zu tun«, meinte Juspinn wieder mühsam beherrscht und dann sehr nachdrücklich: »Tu – es – nicht!«

Ich lachte tonlos. »Ausgerechnet du wiederholst dich?«

»Manche Dinge kann man nicht oft genug sagen«, erwiderte er, ohne auf meinen Spott einzugehen. »Noch einmal: Tu es nicht.«

Meine Nasenflügel bebten. »Und weshalb nicht?«

»Weil du nicht mehr der Mensch sein wirst, der du einmal warst, verflucht!«

Alles klar. Das saß.

Wenn er gesagt hätte ... *Weil du nicht mehr der Mensch sein wirst, den ich liebe,* hätte er vielleicht mein Herz erreicht. Aber das hatte er nicht. »Das kann dir doch egal sein«, sagte ich getroffen. »Du wirst nach deiner Bindung ohnehin nichts mehr für mich empfinden. Außerdem könnte ich doch das Gleiche zu dir sagen, oder?«

»Was?«

»Tu es nicht!«

»Abigale ...« Er spie meinen Namen wie eine rasierklingenscharfe Warnung aus. »Ich habe immer mit offenen Karten gespielt. Du wusstest, dass ich mich irgendwann binden würde und dass unser Experiment von begrenzter Dauer ist. Ich werde meine Entscheidung also weder rechtfertigen noch infrage stellen.«

Ein Experiment? Das Wort stieß mir verdammt sauer auf. »Ich auch nicht«, erwiderte ich bitter.

Sein Gesicht wurde von Trauer überschattet. »Weißt du, das Erste, was ich von dir wahrgenommen habe, war deine Aura. Damals war sie derart leuchtend ... ein helles Orange. Ich hatte so etwas noch nie zuvor gesehen ...«

So wie er das sagte, war es eine Ewigkeit her. Dabei waren gerade einmal ein paar Wochen vergangen. Juspinn blickte an mir vorbei. Er hing seinen Gedanken nach, während ich sein hübsches Gesicht betrachtete und darauf wartete, dass er weitersprach. Er hatte sich verändert, nicht nur in seinem Wesen, plötzlich sah ich es auch in seinem Äußeren. Er wirkte ... weniger perfekt ... menschlicher. Seine Haut, die früher nie einen Makel gehabt hatte, sah immer noch sehr gepflegt aus, doch inzwischen konnte ich einzelne Poren ausmachen. Hatte ich das bewirkt?

Mit plötzlicher Wehmut sah er mich an. »Ich erinnere mich genau daran, dass ich dachte: Kein Mensch ist so perfekt. Du warst so ... vollkommen ... bescheiden und mitfühlend, selbstlos, herzlich, sanft und hilfsbereit ...« Ich verdrehte die Augen. Juspinn lächelte. »Aber dann entdeckte ich Zweifel.«

»Zweifel?«

»Ja, Zweifel. Skepsis, deine Eigenheit, alles zu hinterfragen. Ich dachte, ich könnte das nutzen, um dich zu verderben ...«

»Tja, schätze, das ist dir gelungen.« Ich wollte lachen, aber es blieb mir im Hals stecken.

Juspinn schüttelte den Kopf. »Es ist merkwürdig, aber ... das genaue Gegenteil ist geschehen. Ich denke, dein Zweifel hätte dich jetzt gerettet, aber du hast ihn verloren.«

»Ich will *dich* nicht verlieren, der Rest ist mir egal.« Herausfordernd sah ich zu Juspinn hoch.

Er streckte seine Hand nach mir aus und seine Finger fuhren ganz langsam über meine Maske und legten sich auf meine Wange, wie eine Schale. Ich schmiegte mich in sie, wurde buchstäblich Wachs in seinen Händen. »Ich liebe dich ...«

Er zuckte zurück. Ich erschrak! Ich wollte es unter keinen Umständen zuerst gesagt haben, aber dieses verfluchte Verlangen nach ihm ...

Juspinn war mit Sicherheit klar gewesen, dass ich so empfand, aber es auszusprechen, erforderte eine Erwiderung. Er brauchte ein paar Sekunden, bis er sich gesammelt hatte. »Wenn du diese Liebe empfindest, dann solltest du sie dir erhalten. Abby ... die gebundene Liebe hinterfragt nicht! Sie kritisiert nicht. Sie ist absolut blind. Das ist mir in den vergangen Tagen klar geworden ...« Er ging ein wenig in die Knie, um mir mit krausgezogener Stirn in die Augen zu sehen. »Ist es wirklich das, was du willst, Abby?«

Ich presste die Lippen aufeinander. Hatte ich denn eine andere Wahl? Er war derjenige, der sie hätte treffen müssen, dann wäre das hier gar nicht nötig.

Juspinn sah zur Seite. »Das klingt nach einem Ja.«

»Und du?«, gab ich verärgert zurück.

»Du hattest absolut recht, Abigale. Man legt sich nicht mit dem Teufel an!« Er schnaubte spöttisch. »Dir ist doch klar, dass mein Vater mich nicht am Leben lassen wird, sollte ich mich widersetzen?«

Ich erschrak. War mir das klar?

Maria kam zu uns, bevor ich mir darüber bewusst werden konnte. Sie sah von einem zum anderen und lachte charmant. »Ihr habt noch eine Ewigkeit Zeit zum Philosophieren. Jetzt wird gebunden. Es ist an der Zeit«, meinte sie aufgeregt und ihre braunen Augen glitzerten vor freudiger Erwartung. »Seid ihr so weit?«

»Es wurde alles gesagt«, meinte Juspinn und setzte sich seine Maske wieder auf.

Ich blickte an Maria vorbei und sah, wie sich die Gebundenen mit ihren Schnabelmasken aus der Menge lösten und in seltsamer Gleichförmigkeit den Ballsaal verließen.

Ich schloss die Augen und atmete durch. »Ja, kann losgehen.«

25

*W*ährend wir Maria folgten, beobachtete ich die Gäste. Die Tanzfläche war mittlerweile brechend voll, die Stimmung fantastisch. Ich wollte so viel Heiterkeit gar nicht spüren. Zum Glück sorgte Marias Wesen dafür, dass auch ich fröhlicher wurde, dazu ein wenig überdreht. Niemanden schien zu interessieren, dass keine Schnabelmasken mehr unter uns waren, und nur wenige Frauen blickten uns hinterher. Besser Juspinn.

Neben der Treppe, über die ich den Ballsaal betreten hatte, flankierten zwei Wachen eine Tür, wie alle anderen Ausgänge auch. Ich hatte die Männer zuvor bereits bemerkt, sie allerdings für Statisten gehalten. Als ich jedoch vor ihnen stand, ihre breiten Schultern und bulligen Gesichter sah, wurde mir klar, wie falsch ich gelegen hatte. Sie sorgten dafür, dass niemand die anderen Räume des Palastes zu sehen bekam.

Juspinn gab Befehl, mich passieren zu lassen. Er ließ sich nicht anmerken, wie sehr es ihm widerstrebte, aber ich wusste es auch so.

Ich blinzelte irritiert. Es war schummrig. Wir waren in eine Art Wandelgang getreten, nur dass dieser nicht draußen lag. Es gab keine Fenster, aber dafür Wandbemalungen, endlose Szenen biblischer Motive. Sams ganz persönliches Familienalbum: Satan im Himmel, Satan in der Hölle, Satan auf Erden ... *Satan beim Skifahren,* dachte ich spöttisch und hörte den Teufel weit vor mir auflachen.

Langsam bekam ich eine Ahnung von der Größe des Palastes, denn der Gang schien zunächst kein Ende zu nehmen. Wir durchschritten ihn schweigend. Erst nach einer gefühlten Viertelstunde öffnete sich wieder eine Tür.

Der Raum war von Lichtern erhellt. Wir standen am vorderen Ende. Links, in einem mächtigen Kamin, flackerte ein Feuer und überall brannten Kerzen. Er war kleiner als der Ballsaal und trotzdem groß. Und lang. Mit seinen hohen Säulen und spitzen Bögen erinnerte er mich an ein Kirchenschiff, nur ohne Fenster und Bänke und Altar. Oder noch eher an einen Palastsaal aus Tausendundeiner Nacht. Auf den zweiten Blick erkannte ich, was es war. Der Opernsaal, von dem Juspinn gesprochen hatte. Natürlich! Rechts und links waren Balkone, Logen, von denen man auf die halbrunde Bühne blicken konnte. Sie war von einer zwiebelförmigen Kuppel umschlossen, zum Publikum hin geöffnet.

Dieser Ort war geschaffen für eine große Inszenierung. Und das wichtigste Requisit stand kaum zu erkennen im Dunkel, ganz hinten am Bühnenrand: die Waage von Gut und Böse. Die Gebundenen hatten sich in locker stehenden Gruppen davor versammelt, den Blick nach vorn gerichtet, und redeten vertraut miteinander.

Ihr Anblick verwirrte mich. Nein, es war nicht der Anblick allein. Es war die ungeheure Präsenz und Leidenschaft, die von den Gebundenen ausging. Trotz der Masken konnte man ihre Schönheit sehen. Und durch meine Gabe des fühlenden Auges vermochte ich, ihre tiefe Liebe füreinander nachzuspüren. Obwohl sie mich nicht betraf, hatte ich nie so etwas empfunden.

Die Intensität der geballten Emotionen übertraf alles. Keine der gewöhnlichen Gäste lenkte sie mehr ab. Sie waren nicht nur seelisch, sondern auch körperlich. Ein warmes, wunderbares, erregendes Prickeln, das sich auf mich übertrug.

Plötzlich erinnerte ich mich an eine Aussage von Maria. Damals hatte ich sie nicht verstanden. Juspinn hatte mir zu erklären versucht, dass es das extrem Böse geben müsse, sonst hätte niemand einen Grund, sich zu entwickeln. Und dann hatte er sich korrigiert und gemeint: kein Mensch. Worauf Maria spitzfindig geantwortet hatte: »Du sagtest doch niemand.« Jetzt begriff ich, was sie damit hatte sagen wollen. Erst als ich die unfassbare Liebe spürte, wurde mir klar, dass ein Mensch ein Niemand gegen die Gebundenen war. Und es war furchtbar, noch nicht zu ihnen zu gehören. Für dieses Gefühl lohnte es sich zu töten!

Nur wenige Augenblicke waren vergangen, in denen ich meine Eindrücke verarbeiten konnte. Juspinn berührte mich am Arm. Ein leises Stöhnen entrann meiner Kehle. Die Leidenschaft im Raum genügte und eine leichte Berührung wurde zu einem ekstatischen Prickeln.

»Es nimmt einen ganz schön mit beim ersten Mal«, meinte Juspinn gelassen. »Aber du gewöhnst dich dran, auch ohne gebunden zu sein.«

Ich presste mich an ihn, nahm seine Hände und schlang sie um mich. Mein Körper reagierte heftig, mein Atem ging schneller. »Ich will mich aber nicht daran gewöhnen. Ich will nicht ohne dich sein. Ich bin bereit für dieses Leben, Jus. Ich will es!«

»Ich habe das Gefühl, dich mit jedem Einwand mehr hinzutreiben.« Juspinn ließ mich los.

Gleichzeitig öffnete sich in der Nähe der Bühne eine unscheinbare Tür, vielleicht ein Seiteneinlass für die Künstler... Bevor sie sich wieder schloss, fiel ein Lichtstreifen über das Parkett der Bühne auf den Stamm der Waage. Erst da sah ich, dass mein *Delinquent* daran gebunden war. Leblos, wie es schien. Ich versuchte in dem kurzen Augenblick, möglichst viel zu erhaschen. Erst dachte ich an eine Vogelscheuche, weil das Gesicht von einer hässlichen Maske bedeckt war und der Körper in einem dunklen Sack steckte. Dann erkannte ich eine Kutte in dem Sack und die Tür schloss sich.

Sam lief schwungvoll einige Treppenstufen hinauf, als käme er im letzten Moment als Redner auf das Podium. Er hatte sich umgekleidet, trug nun einen dunklen Umhang, die Maske hatte er abgelegt, dafür überschattete eine Kapuze sein Gesicht. Die lockere Stimmung unter den Gebundenen wich gespannter Erwartung. Ich zitterte wie im Fieber.

»Sieht so aus, als bräuchten wir keinen Abschied zu nehmen«, meinte Juspinn. Es klang zynisch.

Sam breitete seine Arme zu einer Willkommensgeste aus und wir gingen zu den Gebundenen. Ob sie wussten, wer ich war und dass ich bald zu ihnen gehören würde, konnte ich nicht erkennen. Einige blickten in meine Richtung. Maria winkte mir fröhlich zu, und als ich sie anlächelte, huschte sie hinter den Rücken der Gebundenen an meine Seite, nahm meine Hand und drückte sie. Ich drückte zurück, dann sahen wir nach vorn.

»Meine lieben Kinder«, sagte Sam mit einem warmen Lächeln. »Jeder von euch erinnert sich an den Tag, als er sich mit mir vereinte. Für manchen war es fraglos das Schönste, das ihm je widerfahren ist ...« Er blickte nach rechts, zu einem großen dunkelhäutigen Gebundenen, der seinen kahl geschorenen Kopf neigte. Nach einer bedeutungsvollen Pause fuhr Sam fort: »Für manche war es aber zunächst auch eine leidvolle Erfahrung.« Jetzt sah er zu Maria, die gleichgültig mit den Schultern zuckte, worauf er lachte. »In jedem Fall aber ...«, fuhr er wieder ernst fort und sein Blick lag nun auf Juspinn, »war es der bedeutendste Moment in eurem menschlichen Leben.«

Sam verfügte über ein enormes Charisma, wenn er redete. Er brauchte nicht viele Worte, es war seine Haltung, seine Mimik und die Weise, wie er etwas sagte, das überzeugte. Ich konnte nicht anders, als ihn zu bewundern. Er schenkte mir ein spitzbübisches Lächeln bei diesem Gedanken.

Als Nächstes streckte er seine Hand Juspinn entgegen. »Komm nun zu mir, mein Sohn.«

Jus atmete hörbar durch, strich mir kurz über den Arm und ging in gerader Haltung die Stufen hinauf zur Bühne, wo er sich an die Seite seines Vaters stellte.

Das war also der Moment, den ich vor Kurzem noch so gefürchtet hatte. Keine Ahnung, weshalb. Ich empfand keine Furcht. Nur Ungeduld. Danach war ich an der Reihe ... endlich!

»Gezeichneter.« Sam stellte sich Juspinn gegenüber und nahm dessen Hände in seine. »Wenn du bereit bist, aus freien Stücken die Menschlichkeit abzustreifen, womöglich größten Schmerz zu ertragen, um noch größeres Glück zu empfangen, indem du dich an mich, den Wächter der Waage von Gut und Böse bindest, dann antworte mit: ›Das bin ich.‹«

Juspinn zögerte kaum merklich, ich bildete mir ein, dass seine

Augen zu mir wanderten, und lächelte aufmunternd. *Nun mach schon!*

»Das bin ich«, hörte ich ihn gleich darauf mit samtweicher Stimme sagen und wilder Stolz überkam mich. Wie tapfer Jus war, wenn man bedachte, welche Schmerzen ihn erwarteten. Bald würde ich unwiderruflich zu ihm gehören.

»Dann schließt eure Augen«, sagte Sam feierlich, »und heißt Juspinn mit eurer Liebe in der Ewigkeit willkommen.«

Mein Herz schlug schneller. »Was passiert jetzt?«, raunte ich Maria zu.

»Schon mal das Sprichwort gehört, der Teufel ist in dich gefahren?«

»Natürlich.«

»Gleich wirst du wissen, woher es kommt.« Maria lächelte wissend und schloss die Augen.

Ich sah den Halbkreis der Gebundenen entlang. Sie hielten sich an den Händen. Maria hatte meine losgelassen, was mir einen Stich versetzte. – Klar, ich gehörte nicht dazu. Noch nicht! Okay, dann brauchte ich meine Augen auch nicht zu schließen. Ich konzentrierte mich jetzt ganz auf Juspinn.

Sein Vater legte die Arme um ihn. Sams Körper begann zu schwimmen, verlor seine Form und verschmolz mit Juspinns, der gerade wie eine Kerze stand, das Gesicht unbewegt. Kurz sah es aus, als hätte er drei Beine und vier Arme, sein Gesicht wechselte die Züge, sie vermischten sich mit denen von Sam, wurden furchtbar entstellt wie ein abartige Fratze und wieder schön. Gleich darauf sah ich nur noch Juspinn.

Das alles beobachtete ich mit weit aufgerissenen Augen und

angehaltenem Atem und das erste Mal wurde mir wirklich klar: Der Teufel war kein menschliches Wesen. Ich schauderte.

Sekunden vergingen, in denen nichts geschah. War es schon vorbei?

Für einen Moment wirkte Juspinn gelöst und ich atmete erleichtert aus. Aber dann entwich seiner Kehle ein Schrei, der die Luft zerriss. Er hatte seine Gefühle bislang zurückgehalten, wurde mir schlagartig bewusst. Und jetzt war er nicht mehr dazu in der Lage. Sein Oberkörper wurde nach hinten gepeitscht, als wenn jemand an seinen Haaren gerissen hätte. Dabei zuckte er unkontrolliert.

Ein Albtraum!

Juspinn schrie und schrie. Markerschütternde, animalische Geräusche kamen aus ihm, ein furchtbares Knacken und auch Knurren und Reißen und Zerren wie bei einem Kampf, als würde er von innen ausgeweidet werden!

Vielleicht lag es an dem Teufel, dessen Emotionen ich nie lesen konnte, aber nichts von Juspinns Qualen spiegelte sich in mir. Trotzdem konnte ich sein Leid kaum ertragen und suchte Marias Blick. Sie und die anderen Gebundenen waren restlos verinnerlicht, sie hielten die Köpfe gesenkt, sie ruhten auf ihrer Brust. Mit den langen Schnäbeln sahen sie aus wie schlafende Pinguine. Ich begriff nicht, wie sie die Augen geschlossen halten konnten.

Ich weinte, während Juspinns Schreie sich weiter steigerten. Er verdrehte blind die Augen. Sie waren blutunterlaufen, sein Gesicht wieder zu einer grausamen Grimasse verzerrt. Der Anblick war zu viel für mich. Im Geist zählte ich die Sekunden, die er, vom Dämon besessen, seinen Körper hin und her warf. Aber das alte Ritual half nicht mehr. Ich biss stattdessen auf meinen Fingerknochen, so fest, bis ich nichts mehr spürte, und wartete, bis sein Schreien aufhörte.

Endlich keuchte er nur noch.

Meine Augen waren nass, alles verschwamm. Ich schob die Maske hoch, wischte die Tränen weg und sah Juspinn zusammengebrochen am Boden. Er hatte die Beine vor Schmerz an die Brust gezogen, hielt sie umklammert.

»Jus«, flüsterte ich mit brüchiger Stimme. »Du wirst es überstehen. Es ist gleich vorbei ... Dann wird alles gut. Alles wird gut.« Juspinn wimmerte wie ein Kind. »Ich bin bald bei dir«, beruhigte ich ihn mit leiser Stimme.

Dann folgte eine unnatürliche Stille, in der sich ein Schatten aus Juspinns Körper löste.

Das nächste Geräusch kam nicht von Juspinn. Es war das Ächzen von Metall wie bei einem großen Baustoffkran, der seinen Arm bewegte. Die Gebundenen hoben ihre Köpfe und schauten zur Waage. Auch ich.

Nun war sie absolut im Lot. Die beiden Schalen, dunkel und hell, gleichauf. Es wäre ein schönes Bild gewesen, überlegte ich, wenn nicht der leblose Körper des Delinquenten, zur Willenlosigkeit gebannt, am Stamm der Waage gehangen hätte.

Ich sah zurück, zögerte, da flutete mich die unerreichbare Liebe von Sams Kindern. Sie kam wie eine Welle, durchfloss mich und zog mich gemeinsam mit ihnen zur Bühne, auf der Juspinn nun wieder stand. Sein Vater neben ihm. Der Teufel wirkte benommen. Juspinn aber war präsenter als je zuvor. Er hatte sich aus den Qualen aufgerichtet und war vollkommen erhaben aus ihnen hervorgegangen. Zuvor war er in menschlicher Hinsicht ausnehmend schön gewesen, jetzt aber wirkte er auf göttliche Weise vollendet. Nichts konnte ihn mehr berühren, außer seiner Familie. Und das taten sie. Sechzehn Paar Arme nahmen Juspinn in Empfang, liebkosten ihn. Auch ich streckte mich, versuchte, ihn zu erreichen, während er an mir vorbeiging und sich in die Mitte der Gebundenen stellte. Die Welle brach klatschend zusammen und ließ mich nass wie einen begossenen Pudel dastehen.

Klar war ich auf Juspinns Veränderung gefasst gewesen und trotzdem traf sie mich hart. Er hatte mich noch nicht einmal angesehen. Die einzige Resonanz, die ich auf meine leidenschaftliche Liebe bekam, war seine vollkommene Gleichgültigkeit. Ich konnte diese schreckliche Demütigung keine Sekunde länger ertragen.

Ich war auf die Bühne getreten. Meine Haut kribbelte. Ich stand unter Hochspannung und gleichzeitig neben mir. War ich es, die auf Sam zuging und ihn anflehte, meine Bindung möglich zu machen?

Ich hörte ihn leise stöhnen. »Du lässt einem alten Mann wenig Verschnaufpause.« Er hatte sich noch immer nicht von der Bindung erholt.

Ich sah ihn mit weit aufgerissenen Augen an. »Wie soll ich ihn töten?«

»Wen? Den Delinquenten?«

»Den Mörder.« Es tat so gut, ihn so zu nennen.

»Kleine Abby, du hast von der verbotenen Frucht gekostet und nun kannst du es gar nicht abwarten, ebenso zu lieben wie meine Kinder.«

Ich sah zu ihnen. Sie standen in größter Harmonie vereint beieinander. Juspinn war der unbestrittene Mittelpunkt, das neue Familienmitglied, um das sich alles drehte. »Ich möchte nicht länger warten«, sagte ich sehnsuchtsvoll. »Bitte ...«

»Ich hätte nicht gedacht, dass du einmal danach flehen würdest.«

Ich riss mich von Juspinns Anblick los und sah zurück zu meinem künftigen Vater. »Ich habe das Gefühl zu ersticken, wenn ich ihre Gefühle weiter spüre, aber ... aber ich nicht ... Ich will jetzt ... bitte ... dazugehören.« Ich stammelte, war benommen, wie berauscht, verzweifelt.

Aber Sam hatte Erbarmen. Er küsste mich auf die Stirn. »Weißt du, mein Geschenk Gottes, dies wird nicht nur das Ende eines langen Machtkampfes sein, sondern vielmehr die Morgendämmerung eines neuen Zeitalters.«

Das war mir in dem Moment so was von egal! Ich wollte nur endlich wieder von Jus wahrgenommen – und geliebt werden!

Er führte mich zu der Waage.

Der Mörder hing hässlich und schlaff an dem Stamm – auf eine Weise, als wäre ein Nagel durch seine Brust gehauen worden. Aber er war nicht fixiert worden. Allein der Wille meines zukünftigen Vaters hielt ihn dort oben, die Füße in der Luft baumelnd. Er trug eine weiße Harlekinmaske, die bis auf die Nasenschlitze das ganze Gesicht verdeckte, sogar die Augen. Da, wo sie sein sollten, waren rote Striche, als hätte jemand seine blutigen Daumen abgewischt. Der aufgemalte Mund war verzerrt und riesig, die Lippen tiefschwarz. Vielleicht sollte die Hässlichkeit mir die Tat leichter machen. Oder das Opfer sollte gesichtslos für mich bleiben. Auch der Rest des Körpers war verschleiert, unter einer weiten feuerroten Kutte verborgen, deren Kapuze nahtlos an der Maske anschloss.

Ich versuchte, mich in den Menschen hineinzufühlen, aber ich spürte ... nichts. Vielleicht lag es an dem Bann, unter dem er stand, vielleicht aber auch an den Gefühlen der Gebundenen, die alles überlagerten.

Ich legte den Kopf schräg. Irgendwie gefiel mir die Willenlosigkeit des Opfers nicht. Zu sehr erinnerte sie mich an Juspinn, wie er weggetreten unter dem Olivenbaum gesessen hatte. Ich griff in die Kutte und hob den Arm des Mannes. Er war leichter, als ich vermutet hatte. Einen Augenblick lang starrte ich ihn an, wie er spannungslos herunterbaumelte, dann ließ ich ihn wieder fallen. »Ist es nicht unfair, wenn er sich nicht wehren kann?«, überlegte ich halblaut.

Mein Vater ließ sich auf den Gedanken ein. »Ich weiß nicht recht ... Ich nehme an, sein Opfer war ebenso wehrlos. Es ist also gerecht.«

Das war gut. Sehr gut. Ich wollte mich nicht mehr mit diesen fürchterlich moralischen Fragen quälen, sondern mich endlich mit meinen Geschwistern vereinen. Teil ihrer Liebe sein! Nie war etwas so begehrenswert gewesen ... Aber was war, wenn sein Motiv zu töten edel gewesen war? Vielleicht hatte er es getan, um jemanden zu schützen ...

»Du machst dir immer noch zu viele Gedanken, mein Kind ... Das Motiv war sicher nicht edel.«

»Bestimmt nicht?«

»Es waren Rache und Gier und Neid, die Schuld daran trugen.«

Der letzte kleine Zweifel verpuffte. Ich seufzte – und fühlte mich frei ... unendlich erleichtert, die richtige Entscheidung getroffen zu haben. »Okay ... Womit soll ich es tun?« Hoffentlich war es eine Pistole. Ich hätte nicht gewusst, wie ich jemanden mit einem Messer umbringen sollte – oder nur mit meinen Händen.

»Damit.« Mein Vater zog einen kleinen Glasflakon aus seinem Umhang. Er war mit milchig schimmernder Flüssigkeit gefüllt und verkorkt.

»Gift?«

»Beinahe. Das ist ... sozusagen ... ein Gegengift.« Er öffnete meine Hand und legte das Fläschchen hinein. »Es wirkt nicht wie gewöhnliche Substanzen. Ein paar Tropfen auf die Wunde genügen, um den Tod im letzten Moment abzuwenden. Du weißt jetzt also, was zu tun wäre ... Aber du fragst dich, von welcher Wunde ich spreche ...«

Ich nickte.

Sam machte ein paar schnelle Schritte zur Ebenholzschale und legte seine Hand hinein. Ich brauchte einige Augenblicke, bis ich begriff, dass sie nicht leer war wie beim ersten Mal. Aber erst als ich den Kopf einer Schlange sah, wurde mir klar, was geschehen würde.

Sie wand sich heraus mit ihrem nicht enden wollenden Leib und glitt dabei an seinem Arm hoch. Sie musste um die drei Meter lang sein. Ihre Schuppen waren von einem hellen giftigen Grün, der Kopf ging ohne Abhebung direkt in den Körper über.

Ihre Augen sahen aus wie kleine, schwarz glänzende Oliven, in die man ein gelbes Paprikastück gesteckt hatte. Sie wirkte fraglos tödlich.

Gebannt sah ich zu, wie sie sich über Sams Nacken vorarbeitete. Er brauchte ihr Gift nicht zu fürchten. Ein Lächeln lag auf seinem Gesicht. »Ein anmutiges Tier, nicht wahr?«

»Wie giftig ist sie?«

»Sie könnte mit ihrem Gift ohne weiteres zweihundertfünfzig Individuen töten. Aber es sterben nur selten Menschen an ihrem Biss.« Er strich zärtlich über die schuppige Haut. »Dazu ist sie zu scheu. Beim geringsten Anzeichen von Gefahr flüchtet sie, verkriecht sich in Erdlöchern oder zwischen Steinen ... es sei denn, man ärgert sie ein klein wenig ...« Er stieß seinen Finger in ihren Leib. »Das mag sie gar nicht.«

Blitzartig krümmte die Schlange ihren langen Körper, bäumte sich auf und zeigte zischend ihre gebogenen Giftzähne. Ich zog scharf die Luft ein. Sam schnipste, das Tier erstarrte und er schnalzte tadelnd. »Nicht so schnell, kleiner Taipan. Bewahre dir das Gift auf, du brauchst es noch ...« Er blickte zu mir. »Du wirst staunen, wie schnell der Tod eintritt. Eine Minute, höchstens zwei. Komm her, sieh dir an, wie tödlich diese Zähne sein werden.«

Ich konnte es mir vorstellen, auch ohne dass ich näher kam. Mein künftiger Vater nahm es mir nicht übel. Er legte das reizbare Tier gleichgültig über die Stammgabelung, sodass die Hälfte ihres Körpers über dem des Mörders hing. Mehr denn je erinnerte mich die Waage mit ihrem Stamm und den Ästen an den Baum der Erkenntnis von Gut und Böse. An den Sündenfall ...

Die Schlange hatte schon dort den Teufel symbolisiert. Ich begriff, dass dies eine Inszenierung und kein Zufall war.

»Wo bliebe sonst der Stil? Wo die Darbietung?«, meinte Sam mit Unverständnis im Ton.

Es war mir gleichgültig. Etwas anderes beschäftigte mich viel mehr. »Wenn *ich* ihn nicht töte ... Also, wenn ich lediglich seinen Tod nicht verhindere, wird mein Hotu dann überhaupt dunkel genug werden?« Es war viel weniger der Schmerz, der mir Angst machte, sondern dass es nicht klappte, ich weiterhin Juspinns Missachtung ertragen musste. Ich sah über die Schulter zu ihm. Er hatte nur Augen für seine Geschwister.

Sam zischte verärgert. »Ist es nicht die größte Sünde der heutigen Zeit, tatenlos zuzusehen, wenn Menschen sterben? Nichts zu tun?« Seine Stimme war plötzlich weder ruhig noch freundlich, sondern wie reißendes Papier. Er trat nah an mich heran, sein Ausdruck voller Abscheu. »Ihr wisst genau, dass eure sogenannten *Mit*-Menschen verhungern, erfrieren, an Vernachlässigung sterben, an Krankheit, in Armut oder größter Einsamkeit. Im Grunde sollte doch jeder damit beschäftigt sein, diese Menschen davon abzuhalten zu sterben! Aber nein! Eure Gedanken kreisen um Geld und Sex«, spie er angewidert hervor, »und das Schoßhündchen, die Bügelwäsche, wieder Geld, die Schulprüfung und wieder Sex, das Truthahnsandwich im Kühlschrank ... Glaube mir, das Vergehen zuzusehen, wie ein Mitmensch stirbt, obwohl du die rettende Medizin in der Hand hältst, ist noch größer, als den Abzug einer Waffe zu betätigen.«

»Bestimmt ...« Ich wusste nicht, was ich dazu sagen sollte.

»Du bist jetzt nicht in der Verfassung zu begreifen.« Er schnipste verärgert mit dem Finger. Blitzartig schnellte die Schlange nach unten und versenkte ihre Giftzähne in der Hand des Mörders. Der Mörderin! Ihre Gliedmaßen waren schlank, die Fingernägel lang und gepflegt.

»Das Geschlecht macht keinen Unterschied«, sagte mein baldiger Vater immer noch ungehalten. Er nahm die Schlange, tätschelte sie leicht und legte sie zurück in die Ebenholzschale. »Sieh nicht zu mir. Sieh ihr zu, wie sie stirbt.«

»In Ordnung ...« Ich konnte kaum sprechen, mein Herz pochte wild. Aber ich empfand Entschlossenheit. Ich würde diese Chance nicht vertun. Ich stellte die Beine auseinander, umschloss den Flacon und sah hin.

»Das Gift ist jetzt in ihrem Blutkreislauf«, erklärte Sam wieder ruhig. »Geh näher heran. Achte auf ihre Hand.«

Ich tat es und sah, wie die Adern unter der Bissstelle eigenartig blau wurden, hervortraten und die Hand anschwoll. »Merkt sie etwas?«

Der Teufel grinste. »Soll sie denn?«

Nein! Ich schüttelte den Kopf.

Erfolglos versuchte ich auszublenden, was ich sah: Die Haut des Opfers begann, blau zu marmorieren. Die Fingerspitzen zuckten. Fürchterlich! Wie die letzten Lebenszeichen eines Erhängten in Filmen. Schlimmer noch, das hier war echt. Ich wollte es nicht, aber ich konnte nicht anders, als wegzusehen.

Augenblicklich wurde mein Kopf wieder zurückgerissen und mein Vater gab einen verärgerten Laut von sich. »Sieh hin! Die Neurotoxine greifen die Nervenbahnen an, daher das Zucken. Ein ganz normaler Prozess.«

Ich biss mir auf die Lippe. »Wie lange noch?«

»Eine Minute ... maximal. Es geht schnell bei ihr«, antwortete er tröstend.

Ihr Körper zuckte unter dem roten Umhang. Sie sah aus wie eine aufgedunsene Wasserleiche, an die man ein Stromkabel hielt. »Nicht!«, keuchte ich.

Sam hob die Arme. »Es liegt nicht in meiner Macht.«

Sie keuchte, rang nach Sauerstoff. Ihre Hand war in wenigen Minuten schwarz geworden, als wäre sie verkohlt. Das war doch kein normales Schlangengift!

»Das ist ja auch kein normales Serum.« Der Teufel lachte auf. »Weißt du, wie ich es nenne?«

Ich wollte den Kopf schütteln, aber er war immer noch starr nach vorn gerichtet. Jetzt wand die Frau sich wie ein Fisch, der an Land erstickte. Ihre Lunge rasselte, ihre Versuche einzuatmen gerieten zu einem Heulen. Ich hatte die Hand vor den Mund gepresst, die andere umklammerte hart den Flakon.

»Es ist zu witzig. Ich nenne es Engelstränen«, hörte ich Sam seine Frage beantworten.

Plötzlich lief Blut unter der Maske hervor. Viel Blut. Es war hell und dünn. »Was ist das?«, kreischte ich, obwohl ich es schon erkannt hatte. Ich wollte die Augen zukneifen. Auch das ging nicht. Sie waren weit geöffnet.

»Ihr Blut gerinnt nicht mehr. Es läuft aus ihren Poren.«

»SCHNELLER! Es soll schneller gehen!«

»Ganz ruhig.«

Ich wimmerte. »Jus ...«

Der Teufel schnipste wieder mit dem Finger. »Juspinn!« Augenblicklich war er da, stand neben der sterbenden Frau. »Schau, wie er dich ansieht, Abigale.«

Er sah mich nicht an. Es war furchtbar. Er registrierte mich überhaupt nicht, sondern blickte durch mich hindurch zu seinen Geschwistern.

»Tu einfach nichts und mein Sohn wird dich nie wieder so missachten ... Bloß noch dreißig Sekunden, Abby ... Weniger als eine halbe Minute jetzt.«

Die Frau röchelte nur noch. Ihr Körper wirkte plötzlich steif. Gleich war es vorbei. Man konnte sehen, wie das Leben aus ihr wich. Ich nahm den Korken zwischen meine Finger. Sie zitterten so sehr, dass es ein Wunder war, dass ich den Flacon nicht fallen ließ.

Sam legte seine sanft darauf. »Pscht ... Es ist nur ein Mensch«, sagte er leise.

Ich ließ den Korken los.

»So ist gut«, lobte er.

Es ist nur ein Mensch, wiederholte ich in Gedanken. *Nur ein Mensch ...* Diese Worte beruhigten mich weniger, als sie sollten. Sie erinnerten mich an ... Ich wusste es nicht mehr. Es war zu einer anderen Zeit ... In einem anderen Leben ...

* * *

Das war sie also. Die Liebe der Gebundenen. Sie waren überall um mich herum. Ich spürte sie. In mir. An mir. Ich war ein Teil von ihnen. Teil einer Familie. Ich fühlte mich ... geborgen. Endlich.

»Juspinn.«

Vater. Er speiste uns mit dieser grenzenlosen Liebe. Keinen Augenblick später stand ich neben ihm, fühlte sie auch für ihn.

»Schau, wie er dich ansieht, Abigale.«

Was? Wen sollte ich ansehen? Ich mochte das nicht, wollte zurück zu meinen Geschwistern. Zu ihnen gehörte ich. Doch Vaters Wunsch war gleichzeitig Befehl. Unter größter Anstrengung konzentrierte ich mich auf dieses Anliegen. Es dauerte lange, aber dann ... Schemenhaft machte ich zwei Gestalten aus. Menschen. Geschlechtslos. Nein, doch nicht. Vermutlich Frauen. Es war schwer für mich, meine Wahrnehmung schärfer zu stellen. Ich war noch nicht an diese Liebe gewöhnt. Es kostete mich höchste Disziplin, mich ihrer zu entziehen und auf die Frauen zu fixieren. Vater redete mit der einen, die andere wimmerte, röchelte ... Was ging es mich an?

»Es ist nur ein Mensch«, sprach Vater.

Eben.

Nur ein Mensch ... Ich schüttelte den Kopf. Woher kamen diese Gedanken? *Aus einer anderen Zeit ... einem anderen Leben ...* Nein. Dieses Leben war vorbei. Zum Glück. Jetzt gab es nur noch mich inmitten meiner Familie. Und Vater.

Die Stimmen der Frauen wurden lauter, schriller! Ich wendete mich ab, Vater brauchte mich jetzt nicht, und ging zurück zu meinen Geschwistern. Ich seufzte ... es tat so gut ... Eine Weile gab ich mich ihnen ganz hin.

* * *

Der Kehle der Frau entrannen verzweifelte Laute, ihr Versuch zu atmen.

»Nur noch ein paar Sekunden«, hörte ich Sam rufen. Er half mir, tapfer zu bleiben. Es hätte mir mehr geholfen, zumindest blinzeln zu können, um wenigstens für Sekundenbruchteile von dem Anblick erlöst zu sein. Eine Fliege flog durch meinen erstarrten Blickradius und bannte meine Aufmerksamkeit für diesen Bruchteil, als hätte sie mich erhört.

Eine Fliege ...

In diesem Moment fielen sie mir wieder ein, die Worte, die plötzlich – da sie präsent waren – mit aller Macht an mir rüttelten. »Es war nur eine Fliege!«, hatte ich Juspinn entgegengeschmettert.

An diesem Morgen war ich wütend auf ihn gewesen. Ich kam von der heißen Quelle zurück, in der ich gebadet und nach einer Fliege geschlagen hatte. Juspinn meinte, mir einen Vorwurf daraus machen zu müssen. Ausgerechnet er. Er hatte befürchtet, meine Veränderung würde schneller gehen, wenn meine Seele erst Schaden genommen hatte, mir prophezeit, dass ich früher oder später etwas Unverzeihliches tun würde, damit sein Vater mich zur Gebundenen machen konnte.

Ich hatte ihm versichert, dass dies nie geschehen würde.

Tatsächlich? Vor Kurzem hättest du geschworen, nie achtlos eine Fliege zu töten. Bitterkeit hatte in seiner Stimme mitgeschwungen.

Herrje! Es war doch nur eine verdammte Fliege gewesen!

Und irgendwann wird es nur ein Mensch sein, meinte ich, Juspinn antworten zu hören. Er hatte es gewusst. Von Anfang an. Aber ich hatte es nicht sehen wollen. Meine Gedanken waren zwar klar, geradezu erleuchtet, aber folgten trotzdem in rasender

Geschwindigkeit aufeinander. Die Fliege hatte eben erst mein Blickfeld verlassen. Vielleicht war das der berühmte Sekundenbruchteil, in dem man eine Entscheidung trifft. Wenn sie nur nicht zu spät kam ...

Ich stürzte nach vorn, hörte mich dabei schreien.

»Du machst einen Fehler!«, brüllte der Teufel. Sein Problem war, er konnte mich seinen eigenen Regeln nach nicht davon abhalten.

Ich zog den Korken heraus. Meine Hände zitterten nicht, sie bebten. Ich wurde fahrig, verschüttete den Großteil. Scheiße! Verflucht! Das Serum lief feucht über meine Finger, ich presste sie auf die Bisswunde, »ich lass dich nicht sterben ...«, verrieb das wenige Gegengift hektisch auf ihrer Haut, riss ihre Maske runter und schmierte es auf ihr von Blut rot gefärbtes Gesicht. »Atme!« Sie röchelte. »Leb weiter. Komm schon!«

Ich starrte auf ihren Brustkorb. Er war unbewegt. Vielleicht hatte es nicht gereicht? Oder es war gar kein Serum? Warum hätte der Teufel fair spielen sollen?

Doch! Okay ... oh Gott! Ihre Brust hob sich. Gut. Gut! Sie war noch da! Sehr gut! Mein Blick schoss zu ihrer Hand. Die natürliche Hautfarbe kehrte binnen Sekunden zurück. Ihre Atemzüge wurden kräftiger. »Es ist scheißegal, was du getan hast!«, schrie ich sie an. »Du wirst leben. Du lebst! Hörst du?«

Als wenn mein panisches Rumgebrülle es bewirkt hätte, schlug sie die Augen auf. Sie waren wasserblau! – Mein Herz setzte einen Schlag aus.

»Virginia ...«

Der Teufel lachte dröhnend. »So viele Hinweise, kleine Abby.«

Er war hinter mir. »Erinnerst du dich? Es sollte ein böser Mensch sein ... ein Mörder. Aber du warst auch einverstanden mit einem Menschen, der versucht hat, jemanden umzubringen. So wie eine bildhübsche junge Frau ein umso vieles mehr geliebtes Familienmitglied aus Rache, Neid und Gier von der Klippe stürzte ...«

Ich presste die Hand vor den Mund, konnte den Blick nicht von Virginias Augen wenden. Sie wirkten so leer.

Wieder lachte der Teufel. Diesmal hämisch. »Und du bist nicht draufgekommen, dass es deine eigene Schwester sein wird?«

Trotz des ganzen Blutes wirkte Virginia nicht mehr dem Tod geweiht. In ihre Augen war das Leben zurückgekehrt. Sie begann, mich wahrzunehmen. Das Serum wirkte.

Trotzdem. Das hier konnte nicht gut ausgehen. Es gab kein Happy End. Weder für sie noch für mich. Und Juspinn war all das hier gleichgültig.

»Wie recht du hast«, flüsterte der Teufel mir ins Ohr. Er legte mir seine heißen Finger auf die Schulter. Im nächsten Moment zerriss der Stoff meines Kleides in seinen Händen. Ich zuckte noch nicht einmal zusammen. Ich wusste, was er tun würde.

»Dein Hotu ist beinahe so dunkel wie das meines Sohnes.« Er umrundete mich. Ich sah ihn den Mund nach unten verziehen und dabei die Schulter heben. »Wird schon gut gehen.«

Er umschlang mich mit seinen Armen, drängte seine Finger in das Fleisch meines Hotus und fuhr in mich. Kurz glaubte ich zu platzen ... im nächsten Moment bestand ich nur noch aus Schmerz.

Ich kannte diese Gefühle nicht, hatte mich nie wirklich verletzt, aber dies waren ganz sicher die Qualen der Hölle! Als wäre ich in einen Glutofen geschoben worden und würde verbrennen. Auch von innen. Unter der sengenden Hitze verpuffte alles Flüssige. Meine Organe schrumpften, um dem Fremdkörper Platz zu machen, der sich in mir eingenistet hatte. Ich war der Wirt und er ein riesiger, glühend heißer Parasit.

Er versuchte alles, sich meiner zu bemächtigen. Zerrte und saugte und riss und drängte. Vor allem aber brannte er mich aus. Rote Flecken tanzten vor meinen verdrehten Augen. Sie loderten. Ich stand in Flammen!

Ich wollte das nicht! Das war mein Körper!

Der Parasit streckte seine langen, dürren, glutheißen Klauen aus und krallte sie von innen in meine Brust.

Meine Lungen! Brennen, Qual, es tat so weh!

RAUS! Raus aus mir!

Der Schmerz überstieg alles, was ich je gespürt hatte, und als ich glaubte, eine Steigerung wäre unmöglich, wurde er noch schlimmer ... Ich war im Fegefeuer!

Wer war ich? ... Wer war er? ... Entsetzen ... Panik!

Ich konnte uns nicht mehr auseinanderhalten, versuchte, mich zu spüren, meine Seele zu spüren. Ich verlor mich! In dem Ding, das in mir wütete, dem Dämon! Dafür erkannte ich sein wahres Wesen, seine hässliche Fratze, jetzt, wo er mich beinahe hatte. Uns trennte nur noch eine hauchdünne Wand, an der er gierig kratzte. Ein furchtbares Geräusch – wie das Schreien einer gequälten Katze. Je näher er mir kam, desto stärker – im Grunde unmöglich – wurde das Brennen. Die Flammen züngelten über die Mauer, versenkten mein Fleisch, füllten meine Lunge. Ich wusste nicht, was mir die Luft nahm. Der brennende Sauerstoff in ihr oder die unbeschreibliche Angst.

Ich konnte nicht mehr. Der Schmerz war zu groß. Ich zu schwach. Dieser Gedanke genügte. Er durchschnitt die Barriere mit seinen Krallen ... Wir wurden eins, verwoben zu einem einzigen schwarzen Band. Es gab keine Grauschattierungen, nicht mal ein bisschen, in ihm war nichts Gutes.

Im Gegensatz zu dem Teufel hatte ich nie in seinen Gedanken lesen können, nie gewusst, was er fühlte, verlangte, ersehnte, fürchtete. Jetzt aber wusste ich es und es war erschreckend simpel. Der Teufel wollte nichts mehr, als seinem ewig währenden Feind in die Augen sehen. Er wollte wissen, wer Gott war. Nicht mehr. Es bestimmte all sein Denken und Handeln. Und durch mich, durch meine Schlüsselgabe, meinte er, einen Weg gefunden zu haben.

Tja, es würde eine bittere Enttäuschung werden.

Ob ich sie nun besaß oder nicht, spielte keine Rolle mehr. Ich würde sterben. Man merkt, wenn es so weit ist. Ich überließ dem Teufel meinen Körper, registrierte, wie er hart auf dem Boden aufschlug, mein Kopf zur Seite kippte.

Ich atmete nicht mehr. Meine Augen waren offen, doch ich sah nichts durch sie. Was sich unter mir abspielte, gehörte nicht zu mir. Juspinn stand da. Ganz ruhig und gefasst und betrachtete etwas, das einmal ich gewesen war, beobachtete den Wirt beim Sterben. Nicht weil meine körperlichen Reste ihn auch nur einen Funken interessiert hätten. Nein, sondern weil er darauf wartete, dass der Parasit, sein Vater, der Teufel ... sich von mir löste. Nun, da würde er lange warten. Ich ging in den Tod über, aber ich nahm den Teufel mit ...

* * *

Die Störgeräusche rissen mich erneut heraus. Sie waren lauter geworden. Verärgert wandte ich meinen Blick der Fremden zu. Es hatte sich gleich erledigt, wie es aussah, denn sie würde die Prüfung nicht bestehen. Dann konnte Vater sie abschalten.

Oh. Anscheinend wollte er sie trotzdem. Gut, dann würden wir sie willkommen heißen. Hauptsache, sie hörte auf zu lärmen.

Wieder badete ich in dem Gefühl meiner Geschwister wie ein Ungeborenes im Fruchtwasser der Mutter. Sie beschützten mich, sorgten dafür, dass die Geräusche nur gedämpft an mein Ohr kamen, die Eindrücke um mich herum schemenhaft wurden. Nur sie sah und hörte und fühlte ich klar.

Bis Vater uns zu sich zog. Nahm das denn nie ein Ende?

Das Mädchen fiel zu Boden. Etwas ... stimmte nicht.

Wir umkreisten sie. Sie starb. Sie war zu schwach gewesen. Schade für Vater. Ich wartete ab. Wo blieb er? Warum verließ er sie nicht?

Da ... endlich! Sein Schatten glitt aus ihr und würde sich gleich wandeln. Einen Moment würde es dauern, der Versuch hatte ihn geschwächt.

Aber ... was ... Vater gewann seine Form nicht zurück ... Die Verbindung zu ihm ... *was passiert hier* ... sie zog in meinen Eingeweiden wie eine zu straff gespannte Nabelschnur ... *Vater!* ... und riss ...

NEIN!

Es schmerzte, nicht wie zuvor, eher wie ein Schnitt in der Magengegend. Es war die plötzliche Einsamkeit, die es unerträglich machte.

Verwirrt suchte ich nach meinen Geschwistern. Manche von ihnen sahen mich ebenso irritiert an wie ich sie ... als würden wir aus einem Traum erwachen. Andere schrien wie hungrige Säuglinge, manche schluchzten verzweifelt. Für sie musste es noch schlimmer sein. Die Trennung quälte auch mich, aber ich war nur kurz gebunden gewesen. Sie hingegen hatten diese Liebe seit Jahrhunderten, wenn nicht Jahrtausenden füreinander empfunden und brachen ohne sie zusammen.

Langsam verstand ich, was es bedeutete, nicht mehr gebunden zu sein. Ein Teil von mir sehnte sich zwar zurück, der andere Teil aber begriff die Möglichkeit. Ich war ... frei. Absolut frei!

Doch wieso war die Verbindung zu Vater abgerissen?

Ich konzentrierte mich auf die Eindrücke, die auf mich einströmten, und sah mich um. Die Bühne. Die eine Frau am Boden. Dahinter die Waage. Die andere Frau, die an ihr gelehnt stand, blutverschmiert, aber am Leben. Ich kannte sie ... Virginia Dupont ... Wieso wusste ich ihren Namen? ... Er weckte eine vage Erinnerung, an ... *Abigale* ...

In diesem Moment kam meine Liebe zu ihr zurück, durchflutete mich. Sie war anders. Sie ... sie war rein ... ehrlich ... stärker, frei ... sie beherrschte nicht!

»Jus!«, schrie Maria. Ich sah zu ihr. Sie kniete neben Vater. Er war geschwächt, ein Schatten seiner selbst. Schwarz und kaum greifbar. »Er stirbt!«

Was erzählte sie da? »Er kann nicht sterben ...«

»Doch!«, kreischte sie. »Er war in diesem Mensch. Er war verletzlich. Sie war sterblich, er war sterblich! Begreifst du das? Sie hat ihn in den Tod mitgerissen!«

»In den Tod?«

Oh verdammt –

Abby! Die Klarheit kam mit der Erkenntnis: *Das auf dem Boden war sie!*

Ich stürzte zu ihr, drehte Abby auf den Rücken. Das Schlimmste bewahrheitete sich. Ihr Atem ging flach, ihre Augen flackerten, ihr Herz schlug viel zu langsam und stockte. Sie starb!

Ich hatte keine Ahnung, wie man ein Menschenleben rettet. Bislang hatte ich nur geholfen, sie zu zerstören. Mein Blick flog zurück zu Maria. Sie kniete neben Vater, schluchzte, fluchte ... weinte. Ihre Hand griff durch ihn hindurch. Sie konnte ihn ebenso wenig fassen wie das, was passiert war. Ich hatte sie noch nie weinen sehen ...

»Maria.«

Sie war nicht ansprechbar.

»Maria!«

Sie wimmerte weiter.

»SIEH – MICH – AN!« Endlich blickte sie auf. »Was muss ich tun?«, brüllte ich. Sie schüttelte verständnislos den Kopf. »Wie rette ich sie, verdammt!«

»Retten? Sie soll krepieren! Sterben! Verrecken!« Ihr Gesichtsausdruck war plötzlich voller Hass. »Sie hat Papá auf dem Gewissen!«

Wohl eher umgekehrt. »Fahr zur Hölle!« Ich beugte mich über Abby, strich ihr die schweißnassen Haare aus dem Gesicht. »Komm schon, nutz deine heilenden Kräfte!« Sie röchelte. Spuckebläschen traten aus ihrem Mund, die ich wegwischte, ich zog Abby auf meinen Schoß, kontrollierte ihre Atmung und ihren Puls. Beides ebbte immer mehr ab. Okay ... Lunge und Herz – ich würde es versuchen.

Vorsichtig legte ich Abby flach auf den Boden, drückte ihren Kopf weit in den Nacken, hielt ihr die Nase zu.

»Was machst du da?«, keifte Maria.

»Was glaubst du wohl?«, schnaubte ich. »Ich rette ihr Leben.« Ich blies meinen Atem in sie.

Kaum hatte ich erneut Luft geholt, stürzte Maria sich auf mich. »Und unseren Vater lässt du sterben?« Sie versuchte, mich wegzuzerren.

Ein Blick genügte. Er sah nur noch aus wie wabernder Teer. »Sieh ihn dir an! Was willst du denn da retten, Maria?« Ich stieß sie beiseite, sie stöhnte.

»Sie ist eine Mörderin!«

»Halt den Mund!« Ich drückte meine Lippen auf Abbys, stieß ihr erneut meinen Atem tief in die Lunge. Gleich danach presste ich im Sekundentakt meine Hände auf ihren Brustkorb. »Schlag – weiter – verdammt!« Jedes Wort ein erzwungener Herzschlag.

Wieder und wieder wechselte ich zwischen beatmen und massieren. Maria schrie und tobte, zerrte an mir, schlug mir ins Gesicht. Sie kämpfte um ihre Unsterblichkeit. Ihre Schönheit. Ihre Macht. Schwor Rache.

Ich würde Abby nicht aufgeben. »Du kriegst sie nicht! Ich brauche sie mehr als du! Ist das klar?«

Ich schrie Gott an, ich schrie Maria an, machte mechanisch weiter, beatmete, massierte Abigales Herz. Mein Verstand sagte mir, es war zu spät. *Weiter, Juspinn. Beatmen – massieren ...*

Plötzlich hörte ich das metallische Quietschen der Waage. Ich wusste, dass sie kippte, weil Abigale starb. Ihr Körper bewegte sich allein durch meine verzweifelten Versuche, ihn am Leben zu halten. Ihre Augen waren bereits starr, ihr Blick gebrochen.

Aber auf ihren Lippen lag ein Lächeln.

Mit einem Donnerschlag landete eine der Schalen auf der Erde. Der Kampf war entschieden.

Abby hatte sich dem Teufel widersetzt ... Ich sah zur Waage ... und ihn besiegt. Sie durfte lächeln.

* * *

Endlich wurde all das unwichtig. Juspinn wurde unwichtig, der Teufel wurde unwichtig, die Gebundenen, meine Schwester, Eyota, sogar meine Eltern wurden unwichtig ... Ich ging und mein Leben wich einem warmen Sommertag ...

Die Luft roch salzig, Möwen kreischten, sie hielten sich über dem Pier in der Luft, sahen auf das Kind herab, das vor Vergnügen quietschte. Ich schnellte auf sie zu. Meine kleinen Kinderfüße kamen wieder auf, sanken in das warme Gummi der Hüpfburg. Sie spannte sich und federte mich wieder zurück. Ich lachte Dad zu. Er winkte und ich kam wieder hoch, zog die Beine an, schnellte in die Höhe. Es war wunderbar! Ich bestand nur noch aus dem Glücksgefühl, dass es keine Grenzen gab, ich höher und höher springen würde und noch höher, bis zu Gott in den Himmel. Wieder ging ich in die Hocke, federte ab und streckte mich. Es war so leicht, ihn zu erreichen. Noch ein letzter Sprung und ich würde ihn fassen können. Meine Zehenspitzen berührten kaum mehr den Boden. Diesmal stieß ich mich höher als je zuvor und streckte die Arme.

Vielleicht hatte ich nie auf die Erde gehört, vielleicht war es ein Versehen gewesen, dass ich bei meiner Geburt überlebt hatte.

Zwei Hände griffen nach mir. Sie nahmen mich in Empfang.

Wie auch immer ... Jetzt war ich zu Hause.

Die Engel, die mich begrüßten, unterschieden sich von meiner irdischen Vorstellung. Sie erinnerten nicht annähernd an die von Rafael gemalten Putten oder an die aus Filmen, wie in *Stadt der Engel*. Mein früheres Bild verblasste jedoch schnell unter ihrer Schönheit, ihrer Energie, ihrem Licht ... Sie waren meine

Familie. Ich gehörte zu ihnen, sah sie an, mit weit geöffneten Augen.

Und da erkannte ich einen grenzenlos währenden Moment den Zusammenhang: Alles stimmte, fügte sich!

Ich selbst war die Antwort auf meine Rufe gewesen. Ich war das Zeichen ... die Abgesandte ... der Bote ... die Hilfe, um die ich Gott die ganze Zeit über angefleht hatte. Deshalb die Schlüsselgabe, die Verbindung zu ihm ...

Ich selbst war mein rettender Engel.

* * *

»Papá!«, schrie Maria.

»Atme!«, brüllte ich, stieß meine Hände auf ihren Brustkorb, zwang wieder Sauerstoff in ihre Kehle, bearbeitete ihr totes Herz weiter, aus dem gleichen Starrsinn heraus, den ich an Abby immer verflucht hatte.

Eins. Zwei. Drei. Vier ... Immer – im – Rhythmus – bleiben. Eins. Zwei. Drei. Vier ...

Luft holen. Sauerstoff. Und Herz. Eins. Zwei. Drei. Vier – Eins. Zwei – Und dann geschah ein Wunder ...

Ein leiser Atemzug erreichte mein Ohr. Meine Sinne waren noch immer übermenschlich scharf. Ein weiterer, tieferer folgte.

Ich sah nach oben. »Danke.«

* * *

Ich wusste nicht, wie lange ich in seiner Nähe war, und staunte. Vielleicht Sekunden oder Tage oder Jahrzehnte. Hier spielte Zeit keine Rolle. Ich bekam keine Chance, ihn zu sehen. Aber das machte nichts. Ich brauchte keinen Beweis mehr für seine Existenz. Und er brauchte mich nicht. Zumindest nicht hier.

Meine Aufgabe war irdisch.

Dafür musste ich keine großen Spuren hinterlassen, auch nichts erfinden oder entdecken, aber ich sollte dazu beitragen, dass die Welt ein kleines Stückchen besser würde. Und nichts anderes hatte ich mir immer gewünscht.

Epilog

Um wie vieles besser die Welt geworden war, begriff ich erst, als sie mich vollends wiederhatte ...

Für meine Eltern war ich an dem Tag meines angeblichen Ertrinkens mit Juspinn durchgebrannt. Er hatte mich mit in seine Heimat, Italien, genommen und ich hatte mir von ihm und der Liebe den Kopf verdrehen lassen. Wir hatten auch andere Erklärungen in Erwägung gezogen: von einer Entführung über Amnesie durch eine Kopfverletzung bis hin zu der Wahrheit. Das Problem dabei war, nichts erschien glaubhaft. Das Letzte sogar am allerwenigsten.

Mom und Dad reagierten, wie wohl alle Eltern es tun würden, wenn ihr tot geglaubtes Kind heimkehrt. Sie verziehen mir, weil ihr Glück viel zu groß war, um es mit langen Vorhaltungen zu trüben. Mom dankte den Engeln, dass sie auf mich aufgepasst hatten, wohingegen Dad Gott für das Wunder verantwortlich machte, mich wohlbehalten zurückzuhaben. Ich hatte still in mich hineingelächelt, weil ich wusste, sie beide lagen richtig.

Virginia war nicht länger als ein paar Stunden fort gewesen und ich nahm an, sie wollte nicht wahrhaben, was in diesen Stunden mit ihr geschehen war. Es passte einfach nicht in ihre Vorstellung. Das Geschehene hatte allerdings etwas zwischen uns verändert: Wir Schwestern fühlten uns auf einer sonderbaren Ebene miteinander verbunden, nachhaltig erschüttert darüber, den anderen beinahe getötet zu haben.

So schnell meine Eltern mir vergaben, so schwer hatte es Juspinn bei ihnen. Vor allem, weil er keinen Zweifel daran ließ, dass er mir nicht mehr von der Seite weichen würde. Zunächst wollte Dad ihn zum Nordpol jagen und reagierte ziemlich verstört auf mein *Nicht schon wieder*. Aber mit der Zeit änderte sich ihre Beziehung.

Vielleicht waren es die endlosen Gespräche mit Juspinn über Gott, den Teufel und die Welt, die meinen Vater milder stimmten. Oder die Tatsache, dass Jus jeden Tag daran arbeitete, etwas Gutes zu tun, damit sein Hotu nie wieder so dunkel wurde, dass es uns in Gefahr bringen konnte. Vielleicht auch der Umstand, dass er Eyota ein Stipendium an der Mailänder Universität für Design und Gestaltung verschafft hatte. (Der Direktor des Instituts war Jus da sehr zu Willen gewesen.) Was auch immer, kurz nach Weihnachten stimmte Dad zu, mich mit Juspinn nach Rio gehen zu lassen, um dort den Straßenkindern zu helfen, wie ich es schon vor dem Sommer geplant hatte.

Juspinn ging voll in dieser Aufgabe auf. Er hatte sein Leben lang geglaubt, die Bindung an seinen Vater wäre seine Bestimmung gewesen, nun hatte er eine neue aus freien Stücken gewählt. Ich nahm an, sie half ihm, die Wunden seiner eigenen, vernachlässigten Kinderseele zu heilen ...

Bereits im Frühjahr hatten wir an mehreren Stellen der Favelas, Rios Armenvierteln, Orte geschaffen, an denen Kinder nicht nur ausreichend Nahrung und medizinische Versorgung erhielten, sondern sich geborgen fühlen konnten. Etwas, was Jus besonders wichtig war. Diese Häuser wurden schnell unter dem Namen »Mr Hopp« bekannt, denn mit ihm begann unsere Arbeit in Rio. Ich schenkte den besten Hasen der Welt einem kleinen Jungen, der losrannte und seinen Freunden Bescheid gab. »Mr Hopp« wurde bald zu einem Synonym für *Geben*.

Gut möglich, dass man hier in der Favela am deutlichsten sah, was sich nach dem Kippen der Waage verändert hatte. Aus Rio waren zwar weder die Gewalt noch die Armut über Nacht gewichen, aber immer mehr Menschen standen auf, um andere davon abzuhalten, in dieser Armut oder dieser Gewalt zu sterben. Sie taten es ganz bewusst. Bevor sie an Sex oder Geld oder das Truthahnsandwich in ihrem Kühlschrank dachten, kamen sie zu uns, um eine Tüte mit Kleidung oder einen Kanister frisches Wasser zu bringen. Immer öfter hörte man nun Lachen auf den Straßen und sah Menschen, die sich innig umarmten oder ihre Häuser bunt anmalten, weil sie ihrer Lebensfreude Ausdruck verleihen wollten.

Aber es war nicht nur die Mithilfe. Seit der Teufel seinen Kampf verloren hatte, war selbst Virginia liebenswerter geworden. Im Nachhinein glaube ich manchmal, ihr Verhalten hat mir den Zustand in der Welt gespiegelt.

Mein Hotu hatte fast wieder seine alte Farbe, ein leichter Grauschimmer war geblieben. Er war mir eine Mahnung: nie wieder meine Werte zu ignorieren, wie groß die Verführung oder wie klein die Veränderung auch sein mochte.

Alles sprach dafür, dass die Welt zumindest für eine Weile so blumig bleiben würde, wie Mom sie sich immer vorgestellt hatte. Wie lange diese Weile andauern würde, ob der Teufel wirklich besiegt war und was aus seinen Kindern, Maria und den anderen Gebundenen, geworden war, wussten wir nicht und wir wollten uns auch nicht damit beschäftigen.

Gegenwärtig konzentrierten wir uns ganz darauf, dass aus unserer *Allianz* eine innige Liebe erwachsen war, wie Juspinn nie vergaß zu wiederholen.

Danksagung

Vielen Dank möchte ich an dieser Stelle all denen sagen, die mir während des Schreibens von »Anima« zur Seite standen. Meiner Familie für ihre Geduld und ihr Verständnis, wenn ich zwischen Schreibblockaden, Abgabeterminen und fantastischen Hirngespinsten dem Wahnsinn nahe war. Meinen Freunden und Lesern für ihre Aufmunterungen und Anregungen, immer dann, wenn ich um Hilfe schrie. Im Besonderen meinen Betaleserinnen Verena Schulze und Alissa Lembke für ihr konstruktives Feedback, das mir immer dann die Augen öffnete, wenn ich mich verrannt hatte. Ganz lieben Dank auch an Tina Hagelstein fürs Lachen und Bangen und Essen und Grüßen und Träumen, und an Marion Lembke; sie weiß schon, wofür. Und natürlich meiner Lektorin Malin Wegner für das ausgezeichnete Lektorat und die vielen guten Tipps, die die Geschichte richtig rund machten. Ebenso dem Arena Verlag und der AVA Literaturagentur für die wunderbare Unterstützung. Mein größter Dank gilt jedoch meinen Lesern. Ohne euch würde es meine Geschichten nicht geben.

Herzlichst
Eure Kim

Kathrin Lange

978-3-401-50788-0

Herz aus Glas

Juli ist wenig begeistert, die Winterferien auf Martha's Vineyard verbringen zu müssen. Auf der Insel trifft sie den verschlossenen David, dessen Freundin bei einem Sturz von der Klippe ums Leben gekommen ist. Bald erfährt Juli, dass ein Fluch für den Tod weiterer Mädchen verantwortlich sein soll. Eine geisterhafte Stimme beginnt, ihr nachts Warnungen zuzuflüstern. Als sie sich in David verliebt, gerät sie in tödliche Gefahr.

978-3-401-60005-5

Herz in Scherben

Ein Schuss hallt in Davids Kopf wider. Plötzlich ist die Erinnerung da und er weiß nicht, ob sie etwas mit Charlies Tod und den schrecklichen Ereignissen auf Martha's Vineyard zu tun hat. Fünf Monate sind seitdem vergangen, aber nun zieht eine dunkle Ahnung David auf die Insel zurück. Seine Freundin Juli folgt ihm voller Sorge.

978-3-401-60033-8

Herz zu Asche

Juli kann es kaum fassen: Charlie ist am Leben! Endlich braucht David sich nicht länger zu quälen. Endlich kann Juli mit ihm glücklich werden. Doch Charlie setzt alles daran, David zurückzuerobern. Und auch der Geist von Madeleine Bower treibt Juli mehr und mehr in die Verzweiflung. Als Julis Visionen immer düsterer werden, beschließt sie, dem Fluch für immer ein Ende zu setzen – auch wenn sie dafür opfern muss, was sie am meisten liebt ...

Arena

Jeder Band auch als E-Book erhältlich

www.arena-verlag.de

Andreas Eschbach

Aquamarin

Hüte dich vor dem Meer! Das hat man Saha beigebracht. Eine seltsame Verletzung verbietet der Sechzehnjährigen jede Wasserberührung. In Seahaven ist Saha deshalb eine Außenseiterin. Die Stadt an der Küste Australiens vergöttert das Meer. Wer hier nicht taucht oder schwimmt, gehört nicht dazu. So wie Saha. Doch ein schrecklicher Vorfall stellt alles in Frage. Zum ersten Mal wagt sich Saha in den Ozean. Dort entdeckt sie Unglaubliches. Sie besitzt eine Gabe, die nicht sein darf – nicht sein kann. Nicht in Seahaven, nicht im Rest der Welt. Wer oder was ist sie? Die Suche nach Antworten führt Saha in die dunkelsten Abgründe einer blauschimmernden Welt ...

Auch als E-Book und als Hörbuch bei Arena audio erhältlich
www.eschbach-lesen.de

Arena

408 Seiten • Gebunden
ISBN 978-3-401-60022-2
www.arena-verlag.de

Stefanie Gerstenberger / Marta Martin

Zwei wie Zucker und Zimt
Zurück in die süße Zukunft

Charlotte, genannt Charles, ist einfach nur wütend! Wie kann man nur so nachgiebig sein wie ihre Mutter Marion? Da passiert es: Am Morgen nach einem Streit wacht Charles plötzlich in Marions Jugendzimmer auf. Charles ist in der Zeit zurückgesprungen und sieht sich ihrer fünfzehnjährigen Mutter gegenüber! Marion trägt grässliche Latzhosen, badet nackt und tobt sich aus in den wilden Achtzigern. Charles ist erst fassungslos – und dann fasziniert. Wird sie jemals zurück in die Zukunft gelangen? Und will sie das überhaupt?

Arena

Auch als E-Book erhältlich

344 Seiten • Gebunden
ISBN 978-3-401-60129-8
www.arena-verlag.de

Kira Gembri

Wenn du dich traust

Lea zählt - ihre Schritte, die Erbsen auf ihrem Teller, die Blätter des Gummibaums. Sie ist zwanghaft ordentlich und meistert ihren Alltag mit Hilfe von Listen und Zahlen. Jay dagegen lebt das Chaos, tanzt auf jeder Party und hat mit festen Beziehungen absolut nichts am Hut. Niemals würde er freiwillig mit einem Mädchen zusammenziehen, schon gar nicht mit einem, das ihn so auf die Palme bringt wie Lea. Und Lea käme nie auf die Idee, mit Jungs zusammen zwischen Pizzakartons und Schmutzwäsche zu hausen. Sonnenklar, dass es zwischen den beiden heftig kracht, als sie aus der Not heraus eine WG gründen ...

Auch als E-Book erhältlich

336 Seiten • Gebunden
ISBN 978-3-401-60149-6
www.arena-verlag.de